Jan Stressenr

Mit seinen Augen

Roman

Erste Auflage März 2008

Umschlag und grafische Realisierung von Sergio Vitale unter Verwendung einer Fotografie von Roman Marzinger (getty images).

Druck und Weiterverarbeitung: Fuldaer Verlagsanstalt GmbH & Co. KG
ISBN 978-3-89656-151-0
Printed in Germany

Bitte fordern Sie unser Gesamtverzeichnis an:
Querverlag GmbH, Akazienstraße 25, D-10823 Berlin
http://www.querverlag.de

Weitere Informationen zum Autor unter www.stressenreuter.de

Eins

Manchmal denke ich, dass ich ihn sehe. Wenn ich morgens beim Rasieren in den Spiegel schaue, glaube ich, seine Konturen zu erkennen. Verborgen unter den ersten kleinen Falten um meine Augen oder neben den Mundwinkeln starrt er mir ins Gesicht – mein Vater.

Natürlich weiß ich, dass das nicht sein kann, aber trotzdem fahre ich mit der Hand erschrocken über Wange und Kinn. Mein Vater ist jünger, als ich es jetzt bin, so jung wie auf der einzigen Fotografie, die ich von ihm besitze, und mit einem permanenten Stirnrunzeln und einer gewissen Melancholie in den blassgrünen Augen, die ich von ihm geerbt habe, beobachtet er mich. Erst wenn ich mich auf die Klinge in meiner Hand konzentriere und darauf achte, dass ich mir nicht mit einer ungeschickten Bewegung die Haut verletze, verschwindet er und ich fühle mich wieder wie ich selbst. Aber ich weiß, dass er da ist, tief in mir drin, und nur darauf wartet, dass ich den Nebel durchschreite, der uns trennt.

Manfreds Stimme reißt mich aus meinen Gedanken. Der Kaffee ist fertig und ich beeile mich, wische mir den Rasierschaum vom Gesicht und springe unter die Dusche. Zehn Minuten später stehe ich mit einem Badetuch um die Hüften in der Küche.

Nach einem kurzen, abwesenden Seitenblick auf meinen nackten Oberkörper sagt Manfred: „Na, endlich."

Ich versuche, den vorwurfsvollen Ton zu überhören. „Gut geschlafen?", frage ich gezwungen fröhlich, während ich mir Kaffee eingieße. Die Frage ist ein morgendliches Ritual, inhaltsleer und ohne Bedeutung.

„Hm", antwortet er, ohne zuzuhören. Früher haben wir uns bei unserem hastigen Frühstück unterhalten, jetzt sieht er mich meist nicht einmal an, die Sichtung der Morgenzeitung hat Priorität. Immer häufiger habe ich das Gefühl, wir haben uns gesagt, was es jemals zwischen uns zu sagen gab. Unser Vorrat an gemeinsamen Worten ist erschöpft. Jede unserer Gesten, jeder Gedanke, jeder unserer Schritte ist vorhersehbar. Was bleibt, sind Wiederholungen und Schweigen.

„Hat jemand vom Pflegedienst angerufen, während ich im Bad war?" Ich rechne jeden Tag mit einem Telefonat, jede Stunde. Mein Freund schüttelt den Kopf.

Manfred ist fertig angezogen: weißes Hemd, Anzug, Krawatte. Bürokleidung. Der Hauch eines Aftershaves umgibt ihn, das Gel in seinen dunklen Haaren glänzt, sodass die ersten grauen Stellen kaum auffallen. Mit dem Hund war er schon draußen, jetzt noch ein schneller Biss in den Toast, er ist auf dem Sprung.

„Wann bist du zurück?", frage ich.

Er zuckt mit den Schultern. „Keine Ahnung. Ich habe Termine in Gütersloh und Bielefeld. Kann dauern. Ach so, heute kommt der Heizungsfritze."

„Wann?"

„Zwischen siebzehn und achtzehn Uhr. Kannst du das übernehmen?"

Ich nicke vage und er drückt mir einen Kuss auf die Wange. Einen Ich-seh-dich-heute-Abend-Kuss: eine flüchtige Berührung der Haut, aus der ich einmal mehr herauslese, wie sehr die Gleichgültigkeit die Oberhand gewonnen hat. Dann klappt die Tür hinter ihm zu. Ein paar Augenblicke später höre ich seinen Wagen wegfahren.

Ich streichle dem Hund über den Kopf und gebe ihm zu fressen. Er ist so groß wie ein Bernhardiner, aber rabenschwarz, mit dichtem, zotteligem Fell. Eine Promenadenmischung. Wir haben ihm nie einen Namen gegeben, weil wir uns nicht entscheiden konnten; mittlerweile hört er auf die Bezeichnung seiner Gattung.

Müde glotze ich aus dem Fenster. Die Kinder der Nachbarn von gegenüber warten an der Haltestelle auf den Schulbus. Die Tage werden kühler, es geht auf den Herbst zu und die Kinder tragen Anoraks. Der Junge, Boris, acht Jahre und für sein Alter ein ganz schönes Früchtchen, streckt mir die Zunge heraus. Ich zeige ihm den Stinkefinger und er schreckt überrascht zurück. Im Radio läuft ein Kommentar über den Nahen Osten, danach Werbung. Ich schaue auf die Küchenuhr über dem Herd, denke: Scheiße! und renne ins Schlafzimmer. Springe in meine Klamotten, rufe dem Hund zu, dass er brav sein soll, und dann bin auch ich auf dem Weg zur Arbeit.

Mein Vater starb 1961 bei einem Verkehrsunfall, kurz nach meinem ersten Geburtstag. Er ist mit seinem Motorrad, einer alten DKW RT 125/2H, aus einer Kurve getragen worden und mit über neunzig Stundenkilometern frontal gegen einen Baum geprallt. So stand es in der Zeitung damals, ein kurzer, unscheinbarer Absatz unter der Rubrik „Vermischtes“: „Das Unfallopfer hinterlässt Frau und Kind.“ Kein Foto, keine Namen. Tragisch, aber nicht tragisch genug für einen größeren Aufmacher. Ich habe den Artikel im Archiv eingesehen, später, auf einer meiner vergeblichen, halbherzigen Spurensuchen.

Als ich mit sieben oder acht Jahren wissen wollte, wie sich der Unfall genau abgespielt hat, erklärte mir meine Mutter mit einem noch immer verbitterten Zug um ihre Lippen, dass er ein rücksichtsloser Fahrer gewesen sei. Als ob sie den Tod ihres Mannes als persönlichen Affront betrachtete. Die Kaffeetasse klirrte, als sie sie auf den Unterteller zurücksetzte.

Meine Enttäuschung war grenzenlos. In meiner kindlichen Naivität wollte ich einen tragischen Helden, jemanden, der durch den Einsatz seines Lebens ein anderes Leben gerettet hatte, aber sie gab mir nur einen Verkehrsrowdie, der sein Schicksal herausgefordert hatte. Mehr hatte sie zu diesem Thema nicht zu sagen und irgendwann habe ich aufgehört zu fragen. Meine Mutter ist ein Mensch, der nicht gerne zurückblickt. Nicht einmal jetzt, da ihre eigene Zukunft vorhersehbar geworden ist. Für sie ist Vergangenheit etwas, das gut verpackt auf dem Dachboden dem Vergessen anheimgegeben wird, abgehakt und erledigt wie ein Einkaufszettel für den Supermarkt.

Abgesehen von der Art, wie er zu Tode kam, ist das Einzige, was ich mit Sicherheit über meinen Vater weiß, die Tatsache, dass er für meinen Namen verantwortlich zeichnet: Felix. Wenn es nach meiner Mutter gegangen wäre, wäre ich wohl Andreas, Michael oder Christian getauft worden, Allerweltsnamen, die Anfang der sechziger Jahre in Mode waren. Aber mein Vater hat auf diesem Vornamen bestanden, hat sogar einen Streit mit seiner Frau auf sich genommen, wie ich aus dem Munde meines Großvaters, dem Vater meiner Mutter, weiß. Felix. Der Glückliche. Warum mein Vater so viel Wert auf diesen Namen gelegt hat, konnte mir aber auch mein Großvater nicht sagen und meiner Mutter war wie immer keine Antwort zu entlocken.

Wenn er versucht hat, mir damit einen positiven Lebensweg vorzuzeichnen, in einer Art selbsterfüllender Prophezeiung, dann ist sein Vorhaben wohl misslungen. Nicht, dass ich unglücklich wäre, das sicher nicht. Aber glücklich? Eher würde ich mich als halbwegs zufrieden beschreiben, leicht gelangweilt mit den Umständen, die über die Jahre aus einer Anhäufung von Zufällen entstanden sind und nun das Puzzle ergeben, das man landläufig als Lebensumstände bezeichnet. Glück erscheint mir als ein zu großes Wort für das, was mich umgibt und ausmacht; die Implikation von großen Gefühlen, Sehnsüchten und wilder Romantik ist mir zu suspekt, zu dramatisch, um mich mit diesem Substantiv identifizieren zu können. Neulich habe ich in einer Zeitschrift gelesen, dass Leute, die den Namen Felix tragen, tatsächlich glücklicher seien als andere. Ich würde sie gerne kennenlernen, diese Felixe, nur um sie nach ihrem Geheimnis zu fragen.

Ich kenne es nämlich nicht.

Mein Leben ist eher medium, durchschnittlich, fast bieder. Alles ist nüchtern und wohlgeordnet: Das Haus, in dem ich wohne, liegt in einer kleinen Reihenhaussiedlung in einem Vorort von Köln; die dazugehörigen Hypotheken haben wir jahrelang abbezahlt. Ich fahre in einem Mittelklassewagen jeden Morgen in die Stadt, um in einer Grundschule zu unterrichten, und komme jeden Nachmittag gegen drei Uhr zurück, um den Hund Gassi zu führen, im Vorgarten an den Blumenrabatten zu zupfen oder ins Fitnessstudio zu gehen, um meinen beginnenden Bauchansatz wegzutrainieren.

Das Aufregendste, was mir in meinem Leben passiert ist, war wahrscheinlich die Begegnung mit Manfred, mit dem ich seit zehn Jahren zusammenlebe. Aber was ist an der Tatsache eines schwulen Pärchens in einer Großstadt heutzutage noch erwähnenswert? Wir leben angepasst, integriert und unaufgeregt, nicht einmal der Sex scheint mir von Belang zu sein. Er ist eine mehr oder weniger lustvolle Notwendigkeit, um sich der Zuneigung des anderen zu versichern – eben medium.

Letztendlich bin ich doch mehr zu einem Michael oder Andreas geworden als zu einem Felix. Ich bin sicher, dass dieser Gedanke meiner Mutter zupass käme, wenn sie wüsste, wie ich empfinde. Aber da wir seit Jahren nicht miteinander sprechen, kann sie ihren Triumph nicht auskosten. Sie hat sich nie mit meiner Homosexualität versöhnen können, nicht einmal dieses kleine Stückchen Außergewöhnlichkeit gönnt sie mir.

Mein Handy klingelt, als ich im Stau auf der Severinsbrücke Richtung Innenstadt stehe. Sofort beginnt mein Herz zu rasen. „Hätte ich fast vergessen“, sagt Manfred über seine Sprechanlage im Auto. Es knistert, die Verbindung ist schlecht und mein Puls beruhigt sich wieder. „Ich hab heute Abend ein Essen mit den Bezirksvertretern von Westfalen. Also rechne nicht vor zwölf mit mir.“

Ich weiß, was das heißt. Auf dem Rückweg wird er für eine Stunde eine Klappe oder einen Parkplatz ansteuern, um Druck abzulassen, also wird es auf jeden Fall ein Uhr, bis er wieder zu Hause ist.

„Okay“, sage ich. „Kein Problem.“ Die kleinen Abstecher auf Rastplätze oder in Saunen machen uns nicht mehr eifersüchtig, ich suche selbst hin und wieder Pornokinos oder Darkrooms auf, um mich zu erleichtern. Es ist wie Geschirr spülen oder Haare schneiden. Hinter mir hupt ein Auto. Der Stau löst sich auf, es geht weiter.

Der Tag verläuft eintönig, vorhersehbar. Einer meiner Erstklässler nässt sich vor lauter Aufregung ein, im Lehrerkollegium herrscht die übliche Stutenbissigkeit – kein Wunder, wenn neunzig Prozent der Pädagogen in der Grundschule Frauen sind. Am Nachmittag erledige ich die notwendigen Einkäufe: Eier, Milch, Manfreds Energydrinks und für mich ein großes Stück Schwarzwälder Kirschtorte zur Belohnung. Ich unterschreibe den Zettel, den mir der Heizungsmonteur unter die Nase hält, und gehe mit dem Hund einmal um den Block. Am Abend lese ich den neuen Krimi von Mankell. Der Höhepunkt meines Tages ist das Abspielen einer CD von Bruckner, die ich mir vor einigen Tagen geleistet habe. Während die Musik remastered, digitalisiert und im Dolby-Surround-Sound durch den Raum schwebt, werde ich müde. Immer wieder fallen mir die Augen zu, auch der Hund hat sich längst auf seinem Kissen neben der Heizung zusammengerollt.

Als Manfred in der Nacht ins Bett kriecht und sich an mich kuschelt, werde ich wach. Sein Körper ist klamm vor

Kälte, kalt, aber vertraut. Er riecht nach Sex, nach einem anderen Mann.

„Spaß gehabt?", murmele ich und lege gewohnheitsmäßig meinen Arm um ihn.

Er brummt etwas Unverständliches und gleich darauf sind seine Atemzüge tief und regelmäßig. Ich allerdings starre in die Dunkelheit. Ich habe ihn noch nicht einmal vermisst.

Es fühlt sich nicht länger richtig an, unser Leben.

Am nächsten Morgen trägt Manfred ein anderes Hemd, ansonsten ist alles wie immer. Die Dusche, der Hund, der Toast, die Eile. Ich fühle mich wie Bill Murray in dem Film *Und täglich grüßt das Murmeltier*. Eingesperrt in einen zeitlichen Looping, dazu verdammt, auf ewig dasselbe zu erleben.

Ich schütte Milch in meinen Kaffee und frage plötzlich: „Warum sind wir eigentlich noch zusammen?" Ich weiß selbst nicht, woher die Frage kommt. Sie war auf einmal da, lag auf meiner Zunge wie ein störendes Haar und wollte ausgespuckt werden.

Manfred schaut über den Rand der *FAZ* und beäugt mich misstrauisch. „Bist du sauer wegen gestern Nacht?"

„Nein", erwidere ich und es stimmt. Ich bin nicht verärgert. Ich empfinde keine Eifersucht, keine Verlustängste, keine Wut. Ich fühle … nichts.

„Was meinst du mit ‚nichts'?", fragt Manfred. Ich war der Meinung, ich hätte meinen Mund gehalten, aber anscheinend habe ich laut gedacht. Er wirft einen hastigen Blick auf seine Armbanduhr. Ich spüre, wie ungehalten er ist. Dramen am Frühstückstisch sind ihm zuwider. Aber ich will ihm gar keine Szene machen. Ich will nur wissen, warum wir noch zusammen sind. Denn ich weiß es nicht mehr.

„Ich fühle mich irgendwie leer, ausgebrannt", mache ich einen lahmen Versuch, meine Gefühlslage zu erklären. „Als ob alles seinen Sinn verloren hätte."

„Du bist doch sauer", konstatiert Manfred genervt. „Was für ein Schwachsinn. Wir sind seit über zehn Jahren zusammen und jetzt fängst du an, einen auf Monogamie zu machen! Es war nur ein Quickie auf dem Rastplatz, weiter nichts."

„Darum geht es mir gar nicht", widerspreche ich. „Wirklich! Es ist mir egal. Aber genau das ist es vielleicht: Es sollte mir nicht egal sein, oder?" Ich sehe ihn hilflos an und wärme meine Finger an der Kaffeetasse. Ich weiß nicht, was auf einmal mit mir los ist oder worauf ich hinauswill, aber dieses unbestimmte Gefühl der Leere macht sich schon seit Längerem in mir breit, nimmt jeden Tag ein bisschen mehr Raum ein. Der Hund klopft mit dem Schwanz auf den Boden und sieht mich erwartungsvoll an. Es ist Zeit für sein Fressen.

„Stellst du schon am frühen Morgen unsere Beziehung in Frage?", möchte Manfred wissen.

„Nein, natürlich nicht ..." Ein Leben ohne meinen Freund ist so lange her, dass ich es mir gar nicht vorstellen kann. „Ich will nur wissen, ob ..."

„Wir haben ein gemeinsames Haus, einen Hund", unterbricht mich Manfred. Als ob ich das nicht selbst wüsste. Als ob das mit irgendetwas zu tun hätte.

„... wir uns noch lieben", beende ich meinen Satz und schaue betreten zu Boden. Dieses kleine Wort wirkt seltsam peinlich. Es klingt nach aufgewühlten Teenagerhormonen, pubertären Sehnsüchten, Coming-out-Romantik.

Manfred steht auf und räuspert sich. Es ist sein Verlegenheitsräuspern, das er immer benutzt, wenn er eine Diskussion unterbinden oder Zeit schinden will. „Ich muss jetzt zur Arbeit", sagt er und wirft sich sein Jackett über die Schulter. „Wir können ja heute Abend noch mal darüber sprechen, wenn du nicht mehr hysterisch bist."

„Ich bin nicht hysterisch!", rufe ich der zufallenden Tür hinterher. Nur ein wenig ratlos, hohl.

Das Telefon hat immer noch nicht geklingelt. Wieso braucht sie so lange?

Nach dem Tod meines Vaters ist meine Mutter mit mir, ihrem einzigen Sohn, umgezogen. Schon vier Wochen nach der Beerdigung zog sie von Köln, wo sie ihre Lehre gemacht und meinen Vater kennengelernt hatte, zurück in die Kleinstadt in der Nähe von Koblenz, aus der sie kam. Die Entfernung, die sie von ihrem bisherigen Leben trennte, war nicht besonders groß, gerade mal fünfzig Kilometer, aber sie schien ausreichend zu sein, um neu anzufangen. Vielleicht hatte meine Mutter nicht den Mut, sich völlig von ihrer Heimat, dem Rheinland, zu trennen. Vielleicht wäre das ein zu großer Schritt gewesen. Vielleicht hatte sie gehofft, die zurückgelegte Distanz würde ausreichen, um der Trauer, die sie verspürt haben musste, zu entkommen. Wenn ja, dann ist ihre Rechnung aufgegangen. Ich habe sie niemals weinen sehen, aber das Erinnerungsvermögen kleiner Kinder ist sehr unzuverlässig. Vielleicht hatte sie ihre Trauerphase schon hinter sich gebracht, bevor mein Gedächtnis einsetzte. Zumindest war die Entfernung weit genug, um sie in eine hartherzige, kalte Frau zu verwandeln.

Wahrscheinlicher als diese hintergründigen, gefühlsbetonten Spekulationen – und dem pragmatischen Charakter meiner Mutter auch eher entsprechend – war der Grund für den Umzug, dass sie als gerade fünfundzwanzigjährige Witwe mit einem Säugling auf Unterstützung angewiesen war. Und meine Großeltern mütterlicherseits führten in dieser kleinen Stadt ein Schreibwarengeschäft, in dem meine Mutter von nun an mitarbeitete. Die Betreuung ihres kleinen Sohnes konnte sie sich so mit ihrer eigenen Mutter und deren zahlreichen Freundinnen teilen. Freundinnen, deren Männer größtenteils „im Krieg geblieben" waren, ein Euphemismus, der mich anfänglich etwas ratlos zurückließ: Bedeutete er, dass die Ehemänner nur zeitweilig abwesend und damit beschäftigt waren, irgendwo in der Fremde Krieg zu spielen? Dass sie keine Lust hatten, nach Hause zu kommen?

Abgesehen von meinem Großvater, der für mich meist unerreichbar hinter dem Verkaufstresen stand und meinen Klassenkameraden und deren Geschwistern und Eltern bei der Auswahl von Schulheften, Radiergummis und Füllfederhaltern half, waren also die Respektspersonen meiner frühen Kindheit ausschließlich Frauen. Rückwirkend betrachtet war das vielleicht ein Fehler, den meine Mutter unwissentlich beging, allerdings auch nur dann, wenn man der Theorie Glauben schenkt, dass fehlende männliche Rollenvorbilder in der Kindheit die Entwicklung von Homosexualität begünstigen. Sie selbst, meine Mutter, käme nie auf diesen Gedanken. Ihre Rechtschaffenheit steht für sie in jeder Beziehung außer Frage. Und mir persönlich ist es egal, warum ich schwul geworden bin. Das sind Fragen, mit denen ich mich als Teenager herumgeschlagen habe. Mit Mitte vierzig hat man ein wenig mehr Distanz zu den Launen des Schicksals.

Wenn ich in der Schule von Klassenkameraden gefragt wurde, was mit meinem Vater sei, so antwortete ich wahrheitsgemäß, dass er bei einem Motorradunfall ums Leben gekommen war. Das war cool. Tote Väter waren schick, sie konnten nicht bestrafen oder Prügel austeilen; tote Väter, die Motorrad fuhren, waren nicht zu toppen. Schweigsam wurde ich nur, wenn die Fragen weitergingen: was er von Beruf gemacht hatte, was er für ein Mensch gewesen sei. Ich wusste die Antworten nicht.

„Dein Vater ist tot“, entgegnete meine Mutter kühl, wenn ich gegen meine Unwissenheit aufbegehrte.

„Ich weiß, dass er tot ist! Aber wie war er? Früher, als er noch lebte? Bin ich ihm ähnlich?“ Am liebsten hätte ich mit dem Fuß aufgestampft, aber das hätte mir nur eine Ohrfeige eingebracht.

„Was nützt es dir, das zu wissen? Das macht ihn auch nicht wieder lebendig.“ Die Erwähnung meines Vaters ließ meine Mutter jedes Mal wortkarg werden, die schmalen Lippen ihres Mundes pressten sich aufeinander, als ob sie mit einem Pflaster zugeklebt worden wären. Manchmal konnte ich spüren, wie ihre Augen danach auf mir ruhten und ihre Blicke mich heimlich, fast argwöhnisch abtasteten.

Der Hund hat Zecken. Ich bemerke es, als wir von einem Spaziergang über die Poller Wiesen zurückkehren. Er kratzt sich mit der Hinterpfote unentwegt am Hals und scheuert sich den Rücken. Ich durchwühle sein dichtes, schwarzes Fell und bekomme vier Zecken zu fassen, die Köpfe in der Haut des Hundes vergraben, die dunklen Hinterleibe obszön aufgebläht. Als ich vorsichtig versuche, eines der Spinnentiere herauszudrehen, schnappt der Hund nach mir. Ich fluche.

Beim Tierarzt muss ich lange warten. Das Wartezimmer ist überfüllt mit gebrechlichem Viehzeug. Ein Papagei mit einem gestauchten Flügel, eine Katze mit lahmem Bein, zwei weitere Hunde, deren Ohren entzündet sind. Alle sehen elend und leidend aus, wenn man ihnen in die Augen schaut, wie im Wartezimmer eines richtigen Arztes.

„Nun, was haben wir denn?“, fragt der Doktor und klopft mir auf die Schulter, als ich endlich an der Reihe bin.

Uh, oh!, denke ich angewidert. Wie ist der denn heute drauf? Distanzlosigkeit kann ich nicht ausstehen.

„Ich habe nichts, der Hund allerdings hat Zecken.“

Der Mann schüttet sich aus vor Lachen und führt mich und den Hund in den Untersuchungsraum. Der Hund ist völlig eingeschüchtert von der Umgebung; mit eingezogenem Schwanz schleicht er hinter mir her. Wahrscheinlich weiß er, dass er hier immer Spritzen und Impfungen bekommt, jedenfalls lässt er die Behandlung schicksalsergeben und winselnd über sich ergehen, als würde er zum Schafott geführt.

Die ganze Zeit über sieht er mich mit vorwurfsvollen Augen an, als hätte ich ihn verraten.

Schon nach fünf Minuten sind wir fertig. Der Arzt drückt mir eine Zeckenzange in die Hand, für den Hausgebrauch. „Immer schön gegen den Uhrzeigersinn drehen", empfiehlt er. „Und darauf achten, dass die Köpfe dranbleiben!" Ich schüttele mich innerlich und beschließe, dass solche Sachen in Zukunft in den Zuständigkeitsbereich meines Freundes fallen. Draußen kann der Hund gar nicht glauben, dass er dem Tode noch einmal entronnen ist. Er führt sich auf wie ein Verrückter und ich muss mehrmals die Leine stramm ziehen, damit er vor lauter Freude nicht einen Passanten umwirft.

Ich kontrolliere das Display meines Handys, immerhin war ich eine Stunde nicht erreichbar. Aber da ist nichts, keine SMS, kein Anruf in Abwesenheit. Die Warterei macht mich ganz kirre. Die Schwester hätte mir nicht sagen sollen, dass ich jetzt jederzeit mit dem Schlimmsten rechnen muss.

Manfred und ich haben uns in einer Kneipe kennengelernt. Ganz banal, die altmodische Art. Ich habe ihn zu einem Bier eingeladen, weil ich ihn attraktiv fand mit seinen damals noch tiefschwarzen Haaren, den langen, seidigen Wimpern und dem südländischen Teint. Er sah aus wie einem Erotik-Bildband entsprungen. Wenn das Licht gnädig ist, kann ich Reste dieser Schönheit in seinem Profil noch erkennen.

Was er an mir anziehend fand, weiß ich nicht. Er hat es mir bis heute nicht gesagt. Aber etwas an mir muss er ja mögen, sonst wären wir nicht seit zehn Jahren zusammen. Am ersten Abend sind wir nicht einmal miteinander ins Bett, sondern essen gegangen. Wir schwitzten über einem Curry und Chicken Vindaloo, tranken Unmengen Wasser und Manfred erzählte von seiner Kindheit, seinem Beruf, breitete sein ganzes Leben vor mir aus. Er hatte einen verrückten Onkel, der in der geschlossenen Psychiatrie saß und sich ständig entblößte, einen blinden Bruder und zwei Cousinen, die seit Jahren nicht mehr miteinander sprachen, weil die eine mit dem Mann der anderen ein Verhältnis gehabt hatte. So eine große Familie, so viele Geschichten. Ich war neidisch, denn ich besaß nur die eine Geschichte.

„Mein Vater ist bei einem Motorradunfall gestorben, kurz nach meiner Geburt."

„Und sonst?", fragte er.

Das hat mich beeindruckt.

„Meine Mutter hasst mich", versuchte ich es weiter.

„Mach dich nicht lächerlich", winkte er ab. „Das zählt nicht."

Am nächsten Tag sahen wir uns wieder. Ich besuchte ihn am Abend in seiner Wohnung. Er hatte Kerzen angezündet, eine Flasche Rotwein aufgemacht und eine CD mit dem Titel *Jazz for Lovers* aufgelegt. Die romantische Stimmung tropfte förmlich von den Wänden. Ich bat ihn, eine andere CD zu spielen, und er entschied sich für Orlando di Lasso, Renaissance-Musik, eine überraschende Wahl.

Diesmal hatten wir Sex, der ziemlich gut war, auch wenn wir beide keine Bettakrobaten sind und wahrscheinlich nie sein werden. Viel entscheidender, jedenfalls für mich, war, dass ich in der Nacht ein dezentes Schnarchen neben mir vernahm. Es klang wohltuend beruhigend, einschläfernd, wie das sanfte Rollen der Meeresbrandung. Ich fühlte mich, als wäre ich endlich angekommen.

Nach sechs Monaten kauften wir zusammen das Reihenhäuschen und einige Jahre später kam der Hund. Ich kann mich nicht erinnern, dass wir uns einmal gesagt hätten, dass wir uns lieben, aber keiner von uns beiden bestand auf einer solchen Formalie. Es war irgendwie klar, dass wir zueinander passen. Vielleicht wäre es besser gewesen, eine Phase voller Sehnsucht und wilder Romantik zu durchlaufen, mit nächtlichen Beteuerungen, ohne den anderen nicht leben zu können, und Sexmarathons, die einen verschwitzt und atemlos zurücklassen. Phasen, auf die man in späteren Jahren zurückblicken und von deren Erinnerung man zehren kann, aber so waren wir nicht. So bin ich nicht.

„Nein", sagt Manfred bedauernd. Es ist Abend und er sitzt mit einem Bier in der Hand am Küchentisch. Der zeckenbefreite Hund liegt zu seinen Füßen. „Das bist du nicht. Du bist eher der emotionslose Typ. Bevor dir ein gefühlsbeladenes Wort herausrutscht, hackst du dir lieber den rechten Fuß ab. Wahrscheinlich hast du das von deiner Mutter."

Ich bin sprachlos. „Wie kannst du so etwas sagen? Du hast sie doch nie kennengelernt."

„Stimmt", sagt Manfred und läuft ins Wohnzimmer, als wollte er einer Diskussion erneut aus dem Weg gehen. „Eben. Bloß niemanden an sich heranlassen. Bloß keine Nähe ertragen müssen."

„Sie kann halt nicht damit umgehen, dass ich schwul bin. Was erwartest du?" Ich fühle mich ungerecht behandelt. Manfred zwingt mich, die Position meiner Mutter zu verteidigen, obwohl ich das gar nicht will.

„Sie ist alt genug, um es besser zu wissen. Und du bist feige."

„Nein", widerspreche ich. „Nur zu müde, um gegen Windmühlen anzukämpfen."

„Was hat sie denn gegen Schwule?"

„Ich weiß es nicht", sage ich gleichgültig. Ich weiß es wirklich nicht. Ich habe aufgegeben, nach den Gründen zu forschen. „Jetzt ist es sowieso egal."

Kurz nachdem ich volljährig geworden war, fand meine Mutter heraus, dass meine sexuellen Vorlieben gleichgeschlechtlicher Natur sind. So oder ähnlich unverständlich drückte man es damals im Biologieunterricht aus – wenn das Thema überhaupt angesprochen wurde. Wenn meine Großmutter über Schwule sprach, sagte sie immer: „Das ist auch einer von denen!“ Dazu rollte sie die Augen und deutete vielsagend mit dem Daumen rückwärts, als ob jemand „von denen“ hinter ihr stünde. Dann wusste jeder Bescheid.

Ich steckte mitten im Abitur und hatte allgemein wenig Zeit, auf die Richtung meiner Triebe zu achten. Sich zwei- oder dreimal am Tag einen runterzuholen, ist eine Sache, die trigonometrischen Formeln, Kants kategorischen Imperativ und die englische Parteiengeschichte im viktorianischen Zeitalter zu beherrschen, eine völlig andere. Zudem hatte ich keinen blassen Schimmer, was ich nach dem Abitur machen wollte. Von der Bundeswehr war ich ausgemustert worden, es wurde also Zeit, Weichen für eine wie auch immer geartete Zukunft zu stellen.

„Dein Großvater wird alt. Er würde dir das Geschäft überlassen, wenn du eine gute kaufmännische Ausbildung gemacht hast“, schlug meine Mutter vor.

Das Letzte, was ich tun wollte, war, für den Rest meines Lebens hinter einem Tresen zu stehen und Schultüten und Taschenrechner zu verkaufen. „Nur über meine Leiche!“, murmelte ich.

„Um eine Familie gründen zu können, braucht man einen sicheren Beruf.“

„Was für eine Familie?“ Bis zu diesem Zeitpunkt hatte ich noch nie ein Mädchen geküsst, geschweige denn eine feste Freundin gehabt. Der Gedanke daran kam mir irgendwie absurd vor. Nackte Frauenkörper gab es in der Werbung genug, aber mein Gehirn schien sie weniger zu registrieren als die muskulösen Oberkörper, die für Rasierwasser und Duschgels Reklame machten. Ich duschte ganz gerne, vor allem zusammen mit den anderen Jungs nach dem Schwimmen. Den offensichtlichen Schluss aus dieser Beobachtung hatte ich meiner Mutter allerdings noch nicht mitgeteilt.

Dafür war die ganze Sache noch zu neu und unheimlich für mich.

Ihre Stimme nahm einen lauernden Tonfall an. Rückblickend hätte ich auf der Hut sein sollen, aber ich kämpfte am Küchentisch gerade mit Tangensfunktionen und Additionstheoremen. „Interessierst du dich denn gar nicht für Mädchen? Ich habe dich noch nie mit einem zusammen gesehen."

„Nein", erklärte ich und legte schließlich das Lehrbuch zur Seite. Vielleicht war jetzt ein guter Zeitpunkt. „Ich glaube, ich bin schwul", sagte ich zögernd. Das schien mir der beste Weg zu sein, die lästige Diskussion zu beenden, und sobald ich es ausgesprochen hatte, klang es auch wahr.

Aber ich hätte nichts Schlimmeres von mir geben können. Meine Mutter jedenfalls schien hinter meinem Rücken geradewegs zu implodieren. Noch heute erinnere ich mich an die unheimliche Stille, die meinem beiläufigen Geständnis folgte.

„Mutter?" Ich drehte mich um und sah eine Frau neben dem Bügelbrett stehen, die nur noch entfernte Ähnlichkeit mit meiner Mutter hatte. „Was ist los?" Tiefe Linien hatten sich in Sekunden in ihr Gesicht eingegraben, das eine ungesunde, blasse, feuchtglänzende Farbe angenommen hatte. Ihre Hände zitterten und umklammerten das Bügeleisen. Ihr Mund öffnete und schloss sich tonlos, ich musste unwillkürlich an einen Fisch denken.

Ich wollte gerade aufspringen, um einen Arzt zu rufen, als sie ihre Stimme wiederfand. „Solltest du wirklich diese … diese verhängnisvolle Neigung haben, wirst du nicht länger mit mir unter einem Dach wohnen", presste sie zwischen ihren blutleeren Lippen hervor.

„Aber …"

„Ich meine, was ich sage. Also?"

„Mein Gott, Mutter, es ist 1980! Nun stell dich doch nicht so …"

„Raus!"

„Aber du kannst mich doch nicht einfach …"

„Doch!", erwiderte sie leise, aber entschlossen. „Ich kann."

Ich glaubte ihr kein Wort, hätte beinahe gelacht. Erst als sie mir eigenhändig zwei Koffer packte, mir die Wohnungsschlüssel abnahm und mich vor die Tür setzte, wurde mir klar, dass sie es bitter ernst meinte.

„Und wovon soll ich leben?" Wie zum Hohn schien mir die Sonne ins Gesicht und blendete mich, bis ich mir schützend die Hand vor die Augen hielt. Ich hatte noch immer keine Ahnung, was eigentlich los war.

„Darum brauchst du dir keine Sorgen zu machen. Ich werde deine weitere Ausbildung finanzieren. Ich will dich bloß nicht mehr sehen." Das Zuschlagen der Haustür klang genauso hart wie die Stimme meiner Mutter.

Ich setzte mich an die nächste Haltestelle und ließ einen Bus nach dem anderen vorbeifahren. Es war das letzte Mal in meinem Leben, dass ich geweint habe. Trotzige und wütende Tränen schossen mir über die Wangen. Wenn meine Mutter zu so etwas fähig war, dann war etwas mit ihr nicht in Ordnung. Es war nicht meine Schuld. Im Tierreich mochte es durchaus gang und gäbe sein, die Jungen aus dem Nest zu schubsen, aber selbst da geschah das, um sie zur Selbstständigkeit zu zwingen, und nicht, weil den Eltern das sexuelle Verhalten ihrer Jungen missfiel. Aber meine Mutter hatte es getan, der Beweis stand neben mir. Fassungslos starrte ich auf die beiden Koffer. Ich bewahre sie noch immer im Keller auf, hinter den Kartons für unsere Computer. An dem einen sind inzwischen die Griffe kaputt und der andere hat ein defektes Schloss. Aber ich kann sie einfach nicht wegwerfen.

Manfred klopft mit dem Zeigefinger gegen meine Stirn. „Jemand zu Hause?"

Ich schüttele mich. „Sorry", sage ich. „War irgendwie weggetreten. Wie spät ist es?"

„Gleich zwölf. Zeit fürs Bett." Er hat schon die Zahnbürste im Mund. Aus seinen Mundwinkeln quillt weißer Schaum.

Als wir im Dunkeln nebeneinander liegen, fragt er: „War das ernst gemeint von dir heute Morgen?"

„Was?"

„Das mit dem ‚ob wir uns noch lieben'." Er klingt unsicher, verletzt, fast wie ein Kind.

„Ach, Kerl …"

Früher hatte dieser Seufzer etwas Liebevolles, wenn ich zum Beispiel eine Macke an Manfred bemerkt hatte und wusste, dass ich mich damit abfinden musste, weil sie zu ihm gehört. Heute bringt der Seufzer nur noch meine Resignation zum Ausdruck. Ich starre in die Schatten der Bäume vor dem Schlafzimmerfenster. „Ich weiß es nicht", antworte ich endlich. „Bist du dir denn sicher, dass das, was wir jetzt haben, für den Rest unseres Lebens ausreicht?"

„Hätte ich dich sonst vor ein paar Monaten gefragt, ob wir nicht …"

„Schon gut!", unterbreche ich ihn. Ich hätte nicht damit anfangen sollen.

„Ist es denn so wenig, was wir haben?", versucht er es erneut.

„Ich rede nicht von den materiellen Dingen."

„Ich auch nicht. Aber glaubst du nicht, dass wir allmählich zu alt sind für solche emotionalen Achterbahnfahrten?"

Ich wünschte, ich könnte ihm Recht geben, aber ich kann meine Zweifel nicht einfach verleugnen. Deshalb sage ich besser gar nichts und auch Manfred verstummt.

Kurz bevor ich einschlafe, höre ich, wie er flüstert: „Tu das nicht, Felix", und ich weiß nicht, ob er meine Hand meint, die über seinen Oberschenkel streicht, oder die Tatsache, dass ich kurz davor bin, unsere Zukunft zu zerstören.

Der Anruf kommt mitten in der Nacht. Er reißt mich aus einem Traum und ich stolpere ins Wohnzimmer. Der Hund hebt verschlafen den Kopf. Noch bevor ich das Gespräch annehme, kenne ich den Inhalt der Botschaft. Es ist Schwester Ruth, eine der Nachtwachen.

„Wir müssen das Morphium erhöhen", sagt sie. „Die Schmerzen nehmen zu. Sie wird bald nicht mehr ansprechbar sein."

„Wie lange hat sie noch?" Ich habe einen pelzigen Geschmack im Mund.

„Das ist schwer zu sagen. Ein paar Tage, ein paar Wochen ... Aber wenn Sie noch einmal mit Ihrer Mutter sprechen wollen, sollten Sie jetzt kommen."

Ich weiß nicht, ob ich mit ihr sprechen will. Über all die Jahre hat sie jeden Kontakt abgelehnt, ich bin mir nicht einmal sicher, ob sie mich sehen will.

„Ich muss noch einige Dinge hier klären", sage ich ausweichend. „Mich in der Schule abmelden, jemanden für den Hund finden. Mein Freund kann ihn nicht versorgen, er ist ab morgen dienstlich unterwegs." Es hat keinen Sinn. Ich kann mich nicht drücken. „Also schön, ich komme morgen Vormittag."

„Bringen Sie den Hund doch einfach mit. Sie mag Tiere. Das Haus ist doch groß genug."

Sie mag Tiere? Als Kind durfte ich nicht einmal ein Meerschweinchen haben. „Ist gut", erwidere ich überrascht. „Bis morgen dann."

Ich gehe langsam ins Schlafzimmer zurück. Manfred hat die Leselampe angeknipst und sieht mich fragend an.

„Es ist so weit", sage ich, während ich ins Bett zurückkrieche. „Sie liegt im Sterben."

Er zieht mich zu sich und ich verstecke mich dankbar in seiner Umarmung. „Wirst du fahren?", fragt er.

„Ja", erwidere ich, plötzlich zitternd vor Kälte.

Der Brustkrebs wurde vor sechs Monaten diagnostiziert. Bösartige Tumore mit Metastasen in den Knochen, den Eierstöcken und den Lymphdrüsen. Sie hatte die Knoten in der Brust ignoriert, bis es zu spät war und auch die heftigste Chemotherapie keinen Erfolg mehr versprach. Die Ärzte hätten sie ausweiden müssen wie ein geschossenes Reh, um den Krebs zu besiegen.

Nicht, dass sie mir etwas davon erzählt hätte. Eher wäre ihr die Zunge abgefault, als dass sie ihren Sohn über ihren bevorstehenden Tod informiert hätte. Mein Großvater, selbst über neunzig und mittlerweile so gebrechlich, dass er sich nur noch mit Tippelschritten und auf einen Stock gestützt durch sein Zimmer in einem Seniorenstift bewegen kann, hat mich angerufen, als sie ihm das Ergebnis der Untersuchungen mitgeteilt hat. Alles, was ich von ihr weiß, alles, was nach ihrem abrupten, lächerlichen Liebesentzug geschehen ist, weiß ich von ihm, aus zweiter Hand. Sie selbst hat nie wieder auch nur einen Finger nach mir ausgestreckt.

Zuerst wollte ich es nicht wissen. Ich wollte nicht wissen, wie es der Frau geht, die ich in all den Jahren nur noch in Anführungszeichen und mit einem zynischen Unterton als meine Mutter bezeichnet habe. Ich wollte, dass es mir egal ist.

„Aber du bist ihr Sohn!“, erinnerte mich mein Großvater. Ich konnte ihn förmlich vor mir sehen, die rotgeäderten, trüben Augen hinter dicken Brillengläsern versteckt, die übergroßen Zifferntasten seines Telefons anstarrend, dazu der abgenutzte Rosenkranz in seinen Händen, der schon fast automatisch durch seine zittrigen Finger glitt. „Trotz allem, was passiert ist.“

„Ich weiß ja nicht einmal, was passiert ist!“, regte ich mich auf. „Bis heute warte ich auf eine Erklärung.“

„Dann wirst du sie fragen müssen.“ Mein Großvater hustete. Der Schleim in seinen Bronchien brodelte.

„Will sie mich überhaupt sehen?“ Am anderen Ende der Leitung war es auf einmal still. „Also nicht! Aus welchem Grund sollte ich dann zu ihr kommen? Sie hat es so gewollt, nicht ich!“

„Um ihr zu vergeben“, erklärte mein Großvater schließlich.

„Warum hat sie es getan?“ Ich stellte diese Frage zum hundertsten Mal und erhielt auch dieses Mal keine Antwort. Die Loyalitäten meines Großvaters sind eindeutig.

Ich konnte mich jedoch darauf einlassen, über ihren Zustand informiert zu werden und Kosten zu übernehmen. Ärztliche Bulletins wurden mir wie Wasserstandsberichte weitergegeben, ich setzte mich mit medizinischen Fachausdrücken auseinander, die in diesen Berichten wie Schlingpflanzen im Dschungel die wahre Bedeutung von Worten überwuchern. Telefonate mit Ärzten, Kranken- und Pflegekassen, Gespräche mit Sozialdiensten, weil meine Mutter sich weigerte, noch einmal ein Krankenhaus aufzusuchen, Organisation von Betreuung und Essen auf Rädern. Und in all der Zeit kein einziges Wort von meiner Mutter. Sie blieb so stumm wie das Grab, in dem sie beerdigt werden wollte. Einem Einzelgrab, nicht in Köln, nicht neben meinem Vater, auf keinen Fall neben meinem Vater. Ich erkannte ihre krakelige Handschrift kaum wieder auf dem Blatt Papier, auf dem sie ihre Grabverfügung niedergeschrieben hatte, und das mir über den häuslichen Pflegedienst zugeleitet wurde, der sie mittlerweile rund um die Uhr betreute.

„Vielleicht ist sie dement?“, mutmaßte Manfred, als ich ihm das Schreiben zeigte.

„Meine Mutter? Nein.“ Ich schüttelte ratlos den Kopf. „Verbittert vielleicht, aber dement? Niemals. Sie weiß ganz genau, was sie will. Ich verstehe nur nicht, warum. Er hat ihr doch nichts getan! Er ist seit über vierzig Jahren tot!“

„Du wirst es nicht erfahren, wenn du nicht hinfährst.“ Ganz die Unschuld kraulte er dem Hund den Nacken. Darauf habe ich mich immer verlassen können: auf Manfreds praktische und gleichzeitig undurchführbare Ratschläge.

Ich hätte nein sagen können zu all dem, nein zu der Verantwortung, immerhin war ich meiner Mutter nichts schuldig, aber genauso wenig, wie ich ihr gegenübertreten wollte, war ich in der Lage, diese letzte Verbindung zu ihr zu kappen. Als sie damals glaubte, sich meiner physischen Gegenwart entledigen zu müssen, hatte sie immerhin für meine Ausbildung bezahlt, hatte mir meinen Eintritt ins Leben finanziert. Ich hatte mir immer ausgemalt, dass sie damit ihr schlechtes Gewissen beruhigen wollte. Jetzt konnte ich mich revanchieren. Ich bezahlte ihren Austritt aus dem Leben. Damit waren wir quitt. Ein einfaches Nullsummenspiel. Aber die Dinge sind nie so einfach, dass sie mit einer mathematischen Gleichung aus der Welt geschafft werden können. Das hat schon Einstein erfahren müssen: Alles ist relativ.

Der Morgen dämmert mit einem deplatzierten, romantischen Sonnenaufgang, Schleierwolken treiben in kleinen Gruppen über den Himmel; am Horizont Richtung Innenstadt kann ich den Dom erahnen. Die Schulleiterin hat mich ungnädig für einige Tage vom Dienst freigestellt und ich erwische mich dabei, wie ich Lebensmittel in den Wagen schaufele, als ob das kleine Städtchen, in dem meine Mutter wohnt, am Rande des Polarkreises läge.

Manfred steht stumm neben dem Auto, beobachtet mit zunehmendem Unmut meinen hektischen Aktionismus, die roten Flecken in meinem Gesicht und meine steigende Nervosität. „Das ist lächerlich!“, sagt er schließlich, verschränkt die Arme vor der Brust und schüttelt resigniert den Kopf. „Das ist völlig irrational.“

Ich halte inne und betrachte die Kartons mit Müsli, Dosensuppen und Hundefutter, die ich im Heck gestapelt habe. „Ich weiß“, erwidere ich verzweifelt.

„Du brauchst nur ein paar Klamotten zum Wechseln, eine Zahnbürste und Rasierzeug.“ Er hält mir eine gepackte Tasche unter die Nase. „Hier.“

Seit dem Aufwachen gehen wir merkwürdig behutsam miteinander um, unnatürlich zuvorkommend, als wüssten wir, dass nur eine falsche Bemerkung, ein lautes Wort das marode Gerüst unserer Beziehung zum Einsturz bringen könnte.

„Danke“, sage ich und werfe die Tasche auf die Rückbank. Sie rutscht vom Sitz herunter und fällt auf den Boden. Manfred zuckt fast unmerklich zusammen und ich bin versucht, mich zu entschuldigen.

„Du könntest abends zurückfahren“, schlägt er vor und schluckt. „Es sind nur sechzig Kilometer.“

Ich schüttele den Kopf. „Wozu? Du bist doch auch nicht da.“

„Rufst du wenigstens zwischendurch an?“

„Natürlich.“ Ich fingere meine Jackentasche ab und bemerke, dass ich mein Handy auf dem Schreibtisch habe liegen lassen.

Manfred sieht mich mit hochgezogenen Augenbrauen an, geht ins Haus und trägt mir das Mobiltelefon hinterher. Der Hund springt ins Auto, aufgeregt, schwanzwedelnd. Er hält das Ganze für ein Abenteuer. Ich wünschte, ich könnte die gleiche Begeisterung an den Tag legen.

„Und jetzt fahr los“, sagt Manfred zum Abschied. Er wirkt traurig und einsam, als er im Rückspiegel immer kleiner wird und reglos hinter mir herschaut. Ich setze die Sonnenbrille auf, biege um die Kurve und atme erleichtert auf, als er nicht mehr zu sehen ist.

Zwei

Das Haus ist viel kleiner, als ich es in Erinnerung habe. Fast wie eine Puppenstube. Ein Haus, in dem man als Kind glückliche Familie spielen konnte. Nur dass wir keine Familie waren, wir waren eine Witwe und ihr Sohn.

Schmal und eingezwängt steht es zwischen einem dreistöckigen Neubau mit weit ausladenden Balkonen und einem Bungalow mit Zahnarztpraxis. Erdgeschoss, erster Stock und darüber das braune Giebeldach. Der graugelbe Fassadenputz hat Risse, Moos wächst zwischen den dunklen, verwitterten Dachziegeln. Der kleine Vorgarten ist verwildert; Unkraut hält die weiß blühenden Kletterrosen und die Glyzinie in einem ständigen Würgegriff. Vor der Haustür quillt Löwenzahn aus den Ritzen zwischen den Steinplatten. Früher hatte hier jede Pflanze eine zehn Zentimeter breite Todeszone um sich herum, frei gesprengt von Unkraut und Schädlingen durch den rigorosen Einsatz von Chemie.

Als der Hund und ich vor der Tür stehen, fällt mir unvermittelt auf, dass ich nichts für meine Mutter mitgebracht habe. Keine Blumen, keine Pralinen, wie sonst bei Verwandtschaftsbesuchen üblich. Nicht einmal Mitleid. Alles, was ich im Gepäck habe, sind unbeantwortete Fragen und Vorwürfe. Für einen Moment bin ich versucht, unverrichteter Dinge wieder zu gehen, meine Mutter ihren Tod sterben zu lassen und mit meinem Leben einfach dort weiterzumachen, wo ich es vor einer Autostunde zurückgelassen habe, aber dann öffnet sich die Haustür und ich kann nicht mehr umkehren.

„Ich bin der Sohn“, sage ich zögernd zu der lächelnden, erstaunlich jungen Frau in Krankenschwesternkleidung. „Felix. Felix Meurer.“

„Ja, ich weiß“, antwortet sie mit einem leichten Lispeln. „Ich bin Schwester Monika von der Caritas. Nun kommen

Sie schon herein." Sie tritt zur Seite und macht eine einladende Geste. „Es ist doch Ihr Zuhause."

Nein, will ich widersprechen. Das ist es nicht. Schon lange nicht mehr. Aber stattdessen frage ich: „Wie geht es ihr?"

Schwester Monika wiegt den Kopf hin und her und streicht sich eine rabenschwarze Haarsträhne aus der Stirn. „Mal so, mal so. Im Augenblick schläft sie. Sie schläft viel. Möchten Sie gleich zu ihr?"

Ich zucke mit den Schultern. Es gibt viele Dinge, die ich momentan lieber täte.

Das Haus ist ganz still. Meine Schritte und das Tapsen der Hundepfoten auf den Holzdielen sind die einzigen Geräusche, die man hört. Schwester Monika trägt bequeme Birkenstocksandalen und bewegt sich lautlos wie ein Geist.

Ich erkenne die Zimmer nur an ihrer Lage wieder, vorne das Wohnzimmer und die Küche, mit den Fenstern zur Straße hin. Die Einrichtung und die Tapeten sind mir fremd. Ich fühle mich wie ein Eindringling, der das Mobiliar auf seinen potenziellen Wert taxiert. Im Vorbeigehen erhasche ich einen Blick auf den Fernseher, ein dunkles Sofa und ein kleines Bücherregal. Meine Mutter war nie eine große Leserin. Groschenromane, in denen ihre Sehnsüchte für fünfzig Pfennig befriedigt wurden, waren ihr genug. Linker Hand geht von der Diele der Aufgang in den ersten Stock ab, wo sich früher mein Zimmer befand. Schmale, enge Stufen, mit billigem Linoleum beklebt.

Oben ist es dunkel, das Rollo im Treppenfenster ist heruntergezogen. Hinter der Treppe das Bad. Die Tür steht auf und ich kann einen Lifter erkennen, der wie ein monströses Folterwerkzeug über die Wanne ragt. Und dann, mit einem Blick nach Süden auf die hinter dem Haus liegenden Böschungen, das Schlafzimmer. Schwester Monika klopft leise und schüttelt nach einer Weile den Kopf.

„Die Pflege heute Morgen war anstrengend. Sie war danach sehr erschöpft", erklärt sie. Dann öffnet sie die Tür und lässt mich eintreten. Ich bedeute dem Hund, Platz zu machen.

Das Erste, was mir auffällt, ist das Fehlen des Doppelbettes, das sie von Köln hierhin mitgenommen hat. Der Raum wird nun dominiert von einem Pflegebett, das mit dem Kopfende an der rückseitigen Wand steht, und wirkt viel größer als früher. Auf dem Teppich sind noch die Abdrücke der alten Bettpfosten zu erkennen. Warum sie das Ehebett nach dem Tod meines Vaters nicht aufgegeben hat, weiß ich nicht. Vielleicht hatte sie gehofft, die leere Seite rechts neben sich im Laufe der Zeit wieder füllen zu können. Wenn, dann hat sich ihre Hoffnung nicht bewahrheitet. In meiner Kindheit hat sie immer allein in dem großen Bett geschlafen. Ob sie tatsächlich niemals einen Liebhaber gehabt hat? Auch nicht, nachdem sie mich aus ihrem Leben gestrichen hatte?

Einen Moment lang glaube ich, dass jemand ein Plüschtier oder eine Puppe auf das Kopfkissen gelegt hat, so klein und zerbrechlich ist die Gestalt, die in dem Bett liegt. Dann wird mir mein Irrtum klar. Das Gesicht meiner Mutter ist ganz zerfurcht, unnatürlich bleich, fast wächsern. Porzellanfarben. Die Wangen sind eingefallen, die Augen liegen tief in den Höhlen, die Nase ist spitz. Sie sieht viel älter aus, als sie tatsächlich ist. Sie sieht hässlich aus, wie eine Hexe. Der Krebs hat ihr seinen Stempel aufgedrückt. Die einzigen Erhebungen unter der Bettdecke stammen von ihren Knien und ihren Füßen; die Sohlen sind mit Gaze verpackt und hochgelagert. Ihre Arme sind so schmal, dass ich sie mit meiner Hand umfassen könnte. Was für ein kleines Bündel Mensch, jämmerlich, krank, verbraucht. Und sie hat graue Haare! Ich habe mir meine Mutter nie mit grauen Haaren vorgestellt. In meiner Erinnerung hatte sie immer braune, kurz geschnittene Haare.

Neben dem Bett hält ein Infusionsständer Wache, von dem eine durchsichtige Flüssigkeit aus einer Plastikflasche tropft. Daneben steht ein Stuhl. Ich hebe das Heft hoch, das aufgeschlagen auf dem Polster liegt, und setze mich. Auf dem Titelbild beugt sich ein junger, gütig lächelnder Mann in einem weißen Kittel über eine hilflos aussehende junge Frau. *Dr. Stefan Frank, der Arzt, dem die Frauen vertrauen*. Nicht alles hat sich verändert.

Ihr Atem ist flach und gehetzt, aber sie schläft fest. Unter den geschlossenen Lidern tanzen ihre Augäpfel unruhig hin und her, spröde, rissige Lippen bewegen sich in einem stummen Gemurmel. Sie träumt, verbannt in eine morphinhaltige Fantasiewelt. Nichts deutet darauf hin, dass sie meine Anwesenheit wahrnimmt. Was sie wohl sagen wird, wenn sie erfährt, dass ich zurückgekommen bin, entgegen ihren Wünschen? Ich bemerke, dass meine Hände zittern und ich stürze aus dem Schlafzimmer, so schnell ich kann.

Damals musste ich sehr schnell erwachsen werden. Alles, was ich besaß, waren ein Bankkonto mit einer ersten Überweisung und die zwei Koffer, in die meine Mutter meine wenigen Habseligkeiten gestopft hatte. In den ersten Tagen nach meinem Rauswurf schlüpfte ich bei Freunden unter und organisierte von dort aus meinen Umzug und meinen Schulwechsel. Köln schien die logische Wahl zu sein. Es war der einzige Ort, der mir in den Sinn kam. In der Kleinstadt meiner Mutter wollte ich nicht bleiben und Köln war die Heimat meines Vaters, auch wenn ich ihn nie wirklich gekannt hatte.

Es war eine Zeit, in der ich lernte, mit der staatlichen Bürokratie umzugehen. Ämterbesuche, Sozialarbeiter, Berechtigungsscheine, Urkundenbeschaffungen, Wohnungsbesichtigungen, Anträge, Bedürftigkeitsnachweise, Unterschriften, Möbelbeschaffungen. Im Nachhinein weiß ich nicht, wie ich es gemacht habe, aber ich erinnere mich, dass ich mich immer dann, wenn ich mich ein weiteres Mal hoffnungslos überfordert fühlte, damit aufrichtete, dass ich mir sagte, dass sie mich nicht kleinkriegen würde. Ich wollte meiner Mutter diesen Triumph nicht gönnen.

Um meine Nervosität und meine Aggressionen in den Griff zu bekommen, begann ich zu rauchen wie ein Schlot, innerhalb von vier Wochen war ich auf zwei Packungen am Tag. Nach einem halben Jahr hörte ich wieder auf, als mir ein Jugendtherapeut vorschlug, dass Sport meine Frustrationen wahrscheinlich besser bekämpfen würde als ein ständiger Teerbelag auf meinen Lungen. Ich versuchte es mit Taekwondo. Der Therapeut hatte Recht. Abends fiel ich erschöpft, aber ausgeglichen in mein neues Ikea-Bett und als ich nach wenigen Monaten mein Abiturzeugnis in der Hand hielt, hatte ich zum ersten Mal ein unglaubliches Gefühl von Freiheit. Am Abend nach der feierlichen Übergabe trank ich mir Mut an mit zwei Flaschen Bier und machte mich auf, um zum ersten Mal in meinem Leben in eine schwule Diskothek zu gehen. Wenn meine Sexualität schon der Grund für all die Umwälzungen war, die so unerwartet über mich hereingebrochen waren, dann wollte ich sie auch ausleben.

Das Pimpernel befand sich in der Innenstadt, sehr zentral, direkt am Rudolfplatz gelegen, dort, wo heute die Sparkasse ihre Hauptzentrale und Verwaltung hat. Dass sie sich an einem ehemaligen Platz orgiastischen homosexuellen Treibens befinden, ist den meist biederen Sparkassenangestellten und ihren Kunden wahrscheinlich nicht bewusst. Vielleicht sollte man zumindest eine Erinnerungsplakette am Eingang anbringen. Immerhin hat der Laden in den siebziger und achtziger Jahren viele Schwule glücklich gemacht. Sogar Freddie Mercury war hin und wieder Gast.

Die Diskothek erstreckte sich über drei Etagen – oben eine Kaffeetheke mit Sitzgelegenheiten, darunter die Tanzfläche mit Bar und ganz unten im Keller eine weitere kleine Bar, in der Pornovideos gezeigt wurden, daneben die Toiletten und der Dunkelraum, direkt unter der Treppe.

An der Eingangstür befand sich eine Klingel. Erst wenn man sie betätigte, öffneten sich die Pforten zu diesem lasterhaften Reich. Es dauerte eine halbe Stunde, bis ich mich traute, den Klingelknopf zu drücken. Ich sah so jung aus, dass ich meinen Ausweis vorzeigen musste.

„Das erste Mal hier, Kleiner?“, fragte mich der schlaksige Türsteher.

Ich nickte eingeschüchtert.

„Na, dann sieh zu, dass du deinen Frischfleischbonus auskostest. Viel Spaß.“

Ich hatte keine Ahnung, wovon er sprach, aber ich verlor meine Unkenntnis, als ich den merkwürdigen dunklen Raum unter der Treppe erkundete, dessen Funktion mir völlig schleierhaft war. Jemand folgte mir, und sobald uns die Dunkelheit verschluckt hatte, fühlte ich seine Hände an meinem Reißverschluss und kurz darauf seinen Mund um meinen Schwanz. Innerhalb des Bruchteils einer Sekunde wurde mir klar, dass mein steiniger Weg bis hierher sich gelohnt hatte. Wenn das hier schwuler Sex war, dann hatte ich nichts zu bereuen. Fortan besuchte ich das Pimpernel jedes Wochenende.

Ich trage meine Tasche nach oben, die Treppe hinauf in das Zimmer, das früher einmal meins war. Aber alle Spuren, die ich in diesen vier Wänden hätte hinterlassen können, sind entfernt worden. Es ist, als hätte meine Mutter alles darangesetzt, Erinnerungen an meine Anwesenheit zu tilgen. Die Möbel sind andere, die Tapeten, der Teppich.

Sie hat den Raum als Wäsche- und Bügelzimmer genutzt. Neben der Tür steht eine Truhe, aus der schmutzige Pullunder und Damenslips quellen, an der Wand lehnt ein Bügelbrett mit zerschlissenem Bezug, daneben eine Flasche halb voll mit destilliertem Wasser. Niemand hat es mir gesagt, aber ich weiß intuitiv, dass sie das Zimmer so schnell wie möglich umgestaltet hat. Ich weiß es einfach. Vier Wochen nach meinem Auszug war nichts mehr von mir übrig. Es ist, als hätte sie mir nachträglich ein Stück meiner Persönlichkeit geraubt.

Ich setze mich auf die Klappcouch, die mir die Schwester zurechtgemacht hat, schließe die Augen und versuche, mich zu erinnern, wie das Zimmer früher ausgesehen hat. In der Ecke unter dem Fenster stand mein Schreibtisch, ein Monstrum aus grün gestrichenem Holz, daneben meine Kompaktanlage mit Platten von Pink Floyd, Genesis und Black Sabbath. An der Wand stand der Kleiderschrank, gegenüber mein Bett. Auf die Tapete hatte ich Poster geheftet von … ja, von was? Ich zermartere mir das Hirn, es scheint plötzlich immens wichtig zu sein, dass ich mich erinnere. *Krieg der Sterne* und James Bond! Ich atme erleichtert auf, als es mir endlich wieder einfällt.

Mein Blick wandert zu einer Stelle der Tapete direkt am Türrahmen, wo zwei Bahnen aufeinander treffen. Sie sind schlecht verklebt, etwas Grünliches schimmert darunter hervor, etwas, das mir bekannt vorkommt. Ich knibbele an der weißen Raufasertapete herum, bis ich einen größeren Streifen zu fassen kriege, und reiße ihn ab. Darunter kommt eine andere Tapete zum Vorschein, hellgrün mit dunkleren, schmalen Streifen, so, wie mein Kinderzimmer tapeziert war. Mit verbissenem Gesichtsausdruck arbeite ich weiter, entferne Stück für Stück der Raufasertapete, bis ein breiter, grüner Rahmen die Tür umgibt. Erst dann lasse ich erschöpft die Hände sinken.

Es klopft an der Tür, die Schwester steckt den Kopf ins Zimmer. „Ich habe Kaffee gemacht …" Ihr Blick fällt auf die weißen Tapetenschnipsel auf dem Boden und sie sieht mich fragend an.

„Mein Kinderzimmer … es war früher grün tapeziert", sage ich lahm und deute auf das freigelegte Stück alte Tapete.

Schwester Monika nickt langsam und sagt: „Es ist eine schwere Zeit. Wenn Sie reden möchten?"

„Nein, danke", erwidere ich und werde rot. „Ich weiß, was ich tue."

Ich folge der Schwester nach unten in die Küche. Unwillkürlich gehe ich auf Zehenspitzen, versuche mich genauso lautlos zu bewegen wie sie. Trotzdem knarren die Treppenstufen unter meinen Füßen und ich zucke schuldbewusst zusammen. Erneut schleiche ich wie ein Dieb durch das Zuhause meiner Kindheit. Wie jemand, der hier nichts verloren hat.

Der Kaffee ist schwarz und bitter. Ich frage die Schwester, ob sie Milch hat, und sie steht auf und geht zum Kühlschrank.

„Sie sind also der Sohn", sagt sie und ihre Feststellung klingt wie der Eröffnungszug einer Schachpartie.

„Ja. Ich bezahle die Rechnungen."

Schwester Monika sieht mich merkwürdig an. Anscheinend keine Antwort, auf die sie vorbereitet war. Sie hat zarte, seidenweiße und langgliedrige Finger, ihre Nägel sind sorgsam zu perfekten Halbmonden manikürt. Zusammen mit den langen schwarzen Haaren und den dezent rot geschminkten Lippen erinnert sie mich an Schneewittchen.

Ich gestatte mir ein kurzes, entschuldigendes Lächeln. Es ist absurd, sie da mit hineinzuziehen. „Tut mir leid. Meine Mutter und ich …" Meine Worte verlieren sich im Nichts.

„Sie hat noch nie ein Wort über Sie verloren. Nicht eines. Als ob Sie gar nicht …"

„Existieren würden?", unterbreche ich. „Ja, das kann ich mir vorstellen." Plötzlich bin ich verärgert über die Einmischung dieser Frau. Ich habe sie und ihren Verein angestellt, um die notwendige Pflege zu leisten und nicht, um unerwünschte Therapiesitzungen abzuhalten.

Schwester Monika scheint meine Verärgerung zu spüren. Sie setzt sich aufrecht in ihren Stuhl und sagt kühl: „Entschuldigung. Ich wollte nicht …"

„Schon gut." Unruhig springe ich auf und schalte das kleine Küchenradio neben der Brotschneidemaschine an. Als die Stille im Haus vom Vormittagsprogramm des Radiosenders durchbrochen wird, fühle ich mich ein wenig wohler. Das Gedudel lenkt ab, bringt ein Stück der Außenwelt in diesen Kokon, in den sich meine Mutter zum Sterben eingesponnen hat. Madonna singt *La isla bonita* und danach folgt ein Bericht über die neuesten Konflikte der Regierungskoalition. Das ist irgendwie beruhigend.

Tropical the island breeze
All of nature wild and free
This is where I want to be
La isla bonita

„Ich bin schwul und das hat meine Mutter gestört", erkläre ich schließlich. „Sie hat mich mit achtzehn Jahren vor die Tür gesetzt. Danach haben wir nie wieder Kontakt gehabt."

„Sie müssen sehr verletzt gewesen sein", schlägt die Schwester vor.

„Verletzt?", brause ich auf. „Ich … O bitte, ersparen Sie mir das!" Fast hätte ich die Fassung verloren. Um mich wieder in den Griff zu kriegen, räuspere ich mich laut. „Sie kann ihren Hass und ihre Intoleranz von mir aus mit ins Grab nehmen", sage ich dann. „Es gibt nichts, was noch zu sagen wäre."

„Warum sind Sie dann hier?"

„Weil … weil …" Ich weiß es nicht.

Am frühen Abend telefoniere ich pflichtbewusst mit Manfred. Schwester Monika ist inzwischen durch die ältliche Schwester Ruth ersetzt worden. Auch sie sieht aus wie eine

Märchenfigur. Ihre kleine, rundliche Gestalt und ihre roten Pausbacken lassen mich sofort an Frau Holle denken: Meine Mutter wird von Frau Holle und Schneewittchen gepflegt.

„Na, wie ist es in der Heimat?“, fragt Manfred mit einem Anflug von Ironie.

Ich seufze. „Neunzig Quadratmeter unaufgearbeitete Vergangenheit.“ In meiner Hand liegt die Fernbedienung und ich zappe lustlos durch die Programme, während ich im Wohnzimmer auf der Couch liege. „Wenigstens ist der Hund hier. Das lenkt mich ein bisschen ab.“

„Hat sie dich begrüßt?“

„Meine Mutter? Sie hat den gesamten Tag verschlafen. Sie weiß noch nicht einmal, dass ich hier bin.“

„Und was machst du die ganze Zeit über?“

„Warten. Lesen. Mir wünschen, ich könnte zu Hause sein.“

„Oh.“ Manfred klingt gerührt. Dabei hatte ich gar nicht an ihn gedacht. Ich wollte nur meine vertraute Umgebung um mich haben.

Ich wechsle schnell das Thema. „Und wo bist du?“

„In einem Hotel in Warendorf. Hier gibt's nur Pferde, sonst nichts. Wundert mich, dass sie nicht auch noch Pferdefleisch auf der Speisekarte haben. Morgen ist dann eine Vertreterkonferenz in Oldenburg, dann ein Tag mit Terminen in Halle und Leipzig. Samstag bin ich zurück. Gott sei Dank.“

„Du hast es gut. Ich weiß nicht, wann ich hier wieder wegkomme.“

„Ist nicht abzusehen, wann …?“ Manfred zögert.

„Nein“, sage ich. „Gar nicht.“

Es entsteht eine Pause. Wir wissen beide nicht, worüber wir noch reden sollen. „Ich muss Schluss machen“, sage ich schließlich.

„Schlaf …“, höre ich Manfred noch antworten, aber da habe ich das Gespräch schon weggedrückt.

Um meine Langeweile und Unruhe zu bekämpfen, mache ich einen ausgedehnten Spaziergang mit dem Hund. Das Haus meiner Mutter liegt am Stadtrand; hinter den Böschungen verläuft die Eisenbahnlinie nach Koblenz. Der Hund wühlt sich durch das Gestrüpp aus Brombeersträuchern und wildem Efeu und gräbt nach Kaninchen. Ich lausche seinem angestrengten Schnaufen im Dickicht, hin und wieder fliegen ein paar Erdklumpen in meine Richtung. In den Bäumen zwitschert aufgeregt ein Schwarm Spatzen und bereitet sich auf die Nacht vor. Nirgendwo fährt ein Auto. Die Vögel verstummen nach und nach. Ich hatte vergessen, wie still es hier sein kann. Ich kann sogar das Surren der Strommasten hören.

Die Abenddämmerung legt sich wie eine stickige Decke über die Landschaft. Ich fühle mein Herz schlagen und atme schwer.

Der Hund beendet seine Erkundungen und kehrt verdreckt und schwanzwedelnd an meine Seite zurück. Mit jeder Minute wird es dunkler und der Wind frischt auf. Fröstelnd schließe ich meine Jacke und laufe stadteinwärts. In den Häusern springen die Lichter an, in einige Fenster kann ich hineinsehen. Ein Mann vor dem Computer, eine Familie mit zwei Kindern beim Abendbrot, ein älteres Ehepaar umhüllt vom bläulichen Flackern ihres Fernsehers. Eine Frau im Bademantel, die Haare in ein weißes Handtuch gedreht, steht am Fenster und beobachtet mich geistesabwesend, während sie telefoniert und lacht. Ich pfeife nach dem trödelnden Hund und wir laufen weiter. Nach und nach wird die Besiedlung dichter, die Häuser größer, die Stille wird auf ein erträgliches Maß zurückgestutzt. Als ich an der ersten großen Straßenkreuzung stehen bleiben muss, um den Feierabendverkehr vorbeizulassen, kann ich wieder leichter atmen.

Gegenüber auf der anderen Straßenseite entdecke ich einen Pizzaservice und bemerke zu meiner Überraschung, dass mein Magen knurrt. Kurzentschlossen bestelle ich mir eine Pizza Salami mit extra Käse zum Mitnehmen und mache mich auf den Weg zurück, den Pappkarton auf der linken Hand balancierend, die Hundeleine in der rechten.

Aber als ich die Haustür aufschließe, höre ich Geräusche aus dem Schlafzimmer, Stimmen, die sich unterhalten, und wenige Augenblicke später tritt Frau Holle in die Küche, um mir zu sagen, dass meine Mutter jetzt wach ist. Ich starre sie unentschlossen an.

„Na, los doch, Sie können jetzt zu ihr gehen!“ Schwester Ruth scheint zu glauben, dass sie mir Mut zusprechen muss. Aber ich brauche keinen Mut, ich brauche Beherrschung.

Ich gehe nach hinten und drücke langsam die Türklinke herunter, atme tief durch. Meine Mutter liegt frisch versorgt und zurechtgemacht in ihrem Bett, ihre Haare sind gewaschen und gekämmt. Schwester Ruth hat das Fenster gekippt, damit der leichte Uringeruch aus dem Zimmer entweichen kann.

„Hallo, Mutter“, bringe ich gepresst hervor, bleibe im Türrahmen stehen, schaffe es nicht, ans Bett heranzutreten.

Sie öffnet die Augen und ihr trüber, verwaschener Blick sucht nach der Quelle der fremden Stimme, bis er an mir hängenbleibt.

„Herbert?“, fragt sie verwundert und dann wird ihr Ton hart und bitter, wie der einer Krähe. „Aus welchem Loch bist du denn gekrochen? Verschwinde und komm nicht wieder!“

Fassungslos stolpere ich rückwärts zur Tür hinaus. Genau wie mein Spiegelbild sieht sie in mir meinen Vater.

Dass ich meinem Vater einmal sehr ähnlich sehen würde, wurde mir mit dreizehn bewusst. Es gab keine Bilder oder Fotografien von ihm im Haus meiner Mutter, nirgendwo. Sie musste sie nach seinem Tod weggeworfen haben; damals dachte ich, dass sein Anblick sie vielleicht noch immer traurig machte. Das einzige Bild, das ich von ihm besaß, steckte mir mein Großvater zu, heimlich, nachdem ich meine Mutter einmal mehr ergebnislos um nähere Informationen über meinen geheimnisvollen Erzeuger angebettelt hatte.

„Ich weiß noch nicht einmal, wie er ausgesehen hat!", beschwerte ich mich bei meinem Großvater. Es war Mittagsruhe, das Geschäft hatte zwischen dreizehn und fünfzehn Uhr geschlossen. Ich war eine Stunde zuvor schlecht gelaunt aus der Schule gekommen, weil sich zwei Klassenkameraden darüber lustig gemacht hatten, dass ich kaum etwas über meinen Vater wusste.

„Vielleicht war er ein kleiner Gnom mit Hakennase und einem Buckel!", hatte mich Markus Meyer verhöhnt und lief gekrümmt und mit hinkendem Bein um mich herum, als wäre mein Vater der Glöckner von Notre Dame gewesen.

„Oder er hat geschielt und O-Beine gehabt!", hatte Michael Voigt vorgeschlagen und die Augen verdreht.

„Oder beides!", hatte Markus ihn übertrumpft und sich vor Lachen auf die Oberschenkel geschlagen. „Vielleicht war er ein kleiner, schielender Gnom mit Hakennase, Buckel und O-Beinen und deine Mutter schämt sich bis heute, dass sie ihn geheiratet hat! Schlechte Karten für dich, Meurer! Wenn du erwachsen bist, könntest du genauso aussehen!"

„Er ist Motorrad gefahren!", hatte ich trotzig die einzige Information wiederholt, die ich über meinen Vater besaß.

„Ja, kann schon sein!", hatte Michael grinsend erklärt. „Aber deine Mutter hat sich bis heute nicht getraut, dir zu sagen, dass ihr kleiner Gnom eine Trittleiter brauchte, um sie zu besteigen!"

„Wen? Die Maschine?"

„Nein, du Vollidiot! Deine Mutter!" Danach hatten die beiden sich grölend auf dem Schulhof gewälzt und wir hatten uns geprügelt.

Mein Großvater stand hinter dem Verkaufstresen und biss in sein Butterbrot, der Rosenkranz in seiner Hosentasche klimperte leise. „Dein Vater war kein Gnom mit einem Buckel", versuchte er mich zu beruhigen. „Und er hatte auch keinen Sehfehler."

„Woher soll ich das wissen?", begehrte ich auf. „Sie sagt mir überhaupt nichts über ihn! Ich will wissen, wie er ausgesehen hat! Ich habe ein Recht darauf!" Frustriert zerbrach ich eines der zum Verkauf ausliegenden Radiergummis, mit dem ich herumgespielt hatte.

Mein Großvater seufzte und nahm mir die Reste des Radierers aus der Hand. „Wenn es dich beruhigt: Du siehst ihm mit jedem Tag ähnlicher", sagte er schließlich. „Manchmal denke ich, dass ich eine kleinere Ausgabe von Herbert vor mir stehen habe. Aber erzähl deiner Mutter nicht, dass ich dir das gesagt habe", fügte er hastig hinzu.

„Ich sehe ihm ähnlich? Wirklich?", fragte ich begeistert nach. „Wie? Wo? Hast du ein Bild von ihm?"

Nachdenklich schaute mich mein Großvater an und seufzte erneut. „Warte hier." Wortlos schlurfte er ins Lager, und ich hörte, wie er einige Kisten verrückte und zwischen Pappkartons wühlte, eine Trittleiter auf dem Boden entlangzog und nach etwas in einem der oberen Regale suchte, wo die Lieferungen mit Schreibpapier und Briefkuverts gestapelt waren. Nach fünf Minuten kehrte er endlich zurück, mit staubigen Fingern, und drückte mir ein vergilbtes Schwarz-Weiß-Foto in die Hand.

„Du kannst es behalten", sagte er, und wenn ich genau hingehört hätte, wäre mir aufgefallen, dass mein Großvater klang, als hätte er ein schlechtes Gewissen. „Aber lass es nicht deine Mutter sehen. Sie macht mir sonst die Hölle heiß!"

Ich nickte sprachlos und starrte das Bild an wie eine Landkarte, auf der der Fundort eines Piratenschatzes verzeichnet war. Endlich! Endlich konnte ich mir eine Vorstellung davon machen, wie mein Vater ausgesehen hatte!

„Es ist aufgenommen worden, kurz bevor sie geheiratet haben. Da war er noch keine dreißig", erklärte mein Großvater.

Langsam, fast andächtig drehte ich das Foto um und erblickte einen jungen Mann, ungefähr einen Meter achtzig groß mit hellen, kurz geschnittenen Haaren, der neben einem Motorrad stand und mit zusammengekniffenen Augen in die Kamera blinzelte. In der einen Hand hielt er einen altmodischen Sturzhelm ohne Visier, die andere Hand hatte er an die Stirn gelegt, weil die Sonne ihn offensichtlich blendete. Der Mann trug einen dunklen Rollkragenpulli und eine undefinierbare Stoffhose.

„Das ist mein Vater?", fragte ich zweifelnd. Ich konnte keinerlei Gemeinsamkeiten erkennen. Er sah aus wie jeder andere Erwachsene. Wäre ich ihm auf der Straße begegnet, wäre ich an ihm vorbeigelaufen. Wenigstens hatte er keinen Buckel.

Mein Großvater muss meine Enttäuschung bemerkt haben, denn er lächelte amüsiert. „Ja. Ihr habt exakt die gleiche Haarfarbe. Strohblond, als wärt ihr beide einem Wikingerstamm entsprungen." Er deutete auf das Bild. „Und die Augen: Du hast genau die gleichen hellen, grünen Augen wie er. Blonde Menschen haben fast immer blaue oder graue Augen, aber ihr beide nicht."

„Ich kann seine Augen nicht erkennen!", beschwerte ich mich. „Er blinzelt! Außerdem ist es ein Schwarz-Weiß-Foto."

„Damals gab es noch keine Farbfotografien. Aber du kannst mir ruhig glauben. Ihr habt die gleiche beunruhigende Augenfarbe."

„Du findest die Farbe meiner Augen beunruhigend?"

„Sie blitzen im Dunkeln wie die eines Raubtieres!" Er tat so, als würde er seine Krallen ausfahren, und fauchte wie eine Katze.

Ich fühlte mich geschmeichelt. Wie ein Raubtier! Ha!

Mein Großvater lachte. „Ich finde den Kontrast zu den blonden Haaren sehr auffällig. Ich kann fast verstehen, dass dein Vater viel Aufmerksamkeit auf sich …“ Plötzlich verstummte er.

„Was?“, fragte ich.

Er tat, als hätte er mich nicht gehört, und lenkte meine Neugierde ab. „Schau dir die Kinnpartie und den Mund an: Wie aus dem Gesicht geschnitten. Wenn du einen Flunsch ziehst und verärgert bist, guckst du genauso wie er. Und auch die hohen Wangenknochen hast du von ihm.“ Er betrachtete mich nachdenklich von oben bis unten. „Ja, ich denke, du wirst ihm von Tag zu Tag ähnlicher.“

Ich sah mir das Foto noch einmal genauer an. „Was ist das da für ein Fleck am Kinn? Dieser langgezogene Strich. Ist das eine Narbe?“, fragte ich. „Da, siehst du? Unter dem linken Mundwinkel.“

Mein Großvater runzelte die Stirn. „Nur ein Fleck auf der Fotografie. Das Bild ist alt und hat jahrzehntelang im Regal gelegen“, antwortete er abrupt. „Und jetzt Schluss damit. Ich muss den Laden wieder aufschließen. Geh nach Hause, Felix. Sag deiner Mutter Bescheid, dass ich sie ab vier Uhr hier brauche.“

Gehorsam und aufgeregt trabte ich zurück, und während meine Mutter den Nachmittag über Schulranzen, Tintenpatronen und Grußkarten verkaufte, lag ich selbstvergessen auf meinem Bett und studierte die Fotografie meines Vaters, bis ich mir jeden Quadratzentimeter eingeprägt hatte.

Jahrelang würde es die einzige Information bleiben, die ich über ihn erhielt. Wieso ausgerechnet mein Großvater eine Fotografie seines Schwiegersohnes aufbewahrt hatte, während meine Mutter jedes Bild vernichtet hatte, kam mir nicht in den Sinn zu fragen.

„Sie dürfen das nicht persönlich nehmen, Kindchen!“, beruhigt mich Schwester Ruth und tätschelt mir die Hand. „Ihre Mutter ist ein bisschen durcheinander. Das ist eine Nebenwirkung des Morphiums.“ Wir sitzen in der Küche und ich knabbere versuchsweise an meiner lauwarmen Pizza, aber der Appetit ist mir vergangen.

„Ein bisschen durcheinander?“, erwidere ich. „Sie ist komplett durch den Wind! Sie hält mich für meinen Vater!“ Ich nehme ein Stück Pizza und halte es dem Hund hin, der es mit einem Bissen verschlingt. Erst als es zu spät ist, fällt mir ein, dass er von Käse immer Blähungen bekommt.

„Sehen Sie Ihrem Vater denn ähnlich?“

„Ja … schon, aber …“ Unwillkürlich fahre ich wieder mit der Hand über Wange und Kinn. Mein Name ist Felix, nicht Herbert. „Sie hasst ihn. Er ist seit über vierzig Jahren tot und sie hasst ihn!“, sage ich verwundert. „Und ich habe nicht den blassesten Schimmer, warum!“ Ich sehe die Schwester an, als könnte sie mir eine Antwort geben. „Wieso hasst diese Frau die ganze Welt? Was haben wir ihr getan?“

„Uns von der Caritas scheint sie zu mögen“, sagt die Schwester. „Sie hat immer ein Lächeln für uns übrig.“

„Ach, geben Sie mir etwa die Schuld?“, frage ich nach. „Ich habe meine Mutter seit Jahrzehnten nicht mehr gesehen!“

„Sie brauchen einen Kaffee!“, beschwichtigt Frau Holle. Sie seufzt und steht ächzend auf. „Ich mache Ihnen eine Tasse.“

„Ich brauche keinen Kaffee, ich brauche Antworten!“, sage ich wütend und gehe ins Schlafzimmer zurück, entschlossen, dieses Mal meine Mutter mit meinen Vorwürfen, meinem Zorn und meinen Verletzungen zu konfrontieren. Aber als ich an ihr Bett trete, liegt darin nur eine Frau, deren Augen starr an die Decke blicken. Meine Mutter ist tot.

Drei

Der Rest des Abends verliert sich in einem Meer hektischer Betriebsamkeit. Dass der Tod eine solche Lawine von Aktivitäten auslöst, war mir nicht bewusst. Dabei fülle ich nur die Rolle eines Statisten aus, meine Mutter hat ihr Ableben akkurat geplant. Trotzdem bin ich hoffnungslos überfordert. Eigentlich müsste ich den trauernden Sohn spielen, aber so sehr ich mich auch bemühe, ich kann keine Traurigkeit empfinden, nur ein Gefühl der Enttäuschung. Meine Mutter hat sich aus dem Staub gemacht, bevor ich eine Chance hatte, ihr ihre Fehler und Versäumnisse vorzuwerfen.

Schwester Ruth hält die Fäden in der Hand und telefoniert mit der Einsatzzentrale der Caritas, um die notwendigen Schritte in die Wege zu leiten. Als Erstes wird der Hausarzt herbeizitiert, um den Tod offiziell festzustellen. Schon nach einer halben Stunde ist er vor Ort, ein grauhaariger, bedächtiger Mann, mit einem Feuermal auf der linken Wange und einem schwarzen Arztkoffer in der rechten Hand. Er spricht mir sein Beileid aus und verschwindet dann mit Frau Holle im Schlafzimmer.

Der Hund hat sich unter den Küchentisch verkrochen. Er spürt, dass etwas nicht in Ordnung ist, und sieht mich mit triefenden Augen an. „Ist schon gut“, sage ich tröstend. „Es hat nichts mit dir zu tun.“

Schon kurze Zeit später tauchen die beiden wieder auf. Schwester Ruth hält den Totenschein in der Hand und verabschiedet den Arzt. „So“, sagt sie, als die Tür hinter ihm ins Schloss gefallen ist. „Jetzt können wir weitermachen.“

Ich sehe sie fragend an.

„Oder wollen Sie Ihre Mutter über Nacht hier behalten?“

Mit einer Leiche im Haus schlafen? Schon allein bei der Vorstellung läuft es mir kalt den Rücken herunter. Erst recht, wenn die Tote meine Mutter ist.

„Weitermachen", antworte ich schwach.

Schwester Ruth nickt befriedigt. „Dann ist jetzt Zeit für den Leichenbestatter. Er wohnt ein paar Straßen weiter. Ihre Mutter hat alles Nötige veranlasst. Sie brauchen sich um nichts zu kümmern."

„Ich weiß. Ich habe die Grabverfügung gelesen. ‚Auf keinen Fall in Köln. Auf keinen Fall neben meinem Mann.'", zitiere ich sarkastisch.

Schwester Ruth zögert. „Wollen Sie sich noch von ihr verabschieden? Dann warte ich noch ein wenig mit dem Anruf."

Ich nicke unsicher und gehe noch einmal in das Schlafzimmer, aber das, was in dem Bett liegt, ist nur ein Sack runzeliger Haut mit Knochen. So sehr ich mich auch bemühe, ich fühle – nichts.

Mir ist noch immer unbegreiflich, warum meine Mutter so viel Energie auf ihren Hass verschwendet hat. Über Jahrzehnte muss sie ihn genährt haben, gehegt und gepflegt, wie die sprichwörtliche Schlange an ihrem Busen. Kein Wunder, dass sie dem Krebs nichts mehr entgegenzusetzen hatte. Je früher ihre sterblichen Überreste begraben werden, desto besser. Ein Stück Erde, in dem sie endlich Ruhe findet.

Für einen Augenblick gelingt es mir, sentimental zu werden, und ich denke darüber nach, wie es wohl gewesen wäre, eine liebevolle, freundliche Mutter zu haben, eine, die Anteil an meinem Leben genommen hätte. Ich kenne diesen Tagtraum. Als Kind habe ich ihn oft gehabt, wenn mein kaltes und unnahbares Exemplar mich einmal mehr zurückgestoßen hatte. Ich stelle mir vor, dass sie mich in den Arm genommen hätte, mir durch die Haare gefahren wäre, wenn es mir schlecht ging oder ich traurig war, und diese Fantasie lässt endlich meine Augen feucht werden. Aber in Wahrheit hat sie mich nur verwaltet. Sie hat mich so gut wie nie angefasst, als ob ein unüberwindbarer Widerwillen sie daran hinderte, mich zu berühren, als wäre mein Fleisch mit einer ansteckenden Krankheit infiziert. Vielleicht ist es ihr auch deshalb so leichtgefallen, mich aus ihrem Leben auszusperren.

Meine Tränen versiegen ungeweint. Ohne länger zu verweilen, schließe ich die Tür zum Schlafzimmer.

Die Entfernung ihrer sterblichen Hülle ist eine Sache von wenigen Minuten. Der Tod ist ein Geschäft, das heutzutage effizient, rationell und so diskret wie möglich abgewickelt wird. Der Bestatter, ein Herr Beulinger, kommt mit zwei Mitarbeitern und schon kurze Zeit später liegt meine Mutter transportfertig in einer einfachen Kiste im Kofferraum des Leichenwagens, verpackt wie ein Stück Tiefkühlkost. Ich unterschreibe einige Formulare und der Bestatter verabredet für den kommenden Tag einen Termin mit mir, um die „Details" zu klären. Was immer das auch heißen mag. Dann wünscht er mir einen schönen Abend und fährt davon. Die Banalität des Grauens.

Auch Schwester Ruth bereitet sich auf das Ende ihres überraschend kurzen Einsatzes vor. Eigentlich hatte sie vorgehabt, die Nacht hier zu verbringen, aber nun hat sie früher Feierabend und ich kann ihr das Lächeln im Gesicht nicht verübeln. Wahrscheinlich hat sie zu Hause einen Mann und Kinder, die auf sie warten. Eine Familie. Sie räumt ein paar Pflegeutensilien weg, schreibt einige abschließende Sätze in die Pflegedokumentation und zieht das Bett ab.

„Morgen schicken wir zwei Zivildienstleistende vorbei, um die Sachen abzuholen", sagt sie, als sie ihren Mantel überstreift. „Ist Ihnen elf Uhr recht?"

„Welche Sachen?", frage ich überrascht.

„Die nicht gebrauchten Medikamente, Infusionsständer und natürlich das Pflegebett."

„Oh", erwidere ich. Ich hatte vergessen, dass das Zeug ja eigentlich der Caritas gehört. „Natürlich."

Sie sieht mich einen Moment prüfend an. „Kann ich Sie jetzt alleine lassen?"

„Ja. Na klar!", beeile ich mich zu antworten. „Es ist alles in Ordnung. Es ist nur … ich glaube, ich bin nur ein bisschen überwältigt, wie schnell doch alles ging."

„Ihre Mutter hat zum Schluss nicht allzu lange leiden müssen. Sie ist friedlich eingeschlafen. Mehr kann man sich nicht wünschen, Kindchen", tröstet sie mich. Ich kläre sie nicht auf über das Missverständnis. Ich hatte eigentlich gemeint, wie schnell der Körper meiner Mutter entsorgt worden ist.

Ich schaue Schwester Ruth vom Küchenfenster aus nach, wie sich ihr kleiner, rundlicher Körper in der Dunkelheit verliert – wie ein Ball, der langsam aus dem Spielfeld rollt. Und dann bin ich allein, allein im Haus meiner Mutter. Die Stille ist atemberaubend, erdrückend. Vielleicht ist es einfacher, mit ihrem Geist zu sprechen.

„Ich bin hier!", sage ich laut. „Ich kann zwar nicht verstehen, dass du mich gehasst hast, aber ich kann es nachvollziehen. Du hast dich vor etwas gefürchtet, was du nicht verstanden hast, was nicht in dein Weltbild gepasst hat. Aber was ist mit meinem Vater? Warum hast du ihn gehasst, dein ganzes Leben lang?"

Der Hund spitzt die Ohren, genau wie ich scheint er auf eine Antwort zu warten. Aber natürlich erhalten wir keine.

Ich lasse den Hund noch einmal in den Vorgarten zum Pinkeln und dann gehen wir beide nach oben in mein altes Kinderzimmer. Der Hund legt sich vor die Tür, als müsste er mich vor dem bösen Geist dieses Hauses beschützen. Ich lasse mich auf das Bett fallen, schaffe es gerade noch, mich meiner Klamotten zu entledigen. Plötzlich bin ich unglaublich erschöpft.

Erst als ich schon im Halbschlaf bin, fällt mir ein, dass ich vergessen habe, Manfred anzurufen.

Der nächste Morgen kündigt einen strahlenden, schönen Herbsttag an. Ein böiger Wind hat in der Nacht sämtliche Wolken vertrieben, der Himmel ist blitzeblau. Als ich die Augen öffne, weiß ich im ersten Moment nicht, wo ich bin. Erst als ich die grün gestreiften Tapetenreste um den Türrahmen sehe, bin ich wieder orientiert. Der Hund sitzt vor der Tür und fiept.

„Schon gut", sage ich. „Gib mir zwei Minuten." Wenn man ein Haustier hat, kann man das Ausschlafen vergessen. Mit kleinen Kindern muss es genauso sein.

Zusammen poltern wir nach unten und ich öffne die Haustür. Es ist kalt, auf meinem Oberkörper bildet sich eine Gänsehaut, während ich warte. Als er fertig ist, sieht mich der Hund erwartungsvoll an – als ob ich Lust hätte, halb nackt mit ihm einen Spaziergang zu machen!

„Jetzt komm wieder rein", rufe ich ungehalten. „Du kannst später herumstromern."

Die Uhr am Küchenherd zeigt auf Viertel nach zehn. Ich muss wirklich fertig gewesen sein, wenn ich zehn Stunden geschlafen habe. Ich öffne das mitgebrachte Müsli, schütte Milch dazu und stelle das Radio an. Während ich esse, schaue ich mich zum ersten Mal richtig in der Küche um. Im Hellen sieht sie nicht ganz so trist aus wie am letzten Abend. Die Einbauschränke sind recht neu; anscheinend hat meine Mutter den ganzen Raum vor noch nicht allzu langer Zeit renovieren lassen. Der Kühlschrank ist ein silbergraues Monstrum mit einem größeren Fassungsvermögen als Manfreds und meiner. Alles ist tipptopp sauber. Die Chromflächen der Spüle glänzen, als wäre sie noch niemals benutzt worden, auf den hellbraunen, gemaserten Arbeitsplatten liegt nicht ein einziger Krümel.

Meine Mutter war schon immer eine Reinlichkeitsfanatikerin. In meiner Kindheit hatte sie jederzeit ein Staubtuch griffbereit liegen. Deshalb bin ich wohl auch eher daran interessiert, Chaos und Unordnung um mich herum zu verbreiten. Auch wenn die jetzt herrschende Sauberkeit wahrscheinlich auf die Arbeit von Frau Holle und Schneewittchen zurückzuführen ist. Meine Mutter war in letzter Zeit kaum in der Lage, ihrem Putzwahn nachzugehen.

Der Gedanke an die beiden Schwestern erinnert mich daran, dass um elf Uhr die Caritas vorbeikommt, und wie auf Kommando klingelt es an der Tür. Auf dem Bürgersteig parkt ein Transporter, auf dem das Caritas-Logo prangt.

Der Hund bellt und ich sage: „Ruhe!"

Draußen stehen zwei Zivildienstleistende, der eine mit einem Irokesenschnitt, der andere mit einem T-Shirt, auf das die Konzertdaten einer Tournee von *Rammstein* gedruckt sind. „Wir wollten die Sachen abholen." Schüchtern sehen sie an mir vorbei auf den Boden, wissen nicht, wie sie sich verhalten sollen. Was haben sie erwartet? Rotgeweinte Augen? Aufgedunsene Gesichtszüge? Jemanden, der vor Trauer halb wahnsinnig ist? Da muss ich die beiden enttäuschen.

Ich stapfe nach oben, um mir etwas anzuziehen, während die Zivis die Gerätschaften im Transporter verstauen. Als ich nach unten komme, spielen sie mit dem Hund, lassen ihn Stöckchen apportieren.

„Wie heißt er?", fragt mich der Iro.

„Hund. Er hat keinen besonderen Namen. Mein Freund und ich konnten uns nicht entscheiden, wie wir ihn nennen sollten."

„Ihr … oh!" Jetzt hat es ihm endgültig die Sprache verschlagen.

Hastig verabschieden sich die beiden und ich kann förmlich hören, wie sie während der Fahrt zur Einsatzzentrale darüber Witze reißen, dass sie in ihrer Kleinstadt am helllichten Tag einen Schwulen gesehen haben.

Ich habe doch nicht genug Vorräte mitgenommen. Den restlichen Vormittag verbringe ich damit, die Küchenschränke auf ihren Inhalt zu überprüfen und einzukaufen. Es gibt einen Supermarkt ein paar Ecken weiter; früher, in meiner Kindheit, befanden sich dort eine Bank und ein Friseur. Danach inspiziere ich die unteren Räume des Hauses. Jetzt, da alle Pflegehilfsmittel abgeholt worden sind, erinnert nur noch der freie Raum in der Mitte des Schlafzimmers an den Tod meiner Mutter. Alles andere fühlt sich an wie ein Museum, und ich bin mir nicht sicher, was ich hier eigentlich noch mache und wieso ich bleibe. Das, was die Beerdigung oder den Verkauf des Hauses betrifft, würde sich doch sicher von Köln aus regeln lassen, oder?

Ich laufe durch das Wohnzimmer und betrachte die Nippesfiguren in der Glasvitrine. Eine tanzende Ballerina aus geschliffenem Glas. Wenn man sie in die Sonne hält, glitzert sie in den Regenbogenfarben. Ein Porzellanteller mit einem Motiv der Altstadt von Quedlinburg. Kitschig verzierte Wein- und Sektgläser, reines Kristall, und dahinter, im hintersten Winkel, vier Schlümpfe. Ich traue meinen Augen kaum. Daumengroß, mit blauen Körpern und weißen Mützen. Einer hält eine Trompete, einer eine Schaufel, der dritte trägt einen gelben Bauarbeiterhelm und der vierte hat eine Blume in der Hand. Es sind meine Schlümpfe. Mein Großvater hat sie mir geschenkt, als ich zehn war.

In meiner Kindheit waren Schlümpfe ein begehrtes Sammelobjekt, es gab sie in allen möglichen Variationen, eine Armee aus grinsenden Zwergen. Ich hatte bestimmt um die zwanzig. Einen habe ich noch nach Köln gerettet, von allen anderen habe ich angenommen, dass sie im Sog der Zeit verschollen waren. Und jetzt stehen vier davon in der Glasvitrine meiner Mutter. Sie hat sonst nichts behalten von mir, nicht einmal ein Bild, jedenfalls habe ich bisher keines gesehen, warum dann diese Schlümpfe? Was bedeutet das? Ich suche die Wohnzimmerschränke nach weiteren Hinweisen ab, öffne Schubladen und Unterschränke, aber alles, was ich finde, sind Platzdeckchen und Tischdecken, das gute Silberbesteck, Geschirr mit Zwiebelmuster und alte Kreuzworträtsel.

Mein Handy klingelt; ich sehe auf dem Display, dass Manfred dran ist. Sofort bekomme ich ein schlechtes Gewissen.

„He", sage ich, „alles klar bei dir?"

„Das wollte ich eigentlich gerade dich fragen. Wie geht's deiner Mutter?"

„Sie ist tot."

„Was? Wann?"

„Gestern Abend. Ganz plötzlich. Sie hat mich noch gesehen, aber nicht mehr erkannt." Dass sie mich für meinen Vater gehalten und mir gesagt hat, ich solle verschwinden, erwähne ich nicht.

„Wieso hast du mich nicht angerufen?", fragt er.

„Das Netz scheint hier ein paar Schwankungen zu haben", lüge ich. „Ich hab keinen Empfang bekommen."

„Es gibt auch Festnetzanschlüsse", brummt Manfred ungnädig, dann herrscht zögernde Stille in der Leitung. Ich höre Fahrgeräusche im Hintergrund. „Tut mir leid", sagt er schließlich. „War's schlimm?"

Schlimm? Merkwürdige Frage. Schlimm für wen? Für sie? Für mich? Ich glaube, dass es eine Erleichterung für beide war. Für sie, weil sie nicht noch weiter Schmerzen ertragen musste, und für mich, weil ich mir ihr Leiden nicht ansehen musste. Von daher: Nein, es war nicht schlimm. Aber Manfred meint wohl etwas anderes.

„Es ging", sage ich schließlich so neutral wie möglich. Ich will nicht als herzlos gelten. „Es war … sie hat Schlümpfe von mir aufbewahrt." Plötzlich habe ich einen Kloß im Hals.

„Wie bitte?“ Manfred glaubt, er hätte mich falsch verstanden.

„Schlümpfe“, wiederhole ich und dann bemerke ich, dass meine Augen nass sind. Ich fange plötzlich an zu heulen. Dicke, schmierige Tränen laufen mir über die Wangen, ein verrotztes Schluchzen bahnt sich den Weg durch meine Kehle und meine Hände beginnen zu zittern. Das letzte Mal habe ich auch wegen meiner Mutter geweint. Vor fast dreißig Jahren. Nichts hat sich verändert. Ich bin im Kreis gelaufen, habe mich nicht von der Stelle bewegt.

„Großer Gott!“, sagt Manfred am anderen Ende der Leitung. „Ist das jetzt dein Ernst?“ Er klingt hilflos, überrascht, unangenehm berührt. Mit Gefühlsausbrüchen konnte er noch nie umgehen – auch wenn er sich beschwert, dass ich meine Emotionen nie zeige.

Ich bringe mich schnell wieder unter Kontrolle. „Sorry“, schniefe ich ins Telefon. „Weiß auch nicht, wie das kam.“

„Warum fährst du nicht nach Hause“, schlägt Manfred vor. „Jetzt ist es doch vorbei.“

„Nein!“, sage ich heftiger, als ich eigentlich will. Dann füge ich abschwächend hinzu: „Es gibt hier noch so viel zu regeln wegen der Beerdigung und so ...“

Manfred seufzt. Er versteht nicht, aber er lässt mich gewähren. Wahrscheinlich ist es ihm egal. „Na schön. Musst du selbst wissen. Ich ruf morgen noch mal an.“

„Okay“, sage ich und beende das Gespräch.

Während ich die Wohnung weiter inspiziere, wird mir klar, dass ich jetzt der Eigentümer dieses ganzen Plunders bin. Nicht nur des Hauses, sondern auch des Innenlebens: Die Möbel, das Geschirr, selbst ihre schmutzige Unterwäsche gehört jetzt mir. Ich habe keine Ahnung, was ich damit machen soll. Haben will ich nichts davon. Erstens sind die meisten Sachen scheußlich, zweitens haben Manfred und ich keinen Platz dafür und drittens ... drittens haben sie meiner Mutter gehört. Ich will sie nicht in meiner Nähe haben. Nichts von ihr.

Das Haus selber werde ich verkaufen, das haben Manfred und ich schon vor einigen Wochen besprochen, mit dem Erlös können wir unsere Altersvorsorge aufstocken. Ich werde einfach einen Makler beauftragen, je eher, desto besser. Aber was mache ich mit dem Rest? Die Klamotten gehören wahrscheinlich in die Altkleidersammlung, aber was fange ich an mit dem Sofa, den Teppichen, den Tellern und Tassen, dem Staubsauger, dem Mixer, dem Toaster? Gibt es nicht irgendeine Organisation, die Wohnungsauflösungen in die Wege leitet? Ich habe mir über solche Sachen bisher nie Gedanken gemacht und ich empfinde es als eine Zumutung, dass ich jetzt damit belästigt werde. Lustlos öffne ich die Schubladen in ihrem Wäscheschrank. Jahrzehntelang höre ich kein Wort von ihr und jetzt muss ich mir überlegen, was ich mit ihren gebrauchten Miedern anfange.

Geld hat sie keines mehr. Jedenfalls keine erwähnenswerten Summen. Das weiß ich schon, ansonsten hätte ich die Kosten für ihre ambulante Versorgung nicht übernehmen müssen. Dabei hat sie eigentlich eine ganz gute Rente bezogen. Die Witwenrente meines Vaters und ihre eigene. Aber die Rücklagen haben bei weitem nicht ausgereicht. Letztendlich läuft es doch immer darauf hinaus, dass man im Alter vom Sozialstaat oder den eigenen Kindern abhängig wird, wenn man erkrankt. Was einmal aus mir wird, darüber wage ich mir nicht einmal Sorgen zu machen.

Nach dem Mittagessen mache ich mich auf den Weg, meinen Großvater zu besuchen. Noch weiß er nichts vom Tod seiner Tochter. Gestern Abend war es zu spät, heute Morgen habe ich den Mut nicht aufgebracht, es ihm am Telefon zu sagen. Ich will mit ihm persönlich sprechen. Es ist lange her, dass ich ihn gesehen habe.

Seit Jahren lebt er in einem Seniorenstift am anderen Ende der Stadt, umgeben von Bäumen und einer kleinen parkähnlichen Anlage, in deren Mitte sich kurioserweise eine Boccia-Bahn befindet.

Mein Großvater ist mit seinen vierundneunzig Jahren einer der ältesten Bewohner des Heimes. Darauf ist er stolz. Es gibt ihm ein Gefühl der Überlegenheit, in vielerlei Hinsicht fitter zu sein als andere Bewohner, die zwanzig Jahre jünger sind und nicht einmal mehr ohne Hilfe essen können. Natürlich ist auch er eingeschränkt; er sieht schlecht, das Laufen fällt ihm schwer und beim Baden braucht er Unterstützung. Trotzdem: Er wohnt in seinen eigenen vier Wänden und kann sich den Hintern noch selbst abputzen. Das eigenständige Verwalten der Fäkalien bekommt im Alter eine große Wichtigkeit. Es ist die Messlatte, ob man noch als Mensch oder nur als Patient angesehen wird.

Es dauert lange, bis er öffnet. Ich stehe bestimmt fünf Minuten vor seiner Tür und betrachte unterdessen die weißen Kreidezeichen auf dem Türrahmen: 20*C+M+B+07. Ich muss lächeln. Selbst im Altenstift lässt er seine Wohnung von den Sternsingern segnen. Wie früher. Ich kann mich an kein Jahr in meiner Kindheit erinnern, in dem das Zeichen über der Haustür meiner Großeltern nicht jeden Januar erneuert wurde, genauso wie sie nicht einen Sonntag die Messe verpasst haben und es freitags niemals Fleisch bei ihnen gab. Ich kenne meinen Großvater nicht ohne den obligatorischen Rosenkranz zwischen seinen Fingern.

Ich bin schon vor Jahren aus der Kirche ausgetreten, aber ich habe es meinem Großvater nie gesagt. Er würde es nicht verstehen. Er hat schon nicht verstanden, wie man Gefühle für einen anderen Mann haben kann. Immerhin ist er moralisch nicht so verknöchert wie meine Mutter … gewesen ist. Er hat den Kontakt zu mir nicht abgebrochen, auch wenn er mich für einen „Sünder" hält. Aber er lebt nach der Devise, dass man nur dann den ersten Stein werfen kann, wenn man sich selber nichts hat zuschulden kommen lassen. Wobei ich nicht weiß, was er sich vorzuwerfen haben könnte.

Endlich kann ich hören, wie er mit seinen kleinen Tippelschritten und seinem asthmatischen Schnaufen näher kommt. „Felix!", krächzt er überrascht, als er aufmacht und mich sieht. „Du bist älter geworden!" Genau wie meine Mutter hat er nie ein Blatt vor den Mund genommen, nur dass er dabei nie kalt und unnahbar wie seine Tochter gewirkt hat.

„Und du wirst jeden Tag jünger!", scherze ich und lege ihm meine Hand auf die Schulter. Aber in Wahrheit bin ich ein wenig erschrocken. Er wirkt abgemagert und unsicher auf den Beinen. So viele Falten haben sich in seinem Gesicht eingegraben, dass seine Haut ganz zerknautscht ist, wie bei einem Schrumpfkopf. Wenn er lacht, wackelt sein Gebiss, er muss es zurück auf das Zahnfleisch schieben. Und er ist kleiner geworden, als würde er langsam wieder in die Erde wachsen. Die Jahre, die er noch vor sich hat, sind an einer Hand abzählbar.

Er hakt sich bei mir unter und langsam, im Zeitlupentempo, durchqueren wir die zwanzig Quadratmeter seines Wohnraumes, bis wir am Fenster stehen und auf die Bäume blicken.

„Gott, wie ich diese Aussicht hasse!", sagt er plötzlich heftig. „Dieses ewige, gleichförmige Grün. Es langweilt mich zu Tode!" Doch genauso schnell fängt er sich wieder. „Letzte Woche war es allerdings recht abwechslungsreich. Den Schmidt aus Zimmer 303 hat beim Spaziergang der Schlag getroffen. Direkt dort unten auf dem Kiesweg. Er ist mitten in die Begonienrabatten gefallen, wie ein nasser Sack. Was für ein Aufstand: Krankenwagen, Notarzt, Pflegepersonal. Wie aufgescheuchte Hühner sind sie umhergelaufen. Aber sie haben nichts mehr tun können. Siebenundsiebzig, der Mann!"

Er zwinkert mir triumphierend zu, als wollte er mir sagen, dass er einen weiteren Konkurrenten des Feldes verwiesen habe. Dann fügt er ungehalten hinzu: „Das Mittagessen gab es eine halbe Stunde später als gewöhnlich." Ein Anfall seines asthmatischen Hustens schüttelt ihn und es dauert eine ganze Weile, bis er wieder bei Atem ist. Erschöpft lässt er sich von mir in seinen Sessel setzen.

„Und?", fragt er schließlich. Wir wissen beide, dass ich nicht zum Plaudern gekommen bin. „Wie geht es Maria?"

Maria. Ich vergesse immer wieder, dass meine Mutter einen Vornamen hat. Hatte.

„Ich … sie ist gestorben, Opa", sage ich. „Gestern Abend. Es tut mir leid."

Mein Großvater nickt langsam, senkt den Kopf und stützt die Hände auf seinem Stock ab. Ich habe das Gefühl, dass er allein sein möchte, und stehe leise auf. Aber er ruft mich zurück. „Nein", sagt er und sieht mich mit feuchten Augen an. „Bleib."

Eine Weile sitzen wir uns schweigend gegenüber. Ich kann sehen, dass er in Erinnerungen versunken ist. Vielleicht denkt er daran, wie meine Mutter auf die Welt gekommen ist, wie sie als kleines Mädchen war. „Sie ist ganz friedlich eingeschlafen, sie hatte keine Schmerzen", sage ich mitfühlend. Was man eben so sagt in solchen Fällen.

„Eltern sollten nicht erleben, dass ihre Kinder vor ihnen sterben", erwidert mein Großvater und seine Stimme zittert. „Es ist gegen die Natur. Es fühlt sich ganz und gar falsch an. Und trotzdem …", seufzt er, „wahrscheinlich ist es besser so. Ich bin nur froh, dass deine Großmutter das nicht mehr erleben musste. Es hätte ihr das Herz gebrochen. Hast du deine Mutter noch sprechen können?"

„Sie hat mich für Vater gehalten und aus dem Zimmer geworfen." Meine Stimme klingt bitter, enttäuscht, aber mein Großvater lächelt schwach.

„Ja“, sagt er und betrachtet mich eingehend. „Das kann ich mir vorstellen. So hätte Herbert wahrscheinlich ausgesehen, wenn er so alt geworden wäre. Du bist wirklich deines Vaters Sohn. Was für eine Ironie des Schicksals.“

„Sie hat uns beide gehasst und ich weiß nicht, warum.“ Den vorwurfsvollen Unterton in meiner Stimme kann ich nicht unterdrücken. Ich bin sicher, dass er die Antwort kennt, aber er schweigt. „Ich meine, ich weiß, warum sie mich gehasst hat … aber Vater? Er hat sich doch nicht absichtlich totgefahren damals!“

Mein Großvater zuckt fast unmerklich zusammen. „Weißt du schon, wann die Beerdigung ist?“

„Nein“, erwidere ich missgelaunt. „Ich muss heute Abend zum Bestatter und einen Termin ausmachen. Wahrscheinlich in drei oder vier Tagen.“

„Dann sag mir Bescheid. Ich muss einen Rollstuhl organisieren und eine Schwesternbegleitung. Allein schaffe ich den Weg nicht. Gut, dass wir Erika nicht informieren müssen.“

Es entsteht eine kurze, unangenehme Pause. Die Schwester meiner Mutter ist mit ihrem Mann schon Anfang der sechziger Jahre weggegangen und hat den Kontakt abgebrochen. Ich habe diesen Teil der Familie nie kennengelernt.

Mein Großvater macht mühsam Anstalten, sich zu erheben und mich zur Tür zu bringen, aber ich winke ab.

„Ich finde den Weg. Bleib sitzen.“

Nur einmal in all den Jahren habe ich versucht, mit meinem Großvater über meine Mutter zu sprechen. Der Versuch endete in einer Sackgasse, mein Großvater machte mir deutlich, wo seine Loyalitäten lagen: bei ihr.

Damals war ich vielleicht zweiundzwanzig, studierte schon an der Kölner Universität und hatte mich in meinem neuen Leben zurechtgefunden. Ich hatte Freunde, hin und wieder Sex und einen Aushilfsjob als Kellner in einem Café, womit ich meine Urlaube finanzierte. Ich war … zufrieden. Nur ein kleiner Teil von mir konnte noch immer keine Ruhe geben; etwas in mir konnte die Abneigung meiner Mutter nicht schulterzuckend abhaken. Jeden Monat betrachtete ich die kommentarlos eingehende Überweisung auf meinem Konto mit einer Mischung aus Erleichterung und maßloser Wut. Sie hatte das letzte Band noch nicht durchschnitten. Sie bezahlte mich, damit ich ihrem Leben fernblieb. Sie passte die Zahlungen sogar stillschweigend der Inflationsrate an.

Es war das erste Mal, dass ich meine Großeltern besuchte, nachdem ich mein Zuhause verlassen hatte. Die Stadt, in der ich den größten Teil meines Lebens verbracht hatte, kam mir merkwürdig eng und klein vor, wie ein Korsett, aus dem man herausgewachsen ist. Köln passte mir mittlerweile besser. Ich war versucht, am Haus meiner Mutter vorbeizulaufen, zufällig, unabsichtlich, aber die Möglichkeit, ihr dabei zu begegnen, schreckte mich ab.

Meine Großmutter hatte gebacken, einen Erdbeerkuchen. Sie sah mich prüfend an und warf mir vor, ich wäre zu dünn, ob ich denn genug esse. Ich antwortete, dass ich viel Sport triebe: Ich sei nicht dünn, sondern durchtrainiert. Meine Großmutter ging wortlos in die Küche, um Sahne zu schlagen.

Mein Großvater stand mit dem Rücken zu mir am Fenster und wartete. Ihm konnte ich nicht vormachen, dass mein Besuch aus reiner Höflichkeit stattfand. „Ich will es wissen!“, sagte ich zu ihm. „Ich will wissen, warum sie mich so hasst, dass sie meinen Anblick nicht ertragen kann. Sie ist eine halbwegs gebildete und pragmatische Frau, sie ist nicht dumm, sie ist nicht religiös. Es kann nicht sein, dass ihr meine Homosexualität so zu schaffen macht. Das glaube ich ihr einfach nicht. Du musst es wissen! Sie hat doch sicher mit dir darüber gesprochen!“

Er drehte sich zu mir und nickte bedächtig. „Ja, das hat sie“, sagte er schließlich. „Aber ich kann dir nicht helfen, Felix. Ich habe ihr versprochen, kein Wort darüber zu verlieren. Sie ist meine Tochter und ich halte meine Versprechen." Er sah mich mitleidig an. „Du musst Geduld mit deiner Mutter haben, Junge. Vielleicht kann sie eines Tages ihren Zorn überwinden. Ich hoffe es für euch beide."

„Aber …", begehrte ich auf.

„Nein, Felix!", unterbrach mich mein Großvater in einem Tonfall, der keinen Widerspruch zuließ. „Ich werde mich nicht einmischen."

Jetzt ist sie tot, aber mein Großvater hält seiner Tochter noch immer die Treue. Verärgert lasse ich den Motor aufheulen, als ich vom Altenheim wegfahre.

Der Hund begrüßt mich so enthusiastisch, als hätte er mich vor Wochen das letzte Mal gesehen. Er springt an mir hoch, leckt mir die Hände und sein Schwanz wedelt im Stakkatotakt. Ganz gegen meinen Willen bin ich gerührt und kraule ihm den Nacken. Seine Wiedersehensfreude lässt meine Laune schlagartig besser werden. Ich brauche die Vergangenheit nicht, um glücklich zu sein. In ein paar Tagen werde ich sie endgültig zu Grabe tragen. Das hier ist nur ein Intermezzo.

„Komm!", sage ich trotzig zu dem Hund. „Wir werden jetzt dem Haus die bösen Geister austreiben!"

Der Nachmittag ist genauso schön geworden, wie es der Vormittag versprochen hatte. Die milde Herbstsonne lässt die Temperaturen klettern und eine frische Brise weht um das Haus meiner Mutter. Gefolgt von dem Hund laufe ich durch alle Räume, reiße systematisch jedes Fenster auf und lege Bücher auf die Simse, damit die Fenster im Durchzug nicht zuschlagen. Ich will, dass der Wind durch das Haus pfeift und alles fortträgt, was mich an meine Mutter denken lässt. Auch die Haustür öffne ich, um dem Wind Einlass zu gewähren. Dankbar nimmt er meine Einladung an, bläst frische Luft durch die muffigen Zimmer, fegt erstes Herbstlaub in den Flur, rüttelt an den Schränken im Wohnzimmer, lässt die Fensterrahmen vibrieren.

„Ja!“, rufe ich begeistert. „Mehr! Nimm alles mit! Ich will es nicht haben!“

Ich renne in die obere Etage, nehme mit jedem Schritt zwei Stufen auf einmal, öffne das Treppenfenster und das Fenster in meinem ehemaligen Kinderzimmer. Der Wind klappert an der Jalousie, zerrt an meinem T-Shirt und verfängt sich im Fell des Hundes. Unten höre ich eine Lampe zu Boden krachen, Glas klirrt und zerbricht, es ist mir egal, es ist noch lange nicht genug. Mein Herz klopft. Ich strecke meinen Kopf in den Luftzug, lasse den Wind meine Haare durcheinanderwirbeln, breite meine Arme aus und schreie: „Na, komm schon, war das alles? Gib dir gefälligst Mühe!“ Der Hund tanzt aufgeregt um mich herum und fängt an zu bellen.

Es muss doch noch mehr Fenster in diesem Haus geben! Hektisch sehe ich mich um und mein Blick fällt auf die Dachluke im Treppenhaus. Natürlich! Auf dem Speicher gibt es noch ein paar Taubenschläge! Ich stelle mich auf die Zehenspitzen und klappe die an der Decke angebrachte Leiter nach unten, haste die schmalen Sprossen hinauf und stoße die Dachluke auf. Gemeinsam fegen der Wind und ich auf den Speicher und wirbeln zentimeterdicke Staubschichten auf, die sich nur langsam wieder setzen.

Atemlos bleibe ich stehen, vergesse die Taubenschläge. Dies ist unbekanntes Territorium, *terra incognita*, selbst als Kind bin ich so gut wie nie unter dem Dach gewesen, weil ich mich in dem fahlen Zwielicht fürchtete. Aber jetzt bin ich erwachsen, die Schatten, die aus den Winkeln und Ecken auf mich zuspringen, flößen mir nicht länger Angst ein. Ich taste nach einem Lichtschalter, aber alles, was ich zu fassen kriege, ist eine altmodische Strippe, mit deren Hilfe eine nackte Glühbirne direkt unter dem Dachfirst den Speicher mühsam erhellt. Ich schüttele mir den Staub aus den Haaren und blinzele neugierig in das milchige Licht.

Der Raum ist ungefähr vierzig Quadratmeter groß, mit dem spitz zulaufenden Dachgiebel erscheint er riesig. Genau in der Mitte des Speichers ragt der Kamin in den Raum, der unten im Haus im Wohnzimmer befeuert wird. Seine unverputzten Backsteine reichen bis zur Dachspitze, zwischen manchen bröckelt der Mörtel. Ich lege meine Hand auf die Steine, sie sind eiskalt. Der Kamin ist schon lange nicht mehr benutzt worden.

Inzwischen haben sich meine Augen an das spärliche Licht gewöhnt. Immer mehr Gegenstände lassen sich erahnen, fast komme ich mir vor wie in einem Museum, in dem ich nach der Schließung allein zurückgeblieben bin. Aber ein Museum wäre nicht so schmutzig, die Ausstellungsstücke wären fein säuberlich beschriftet und auf Hochglanz poliert ausgestellt. Nirgendwo gäbe es Spinnweben in den Ecken, meine Schuhe würden keine Abdrücke auf dem Boden hinterlassen, meine Finger wären nicht schwarz vor Staub.

Dieser Dachboden ähnelt eher einer Grabkammer, und nach und nach gibt er immer mehr Einblicke in ein vergangenes Leben preis. An den Seiten und in den Ecken liegen die Grabbeigaben, Alltagsgegenstände, die der Verstorbenen das Leben im Jenseits erleichtern sollten. Nur der Leichnam selbst fehlt. Ich kann ein Damenfahrrad erkennen, das Chassis krumm und verbogen, das Vorderrad liegt abmontiert daneben. Ein Wäscheschrank, der anstelle einer Tür einen beigen Plastikbezug mit Reißverschluss besitzt. Der Geruch von Mottenpulver steigt mir in die Nase, als ich den Verschluss aufziehe. Ich starre den Inhalt an: Fein säuberlich in Pergamentpapier verpackt, hängen alte Kleider auf der Stange. Dem Schnitt und den Farben nach muss meine Mutter sie in den sechziger und siebziger Jahren getragen haben, aber ich kann mich nur an eines davon erinnern. Es ist gelb, quittengelb, stark tailliert und geht unten in eine Art Faltenrock über, der kurz über dem Knie endet. Der Kragen ist mit weißen Spitzen abgesetzt, genauso das Dekolleté. Meine Mutter hat es in dem Sommer getragen, als ich von der Grundschule aufs Gymnasium wechselte. Ich erinnere mich plötzlich daran, dass sie sich über einen Ketchupfleck ärgerte, als wir gemeinsam die Kirmes in Koblenz besuchten und sie sich mit den Resten einer Bratwurst bekleckerte.

Hinter dem Kamin sind alte Teppichreste gestapelt, lose zusammengerollt, fast einen Meter hoch. Oben auf dem Stapel türmen sich mehrere Bastkörbe mit kaputten und zerfetzten Griffen. Früher ist sie damit einkaufen gegangen. Warum hat sie sie aufgehoben? In der rechten hinteren Ecke entdecke ich eine Badewanne aus Zinn, Gott weiß, wann und wie sie die hier hochgeschafft hat. Sie ist bis zum Rand gefüllt mit Dosen, Einmachgläsern, ausgewaschenen Konservenbüchsen, in denen wiederum Nägel aller Sorten und Größen lagern, Dübel, Reißbrettstifte, alte Schlüssel, etwas, das aussieht wie Blumensamen, noch mehr Nägel, Schrauben, Muttern und ganz unten auf dem Boden der Wanne ein paar zusammengerollte Spinnenleichen.

Neben der Wanne zieht sich ein Regal die rechte Wand entlang, in dem mehrere völlig eingestaubte Pappkartons aufgereiht sind. Vorsichtig ziehe ich einen heraus und öffne ihn. Er ist vollgepackt mit ihren Groschenromanen, genauso wie der nächste und der übernächste und der vierte. Wie es aussieht, hat sie jeden einzelnen Jahrgang aufbewahrt, fein säuberlich sortiert, Heft für Heft, Woche für Woche, Monat für Monat. Schund als Meterware.

Ich kann einen zerborstenen, mannshohen Spiegel entdecken, hinter zwei alten Stühlen, deren Sitzflächen zerschlissen sind, die Frisierkommode, die früher in ihrem Schlafzimmer stand. Einer der Sockel ist abgebrochen, die Kommode wankt wie ein kenterndes Schiff, wenn man sie berührt. Was hat sie nur dazu veranlasst, diesen ganzen Müll aufzubewahren? Nichts davon ist noch benutzbar, alles ist kaputt, verbogen, zerbrochen, durchgelesen, ausrangiert. Neben den Pappkartons liegt ein Haufen Damenschuhe unter dem Regal, ein Knäuel von Absätzen, Schlaufen und Verschlüssen, in einem zerschlissenen Pantoffel finde ich zwei Mäuseskelette und mumifizierten Mäusekot. Vorne rechts in der Ecke steht ein Vogelkäfig, dessen Tür sich nicht mehr schließen lässt. Ich hebe ihn an, und der Boden fällt scheppernd in den Dreck. Wann hatte meine Mutter Vögel?

Und dann wird mir auf einmal bewusst, dass alles auf diesem Speicher sich nur auf meine Mutter bezieht. Es sind ihre zerborstenen Blumentöpfe, ihre alten Anziehsachen, ihr Fahrrad, ihre Groschenromane. Nichts davon hat mit mir zu tun. Was hat sie mit meinen Sachen gemacht, nachdem sie mich an die Luft gesetzt hatte? Es muss alte Spielsachen gegeben haben, Kuscheltiere, Kinderbücher, aufgetragene Babysachen, irgendetwas! Wo ist mein alter Schreibtisch? Meine Schallplatten? Mein Bett? Aber nichts davon ist hier gelagert und je länger ich suche, desto klarer wird mir, dass meine Mutter nach meinem Rauswurf kurzen Prozess mit meinen Sachen gemacht haben muss. Sie hat alles verschenkt, weggeworfen, zum Sperrmüll gegeben. Sie hat sich der Erinnerung an mich komplett entledigt, meine Kindheit ausradiert, mit Ausnahme der vier lächerlichen Schlümpfe in ihrer Wohnzimmervitrine.

Diese Erkenntnis tut fast noch mehr weh als der Schmerz, den ich empfunden habe, als sie mich aus dem Haus geworfen hat. Es ist, als ob sie mich ein zweites Mal verstoßen würde. Plötzlich finde ich mich auf dem Boden wieder, im Dreck kniend, und halte mir den Bauch. Mir ist auf einmal speiübel. Der Hund im Geschoss unter mir fängt an zu jaulen und scharrt mit den Pfoten an der Wand.

„Ist schon gut!“, rufe ich keuchend nach unten. „Mach dir keine Sorgen, es ist alles okay!“

Ich stütze mich an einer alten Truhe ab und stehe auf. Mir zittern die Beine. Ich erinnere mich an das Telefongespräch mit meinem Großvater, als er mir von der Krankheit meiner Mutter erzählte, und an seine Bitte, ihr zu vergeben. Jetzt weiß ich endlich, was er damit gemeint hat. Aber es geht nicht. Das kann ich ihr nicht verzeihen. Das hier nicht. Soll sie doch verrotten.

So schnell wie möglich will ich herunter von dem Speicher, ich will die Luke hinter mir schließen und vergessen, was ich hier oben gesehen habe. Ich drehe mich um und habe schon den rechten Fuß auf der ersten Sprosse, als mein Blick auf die Truhe fällt, auf der ich mich gerade abgestützt habe.

Sie ist weder besonders groß noch besonders klein, vielleicht vierzig mal sechzig Zentimeter und ungefähr fünfzig Zentimeter tief. Eben medium. Sie passt zu mir. Und sie ist schön, im Gegensatz zu dem ganzen Plunder, den meine Mutter hier sonst gelagert hat. Ich wische die Staubschicht beiseite und entdecke Jugendstilverzierungen auf dem dunklen, trotz Schmutz noch immer matt glänzenden Kirschholz. Ich versuche, die Kiste hochzuheben. Sie ist schwer, aber ich schaffe es gerade noch. Ein geschmiedetes Schloss ist an der Vorderseite angebracht, der Schlüssel steckt. Ich drehe ihn mühsam herum und hebe vorsichtig den Deckel an. Die Scharniere knarren, sie hat die Truhe wohl seit Jahrzehnten nicht geöffnet. Neugierig beuge ich mich nach vorne und sehe hinein. Und dann stiehlt sich unaufhaltsam ein Lächeln auf mein Gesicht, das breiter und breiter wird. Ich habe einen Schatz gefunden.

Vier

Die Truhe steht auf dem Teppichboden im Wohnzimmer und ich hocke im Schneidersitz davor. Es war nicht ganz einfach, sie die schmalen Sprossen der Leiter hinunterzuwuchten. Doch jetzt steht sie vor mir, mit einem Tuch vom Schmutz befreit, und ich komme mir vor wie ein Kind unter dem Weihnachtsbaum. Der Hund schnüffelt neugierig an den Ecken.

„Mach Platz!“, sage ich abwesend und öffne den Deckel.

Ein staunendes Seufzen entfährt mir. Briefe, zu mehreren Bündeln zusammengeschnürt, die raue Kordel darum jeweils mit einem Doppelknoten gebunden; Fotografien, bestimmt dreißig oder vierzig, wahllos in die Kiste geworfen, natürlich alle schwarz-weiß und ziemlich vergilbt und mit jenem merkwürdig gezackten, weißen Zierrand versehen, den alle Fotografien anscheinend damals hatten; und einige schmale, mit einem feinen Staubfilm überzogene Kladden … nein, es sind Tagebücher, randvoll, handbeschrieben und alles, alles ist von meinem Vater!

Ich greife nach den Bildern, fast ehrfürchtig nehme ich sie in die Hand – und bin im ersten Moment schockiert, als ich einen Blick darauf werfe. Ich habe das Gefühl, mich selber zu betrachten, als ob mir ein Spiegel zeigen würde, wie ich vor fünfzehn oder zwanzig Jahren ausgesehen habe. Mein Großvater hatte Recht. Die Ähnlichkeit zwischen mir und meinem Vater ist fast unheimlich. Wir sehen aus wie Zwillinge, die durch einen Riss in der Zeit in zwei verschiedenen Generationen aufgewachsen sind. Ein Portraitfoto verdeutlicht die Ähnlichkeit. Die gleichen Augen, die gleichen hohen Wangenknochen, die gleichen hellen Haare, der Haaransatz an genau der gleichen Stelle, Kinn, Mundpartie, alles fast identisch. Sogar sein Bartschatten verläuft exakt der gleichen Linie entlang wie meiner. Genauso habe ich ausgesehen, als ich fünfundzwanzig war. Nur die Frisur war bei mir anders. Ich hatte Stoppelhaare, mein Vater trägt sie länger, aber streng zurückgekämmt, mit Gel oder Pomade geglättet, eng am Schädel anliegend, stufig geschnitten, ganz kurz. Und es gibt noch einen Unterschied: Unter dem linken Mundwinkel trägt mein Vater eine Narbe, wie ein langgezogener Strich sieht sie aus und endet oberhalb des Kinns. Also doch kein Fleck auf einer Fotografie. Großvater hat sich damals geirrt. Aber er muss es doch gewusst haben, oder?

„Hallo, Papa", flüstere ich und schaue meinem Vater in die Augen. „Ich bin's: Felix!" Und zum ersten Mal in einer langen, langen Zeit fühle ich, dass ich meinen Vornamen zu Recht trage. Ich bin glücklich.

Die anderen Bilder zeigen meinen Vater in Alltagssituationen. Es ist eine schwarz-weiße Welt, die sich mir offenbart, durchbrochen von Grautönen. Er posiert in einem Wald beim Spazierengehen, den rechten Fuß auf einen gefällten Baum gestellt. Ein Schnappschuss beim Zeitunglesen in einem Café an einem wackelig aussehenden Tisch, er raucht eine selbstgedrehte Zigarette. In einer Art Fußballtrikot mit schmutzigen, knielangen Hosen und einem total verdreckten Fußball unter dem Arm, im Hintergrund sind Häusertrümmer zu erkennen. In einem hässlichen Anzug mit viel zu engen Hosenbeinen, auch der Saum ist zu kurz, er reicht kaum an seine Knöchel, Ruinen von Häusern sind auch hier in der Ferne zu sehen, leere Fenster ohne Glas, ganze Stockwerke, die weggebombt oder halbiert wurden. Mein Vater vor dem Eingang eines Herrenbekleidungsgeschäfts, angestrengt die magere und in meinen Augen altmodische Schaufensterdekoration begutachtend, rechts und links davon zwei Bombenlücken, man kann noch die Stufen zu den Kellern erkennen, Unkraut wuchert zwischen den Steinen. Und immer schaut er ernst und nachdenklich, sogar traurig in die Kamera, niemals auch nur das kleinste Grinsen auf dem Gesicht. Ich nehme an, meine Mutter hat diese Fotos gemacht. Wahrscheinlich sind sie entstanden, kurz nachdem sie sich kennengelernt haben. Sie hätte ihm ruhig sagen können, dass er mal lächeln soll.

Ich stutze verwirrt. Das kann nicht sein. Die Fotos müssen aus den fünfziger Jahren stammen. So viele Trümmer hat es Anfang der sechziger Jahre bestimmt nicht mehr gegeben. Außerdem ist nirgendwo auf diesen Bildern meine Mutter zu sehen und ich habe immer angenommen, dass sich meine Eltern 1959 oder 1960 kennenlernten. Jemand anders muss diese Fotos geschossen haben, vielleicht vier oder fünf Jahre zuvor, Mitte oder Ende der Fünfziger. Ja, das passt eher. Als er bei dem Motorradunfall starb, 1961, war mein Vater neunundzwanzig. Aber wer hat dann die Bilder gemacht? Ein Bekannter? Ein Freund? Ein Arbeitskollege?

Dann werde ich doch noch belohnt mit einem Lächeln meines Vaters. Das nächste Foto muss jüngeren Datums sein, denn mein Vater strahlt auf diesem Bild wie ein Honigkuchenpferd und hält einen Säugling in einer karierten Wolldecke auf dem Arm. Mit dem Zeigefinger berührt er meine winzige Nase und meine kleine Faust umklammert seinen Finger. Mir schießen die Tränen in die Augen, ich kann nichts dagegen tun. Ich bin so froh und gleichzeitig so unendlich traurig. Warum hat meine Mutter mir diesen Schatz vorenthalten? Warum hat sie diese Aufzeichnungen überhaupt aufbewahrt? Mein ganzes Leben habe ich mich gefragt, ob er mich geliebt hat. Jetzt endlich habe ich eine Antwort.

Über die Entdeckung der Truhe habe ich die Zeit vergessen. Entsetzt bemerke ich nach einem Blick auf meine Uhr, dass ich seit zehn Minuten beim Bestatter sein müsste. Ich suche seine Telefonnummer heraus, erkläre ihm, dass ich mich geringfügig verspäte, und breche hastig auf. Den Hund nehme ich mit, er war den ganzen Tag noch nicht aus dem Haus.

Wir gehen zu Fuß. Wie Frau Holle gesagt hat, ist das Bestattungsinstitut nur einige Straßenzüge entfernt.

„Was für ein schöner Hund!", erklärt Herr Beulinger, als er mir zur Begrüßung die Hand schüttelt. Ein kleiner, schmächtiger Mann mit Glatze in einem dunklen Anzug, unauffälliger Krawatte und einer fleischigen, viel zu großen Boxernase. Sein Händedruck ist unangenehm feucht und lasch. „Was ist das für eine Rasse?"

„Irgendwas Großes und Schwarzes und Zotteliges", erwidere ich. In Gedanken sitze ich immer noch vor der Truhe mit den Sachen meines Vaters.

Der Bestatter schaut mich irritiert an.

„Ich weiß es nicht", gebe ich dann zu. „Für so was ist mein Freund zuständig."

„Und was hat er für einen Namen?"

„Mein Freund?"

„Der Hund!"

„Äh … Hund. Er heißt Hund."

Beulinger sieht mich an, als hätte ich einen an der Klatsche. Ich blicke ihm fest in die Augen, ich kann schließlich auch nichts dafür. Gleichzeitig mache ich mir noch einmal klar, dass der Mann nur seinen Job erledigen will. Es ist völlig egal, ob ich ihn sympathisch finde oder nicht.

Beulinger bittet mich schließlich herein, in eine Art Salon, der mit schweren Gardinen, dunklen Sitzgelegenheiten, einem niedrigen Tisch und weißen Tapeten ausgestattet ist. An der Wand hängt eine Urkunde, eine Art Diplom, und ein schlichtes Kreuz, sonst nichts. Er bietet mir einen Stuhl an und drückt mir noch einmal sein Beileid aus. „Ein schwerer Schlag für uns alle. Sie müssen Ihre Mutter sehr vermissen."

„Ja", sage ich kurz angebunden und starre an ihm vorbei auf einen Kerzenleuchter, der auf einem Sideboard im Hintergrund steht. „Natürlich."

Beulinger wartet respektvoll einen Moment, um mir die Möglichkeit zu geben, meiner Trauer Ausdruck zu verleihen. Aber als ich keinerlei Anstalten mache, an Ort und Stelle in Tränen auszubrechen, räuspert er sich und kommt endlich zur Sache.

„Ihre Mutter war eine Frau, die gern Vorsorge getroffen hat", erklärt er. „Sie hat schon vor zehn Jahren mit meinem Institut einen Vertrag abgeschlossen, einen Sterbevertrag, wenn Sie so wollen. Darin ist genau festgelegt, in welchem Sarg sie beerdigt werden möchte sowie alle Details der Trauerfeierlichkeiten wie Blumenschmuck, Verlauf der Trauerfeier und so weiter. Die Grabstelle ist ausgesucht und bezahlt, alle anderen anfallenden Unkosten ebenfalls."

„Ja, ja", unterbreche ich unwirsch. „Ich weiß. Nicht in Köln, auf keinen Fall neben meinem Vater. Ist mir bekannt."

Der Bestatter bemüht sich, seine Augen auf dem Blatt Papier vor sich zu lassen. Ganz offensichtlich habe ich noch nicht den angemessen dezenten Ton gefunden, den er im Umgang mit Angehörigen gewöhnt ist.

„Was für Blumen hat sie denn ausgesucht?", frage ich, um Interesse zu heucheln.

„Sonnenblumen."

Das ist eine Wahl, die mich überrascht. Ich hatte sie eher als einen Rote-und-weiße-Rosen-Typ eingeschätzt, etwas uninspiriert und langweilig, aber Sonnenblumen gefallen mir. Sie werden der tristen Veranstaltung einen freundlicheren Anstrich geben.

„Früher hat sie jedes Jahr im April Sonnenblumen in ihrem Vorgarten ausgesät, zwei Meter hohe Pflanzen, Dutzende davon, mit riesigen goldgelben Blüten, die die ganze Straße hinunter leuchteten", erklärt Beulinger. „Eine wahre Pracht war das."

„Sie haben meine Mutter gekannt?", frage ich verwirrt. „Ich meine … privat … persönlich?"

Der Bestatter lächelt. „Wir waren einige Zeit im selben Kegelklub. Jeden Donnerstag haben wir uns getroffen. Wir sind sogar auf Turniere gefahren. Sie war eine hervorragende Vereinskameradin."

Ich reibe mir die Augen. Mir wird das alles zu viel. Ich habe mir meine Mutter als eine einsame, verbitterte Frau vorgestellt, die zurückgezogen und ohne jeden sozialen Kontakt ihr Leben verschwendet hat, und nun höre ich genau das Gegenteil. Kegeln! Eine hervorragende Vereinskameradin! Sie mochte Hunde, hatte mal Vögel und pflanzte Sonnenblumen. Was denn noch? Hat sie vielleicht Kaffeekränzchen veranstaltet, ehrenamtlich in einem Dritte-Welt-Projekt mitgearbeitet, sogar Menschen gehabt, die sie geliebt haben? Fast wäre mir ein ungläubiges Lachen herausgerutscht.

„Geht es Ihnen nicht gut, Herr Meurer?"

Beulingers Stimme erinnert mich daran, wo ich mich befinde. „Doch, doch", wehre ich ab. „Alles in Ordnung. Was sind die nächsten Schritte?"

Der Bestatter zuckt mit den Schultern. „Im Grunde ist alles geklärt und festgelegt. Wie gesagt, Ihre Mutter war eine vorsorgende Frau. Sie hat sich als Trauermusik *Die kleine Nachtmusik* von Mozart gewünscht. Anscheinend eines ihrer Lieblingsstücke. Der Sarg … wenn Sie mal schauen möchten …" Er zieht einen Prospekt aus der Jackentasche und deutet auf eine hellbraune, eigentlich ganz geschmackvolle Kiste mit schwarzen Griffen, ohne jeden Schnickschnack. „Sie hat auch den Text der Trauerkarten ausgesucht und eine Liste der ihr nahe stehenden Menschen angefertigt, die benachrichtigt werden sollen. Das Einzige, was noch offen ist …"

„Moment", unterbreche ich erstaunt. „Sie hat Ihnen einen Auftrag über die Versendung von Trauerkarten erteilt?"

Beulinger sieht mich entschuldigend an. „Es ist in der Tat etwas ungewöhnlich, aber sie hat wohl angenommen, dass niemand aus der Familie …" Seine Worte verlieren sich im

Nichts. „Sie hat auch Traueranzeigen im hiesigen Lokalblatt veranlasst sowie im *Kölner Stadt-Anzeiger*", fügt er hinzu. „Sie werden in den morgigen Ausgaben der Zeitungen erscheinen."

„Was?" Ich bin völlig baff. „Aber wozu? Ich meine, sie hat Köln nach dem Tod meines Vaters verlassen. Vor über vierzig Jahren! Sie kennt dort niemanden mehr!"

Beulinger ist seine Antwort sichtlich peinlich und er braucht zwei Anläufe, bis er mit einer Vermutung herausrückt. „Der Vertrag wurde vor zehn Jahren abgeschlossen", erinnert er mich. „Vielleicht hat sie damals angenommen, dass es unter Umständen die einzige Möglichkeit wäre, Sie über ihr … Dahinscheiden zu informieren. Sie konnte ja nicht damit rechnen, dass ihr Vater sie überleben würde."

„Aber …" Ich weiß nicht, was ich sagen soll.

Der Bestatter wechselt das Thema. „Was noch zu klären wäre", knüpft er an seinen vorherigen Gedanken an, „ist die Frage eines Beerdigungstermins und ob Sie während der Trauerfeier ein paar Worte sagen möchten."

„Ich?" Ich fahre mir verwirrt durch die Haare. „Nein. Nein, ganz bestimmt nicht. Wenn Sie meine Mutter persönlich gekannt haben, dann dürften Sie wissen, dass wir uns nicht besonders gut verstanden haben." Die Untertreibung des Jahrhunderts. „Ich sehe wirklich keinen Grund, warum …"

„Gut", sagt Beulinger hastig. „Also nicht. Dann wäre nur noch zu klären, wann …"

„Verstehen Sie mich nicht falsch", falle ich ihm ins Wort. Plötzlich habe ich das Gefühl, mich rechtfertigen zu müssen. „Ich habe prinzipiell nichts gegen Trauerreden, aber in diesem Fall …" Ich stocke. „Es tut mir leid, aber ich möchte das nicht tun", sage ich schließlich entschlossen.

Beulinger nickt und macht sich eine Notiz. „Wir könnten die Beerdigung in einigen Tagen durchführen", sagt er abschließend. „Ich habe schon Kontakt mit dem Gemeindepastor aufgenommen. Er wird Sie sicherlich morgen oder übermorgen besuchen. Sie sind doch noch einige Zeit vor Ort?"

„Ja", sage ich. „Ja. Es wird sich wohl nicht vermeiden lassen." Ich springe auf, froh, dass die Unterhaltung ein Ende hat. Ich will zurück zu meiner Schatztruhe. So erstaunlich die Informationen auch sind, die mir der Bestatter über meine Mutter offenbart hat, sie können den Überraschungen, die noch in der Truhe auf mich warten, mit Sicherheit nicht das Wasser reichen.

Wieder zurück schalte ich die Lichter an und bestelle mir eine Pizza; erst als es zu spät ist, fällt mir auf, dass ich gestern das Gleiche hatte. Ich brühe mir einen starken Kaffee, danach versorge ich den Hund. Das Haus ist still, zu still für meinen Geschmack. Ich habe gerne Musik laufen oder den Fernseher, nur als Hintergrundgeräusch, damit ich weiß, dass ich nicht allein bin auf der Welt, dass mein Leben in einem größeren Zusammenhang existiert.

Meine Sucht nach einer immerwährenden Geräuschkulisse macht Manfred wahnsinnig, er schätzt seine Ruhe nach einem anstrengenden Arbeitstag. Ich stöbere in der Plattensammlung meiner Mutter, einen CD-Player hat sie nicht. Eine wilde Mischung aus James Last, den Beatles, Plattenstars der fünfziger Jahre und einigen Symphonien von Mozart fallen mir entgegen. Ich lege die Beatles auf, die haben immer etwas Passendes. Es ist Jahre her, dass ich einen Plattenspieler bedient habe. In dem Moment, als ich den Tonarm auf die Vinylscheibe aufsetze, fühle ich mich in meine Jugend zurückversetzt.

Eleanor Rigby died in the church
And was buried along with her name
Father MacKenzie wiping the dirt from his hands

As he walks from the grave. No one was saved.
Ah, look at all the lonely people …

Es sind noch mehr Bilder in der Schatztruhe meines Vaters. Der Packen, den ich mir diesmal herausgefischt habe, zeigt ihn mit anderen Menschen, ich nehme an, seinen Freunden, Fotos, die bei Freizeitunternehmungen aufgenommen wurden. Immer wieder ist dabei sein Motorrad zu sehen, zusammen mit drei oder vier anderen Modellen. Anscheinend war mein Vater ein Motorsportfan, seine Maschine glänzt auf jedem der Bilder, niemals ist Schmutz daran zu erkennen. Er muss Stunden damit verbracht haben, sie zu polieren. Ich wünschte, er wäre niemals damit gefahren. Warum hat er sich kein Auto gekauft? Dann wäre er heute noch am Leben, dann hätte ich einen Vater gehabt.

Auf einem Foto ist er vor dem Münsteraner Dom zu erkennen. Die Kriegsschäden an der Kathedrale sind schon beseitigt, während die Altstadt, insbesondere der Prinzipalmarkt, noch voller Baugerüste und Kräne steht. Ein Bild also aus der Zeit des Wiederaufbaus, vielleicht von 1957 oder ein, zwei Jahre später. Dann mein Vater bei einer Gruppe junger Menschen, wieder sein Motorrad, daneben ein grauer VW, eins der uralten Modellen mit geteilter Heckscheibe und Blinker am Seitenfenster. Ein Picknick im Grünen. Aber die jungen Leute sehen nicht wie Halbstarke aus, sondern eher bürgerlich schüchtern, fast ein bisschen spießig. Wie Teenager, die sich eine Auszeit genommen haben und sich doch nicht trauen, sich fallen zu lassen. Die drei Männer tragen Sakkos und Krawatten, Stoffhosen und weiße Hemden oder zumindest dezente Pullunder.

Ob es damals noch keine Jeans gab? Ich weiß so gut wie nichts über die fünfziger Jahre, nur die üblichen stereotypen Schlagwörter: Wirtschaftswunder, Wiederaufbau, Adenauer, Heimatfilme und Rock'n'Roll.

Außer den Männern sind zwei Frauen auf dem Bild zu sehen, sie tragen eng sitzende, figurbetonte Hosen und Blusen im Stil der damaligen Zeit, die Frisuren unter Kopftüchern versteckt. Eine von ihnen erinnert mich an meine Mutter. Also doch? Ich bin mir nicht sicher. Meine Mutter wäre bestimmt nicht mit meinem Vater Motorrad gefahren.

Die Freunde meines Vaters kampieren auf einer Wiese, jemand schleppt Brot und Käse aus dem Auto herbei, zwei halten Bierflaschen in ihren Händen. Eine Postkartenidylle in schwarz-weiß – und trotzdem geht von dem Foto etwas Gestelltes, Unnatürliches aus. Alle auf dem Foto vermeiden den direkten Blickkontakt, als wäre ihnen diese Momentaufnahme ihres Lebens peinlich. Niemand lacht, insbesondere mein Vater nicht. Seine Augen blicken ernst drein, nachdenklich, einer der anderen zwei Männer sitzt etwas abseits der Gruppe und kaut auf einem Grashalm, sein Blick ist wütend.

Mit diesem Mann ist mein Vater sehr häufig abgebildet, anscheinend sein bester Freund. Er ist etwas kleiner als mein Vater, ein bulliger Typ mit Geheimratsecken, dunklen Haaren, einer Hornbrille und einem verschmitzten Lächeln. Die beiden dürften etwa im selben Alter gewesen sein, sechsundzwanzig, siebenundzwanzig. So jung, so furchtbar jung.

Auf dem nächsten Bild sind die beiden allein zu sehen. Sie haben sich die Arme um die Schultern gelegt, kumpelhaft, freundschaftlich. Mein Vater wirkt verkrampft. Ich drehe das Bild um und lese in der Handschrift meines Vaters: A. und ich. Ich frage mich, wofür das A steht. Achim? Arnold? Andreas? Und immer noch bin ich von der Ähnlichkeit verblüfft, die mein Vater mit mir hat. Die Gene meiner Mutter scheinen nirgendwo ihre Spuren bei mir hinterlassen zu haben. Die Körperhaltung, die langen, feingliedrigen Finger. Wirklich unheimlich. Ich sehe aus wie ein Klon meines Vaters und ein klein wenig beunruhigt mich diese Erkenntnis – Kopien sind erfahrungsgemäß schlechter als die Originale.

Aber er ist seit über vierzig Jahren tot. Was immer aus ihm hätte werden können, wie immer er später ausgesehen hätte, es sind nur Planspiele, Simulationen. Der Prototyp ist durch das Nachfolgemodell ersetzt worden.

„Trotzdem“, sage ich gedankenverloren zu dem Hund, der sich unter dem Tisch im Wohnzimmer zusammengerollt hat. „Ich hätte ihn gerne als Vater gehabt. Ich meine, so richtig, mein ganzes Leben lang. Nicht nur als Erzeuger.“ Der Hund schnauft und wedelt mit dem Schwanz.

Als Nächstes nehme ich mir die schwarzen Kladden vor. Es sind insgesamt drei, alle ordentlich mit einem schwarzen Band verschlossen. Die Bücher beginnen Anfang 1959 und reichen bis 1961, das Jahr seines Todes. Ich schlage den mittleren Band auf, suche neugierig den 17. März 1960. Es ist mein Geburtstag. Und tatsächlich gibt es einen Eintrag.

17. März 1960

Heute ist er auf die Welt gekommen! Mein Sohn. Ich habe geweint, als ich ihn das erste Mal im Arm halten durfte. Er ist so unglaublich winzig, alles an ihm. Die Hände, die Finger, die Augen, die Beine, die Zehen. Er sieht so zerbrechlich, so verletzlich aus. Ich hatte Angst, daß ich etwas an ihm kaputt mache. Ganz vorsichtig habe ich ihm das kleine Köpfchen gehalten, aber er hatte die Augen fest zugekniffen und die Faust in den Mund gesteckt. Dabei kam mir der Gedanke, daß er sich meiner schämt und mich nicht ansehen will. Grund genug hätte er dazu, der Kleine. Die Schwester hat gesagt, ich solle mich nicht so anstellen, er sei nicht aus Zuckerwatte.

Ich möchte, daß er Felix heißt. Dieses eine Mal werde ich mich durchsetzen. Vielleicht ist der Name ein gutes Omen, daß er ein glücklicheres Leben hat als ich. In allem anderen habe ich getan, was Maria wollte, habe nachgegeben und mich geändert, mich verbogen bis zur Unkenntlichkeit, aber in diesem Punkt werde ich nicht klein beigeben.

Gott, wie ich den Kleinen liebe. Ich habe das Gefühl, mein Herz zerspringt, wenn ich ihn nur ansehe. Ich hoffe, daß meine Kraft ausreicht, um ihn vor allem Bösen dieser Welt zu beschützen. Wer hätte jemals gedacht, daß ich Vater werde? Was für ein merkwürdiges Gefühl!

Ich wünschte nur, Anton könnte ihn sehen.

Damit endet die Eintragung und ich lasse die Kladde auf meinen Schoß sinken, gerührt und irritiert zugleich. Meine letzten Zweifel über die Gefühle meines Vaters zu seinem Sohn sind verflogen, aber dafür sind neue Fragen aufgetaucht. Wieso sollte ich mich seiner schämen? Wieso meinte er, mir ein glücklicheres Leben wünschen zu müssen, als er es selbst hatte? Aus welchem Grund war er unglücklich? Und wer ist Anton? A. auf dem Foto?

Eines allerdings scheint schon dieser kurze Tagebuchausschnitt zu bestätigen: Meine Mutter muss nicht nur mir gegenüber, sondern auch gegenüber meinem Vater eine sehr dominante oder zumindest sehr bestimmende Persönlichkeit gewesen sein. Wenn sie ihm nur halb so viel Ärger bereitet hat wie mir, dann dürfte ihre kurze Ehe kein Zuckerschlecken gewesen sein. Oder war mein Vater vielleicht einfach ein Waschlappen?

Das Piepen meines Handys reißt mich aus den Gedanken. Ich habe eigentlich keine Lust zu telefonieren, aber es ist Manfred.

„Hallo, Schatz!" Meine Begrüßung fällt überschwänglich aus. Ich habe in den letzten vierundzwanzig Stunden kaum an ihn gedacht und jetzt habe ich erneut ein schlechtes Gewissen. Wir sind so weit voneinander entfernt, unsere Leben spielen sich derzeit in verschiedenen Welten ab. „Geht's dir gut?"

„Ich bin k.o.“ Manfred hört sich müde an. Er hat gerade erst in seinem Hotel in Leipzig eingecheckt, der Nachmittag war mit Terminen vollgestopft. „Morgen fahre ich nach Hause“, seufzt er. „Gott sei Dank. Ich kann diese dämlichen Vertreterfuzzis und ihre schalen Witzchen nicht länger ertragen. Und du? Alles in Ordnung?“

Ein vorsichtiger Unterton mischt sich in seine Stimme, als wäre ich ein rohes Ei, das er auf einem Löffel balanciert.

„Alles prima“, sage ich. „Wieso?“

„Du hast angefangen zu heulen, als wir das letzte Mal telefoniert haben. Du warst kurz angebunden. Ich dachte …“

„Was?“

„Ach, nichts. Vergiss es. Was gibt's Neues?“ Durchs Telefon höre ich, wie ein Schuh auf den Boden poltert und Manfreds erleichtertes Aufatmen. Dann ertönen Musik und Stimmen, er hat den Fernseher angestellt. Unser Gespräch ist nur eines von vielen Dingen, die er nebenbei erledigt. Manfred ist gut, wenn es um Multitasking geht. Auf einmal bin ich maßlos enttäuscht, dass ich nicht seine ungeteilte Aufmerksamkeit besitze.

„Nichts von Bedeutung“, erwidere ich. Es erscheint sinnlos, ihm von meinem Fund auf dem Speicher zu erzählen. Wahrscheinlich wäre er gar nicht interessiert. „Der Termin für die Beerdigung ist in drei oder vier Tagen. Ich muss vorher noch mit dem Gemeindepastor reden.“

„Na ja, scheint ja doch alles schneller über die Bühne zu gehen, als du dachtest. Hast du mit deinem Großvater gesprochen?“

„Ja, hab ich“, antworte ich genervt. Wieso glaubt mein Freund, dass ich so etwas nicht auf die Reihe bekomme?

Im Hintergrund gluckert Flüssigkeit in ein Glas, dann höre ich Schluckgeräusche, dann wieder Manfreds Stimme. „Es war nur eine Frage, Felix! Nur eine Frage.“

„Tut mir leid“, murmele ich. Wir missverstehen uns häufig in letzter Zeit. Worte werden falsch interpretiert, Reaktionen überbewertet. Oder bilde ich mir das nur ein?

Manfred seufzt. „Ich geh jetzt unter die Dusche oder noch besser, für eine halbe Stunde in die Badewanne. Ein bisschen abspannen.“

„Okay“, sage ich, froh, das Telefonat so schnell beenden zu können. „Wir sprechen morgen weiter.“

„Mm“, brummt Manfred. Dann ist die Leitung tot.

„Sollen wir nicht heiraten?“ Mein Freund setzte den Blinker und überholte einen klapprigen Ford, der mit neunzig Stundenkilometern die rechte Spur in Beschlag nahm.

„Wie bitte?“ Fast wäre mir das Hustenbonbon im Hals steckengeblieben und ich musste Manfred ziemlich entgeistert angeschaut haben, denn er schmunzelte, während er an dem Ford vorbeizog.

Ich bin mir nicht sicher, wann unsere Probleme angefangen haben. Vor vier Monaten, vor einem halben Jahr? Vor noch längerer Zeit? Einen genauen Tag festzulegen, ist unmöglich, denn wenn man sich auseinanderlebt, geschieht das schleichend, ohne dass man es anfänglich bemerkt. Aber es gibt immer einen Zeitpunkt, an dem man plötzlich darauf aufmerksam wird, einen *point of no return*. Wenn man ihn erreicht hat, kann man nicht mehr leugnen.

Bei uns war es die Frage nach einer Verpartnerung im Rahmen des Lebenspartnerschaftsgesetzes, ein Gesetz, das ich nicht nur wegen der Wortfindung lächerlich finde. Prinzipiell kann ich der Institution Ehe keine besonders vorteilhaften Merkmale abgewinnen, sei sie nun heterosexuell, lesbisch oder schwul. Wenn man sich dem anderen zugehörig fühlt, bleibt man mit oder ohne schriftliches Dokument zusammen. Aber ich bin da auch eher der Pragmatiker, während Manfred … na ja. Er eben nicht.

Wir waren auf dem Rückweg von einem Kaffeebesuch bei seinen Eltern, die in der Eifel in einem Einfamilienhaus ihren Ruhestand genossen. Zugegebenermaßen waren Manfreds Eltern rührend umeinander besorgt. Ständig ertönten Ausrufe wie „Bleib sitzen, Schatz, ich mach das schon!", „Warte, ich helfe dir!", und „Lass nur, ich schaff das schon alleine!" Vielleicht hatte diese Beobachtung Manfreds sentimentale Stimmung hervorgerufen. Mir schlug ihre demonstrative Zuneigung nur auf den Magen, wie zu viel und zu süße Buttercremetorte.

„Sollen wir nicht heiraten?", wiederholte er. „Es wäre doch … nett!"

„Nett? Du machst mir einen Antrag, weil du die Idee ‚nett' findest? Das ist absurd!" Ich hätte meine Ablehnung etwas vorsichtiger formulieren sollen, das war mir klar, noch während ich die Worte aussprach.

Manfreds Augen blickten geradeaus auf die Fahrspur, aber das Lächeln in seinen Mundwinkeln verschwand. „Ich wusste nicht, dass du den Gedanken an eine Verpartnerung mit mir absurd findest", sagte er leise.

„Ich finde das Gesetz absurd", wich ich aus. Ich war nicht in der Stimmung zu diskutieren. Verwandtenbesuche strapazieren mein Nervenkostüm. „Es erlegt uns mehr Pflichten als Rechte auf. Nicht mal die steuerlichen Vorteile einer Ehe können wir nutzen." Was zwar richtig ist, aber in diesem Moment nur ein vorgeschobenes Argument darstellte. In Wahrheit sträubte sich alles in meinem Inneren, meine Beziehung zu Manfred noch offizieller, noch geregelter zu gestalten, als sie es sowieso schon war.

„Wieso stellst du mir nach fast zehn Jahren Beziehung eine solche Frage?", brachte ich nach einer Weile heraus. „Ich meine, wir sind doch so gut wie verheiratet!"

„Eben drum! Es wäre ein Zeichen, ein Symbol! Außerdem lenkst du vom Thema ab. Es ist doch wohl eher die Frage, warum du meinen Antrag nicht einfach mit Ja beantworten kannst. Kann es sein, dass wir ein Problem haben, von dem wir bisher nichts wussten?" Ich drehte den Kopf zur Seite und beobachtete einen Traktor, der auf den Feldern neben der Autobahn Saatgut verteilte. In der Ferne war ein einsames Bauernhaus zu erkennen, aus dessen Kamin Rauch aufstieg. „Keine Ahnung", erwiderte ich. „Lass uns später darüber sprechen." Irgendwann, aber nicht in absehbarer Zeit.

Köln, 30. März 1958

Lieber Anton,
dies ist der erste einer vielleicht langen Reihe von Briefen, die Du nie erhalten wirst, obwohl sie natürlich für Dich gedacht sind – und auch wieder nicht. Ich könnte vorschieben, daß ich sie aus reiner Vorsicht nicht absende, weil ich weiß, daß Deine Mutter immer in Versuchung ist, die Post ihrer Söhne zu lesen, aber tatsächlich sind die Briefe für mich auch ein Mittel zum Nachdenken. Um nicht im Strudel meiner Gefühle zu ertrinken.

Ich sehe Dich jetzt vor mir, die hochgezogenen Augenbrauen, das spöttische Grinsen, spüre deine wohlwollende Hand auf meiner Schulter, als wolltest Du mir sagen: „Ach Gott, der Kleine denkt wieder zuviel, anstatt das Leben zu genießen!" Aber ich bin nicht wie Du, und vielleicht gerade deshalb bewundere ich Dich so. Du hast niemals Zweifel, ich dagegen zweifele jeden Tag. Verzweifele manchmal an den Gefühlen, die in mir aufkeimen und die ich dann zu ersticken versuche. Ich weiß nicht, ob ich so leben kann. Ein Leben im Geheimen und immer die Angst im Hinterkopf, entdeckt, entlarvt, verhöhnt und eingesperrt zu werden, meine bürgerliche Existenz aufs Spiel zu setzen für ein paar Minuten voller Glückseligkeit. Du hast ja die Schlagzeilen in den Zeitungen gesehen, Du hast gelesen, was mit Deinem Bekannten Hartmut geschehen ist. Aus dem

Staatsdienst entfernt, die Ehe geschieden, die Wohnung gekündigt. Das Sorgerecht für die Kinder wurde natürlich der Mutter zugesprochen. Er darf sie nicht einmal sehen. Am Montag ist er mir auf der Hohe Straße begegnet, aber zu meiner Schande muß ich gestehen, daß ich meinen Hut tief ins Gesicht gezogen habe und an ihm vorbeigehastet bin. Ich hatte Angst, daß uns jemand sieht. Kannst du verstehen, daß ich mich davor fürchte, mir könnte ähnliches widerfahren, auch wenn ich keine Familie habe?

Ich lebe in ständiger Angst, entdeckt zu werden – wenn ich von Dir träume, wasche ich sogar mein Bettlaken aus, damit meine Wirtin keinen Verdacht schöpft. Du lachst – jedenfalls stelle ich mir vor, wie die Stirnfalte zwischen Deinen Augen sich zusammenzieht, wie immer, wenn Dein fröhliches Lachen mich aus meinen Grübeleien reißt –, aber mir ist nicht zum Lachen zumute. Ich bin gerade mal sechsundzwanzig Jahre alt: Soll ich mich den Rest meines Lebens verstecken müssen? Manchmal schließe ich die Augen und wünsche mich an einen fernen Ort, einen Ort, an dem wir keine Furcht haben müssen, weit weg von der deutschen Spießigkeit, weg von Polizeischikanen, Verunglimpfungen und staatlicher Willkür.

Aber auch an diesem Ort wäre ich wahrscheinlich nicht glücklich, wenn Du nicht bei mir sein könntest.

Dein Herbert

Dutzende von Gedanken schwirren mir durch den Kopf, als ich das Blatt endlich auf die Bettdecke fallen lasse und versuche, meine Gefühle zu sortieren. Das kann nicht sein, oder? Mein Vater? Mein Vater und dieser Anton? Interpretiere ich vielleicht zu viel in diese Zeilen, ziehe ich voreilige Schlüsse?

Ich habe beschlossen, die Briefe in chronologischer Reihenfolge zu lesen. Sie stammen alle aus dem Jahr 1958, also aus der Zeit kurz vor den Tagebucheintragungen. Ich bin nicht sicher, ob und was das zu bedeuten hat. Es sind weniger, als ich zuerst angenommen habe, das dicke Briefpapier hat mich getäuscht. Insgesamt halte ich vielleicht acht oder zehn in den Händen; wie einen Fächer habe ich die Briefe vor mir auf der Bettdecke ausgebreitet. Sie sind in unregelmäßigen Abständen geschrieben worden, manchmal liegen mehrere Wochen zwischen ihnen, manchmal nur wenige Tage.

Ich habe mir Tee gekocht, Earl Grey, meine Lieblingssorte, und habe eine Tasse mit nach oben auf mein Zimmer genommen, aber der Tee ist kalt geworden, während ich den ersten Brief gelesen habe, wieder und wieder, als könnte ich nicht glauben, was dort steht. Immer wacher bin ich geworden, während ich die Handschrift meines Vaters entziffere, immer aufgeregter. Der Brief ist geschrieben auf weißem Büttenpapier, zugeklebt und adressiert an Anton Kortniak, aber niemals abgeschickt worden, so wie es die Anfangszeilen andeuten. Die Schrift meines Vaters ist fließend, leicht nach rechts gebeugt, als wäre er es gewohnt gewesen, viel zu schreiben. Kaum ein Wort ist durchgestrichen. Die Fs und die Gs haben einen weiten, geschwungenen, fast energischen Bogen nach unten, das T hat immer einen langen Strich, der über das gesamte restliche Wort reicht.

Entgeistert starre ich den Hund an, der sich wieder vor die Tür gelegt hat und mit geschlossenen Augen jeder meiner Bewegungen lauscht. Ich muss es wissen. Ich muss es ganz genau wissen. Hastig nehme ich den zweiten Brief vom Stapel, auch er ist an Anton Kortniak adressiert, auch er ist nie zur Post gebracht worden.

Köln, 17. April 1958

Lieber Anton,
es tut mir leid, daß ich unsere Verabredung am heutigen Abend versäumt habe. Ich konnte Dir einfach nicht in die Augen sehen, zu groß war meine Angst, erneut schwach zu

werden. Ich habe es so satt, mich immer nur in dunklen Ecken, auf Klappen oder den Trümmergrundstücken am Rhein mit Dir herumzudrücken, mich mit kleinen Liebkosungen und Küssen im Schatten von Kriegsruinen zufriedenzugeben. Die Ratte, die wir vorgestern im Turm der Hohenzollernbrücke aufgescheucht haben, war einfach zu viel. Einmal wenigstens möchte ich Dich ganz und gar spüren, meine Finger über Deine Haut streichen lassen, ohne dabei auf Schritte in der Dunkelheit zu lauschen, Dich hastig von mir stoßen zu müssen und so zu tun, als wären wir in diesem oder jenem ausgebombten Kellereingang nur verschwunden, um unsere Notdurft zu verrichten. Ich möchte Deinen stöhnenden Atem in meinem Ohr spüren, die Muskeln Deiner Oberarme fühlen, meinen Kopf auf Deine Brust legen und mit Dir einschlafen. So etwas habe ich noch nie getan, und ich sehne mich danach und habe gleichzeitig Angst davor. Kannst Du das verstehen? Vielleicht ist es ein Schritt zuweit auf einem Weg, den ich nicht gehen will – aber es reicht nicht länger, hinterher einfach nur den Reißverschluß zuzuziehen, sich den Schmutz von der Hose zu klopfen und einander beschämt anzulächeln.

Nein, vergiß meine Zeilen. Sie wurden im Rausch geschrieben und jetzt hat die Vernunft wieder eingesetzt. Das, was ich mir wünsche, ist unmöglich, es ist … fast hätte ich geschrieben: „unnatürlich“. Dabei weiß ich es besser, natürlich verurteile ich Dich und Deinesgleichen nicht, aber ich bin nicht einer von euch. Genauso wie deine Berührungen wünsche ich mir eine Familie und Kinder – und das macht mich zu etwas anderem, als Du es bist. Oder?

Dein Herbert

Mittlerweile sitze ich kerzengerade auf den Kissen. Kein Zweifel: Mein Vater war schwul – auch wenn er es zu diesem Zeitpunkt noch nicht wahrhaben wollte und ein ziemlicher

Spätzünder war. Auch wenn er das Wort nicht in den Mund nehmen kann. Und meine Mutter muss es gewusst haben, ansonsten hätte diese Truhe nicht auf dem Speicher gestanden, hätte sie nach dem Tod meines Vaters nicht den Umzug von Köln hierher mitgemacht. Sie muss den Inhalt dieser Truhe gekannt haben. Jetzt kann ich annähernd nachvollziehen, was in ihrem Kopf vorgegangen ist, damals, als sie mich aus dem Haus geworfen hat: Erst sehe ich meinem Vater zum Verwechseln ähnlich, was schon schmerzhaft genug gewesen sein muss, und dann habe ich von meinem Vater auch noch seine Vorliebe für Männer geerbt. Sie muss außer sich gewesen sein, als ob die Geschichte sich wiederholen würde. Es fragt sich nur, wieso sie die Tagebücher und Briefe aufbewahrt hat. Warum hat sie etwas aufgehoben, das sie zutiefst verletzt haben muss? Warum hat sie die Beweise nicht einfach vernichtet? Alles andere, was mit meinem Vater zusammenhängt, hat sie dem Vergessen anheimgegeben, indem sie sich geweigert hat, die Erinnerung an ihn mit mir zu teilen. Warum nicht auch diese Truhe, die die intimsten Gedanken meines Vaters enthält?

Wie elektrisiert springe ich aus dem Bett. An Schlaf ist überhaupt nicht mehr zu denken. Mein Vater war schwul! Ich kann es noch immer nicht glauben! Aber es stimmt, es muss stimmen, er hat mir die Beweise schriftlich hinterlassen! Ich weiß nicht, ob ich lachen oder weinen soll. Ich habe das dringende Bedürfnis, mit jemandem zu reden, und wähle Manfreds Nummer. Erst nach dem fünften Klingeln geht er ans Telefon.

„Weißt du eigentlich, wie spät es ist? Es ist nach Mitternacht! Ich habe schon geschlafen!“ Manfred klingt müde und verärgert, aber ich ignoriere seine Laune.

„Mein Vater war schwul“, sage ich aufgeregt. Fast brülle ich in den Hörer, so überdreht bin ich. Ich kann nicht stillstehen, unruhig laufe ich im Zimmer hin und her.

„Wie bitte?“

„Ich habe alte Briefe gefunden, Tagebücher! Sie waren in einer Truhe auf dem Dachboden versteckt.“

„Aha. Und da steht drin: ‚Lieber Felix, ich, dein Vater, war schwul‘?“ Der zurückhaltende Unterton in seiner Stimme ist nicht zu überhören.

„Nein, natürlich nicht. Es sind Briefe an einen Anton, die er nie abgeschickt hat.“

„Was für einen Anton?“

„Keine Ahnung! Anton Kortniak. Es gibt auch Fotos, auf denen die beiden zusammen zu sehen sind. Vielleicht war er sein Freund?“

„Felix, wenn er schwul war, wieso hat er dann deine Mutter geheiratet und dich gezeugt?“ Mein Freund gähnt laut.

„Keine Ahnung“, erwidere ich patzig. Wieso glaubt mir Manfred nicht? Wieso will er mir meinen Vater wegnehmen? „Vielleicht war er ja bisexuell. Auf jeden Fall war er in diesen Anton verliebt und er hatte auch was mit ihm. Das geht eindeutig aus den Briefen hervor. Sie haben es auf Klappen und auf irgendwelchen Trümmergrundstücken getrieben. 1958, als er sechsundzwanzig war.“

„Das heißt noch gar nichts.“

„Er war verliebt in diesen Anton. Ich bin mir sicher.“

Manfred schweigt. „Na schön“, sagt er schließlich. „Und jetzt?“

„Was meinst du: ‚und jetzt‘?“, frage ich verständnislos.

„Was passiert als Nächstes? Was nützt dir diese Information? Dein Vater ist seit langer Zeit tot!“

Ich habe diese Bemerkung in meiner Kindheit und Jugend zu oft gehört, um nicht allergisch darauf zu reagieren. Manfred sollte das wissen. Er sollte mehr Feingefühl entwickelt haben. „Du redest wie meine Mutter! Ich habe meinen Vater nie gekannt! Das hier ist wichtig für mich! Warum kannst du dich nicht dafür interessieren?“, schreie ich ins Telefon.

„Weil mir die Vergangenheit deines Vaters nicht halb so wichtig ist wie unsere Zukunft."

„Zukunft? Was für eine Zukunft?", frage ich und beende das Gespräch. Sofort danach schalte ich mein Handy aus. Soll er mir doch die Mailbox vollquatschen. Wütend laufe ich im Zimmer auf und ab und versuche, meinen Zorn unter Kontrolle zu bringen. Der Hund steht auf und wedelt mit dem Schwanz. Als ich mich endlich wieder aufs Bett setze, kommt er zu mir und schlabbert mir mit seiner nassen Zunge über die Hand.

„Dein Herrchen ist ein Arsch!", sage ich zu ihm. Dann greife ich entschlossen zum nächsten Brief und schiebe die Gedanken an Manfred beiseite.

Fünf

Am Morgen werde ich durch ein leises, aber gleichmäßig klopfendes Geräusch wach. Der Himmel ist grau in grau und Regen prasselt gegen die Fensterscheibe. Ich finde mich inmitten eines Berges von Briefen, Fotos und Tagebüchern wieder. Ich muss eingeschlafen sein, während ich in die Vergangenheit meines Vaters eingetaucht bin, mit jedem Satz, mit jedem Brief ein bisschen tiefer, bis ich mir ganz sicher war, dass ich Recht hatte. Das, was mein Vater für diesen anderen Mann empfunden hat, war keine Phase sexueller Desorientierung, kein harmloser Flirt. Er hat diesen Anton wirklich geliebt. Und er hat darunter gelitten.

Während ich frühstücke, verfluche ich erneut mein Unwissen über die damalige Zeit. Im Haushalt meiner Mutter gibt es keinen PC, das Computerzeitalter ist an ihr spurlos vorbeigezogen. USB-Anschlüsse, Log-ins und Mausklicks waren für sie wahrscheinlich Dinge aus einer fremden Welt. Ich dagegen würde jetzt alles dafür geben, online gehen zu können. Zu gerne würde ich mehr über den Liebhaber meines Vaters erfahren und mit ein bisschen Glück könnte mir das Internet weiterhelfen. Hinz und Kunz können heutzutage gegoogelt werden. Außerdem möchte ich mir ein paar Informationen über die fünfziger Jahre und die Situation der Schwulen damals zusammensuchen.

Alles, was ich bisher habe, sind die Anspielungen aus den Aufzeichnungen meines Vaters, die mir nur ein undeutliches Bild aus Furcht vor Entdeckung, Diskriminierung und Versteckspielen vermitteln. Er beschreibt eine Gesellschaft, die panische Angst davor zu haben schien, dass ihre Kinder durch unzüchtiges Verhalten verdorben werden könnten – was immer das auch heißen mag –, und Schwule mit massiven Repressalien bedrohte, bis hin zu Gefängnisstrafen mittels des

Paragrafen 175, den man ohne mit der Wimper zu zucken in seiner verschärften Version aus der Nazizeit übernommen hatte – mit der Argumentation, dass es sich hierbei nicht um nazistisches Gedankengut handele. Aber genauso kann ich zwischen den Zeilen meines Vaters Selbstzweifel und den übermächtigen Wunsch nach Anpassung und Stromlinienförmigkeit entdecken. Allein schon der Begriff „homophil" anstelle von „schwul" stößt mir unangenehm auf, er klingt nach Kopf-Einziehen, Anbiederung und Duckmäusertum. Keine Worte, die ich gerne mit meinem Vater verbinde. Doch ohne Hintergrundinformationen bin ich auch schwerlich in der Lage, seine Angst richtig zu beurteilen.

Ich beschließe, einen Ausflug ins Stadtzentrum zu machen, soweit man die Fußgängerzone in der Ortsmitte so nennen kann. Vielleicht gibt es ein Internetcafé oder eine Stadtbücherei. Der Hund muss sowieso vor die Tür. Gegen den immer noch herabströmenden Regen wappne ich mich mit einem Schirm meiner Mutter, den ich in einem Schirmständer neben der Haustür finde. Ein Schirmständer. Wie altmodisch! Ich kenne niemanden, der so etwas noch besitzt. Während ich von Pfütze zu Pfütze springe und mir das Wasser in die Schuhe schwappt, trottet der Hund unglücklich neben mir her. Schon nach wenigen Metern ist sein Fell völlig durchnässt, aber darauf nehme ich keine Rücksicht.

In der Stadt ist aufgrund des schlechten Wetters kaum etwas los. Vereinzelt hasten ein paar Fußgänger von Geschäft zu Geschäft; mit eingezogenen Köpfen und langen Schritten versuchen sie, dem Regen zu entkommen. Wasser rinnt in kleinen Bächen von den Markisen vor den Schaufenstern, tropft auf leerstehende Café-Tische, läuft an den Straßenrändern in die Abflusskanäle. Ein Wagen spritzt einen Schwall Regenwasser auf meine Hose. Ich fluche. Trotz des Schirms sickert mir Regen über den Nacken, macht meinen Hemdkragen unangenehm klamm und feucht. Am Himmel ist noch immer kein Ende des Wolkenbruchs in Sicht. Stattdessen wird es immer düsterer, bis sogar die Straßenbeleuchtung anspringt.

Ich habe Glück. Zwischen einer Bäckerei und einem Handygeschäft entdecke ich tatsächlich ein Internetcafé. Durch das Schaufenster kann ich mehrere freie Plätze ausmachen. Zwei Girlies mit zu dick aufgetragenem Make-up hocken kichernd vor einem Computer, an zwei anderen sitzen junge Männer. Einer von ihnen hämmert ohne Unterbrechung und mit angespanntem Gesichtsausdruck auf die Tasten ein, als betätigte er den Abzug eines Schnellfeuergewehres.

„Einen Computerplatz bitte“, sage ich zu der Bedienung am Eingang und schüttele meinen Schirm aus.

Die Frau nickt, ohne von ihrer Zeitschrift aufzuschauen. Sie liest die *Gala*, einen Artikel über Brad Pitt und Angelina Jolie. „Nummer fünf“, murmelt sie. „Kaffee?“

„Gerne“, erwidere ich, gehe zu meinem Platz und logge mich ein. Der Hund legt sich unter den Tisch und tropft vor sich hin. Nach wenigen Minuten beginnt er, nach feuchtem Putzlappen zu riechen.

Zuerst versuche ich meine Neugierde über den Liebhaber meines Vaters zu befriedigen, doch sein Name taucht nicht auf. Enttäuscht googele ich „Homosexualität + 50er Jahre“ und bekomme auf Anhieb über 36.000 Treffer, aber das meiste davon ist unbrauchbar. Viele Artikel beschäftigen sich mit der Situation in Amerika, einige sogar in Saudi-Arabien, die meisten erwähnen das Thema nur am Rande oder im Zusammenhang mit anderen Problemen. Aber mein erster Eindruck aus den Aufzeichnungen meines Vaters bestätigt sich: Schwulsein in den Fünfzigern scheint keinen großen Spaß gemacht zu haben. Ich muss ungläubig lachen, als ich über einen Textauszug stolpere, der darauf hinweist, dass damals sogar gegenseitige Onanie unter Strafe stand. Mein Lachen gefriert mir auf den Lippen, als ich in einem Bericht über den Selbstmord eines Neunzehnjährigen lese, der von einem Gericht in Frankfurt wegen „unzüchtiger Handlungen" eine Vorladung erhält und sich daraufhin in den Tod stürzt. Das war 1951. Der Junge war im gleichen Alter wie mein Vater.

Je mehr ich lese, desto unruhiger rutsche ich auf meinem Stuhl hin und her. Die Berichte und Artikel ergeben das Puzzle eines Jahrzehntes, in dem man als Schwuler ein Verbrecher war und als eine Bedrohung der staatlichen Ordnung empfunden wurde, als jemand, der es sich angeblich in den Kopf gesetzt hatte, die Moral der Gesellschaft zu untergraben, und unter dem Generalverdacht stand, Kinder und Jugendliche zu verführen. Also war die Furcht meines Vaters vor Entdeckung vielleicht nicht ganz unbegründet. Trotzdem merke ich, dass ich keinen wirklichen Bezug zu seinem Alltagsleben herstellen kann. Die Texte schildern Fakten, Abläufe, Stimmungen, Zahlen und Statistiken mit einer Unterkühltheit, die die Atmosphäre der damaligen Ära auf Distanz halten. So sehr ich mich auch bemühe, es fällt mir schwer, nachzuvollziehen, wie man sich damals gefühlt haben muss. Verhaftungswellen und Gefängnisstrafen von mehreren Jahren aufgrund einer vermeintlichen Bedrohung der sittlichen Empfindungen des Volkes erscheinen mir aus heutiger Sicht geradezu lächerlich und ich ertappe mich bei dem Gedanken, warum nicht jemand den Mut gehabt hat aufzustehen, um dem Spuk ein Ende zu bereiten. Auch wenn ich weiß, dass es naiv ist, so zu denken.

Einer der jungen Männer beendet seine Sitzung vor dem PC und läuft nach vorne, um zu bezahlen. Dabei fällt sein Blick auf meinen Monitor und das, was ich lese.

„Scheiß-Schwuchtel!", murmelt er und rempelt mich im Vorbeigehen an. Ich tue so, als hätte ich nichts gehört oder gemerkt. Immerhin fängt der Hund an zu knurren.

Am Nachmittag habe ich den Termin mit dem Gemeindepastor. Kaplan Neuenfels ist Ende fünfzig, hat noch volles, aber graues Haar, einen kräftigen Händedruck und ein sympathisches Lächeln, das ich ihm mit meiner gleichgültigen Begrüßung schnell vertreibe. Ich bin kein Freund der Kirche. Solange sie Homosexualität für eine Todsünde hält, brauchen ihre Abgesandten kein Entgegenkommen meinerseits zu erwarten.

„Kommen Sie herein", sage ich stirnrunzelnd. Ich habe mich in den letzten Tagen häufiger gefragt, wieso meine Mutter auf eine kirchliche Trauerfeier bestanden hat – anders als mein Großvater war sie meines Wissens nie sonderlich gläubig. Jetzt kommen mir jedoch Zweifel. Vielleicht stellte die Religion einen Zufluchtsort für sie dar: eine Art Bunker, in dem ihre eigenen Ansichten über Homosexualität mit Verständnis, ja sogar Wohlwollen aufgenommen wurden.

Doch Kaplan Neuenfels enttäuscht meine Vorurteile. „Leider habe ich Ihre Mutter nie kennengelernt", beginnt er das Gespräch. „Sie war kein Mitglied unserer Gemeinde. Trotzdem bin ich natürlich erfreut, dass sie ausdrücklich darum gebeten hat, dass ich ein paar Worte auf ihrer Beerdigung sage. Aber wie schon erwähnt … da wir uns nie begegnet sind, wäre ich Ihnen dankbar, wenn Sie mir, als ihr Sohn, etwas Persönliches über sie erzählen könnten. Vielleicht etwas, das Sie besonders an ihr geschätzt haben? Liebenswerte Eigenschaften oder Dinge, die Ihre Mutter in ihrem Leben ausgezeichnet haben?" Er sieht mich fragend an. Als ich ihn sprachlos anstarre, fügt er helfend hinzu: „Oder Ereignisse, an die Sie im Zusammenhang mit Ihrer Mutter immer wieder gerne zurückdenken?"

„Ich?", bringe ich schließlich heraus. „Sie fragen ausgerechnet mich?" Die Absurdität der Bitte lässt meine Mundwinkel zucken. „Sie war eine verbitterte, von Hass verzehrte Frau, die sich geweigert hat, in den letzten fast dreißig Jahren auch nur ein Wort mit mir zu wechseln. Sie hat mich aus dem

Haus geworfen, als ich kaum achtzehn Jahre alt war. Ihre reaktionären Moralvorstellungen waren stärker als die Liebe zu ihrem einzigen Kind. Meinen Sie etwas in dieser Art?"

Die Heftigkeit meines Ausbruchs überrascht mich genauso wie Kaplan Neuenfels. Er sieht mich mit großen Augen an und seine Lippen formen sich zu einem stummen O. Ich entschuldige mich umgehend. „Ich kann Ihnen nicht helfen", sage ich. „Es tut mir leid. Sagen Sie über meine Mutter, was Sie wollen. Vielleicht fragen Sie besser Herrn Beulinger, den Bestatter. Die beiden waren im selben Kegelklub."

„Darf ... darf ich fragen, worin Ihr Zerwürfnis bestand?"

Ich schüttele den Kopf. Ich brauche keinen Seelsorger, schon gar keinen kirchlichen. „Vielleicht konzentrieren wir uns darauf, einen Termin für die Beerdigung zu finden."

Der Kaplan nickt bedächtig. „Ich verstehe." Seufzend zückt er einen kleinen, schwarzen Kalender, blättert ein paar Seiten. „Mittwoch. Nächste Woche Mittwoch um 10:00 Uhr."

„Das sind noch fünf Tage!", sage ich entgeistert.

„Es hat in den letzten Tagen eine ganze Reihe von Todesfällen gegeben", sagt der Priester. „Es ist Herbst. Viele unserer alten oder kranken Gemeindemitglieder verabschieden sich dann. Die dunkle Jahreszeit lässt ihre Kräfte schwinden."

„Und Sie können sie nicht irgendwie ... dazwischenschieben?" Ich hätte das nicht fragen sollen, aber fünf Tage kommen mir unendlich lang vor.

Kaplan Neuenfels sieht mich überrascht an. „Wir sind keine Zahnarztpraxis, Herr Meurer", erinnert er mich. Seine Augen blitzen für einen Moment auf und ein Lächeln huscht über sein Gesicht. „Bei uns gibt es keine Notfälle, jedenfalls nicht in diesem Bereich."

Ich muss lachen. „Schön", sage ich. „Dann Mittwoch."

Ich begleite den Kaplan zur Tür und halte ihn einen Augenblick zurück. „Als ich neun oder zehn Jahre alt war, habe ich mir beim Fußballspielen das Knie aufgeschrammt", sage ich zögernd. „Es hat fürchterlich wehgetan. Ich bin heulend nach Hause gelaufen und meine Mutter hat die Wunde gereinigt und desinfiziert. Und dann hat sie so lange auf die Stelle gepustet, bis ich mich beruhigt hatte und die Schmerzen nachließen."

Ich weiß nicht, woher die Erinnerung kommt, sie war plötzlich da, glasklar in meinem Gedächtnis. Ich kann die Szene förmlich vor mir sehen: Ich hocke tränenüberströmt und verdreckt auf dem Küchentisch, meine Mutter sitzt vor mir auf einem Stuhl, die Jodflasche in der einen und eine Mullbinde in der anderen Hand und ihr sanfter Atem kühlt die Wunde auf meinem Knie.

„Danke", antwortet Kaplan Neuenfels mit einem weiteren Lächeln und drückt mir noch einmal die Hand, als er sich verabschiedet.

Nachdenklich gehe ich zurück ins Haus.

Köln, 25. Juni 1958

Lieber Anton,
wir dürfen uns in der nächsten Zeit nicht mehr sehen, jedenfalls nicht bei mir. Es gibt Gerüchte im Haus; mein kleines Zimmer ist nicht länger ein sicherer Zufluchtsort für uns. Als ich heute abend von der Arbeit kam, hat mir Frau Terlinden bei den Briefkästen aufgelauert – Du weißt schon, die neugierige alte Wachtel aus der Etage unter mir, mit der ich mir das Klo auf der Zwischenetage teile. Ich habe Dir von ihr erzählt: ihr gefallener Mann war in der Partei, einer von den Hundertfünfzigprozentigen. Zuerst hat sie mich in ein recht harmloses Gespräch über das Wetter verwickelt, und ich habe gedacht, ich könnte sie schnell abwimmeln, habe wichtige Aktenstudien fürs Büro vorgeschoben. Tatsächlich war ich schon am Treppenabsatz, als sie mir scheinheilig nachgerufen hat, ob mich denn die häufige Anwesenheit meines Vetters nicht ablenken würde.

„Was für ein höflicher, junger Mann", waren ihre Worte. „Wir sind uns vor einigen Tagen am frühen Morgen begegnet. Er schien sehr in Eile zu sein, als hätte er verschlafen, aber trotzdem hat er Ihre Zimmertür so leise wie möglich hinter sich verschlossen! Sehr rücksichtsvoll."

Dabei hat sie mich die ganze Zeit wachsam gemustert, keinen Moment hat sie mich aus den Augen gelassen – als ob sie genau wüsste, was in meinem Zimmer vor sich geht, wenn Du mich besuchst.

Warum hast Du mir nichts von dem Vorfall erzählt? Ich hätte mich darauf vorbereiten können, hätte mir eine Ausrede ausdenken können, etwas, das Deine Übernachtung bei mir rechtfertigt hätte. Die Terlinden wird keine Zeit verschwenden, sie wird meiner Vermieterin erzählen, daß ich Herrenbesuch über Nacht empfange, und bei ihr wird es sich anhören, als gäben sich ein Dutzend junge Männer in der Woche bei mir die Klinke in die Hand.

Ich habe es gerade noch einmal hingebogen, habe der alten Schachtel erzählt, daß Du mitnichten mein Vetter, sondern ein Neffe zweiten Grades seist, der auf der Durchreise nach Süddeutschland ein paar Tage Station bei mir gemacht habe. Ich hoffe, sie hat mir geglaubt. Nicht auszudenken, was passiert, wenn das die Runde macht.

Bitte, Anton, wir müssen uns etwas anderes einfallen lassen. Ich kann mir eine Kündigung nicht leisten. Glaube mir, ich bin über unsere Situation genauso unglücklich wie Du. Ich hasse diese Heimlichtuerei – aber wo soll ich bei der Wohnungsnot ein neues Zimmer herbekommen?

Dein Herbert

Wohnungsnot? Ich erinnere mich an Geschichtsstunden und Luftaufnahmen von Köln direkt nach dem Krieg, auf denen neunzig Prozent der Innenstadt zerstört waren. Eine Trümmerwüste, ganze Straßenzüge dem Erdboden gleichgemacht, Stadtviertel, die nur noch aus Ruinen bestanden. Es hat Jahrzehnte gedauert, das alles wiederaufzubauen, auch in den fünfziger Jahren muss das noch zu sehen gewesen sein. Selbst heute klafft gelegentlich eine Bombenlücke zwischen zwei Häusern oder an einer Straßenecke – wie eine hässliche Narbe, an die man nicht erinnert werden will.

Ich sehe meinen Vater in einer kleinen möblierten Dachkammer hausen: ein Schrank, ein Stuhl, ein schmales Bett, ein Waschbecken mit kaltem Wasser und mit viel Glück eine Kochplatte, dazu die ständige Beobachtung durch die argwöhnischen Nachbarn und eine Vermieterin, die auf den „guten Ruf" ihres Hauses Wert legt. Es muss schwierig gewesen sein, Anton die knarrenden Holzstiegen nach oben zu schmuggeln und in ständiger Angst vor Entdeckung zu leben. Ist es das, was meinen Vater so unglücklich gemacht hat?

Trotzdem stelle ich es mir auch romantisch vor. Der Reiz des Verbotenen, die Adrenalinzufuhr, der Kampf um Selbstbehauptung. Und abgesehen davon: eine Zeit, in der es kein Aids gab, in der man ohne schlechtes Gewissen und ohne Gummi herumvögeln konnte, muss das reinste Paradies gewesen sein. Oder ist das alles eine naive Heroisierung, geboren aus dem Blickwinkel eines späteren Jahrzehnts, in dem gesellschaftliche Anerkennung fast erreicht scheint, das Denken an die eigene Gesundheit den Spaß am Sex überlagert und die Rückschau auf die fünfziger Jahre nur möglich ist wie durch einen Zerrspiegel? Ich wünschte, ich könnte meinen Vater fragen. Doch alles, was von ihm übrig ist, ist eine verwitterte Grabplatte mit seinem Namen und seinen Geburts- und Sterbedaten auf einem kleinen Friedhof im Kölner Süden – und diese Aufzeichnungen.

Je mehr ich mich in die Briefe und Tagebücher meines Vaters vertiefe, umso größer werden meine Unruhe und mein Verlangen, mehr über ihn und seine Lebensumstände zu erfahren. Wenn es nur jemanden gäbe, den ich fragen könnte, was für ein Mensch er gewesen ist! Aber bisher habe ich in seinen Unterlagen keine Anhaltspunkte gefunden. Alle anderen Gesichter auf den Fotos bleiben anonym, sie besitzen keine Namen, keine Adressen, ich habe nur die Angaben von Anton. Und diese Spur ist alt, erkaltet und unlesbar geworden im Laufe der Jahrzehnte.

Unzufrieden lege ich den Brief auf den Stapel zurück. Das erzwungene Nichtstun im Haus meiner Mutter macht mich nervös. Hier können meine Fragen nicht beantwortet werden. Es ist wie auf einer Schnitzeljagd. Die Kiste mit den Briefen meines Vaters war nur ein Hinweis, eine Etappe. Die Lösung des Rätsels befindet sich an einem anderen Ort, meine Fragen können nur dort beantwortet werden, wo mein Vater seine Jugend verbracht hat und wo ich geboren bin: in Köln. Auch wenn ich noch nicht weiß, wie ich die Suche gestalten soll und wo ich Spuren von ihm finden kann – hier in diesem Haus sicherlich nicht.

Ich muss zurück, ich bin mir plötzlich ganz sicher.

Allerdings gibt es da noch ein Problem: mein Streit mit Manfred. Ich kontrolliere mein Handy und verziehe verärgert den Mund. Er scheint es nicht für nötig zu halten, sich für sein mangelndes Einfühlungsvermögen zu entschuldigen. Stattdessen lässt er mich schmoren, tut so, als wäre ich derjenige, der sich daneben benommen hat – wie kindisch. Eine solche Reaktion hatte ich ihm gar nicht zugetraut. Aber dieses Spiel kann ich auch spielen. Manfred hat es selbst gesagt: Köln ist nur sechzig Kilometer entfernt. Ich kann Nachforschungen anstellen und abends hierher zurückkommen, die Fahrt kostet mich maximal fünfundvierzig Minuten. Wollen wir doch mal sehen, wer von uns beiden den längeren Atem hat.

„Sieht aus, als würden wir beide noch einige Tage länger hier verbringen!“, sage ich zu dem Hund, der die Ohren anlegt und mich treudumm anschaut. „Spaziergang?“

Der Hund weiß, was das Wort bedeutet. Sofort springt er schwanzwedelnd auf und rennt zur Tür, holt die Leine aus der Ecke und sieht mich erwartungsvoll an.

Der Wolkenbruch hat sich zum Glück verzogen. Zwar sind die Straßen voller Pfützen und der Asphalt glänzt noch immer feucht, aber der Himmel klart mehr und mehr auf, die Regenwolken werden von einem kräftigen Wind nach Osten getrieben. Der Herbst in diesem Jahr verspricht abwechslungsreich zu werden: Gestern noch Sonne und milde Temperaturen, heute Morgen Platzregen und jetzt strömt kalte Luft aus dem Norden nach, die erste Winterluft dieses Jahres. Ich ziehe den Kragen meiner Jacke hoch und setze eine Mütze auf.

Der Hund und ich schlagen eine Richtung ein, die uns aus der Stadt hinausführt, vorbei an den Böschungen und über die Eisenbahnschienen hinweg. Ein matschiger Feldweg schlängelt sich vorbei an abgeernteten Kartoffelfeldern in einen Wald aus Eichenbäumen, ein paar vereinzelten Rotbuchen und Kiefern. Unter meinen Füßen raschelt nasses Laub. Es riecht noch nach Regen und verrottendem Holz. Ich mache den Hund von der Leine und wie der Blitz verschwindet er zwischen den Bäumen. „He", rufe ich, „bleib in der Nähe!" Er tut, als hätte er mich nicht gehört; erst als ich energisch pfeife, beschränkt er seine Erkundungen auf einen Radius innerhalb meines Blickfeldes.

Seit wir den Hund haben, komme ich viel öfter an die frische Luft. Ich bewege mich mehr, habe die ausgedehnten Spaziergänge als Ausgleich zu meinem Beruf schätzen gelernt, insbesondere, weil ich ansonsten sportlichen Betätigungen – außer dem wöchentlichen Besuch im Fitnessstudio – nicht viel abgewinnen kann. Mannschaftssport und Leistungswettkämpfe habe ich schon zu meiner Schulzeit gehasst. Wenn man die vierzig überschritten hat, merkt man plötzlich, dass der Körper gewartet werden muss wie ein Auto. Er ist nicht mehr jederzeit einsatzfähig und entwickelt Macken und Eigenarten, auf die man achten muss. Man muss mehr Zeit in die Pflege des Lacks investieren, bei Überanstrengungen ist es gelegentlich schwierig, am nächsten Morgen den Motor zum Laufen zu bringen.

Gedacht war der Hund eigentlich als Kindersatz. Unbewusst verspürten wir vor einigen Jahren den Wunsch, so etwas wie eine Familie zu gründen – für homosexuelle Beziehungen bieten sich da Hunde oder Katzen als logische Alternative an. Damals war ich der Ansicht, die Anschaffung eines Haustieres sei eine natürliche Entwicklung, die die gewachsene Stabilität einer Partnerschaft dokumentiert, jetzt zweifele ich manchmal an dieser These. Vielleicht war der Hund auch das erste Zeichen, dass unsere Beziehung nicht so gefestigt war, wie wir dachten. Vielleicht haben wir den Hund nur benutzt, um die ersten Risse zu kitten, das beginnende Auseinanderdriften unserer Leben vor uns selbst zu kaschieren.

Vielleicht ist das auch eine Überinterpretation der Realität. Tatsächlich hat Manfred keine sonderlich intensive Beziehung zu dem Hund aufgebaut, der eigentliche Bezugspunkt bin ich. Ich bin derjenige, der mit ihm zum Tierarzt rennt und für die Streicheleinheiten zuständig ist. Manfreds emotionale Bindung an den Hund beschränkt sich auf den morgendlichen Gang um den Block und ein gelegentliches Tätscheln des Hinterkopfs. Ansonsten nimmt er ihn eher als zusätzliches Mobiliar wahr. Fast hätte ich hinzugefügt: so wie mich, aber das wäre unfair. Auch ich tendiere dazu, Manfreds Anwesenheit in der Wohnung zu vergessen, blende ihn aus meiner Wahrnehmung aus, tue so, als wäre er nicht da.

Ich greife nach einem Stock und pfeife erneut. Der Hund kommt aus dem Unterholz geschossen und setzt sich hechelnd vor mich hin. Ich hole aus und werfe den Ast so weit ich kann. Der Hund springt hinterher, konzentriert auf die

Beute, die er seinem Herrchen wiederbeschaffen soll. Wir wiederholen das Spiel einige Male. Wenn es nach dem Hund ginge, könnten wir das spielen, bis mir der Arm abfällt.

Dann, plötzlich, legt er mir anstelle des Stocks eine Plastiktüte vor die Füße, eine von diesen durchsichtigen, in denen man im Supermarkt das Obst abwiegt.

„Das ist nicht der Stock, blöde Nuss!", sage ich und greife nach der Tüte, aber bevor ich sie zu fassen bekomme, nimmt sich der Wind ihrer an, bläht sie auf und tanzt mit ihr. Der Hund und ich sehen dem Schauspiel fasziniert zu. Mal höher, mal tiefer fliegt die Tüte vor unseren Nasen, dreht Pirouetten wie eine Primaballerina, verbeugt sich neckisch vor unseren Gesichtern, zieht grazile Kreise, trudelt zu Boden wie ein Betrunkener, um dann doch wieder in die Luft zu steigen. Mal erinnern ihre Bewegungen an einen langsamen Walzer, ein behäbiges und würdevolles Drehen, dann wieder ähneln sie dem wilden, ekstatischen Tanz eines Derwischs. Mehr als zehn Minuten dauert die Vorstellung, dann gibt die Plastiktüte ein letztes Gastspiel über unseren Köpfen und wird höher und höher geweht, bis wir sie im Blau des Himmels aus den Augen verlieren. Ich atme tief ein, breite die Arme aus und drehe mich im Kreis. Ich wünschte, ich könnte fliegen.

Köln, 2. Juli 1958

Lieber Anton,
weißt du eigentlich, wie sehr ich Dich tief in meinem Innersten beneide? Warum kann ich nicht sein wie Du? Deine Selbstsicherheit imponiert mir, ich bewundere Dich dafür, wie Du zu „der Sache" stehst – ich werde wahrscheinlich nie den Mut dazu aufbringen. Wenn mich, was Gott verhüten möge, jemals jemand direkt darauf anspricht, werde ich wahrscheinlich alles leugnen, so wie Petrus geleugnet hat vor seinen Häschern. Ich würde vor Scham und Furcht

im Boden versinken. (Gerade habe ich die ersten Zeilen meines Gestammels überflogen und muß lächeln, aber es ist ein bitteres Lächeln: Selbst jetzt noch bediene ich mich der religiösen Bilder meines Elternhauses.) Wahrscheinlich werde ich meine katholischen Fesseln nie ablegen können. Nur gut, daß meine Eltern die schmerzliche Wahrheit über ihren Sohn nicht mehr miterleben müssen.

Wenn Du mich jetzt sehen könntest: Kaum bist Du gegangen, und schon sitze ich erneut an meinem schäbigen Tisch, rauche eine Zigarette nach der anderen, schreibe einen weiteren imaginären Brief an Dich und ergehe mich in Selbstvorwürfen. Am liebsten würde ich zur Beichte gehen, mich von der Sünde reinwaschen, aber der Pfarrer und der Chef meiner Kanzlei sind alte Schulfreunde. Was, wenn ich ihm nicht trauen kann, das Beichtgeheimnis zu wahren? Was, wenn der Herr Anwalt erfährt, daß einer seiner Untergebenen, einer seiner Schreiberlinge, ein 175er ist?

Herrje, was für eine traurige Gestalt Du Dir zum Liebhaber auserkoren hast! Es wundert mich nicht, daß Du in letzter Zeit manchmal die Geduld mit mir verlierst. Aber ich bitte Dich, gib die Hoffnung nicht auf! Die Stunden mit Dir sind die schönsten meines Lebens! Ich verspreche hoch und heilig, mich zu bessern.

Ich weiß, daß Dir die Heimlichkeit unserer Beziehung zu schaffen macht, daß Du gerne zeigen möchtest, mit wem Du zusammen bist, daß alle Deine Freunde sich vor Neugierde nach mir verzehren. Aber ich habe Angst vor diesem Schritt, Angst, ein öffentliches Bekenntnis abzulegen – nicht wegen Dir, sondern … um ehrlich zu sein, ich war noch nie in einem dieser Lokale, in denen Du Deine Samstagabende so gerne verbringst. Du sagst, es macht Spaß, den Abend einmal unter seinesgleichen zu verbringen, daß es mir guttun würde zu sehen, wie viele andere es noch gibt. Ich weiß nicht, was mich erwartet, aber das, was man in den Zeitungen liest von Observierungen durch die Polizei, willkürlichen Razzien und Listen, auf denen man landet, läßt mich Schlimmes befürchten. Ich weiß nicht, was ich tun soll. Gib mir Zeit, Anton, bitte, gib mir Zeit!

Dein Herbert

Dieser Brief ruft mir ins Gedächtnis zurück, dass ich zumindest rudimentäre Dinge über meinen Vater weiß, Dinge, die ich im Laufe der Jahre schon wieder vergessen hatte. Die Erwähnung seines Arbeitgebers erinnert mich daran. Dass er einmal in einer Kanzlei gearbeitet hat, ist mir nicht unbekannt. Meine Mutter mag sich große Mühe gegeben haben, die Existenz meines Vaters auszulöschen, aber gänzlich gelungen ist es ihr doch nicht.

Während meiner Studienzeit Mitte der achtziger Jahre hatte ich versucht, mehr über meinen Vater herauszufinden. Es war einer von diesen Vorsätzen zum neuen Jahr und um meine Absichten nicht wieder während des Frühlings zu vergessen, machte ich mich während der Weihnachtsferien Anfang Januar an die Umsetzung. Bewaffnet mit meinem Personalausweis zog ich Erkundigungen im zuständigen Bezirksamt in Köln ein, in dem Stadtteil, wo mein Vater geboren wurde, geheiratet hatte und gestorben war. An diese Eintragungen in den städtischen Registern hatte meine Mutter keine Hand anlegen können.

Eine junge Frau, kaum älter als ich, mit hennarot gefärbten Haaren, ebenso roten Lippen und einem aufreizend kurzen Rock, hörte sich meine stockend vorgetragene Bitte an und malte währenddessen gelangweilt Kreise auf ein Blatt Papier. Zwischendurch warf sie immer wieder einen amüsierten Blick auf den Bart, den ich versuchte, mir damals stehen zu lassen – es sind nie mehr als ein paar versprengte Stoppeln herausgekommen. Jedenfalls muss ich mich ziemlich verzweifelt oder zumindest mitleiderregend angehört haben, denn als ich meinen Mund zumachte, blätterte sie kurz durch meinen Personalausweis und wies mich seufzend an, ihr ins Archiv zu folgen.

„Eigentlich“, erklärte sie mir auf dem Weg, „ist das nicht ganz sauber, was ich jetzt tue.“ Ihre Pumps hallten im Flur und ich hatte Schwierigkeiten, ihre Worte zu verstehen. „Normalerweise müssten Sie Anträge ausfüllen, von wegen Datenschutz und so. Die würden dann geprüft und genehmigt und dann bekämen Sie eine Kopie der gewünschten Unterlagen zugesandt, aber das kann Wochen dauern. Sie kennen ja die deutsche Bürokratie.“ Sie drehte sich um und zwinkerte mir zu.

„Aber kriegen Sie keine Schwierigkeiten, wenn jemand dahinterkommt?“, fragte ich.

„Wer soll schon dahinterkommen? Wir sind der öffentliche Dienst, da laufen noch ganz andere Sachen!“, erwiderte die junge Frau. Dann wechselte sie schlagartig das Thema. „Er ist nicht weit herumgekommen, oder?“

„Was?“, fragte ich verwirrt.

„Dein Vater! Er ist im selben Stadtteil geboren und gestorben und hat auch noch hier geheiratet. Ich meine, du kannst von Glück reden, denn ansonsten wären die Dokumente nicht alle an einem Ort. Aber er scheint Zeit seines Lebens nicht gerade viel von der Welt gesehen zu haben.“

„Nein“, gab ich zu. „Wohl nicht.“

Das Archiv, in das sie mich führte, roch nach Staub und abgestandener Luft. Auf unzähligen Regalen in meterlangen Reihen waren Karteikarten, Unterlagen und Dokumente gelagert, alle fein säuberlich beschriftet. Ich und mein Anliegen wurden an einen kleinen Tisch gesetzt und die Beamtin suchte die Urkunden heraus.

„Du schuldest mir einen Kaffee, wenn du fertig bist!“, sagte sie anzüglich grinsend, als sie Blätter vor mir ausbreitete. „Und vielleicht …“ Ihre Augen begutachteten mich von oben bis unten, blieben dann erneut an meinem verunglückten Bartversuch hängen.

„Ich bin schwul!“, sagte ich schnell, um jedes weitere Missverständnis auszuschließen.

Die Rothaarige verzog enttäuscht das Gesicht. „Typisch. Ich lerne immer die falschen Männer kennen. Na schön. Aber um den Kaffee kommst du nicht herum.“ Sie drückte mir ihre Telefonnummer in die Hand. „Du hast genau zehn Minuten Zeit. Dann komme ich zurück, um die Unterlagen wieder einzusortieren, verstanden?“

Ich nickte eingeschüchtert und kam mir vor wie ein Industriespion, der technische Details einer neuen Erfindung zur Abgasverbesserung aus einer feindlichen Automobilfirma stiehlt. Die Tür klappte hinter ihr zu und ich war allein mit den wenigen Papieren, die über das Leben meines Vaters Auskunft gaben.

Seine Geburtsurkunde war auf den Namen Herbert Paul Meurer ausgestellt, geboren am 30. Juli 1931, genau anderthalb Jahre vor der Machtergreifung Adolf Hitlers. Geboren wurde mein Vater im Krankenhaus der Augustinerinnen, in Köln auch das „Severinsklösterchen“ genannt, es steht in der Südstadt unweit der Ulrepforte und existiert noch heute. Die Namen der Eltern wurden mit Hans Meurer und Edith Meurer, geborene Pfaffling, angegeben. Meine Großeltern väterlicherseits, über die ich nicht das Geringste wusste, nur, dass sie tot waren. Ich ging davon aus, dass sie in den Kriegswirren umgekommen waren.

Ich nahm die zweite Urkunde in die Hand – und stutzte, rechnete nach, benutzte wie ein kleines Kind meine Finger. Aber es gab keinen Zweifel, es stand schwarz auf weiß vor mir: Herbert Paul Meurer, Rechtsanwaltsgehilfe, und Maria Meurer, geborene Hausmann, hatten am 30. Oktober 1959 geheiratet, fünf Monate vor meiner Geburt. Unverheiratete Mütter waren in der damaligen Zeit so gut wie undenkbar.

Nicht, dass es mich störte, es war nur ... unerwartet. Meine Mutter und vorehelicher Sex waren schon damals zwei Dinge, die sich in meiner Vorstellung nur schlecht vereinbaren ließen.

Die dritte Urkunde bescheinigte den Tod meines Vaters. Sachlich, nüchtern, ohne einen Hinweis auf den Grund seines Todes, den Motorradunfall, war sein Todestag verzeichnet: 24. April 1961. Todesursache war eine Schädelfraktur. Ich war damals etwas über ein Jahr alt. Ein Jahr, einen Monat und eine Woche. Ein Baby, das noch nicht einmal „Papa" sagen konnte. Aus irgendeinem Grund machte mich diese Tatsache unendlich traurig.

Ich stand auf, kopierte mir die Papiere und ließ die Originale für den Rotschopf auf dem Tisch liegen, zusammen mit ihrer Telefonnummer. Danach versuchte ich nicht mehr, etwas über meinen Vater zu erfahren. Ich hatte alle Möglichkeiten ausgelotet: die wenigen Dinge, die meine Mutter zu erzählen bereit war, die dürftigen Angaben meines Großvaters und den einen kleinen Ausschnitt aus dem Lokalteil der Zeitung, der über den Unfall berichtete. Ihn hatte ich direkt nach meinem Umzug im Archiv des *Kölner Stadt-Anzeigers* ausfindig gemacht. Wenn nun selbst die amtlichen Quellen nicht mehr als nüchterne Zahlen und Fakten preisgaben, dann war es wohl unmöglich, dem Bild meines Vaters mehr Deutlichkeit zu verleihen. Damals war ich sicher, dass mein Vater ein Rätsel bleiben würde, unerreichbar und unvorstellbar. Erst jetzt, mehr als zwanzig Jahre nach meinem letzten Versuch, gewinnt das Bild an Schärfe. Weniger rätselhaft wird er dadurch aber nicht. Im Gegenteil.

Sechs

Ich habe vergessen, das Zeitungsabonnement meiner Mutter abzubestellen. Daher ist das Erste, womit ich am nächsten Tag konfrontiert werde, ihre Todesanzeige im Lokalblatt.

Die Zeitung liegt wie jeden Morgen auf der Fußmatte vor der Haustür. Ich blättere sie durch, während ich meinen Kaffee schlürfe, und dann springt sie mir entgegen, völlig unerwartet. Ich hatte den Hinweis von Beulinger nicht mehr in Erinnerung.

Es ist eine kleine Anzeige, in der nur die nötigsten Informationen preisgegeben werden. Ihr Name, ihr Geburts- und Sterbedatum und unten am Rand sogar schon der Termin der Beisetzung. Keine trauernden Anverwandten, keine trauernden Freunde, nur rechts neben ihrem Namen ein einfaches schwarzes Kreuz. Niemand bedauert den Tod meiner Mutter, niemand scheint Schmerz über den Verlust zu empfinden. Ein Leben, dessen Ende nicht interessiert. Links neben der Todesanzeige hat ein Supermarkt Werbung geschaltet. Ravioli 500 ml Dose: 0,99 € und 1 kg Boskop Äpfel: 1,49 €, nur solange der Vorrat reicht.

Was hat meine Mutter nur dazu veranlasst, sich so abzukapseln? Wie kann ein Mensch sich von der Außenwelt isolieren, seine Familie verleugnen? War sie niemals einsam, hat sie sich nie allein gefühlt? War das wöchentliche Beisammensein mit dem Kegelklub ein ausreichender Ersatz für die Stille im Haus? Was ist in ihr vorgegangen, während sie Abend für Abend die Wände angestarrt und sich in die schäbige Fantasiewelt ihrer Groschenromane geflüchtet hat? Seit meiner Ankunft hat ihr Telefon nicht ein Mal geklingelt.

So richtig es ist, dass mein Vater eine nebelhafte, unbekannte Figur für mich ist, so wahr ist auch, dass sich die

Persönlichkeit meiner Mutter meinem Verständnis entzieht. Ein großer Unterschied ist allerdings, dass mein Vater keine Wahl hatte. Meine Mutter war eine fanatische Ikonoklastin, eine Bilderstürmerin. Alle Erinnerungen an meinen Vater hat sie, wenn nicht zerstört, so doch für sich behalten und damit seine Person dem Vergessen anheimgegeben. Sie dagegen hat ihr Exil selbst gewählt, aus freien Stücken einen Panzer um sich aufgebaut, den niemand durchdringen konnte, nicht einmal ich. Was ist damals geschehen, was ist zwischen meinen Eltern passiert?

Meine Hand greift automatisch zum Handy. Es wäre schön, Manfreds Stimme zu hören, meine Ratlosigkeit mit ihm zu teilen. Auf seinen Zuspruch konnte ich mich in all den Jahren immer verlassen. Was auch sonst zwischen uns nicht funktionierte, ein guter Freund war er immer. Dann zögere ich, erinnere mich, dass wir zurzeit nicht miteinander reden. Trotzdem drückt mein Daumen auf seine gespeicherte Nummer. Atemlos lausche ich den ersten Klingeltönen, aber eine distanzierte Frauenstimme informiert mich, dass der Gesprächsteilnehmer zurzeit nicht erreichbar ist und ich es später erneut versuchen soll. Manfred hat sogar die Mailbox ausgeschaltet.

„Na schön", murmele ich. „Ganz wie du willst."

Vielleicht ist es gut so. Vielleicht ist dies eine Aufgabe, der ich mich allein stellen muss, ohne Manfreds Unterstützung. Zehn Jahre lang haben wir alles gemeinsam getan, geplant, bewältigt, aber dies hier ist meine Familie, meine Geschichte. Sie hat nichts mit Manfred zu tun. Doch wo soll ich anfangen? Alle denkbaren Informationsquellen habe ich vor Jahren ausgeschöpft, ohne dass sie mir weitergeholfen hätten. Ich drehe den letzten Brief meines Vaters in der Hand und betrachte gedankenverloren den Namen des Empfängers. Anton Kortniak. Der Nachname klingt, als ob er oder seine Vorfahren aus Osteuropa stammen würden. Zu schade, dass mein Vater keine Adresse angefügt hat. Damit hätte ich tatsächlich eine neue Spur. Aber so …

Anton und mein Vater müssen ungefähr im gleichen Alter gewesen sein. Das bedeutet, Anton wäre heute wie alt? Mitte bis Ende siebzig, ein alter Mann, wenn er überhaupt noch lebt. Genauso gut kann er vor Jahren an einem Herzinfarkt oder Schlaganfall gestorben sein. Aber selbst wenn er noch lebt, wie soll ich ihn finden? Seit seiner Freundschaft mit meinem Vater sind fünfzig Jahre vergangen. Alles Mögliche kann in einem halben Jahrhundert passiert sein: Er kann nach Kanada ausgewandert sein, in Halle oder im Breisgau leben, in einem Altenheim mit Alzheimer vor sich hinvegetieren oder sich auf eine kleine Finca auf Mallorca zurückgezogen haben, um seinen Lebensabend im warmen Süden zu genießen. Die Möglichkeiten sind unendlich, genauso gut könnte ich eine Nadel in einem Heuhaufen suchen wollen.

Überrascht stelle ich fest, dass ich den Freund meines Vaters beim Vornamen nenne, wenn ich über ihn nachdenke – als gehörte er bereits zu meiner Familie, zu meinen Freunden. Dabei ist er nur ein Gesicht auf ein paar vergilbten Fotos und eine Anrede in einigen alten Briefen, die nie abgeschickt wurden.

Schließlich greife ich erneut zum Telefon und wähle die Nummer der Auskunft. Es ist mehr eine Intuition als eine auf Hinweise gestützte Vermutung.

„Ich hätte gerne eine Telefonnummer in Köln“, sage ich. „Der Name lautet Anton Kortniak.“

Es dauert nur wenige Sekunden, dann antwortet die Telefonistin: „Tut mir leid, unter diesem Namen habe ich keinen Eintrag. Aber ich habe drei Einträge unter Kortniak. Gerald, Inge und Andreas Kortniak, alle in Köln.“

Ich zögere unschlüssig. „Na schön“, sage ich schließlich. „Dann die.“ Die Chancen, dass diese Leute etwas mit dem Freund meines Vaters zu tun haben, sind wohl eher gering, aber andererseits ist Kortniak kein Allerweltsname.

Die Telefonistin gibt mir die Telefonnummern und Adressen. Gerald Kortniak wohnt in der Innenstadt, im Belgischen Viertel, seine Adresse ist Brüsseler Straße. Ich kenne die Ecke. In meiner Studentenzeit hatte ich ein kleines Ein-Zimmer-Apartment in der Nähe, sonntagsmorgens haben mich die Glocken von St. Michael aus dem Schlaf gebimmelt. Ich habe dort gerne gewohnt. Die Uni war nur fünf Minuten mit dem Fahrrad entfernt, und das Pimpernel und die kleine Bagwhan-Disco mit ihrem „Pink Tuesday" waren in Laufweite.

Inge Kortniak wohnt in Chorweiler, ein Stadtteil im Norden Kölns, der vor allen Dingen wegen seiner hässlichen Hochhäuser, seines hohen Ausländeranteils und seiner Kriminalität verrufen ist. Ich war noch nie dort und hoffe, dass diese Adresse zu nichts führt.

Andreas Kortniak, der Letzte auf der Liste, besitzt zwei Telefonnummern. Vielleicht ein Privat- und ein Firmenanschluss? Ein kleiner Handwerksbetrieb, eine Werbeagentur? Die Adresse, Kringsweg, sagt mir gar nichts. Erst als ich meinen Kölner Stadtplan aus dem Auto zu Rate ziehe, finde ich ihn eingebettet zwischen Universität und Uniklinikum, in Sülz, einem etwas gehobeneren Stadtviertel mit viel Grün, kleinen Villen, aber auch hohem Studentenanteil.

Nervös tippe ich die erste Nummer ein. Was soll ich sagen, wenn jemand abnimmt? „Sind Sie zufällig mit einem alten Mann namens Anton Kortniak verwandt? Er müsste so um die siebzig oder älter sein und war der Liebhaber meines Vaters?" Das klingt einfach zu dämlich, vielleicht hält man mich für verrückt.

Aber ich werde meiner Ängste enthoben, denn nach dem dritten Klingeln springt ein Anrufbeantworter an. „He Leute, Gerald ist nicht da. War doch wohl klar, oder? Also, wenn's unbedingt sein muss, hinterlasst was auf dem Band, ich melde mich, wenn ich Zeit hab. Oder ihr ruft mich mobil an."

Die Stimme klingt jung, dynamisch, die flapsige Ansage lässt vermuten, dass Gerald hauptsächlich mit Freunden telefoniert und weniger mit beruflichen Anrufen rechnet. Ich lege auf, ohne eine Nachricht zu hinterlassen.

Die zweite Nummer, Inge Kortniak. Hier habe ich mehr Glück. Schon nach dem zweiten Klingeln geht jemand ans Telefon. Ich höre eine laute, selbstbewusste Frauenstimme.

„Ja?"

Einen Moment lang ist mein Kopf völlig leer und ich bekomme kein Wort heraus. Wie soll ich der Frau klarmachen, was ich will, ohne dass sie mich für einen Spinner hält?

„Hallo? Wer is denn da?" Die Stimme wird ungehalten, hat einen starken kölschen Einschlag.

„Gut… guten Tag", stottere ich schließlich. „Mein Name ist Felix Meurer. Ich … ich bin auf der Suche nach einem Freund meines verstorbenen Vaters, Anton Kortniak. Er müsste so um die siebzig sein …"

„Wat is loss? Ihre Vatter heißt Anton Kortniak un is dod? Verston isch nit. Wat soll dat he?"

Ich schließe verzweifelt die Augen. Ich bin an eine echt „kölsche Proll" geraten und habe mich auch noch missverständlich ausgedrückt. „Nein", stelle ich richtig. „Mein Vater heißt Herbert Meurer und ich suche seinen Freund Anton Kortniak. Ich dachte, dass Sie vielleicht mit ihm verwandt sind?"

„Nää, juuder Mann!", informiert mich Inge Kortniak ungnädig. „Minge Vatter is zwar auch dod, evver schun sick fümfenzwanzisch Joor. Un dä hätt auch nit Anton jeheißen, sondern Fritz. Wor et dat jetz? Isch han ken Zick, dat Dschakeline kummt gleich wejens minge Hoor!"

„Ja. Das war es schon. Tut mir leid, wenn ich gestört habe. Ich bitte um Entschuldigung." Inge Kortniak legt wortlos auf und mir steht der Schweiß auf der Stirn. Was immer sie und „dat Dschakeline" mit ihren Haaren vorhaben, ich will es gar nicht wissen. Am liebsten hätte ich jetzt einen kleinen Schnaps, um mir für das nächste Telefonat Mut anzutrinken, aber alkoholische Getränke habe ich im Haus meiner Mutter noch nicht entdeckt.

Etwas zittrig betrachte ich die letzte Adresse auf der Liste, die im Kringsweg. Welche der beiden Nummern soll ich zuerst wählen? Ich tippe aufs Geratewohl die oberste ein und erreiche wieder nur eine Bandansage. Entmutigt lege ich auf und konzentriere mich auf die untere Nummer. Meine letzte Möglichkeit, etwas über Anton herauszufinden.

Schon nach dem ersten Klingeln wird der Hörer abgenommen. „Architekturbüro Andreas Kortniak. Sekretariat Frau Heide."

„Meurer ist mein Name, guten Tag!", sage ich zaghaft. „Ich würde gerne Herrn Kortniak sprechen."

Ohne Umschweife werde ich verbunden und habe einige Sekunden später Andreas Kortniak am Apparat. Seine Stimme ist ebenfalls jung, aber nicht so jung wie die von Gerald. Und sie klingt selbstsicher, geschäftsmäßig. „Ja, bitte?"

Ich stelle mich ein weiteres Mal vor und versuche, mein Anliegen etwas wortreicher und gewandter vorzubringen. „Ich bin auf der Suche nach einem Mann namens Anton Kortniak. Er ist ein Jugendfreund meines verstorbenen Vaters gewesen, in den fünfziger Jahren. Ich habe Fotos der beiden auf dem Dachboden entdeckt, als ich die Hinterlassenschaft meines Vaters durchgesehen habe." So entsteht zwar der Eindruck, dass mein Vater erst vor kurzem gestorben ist, aber wenn ich diesem Unbekannten erzähle, dass mein Vater schon vor vierzig Jahren verunglückt ist, wird die Geschichte zu kompliziert. „Leider habe ich keine Adresse oder Telefonnummer und deshalb hatte ich gehofft, Sie wären vielleicht ein Verwandter, der mir weiterhelfen könnte? Sie sind der letzte Kortniak auf meiner kleinen Liste."

Andreas Kortniak schweigt überrascht.

„Hallo, sind Sie noch dran?", frage ich nach.

„Ja, ja, ich bin noch da. Ich bin nur ein wenig … erstaunt, Herr – wie war Ihr Name noch gleich?"

„Meurer. Felix Meurer."

„Ich habe einen Onkel namens Anton. Der Bruder meines verstorbenen Vaters", erklärt der Architekt schließlich zögernd. „Er dürfte jetzt so um die siebzig oder noch älter sein …"

Ich kann mein Glück kaum fassen. „Das … das ist wunderbar!", sage ich strahlend. „Wäre es möglich, dass ich mich mit ihm in Verbindung setzen kann? Ich weiß, es klingt ein bisschen merkwürdig, aber ich würde mich gerne mit ihm über meinen Vater unterhalten. Die beiden müssen sehr gut befreundet gewesen sein damals." Mehr traue ich mich nicht zu sagen.

„Mein Onkel ist ein verschrobener alter Kauz", erwidert Antons Neffe und räuspert sich, als wäre ihm dieses Eingeständnis unangenehm. „Wir haben schon seit Jahren keinen Kontakt mehr. Ich weiß wirklich nicht, wie ich Ihnen da weiterhelfen soll."

„Hat er vielleicht eine Telefonnummer, unter der ich ihn erreichen kann?"

„Nein. Soweit ich weiß, hat er kein Telefon."

„Eine Adresse?"

Erneut zögert der Architekt. „Ich weiß nicht … ich kenne Sie doch gar nicht. Ich kann Ihnen doch nicht einfach die Anschrift … ach, was soll's! Der Alte ist sowieso ein bisschen verrückt. Versuchen Sie ruhig Ihr Glück. Als ich ihn mit meiner Frau und den Kindern vor fünf Jahren das letzte Mal besucht habe, hat er mir gesagt, wir bräuchten uns nicht mehr bei ihm blicken zu lassen. Er kann sehr … bockig sein." Es raschelt im Hintergrund. Antons Neffe sucht in seinen Unterlagen. „Er wohnt im Käulchensweg 6a, das ist in Köln-Poll."

„Wie bitte?“, entfährt es mir.

„Köln-Poll. Ein Stadtteil von Köln. Kennen Sie sich in Köln aus?“

„Ich … ich wohne auch in Poll“, erwidere ich schwach. Ich bin zu überrascht, um mehr zu sagen. Der Freund meines Vaters wohnt nur zwei Straßen entfernt. Seit Jahren gehe ich dort mit dem Hund spazieren, vielleicht bin ich ihm schon einmal begegnet, vielleicht habe ich ihn schon einmal gesehen, vielleicht hat er schon einmal hinter mir an der Kasse im Supermarkt gestanden, ohne dass ich etwas von ihm wusste!

„Was für ein Zufall“, sagt Antons Neffe.

„Ja …“, sage ich langsam. „Kann man wohl sagen. Hat er denn in den fünfziger Jahren in Köln gewohnt?“

„Onkel Anton hätten keine zehn Pferde aus Köln wegbewegen können. Der hat sein ganzes Leben hier verbracht. Aber ich verstehe nicht … wenn Ihr Vater und mein Onkel befreundet waren, wieso wissen Sie dann nicht, dass er bei Ihnen um die Ecke wohnt?“

„Das ist eine lange Geschichte, Herr Kortniak“, sage ich. „Zu lang, um sie am Telefon zu erzählen, glauben Sie mir. Wenn Sie nichts dagegen haben, würde ich Ihren Onkel gerne einmal besuchen.“

Antons Neffe lacht grimmig auf. „Versuchen Sie Ihr Glück, Herr Meurer! Uns lässt er nicht mehr über die Türschwelle. Altersstarrsinn. Ich hoffe nur, dass ich nicht so werde, wenn ich mal so weit bin.“

„Ist er denn …“ Ich weiß nicht, wie ich mich ausdrücken soll, ohne dem Neffen zu nahe zu treten, „geistig noch rüstig oder …?“

„Oh, gaga war er damals noch nicht! Im Gegenteil. Aber das kann sich seitdem ja auch geändert haben. In dem Alter weiß man ja nie. Allerdings nehme ich an, dass meine Familie etwas von den zuständigen Behörden gehört hätte, wenn es ihm nicht mehr gut ginge.“ Antons Neffe taut zusehends auf.

„Sie haben gar keinen Kontakt mehr zu ihm?"

„Kein Wort, keine Karte, kein gar nichts. Um ehrlich zu sein, er kann meine Frau nicht ausstehen und hat sie das jedes Mal spüren lassen, wenn wir ihn besucht haben. Irgendwann war das Maß einfach voll, wenn Sie verstehen, was ich meine."

„Ja, ja, natürlich." Der Mann, den Andreas Kortniak beschreibt, klingt so gar nicht nach dem Freund, den ich mir aus den Briefen vorgestellt hatte. Er klingt wie ein eigenbrötlerischer alter Gnom, ein kauziges, weltfremdes Wesen. Vielleicht lebt er in einer ganz eigenen Welt. Ob er sich überhaupt an meinen Vater erinnert?

Ich danke dem Neffen für seine Hilfe, verspreche, seinem Onkel Grüße auszurichten, und beende das Gespräch.

Wie seltsam, dass ich wenig später im vorletzten Brief meines Vaters an Anton auf Hinweise stoße, die das Ende ihrer Freundschaft andeuten. Während ich kurz davor bin, den Freund meines Vaters kennenzulernen, beginnt mein Vater, sich von ihm zu verabschieden. Nur gut zwei Monate sind zwischen diesem und dem vorherigen Brief vergangen, aber ich habe das Gefühl, dass ich etwas Entscheidendes verpasst habe. Der Ton meines Vaters ist unfreundlicher geworden, wie jemand, der sich in eine Ecke gedrängt fühlt und um sich schlägt. Wie jemand, der sich selbst etwas vormacht.

Köln, 15. September 1958

Lieber Anton,
ich wünschte, Du würdest aufhören, mir Vorwürfe zu machen. Schließlich bist Du in gewisser Weise derjenige, der Maria und mich zusammengebracht hat. Hättest Du nicht darauf bestanden, daß ich Deine Lokale und Deine Freunde kennnenlerne, wären wir nie Eberhard begegnet, wären nie zu ihm eingeladen worden. Du weißt, was ich meine.

Außerdem hat sich doch nichts zwischen uns geändert, oder? Nach wie vor sehen wir uns, und Du bekommst von mir, was Du brauchst. Aber ich – ich brauche mehr als das.

Deine Tagträume von einem gemeinsamen Urlaub sind ein wenig weltfremd. Wie soll das gehen, zwei Männer alleine in Ferien? Was sollen die Leute denken? Und wie sollen wir uns eine Reise nach Italien leisten können? Meine finanziellen Mittel haben gerade ausgereicht, um meiner Wirtin das Bett zu ersetzen, das wir kaputt gemacht haben. Sie ist übrigens mißtrauischer denn je, seit ich versucht habe, ihr weiszumachen, daß es einfach so unter mir zusammengebrochen wäre. Hätte ich ihr erzählt, daß es den andauernden Turnübungen zweier junger Männer nicht standgehalten hat, wäre sie wahrscheinlich vor Empörung geplatzt wie ein Ballon, den man mit zu viel Luft füllt. Ah, jetzt sehe ich ein Lachen auf Deinem Gesicht!

Aber so oder so ist die Situation hier im Haus nicht mehr haltbar. Vor drei Tagen habe ich Besuch von der Polizei bekommen. Ich war gerade dabei, den Abwasch wegzuräumen. Man habe Hinweise aus der Nachbarschaft über unzüchtiges Verhalten bekommen, wurde mir barsch erklärt, ob ich denn wisse, was der Paragraph 175 StGB besage? Ich habe mich so dumm wie möglich gestellt, und die Polizei konnte mir nichts nachweisen. Trotzdem haben sie erneut meine Personalien aufgenommen und die letzten Ausgaben von „Der Weg" konfisziert. Hättest Du sie mir bloß nicht geliehen! Nun bin ich mir sicher, daß ich auf einer ihrer Listen geführt werde. Ich nehme an, daß ich mir bald eine neue Bleibe suchen muß, spätestens in ein paar Wochen wird meine Wirtin mit der Kündigung vor der Tür stehen. Die Polizei wird es sich nicht nehmen lassen, ihr einen Tip zu geben, das kennen wir ja.

Ich weiß, daß das für Dich alles keine Gründe sind, weshalb ich mich mit Maria abgebe, aber für mich sind es gewichtige Gründe. Sie verschafft mir Schutz und Respektabilität, mit ihr zusammen kann ich vielleicht etwas aus meinem Leben machen. Selbst einige deiner Freunde haben eine „Sandfrau“. Maria braucht ja nicht zu wissen, was zwischen Dir und mir ist. Hörst du? Sie darf es nicht erfahren!

Vielleicht sollten wir mal wieder einen kleinen Ausflug unternehmen, Du und ich und Maria und ein paar Freunde. Was denkst Du über eine kleine Landpartie? Vielleicht am nächsten Wochenende? Würde Dich das ein wenig versöhnen? Hör auf zu schmollen, ich bitte Dich. Wir müssen eben das Beste aus den Gegebenheiten machen – oder hast Du wirklich geglaubt, wir könnten eines Tages wie Mann und Frau zusammenleben?

Du fehlst mir.

Dein Herbert

Sieben

Das Haus ist nicht besonders groß und ein wenig schmucklos. Es hat nur ein Stockwerk, eine weiße Rauputzfassade und steht etwas zurückgesetzt von der Straße, umgeben von Rasen. Das Grundstück ist zum Bürgersteig hin abgegrenzt durch einen frisch gestrichenen Jägerzaun. Im schrägen Dach steht ein Fenster offen. Vor der Haustür liegen ein Kinderfahrrad und ein paar kleine Gummistiefel mit aufgedruckten Marienkäfern.

Ich schaue irritiert auf meinen Zettel, aber ich habe mich nicht in der Hausnummer vertan. Dies hier ist der Käulchensweg und das Haus hat die Nummer 6a, ich habe es sofort wiedererkannt. Der Hund und ich sind schon oft auf unseren Spaziergängen daran vorbeigegangen, allerdings habe ich es nie weiter beachtet und ich kann mich auch nicht erinnern, dass ich jemals seinen Bewohner gesehen hätte. Zögernd öffne ich das Gartentor, gehe zum Hauseingang und stelle das Fahrrad ordentlich auf seine Stützräder, bevor ich die Klingel suche. Anton ist ein alter Mann, was macht ein Kinderfahrrad vor seinem Haus? Dass er Enkel hat, halte ich für ziemlich ausgeschlossen, aber auch mit der Familie seines Neffen hat er doch keinen Kontakt mehr, oder?

Des Rätsels Lösung birgt ein emailliertes Namensschild neben der Klingel mit der Aufschrift: „Hier wohnt Familie Schmidt". Kleine, lustige Gänseblümchen sind um den Namen herum in den Ton gebrannt. Ich lasse enttäuscht die Schultern sacken. Anton lebt nicht länger hier, die Informationen seines Neffen sind veraltet. Er ist tot oder weggezogen, meine Suche nach dem Freund meines Vaters ist beendet, noch bevor sie richtig angefangen hat.

Ich will mich gerade abwenden und zum Auto zurückgehen, als die Haustür aufgerissen wird und mir ein kleines Mädchen vor die Füße rennt. Sie schreckt hastig zurück und sieht mich mit großen Augen an.

„Hallo", sage ich. „Ich wollte dich nicht erschrecken."

Das Kind weicht stumm zurück und rennt ins Haus. Gleich darauf erscheint seine Mutter im Türrahmen, Ende dreißig, strähnige, blonde Locken und einen gestressten Ausdruck im Gesicht. „Ich kaufe grundsätzlich nichts an der Tür!", sagt sie kurz angebunden.

„Bitte, ich … ich verkaufe nichts", wehre ich ab. „Ich wollte eigentlich Herrn Kortniak besuchen … aber wie es scheint, wohnt er nicht mehr hier."

„Wer?" Frau Schmidt mustert mich genauer. Geistesabwesend streicht sie eine Haarsträhne hinters Ohr.

„Anton Kortniak. Er … er war ein Freund meines Vaters."

„Oh!", sagt sie und ihr Gesicht hellt sich auf. „Der Vorbesitzer des Hauses. Nein, der wohnt nicht mehr hier."

„Ist er … verstorben?"

Die Mutter des Mädchens schüttelt den Kopf. „Anton? Das wäre mir neu! Zumindest letzte Woche hat er sich noch bester Gesundheit erfreut."

Ich atme erleichtert auf. „Gott sei Dank!"

„Und Sie sind wer?" Jetzt ist das Interesse der Frau endgültig geweckt. Ihre Tochter erscheint wieder im Türrahmen; mit einem Teddybären an der Hand versteckt sie sich hinter den Beinen ihrer Mutter und kann doch ihre Neugierde nicht im Zaum halten. Immer wieder schnellt ihr Gesicht nach vorne, um mich in Augenschein zu nehmen.

„Meurer ist mein Name, Felix Meurer. Anton Kortniak war ein Freund meines verstorbenen Vaters … in den fünfziger Jahren. Ich habe auf dem Dachboden kürzlich ein paar Fotografien entdeckt, auf denen die beiden abgebildet sind. Hier …" Ich krame aus der Jackentasche das Bild, auf dem mein Vater Antons Schulter umarmt, und zeige es der Frau. Dieses Foto ist der einzige Beweis, dass ich kein Spinner bin, dass ich ehrliche Absichten habe.

Frau Schmidt sieht sich das Foto näher an und sagt dann überrascht: „Ich kenne das Bild. Anton hat es auf einem seiner Bücherregale stehen. Etwas kitschig gerahmt, mit goldenen Schnörkeln – aber das ist wahrscheinlich eine Frage des Geschmacks oder des Alters. Es steht direkt vor seinen Konsalik-Romanen. Auch wieder was, das ich mir nicht freiwillig ins Regal stellen würde."

„Dann kennen Sie Anton … Herrn Kortniak näher? Sie wissen, wo er jetzt wohnt?" Ich bin plötzlich ganz aufgeregt und spüre den Puls in meiner Halsschlagader klopfen.

„Ja. Nachdem er uns sein Haus verkauft hat, ist er in eine Art Seniorenheim gezogen. Ganz in der Nähe hier, Sie können zu Fuß hingehen. In den letzten Jahren ist er zu einer Art Ersatzopa für Leonie geworden. Er ist wirklich ganz rührend." Sie deutet auf ihre Tochter, die sich immer mehr aus der Deckung traut und mich nun unverhohlen anstarrt.

„Ein Altenheim? Wie heißt es?"

„Es ist mehr so eine Art betreutes Wohnen, würde ich sagen. Ein neues Projekt. Mehrere Senioren, die sich zusammengetan haben und nun in einer Wohngemeinschaft wohnen. Einmal in der Woche kommt ein Sozialarbeiter vorbei, um bei Problemen zu helfen. Es soll eine Alternative zu diesen grässlichen Verwahranstalten darstellen. Ich glaube, Anton war schon immer etwas … renitent … vielleicht sollte ich besser sagen: unangepasst." Sie lächelt verschmitzt. „Jedenfalls wollte er seine Unabhängigkeit nicht aufgeben, nur weil ihm ein ganzes Haus zu groß geworden ist."

„Ist er …" Ich weiß nicht, wie ich meine Frage formulieren soll. „Ist er nett?" Eigentlich will ich fragen, wie Anton als Mensch ist, ob er freundlich und zugänglich ist, ob sie die Geschichte von ihm und meinem Vater kennt, aber ich traue mich nicht.

Frau Schmidt ignoriert meine Frage. „Der andere Mann auf dem Foto ist Ihr Vater?", erkundigt sie sich noch einmal.

Ich nicke bestätigend.

„Dann gehen Sie zu Anton. Er wird … überrascht sein. Aber er wird sich freuen, letztendlich." Nach dieser etwas rätselhaften Auskunft nennt sie mir endlich Antons Adresse. Als ich das Gartentor hinter mir schließe, höre ich noch einmal ihre Stimme. „Sie sind Ihrem Vater wie aus dem Gesicht geschnitten!", ruft sie mir hinterher. Es klingt wie eine Warnung – wie der letzte Brief, den mein Vater an Anton geschrieben und nicht abgeschickt hat. Ich trage ihn bei mir, in meiner Jackentasche.

Fast drei Monate hat mein Vater keinen Brief mehr an Anton verfasst, dieser letzte ist sehr kurz und er klingt verzweifelt. Als ich ihn am Morgen gelesen habe, wusste ich, dass die Freundschaft zwischen Anton und Herbert zum Scheitern verurteilt war. Aber die wenigen Zeilen werfen noch mehr Fragen auf als die Briefe davor, und es gibt nur noch einen Menschen, der mir meine Fragen beantworten kann. Aber wie kann Leonies Mutter glauben, dass Anton sich freuen wird, den Sohn des Mannes zu treffen, der ihn so verletzt hat?

Köln, 10. Dezember 1958

Anton,
laß mich in Ruhe, sonst … ich weiß nicht, was sonst. Ich kann das nicht mehr. Maria darf niemals etwas von uns erfahren. Ich habe mich entschieden.

Herbert

Das Haus, in dem Antons Wohngemeinschaft residiert, ist ein brauner, fünfstöckiger Neubau mit großen Balkonen und hellen Fensterfronten. Vor dem Haus stehen fein säuberlich aufgereihte Mülltonnen, alle Briefkästen sind mit Hinweisschildern ausgestattet, dass Reklame unerwünscht ist. Daneben sind Rhododendren und einige immergrüne Büsche gepflanzt, die jetzt im Herbst leuchtend rote und gelbe Beeren tragen. Der Name Kortniak befindet sich auf einem Klingelschild zusammen mit drei anderen Namen. Es ist eine von zwei Wohnungen im Erdgeschoss.

Tief Luft holend, drücke ich auf die Klingel. Mir ist auf einmal ganz flau im Magen. Nach einer etwas längeren Wartezeit ertönt ein Summer, ohne dass die Gegensprechanlage aktiviert wird, und im Hausflur öffnet sich eine Wohnungstür. Mit schweißnassen Händen gehe ich darauf zu. Im Türrahmen steht ein älterer Herr mit Glatze und unübersehbaren braunen Altersflecken auf dem kahlen Schädel. Er ist einen Kopf kleiner als ich, leger gekleidet mit einem dunkelgrünen Pullover und einer grauen Stoffhose. Seine Haltung ist wie bei so vielen betagten Menschen leicht gekrümmt, aber ansonsten scheint er keinerlei offensichtliche Gebrechen zu haben, im Gegenteil, er wirkt recht rüstig, auch wenn seine Hand am Türgriff leicht zittert. Auf den ersten Blick sieht er aus wie viele alte Männer, denen ich tagtäglich begegne, auf der Straße, beim Spazierengehen. Weder an seinem Gesicht noch an seiner Gestalt könnte ich ihn dem jungen Mann auf dem Bild meines Vaters zuordnen. Doch es gibt ein Merkmal, das mich nicht zweifeln lässt, wen ich vor mir habe: Anton trägt dieselbe schwarze Hornbrille, die ich von dem Foto kenne. Die Gläser sind zwar dicker geworden, aber das Modell ist haargenau das gleiche wie damals.

Ich gehe auf den Freund meines Vaters zu, strecke die Hand aus und sage mit belegter Stimme: „Guten Tag, Herr Kortniak, ich bin …"

Aber weiter komme ich nicht. Ungläubigkeit und fast so etwas wie blankes Entsetzen zeichnen sich auf dem Gesicht des Alten ab, als er mich näherkommen sieht. Mit einer Hand umklammert er den Türgriff, die andere hält er mit angehaltenem Atem vor den Mund, in einer Geste vollkommener, erschütterter Überraschung.

„Herbert?", flüstert er schließlich und ringt nach Luft.

„Nein", sage ich. „Felix. Sein Sohn."

„Sein Sohn?", erwidert er verwirrt. „Oh … ja … ich hatte vergessen … natürlich." Seine Hand streicht über seine Schläfen und er schwankt wie eine Ähre im Wind. Ich habe Angst, dass mir der alte Herr gleich umkippt. Aber überraschend schnell fängt er sich wieder. Er sieht mich an und ich kann förmlich zuschauen, wie sich ein unerwartetes Gewitter aus Wut und Ärger auf seiner Stirn zusammenballt. Der Mann ist auf einmal völlig außer sich, als hätte mein plötzliches Auftauchen einen Korken über aufgestauten Gefühlen zum Knallen gebracht. Er kneift die Augen zusammen und dann brüllt er mich zornig an: „Über vierzig Jahre sind vergangen und ich bin immer noch sauer auf ihn, dass er sich umgebracht hat! Glauben Sie im Ernst, dass ich jetzt mit seinem Sohn sprechen will? Scheren Sie sich zum Teufel!"

Damit schlägt er mir die Tür vor der Nase zu und lässt mich mit offenem Mund im Hausflur stehen.

Das Ganze muss ein Missverständnis sein. Ein groteskes, lächerliches Missverständnis. Mein Vater ist bei einem Unfall gestorben; er hat sich nicht umgebracht. Entschlossen hämmere ich an die Tür. So kann ich die Angelegenheit nicht auf sich beruhen lassen.

„Das ist nicht wahr!", rufe ich verärgert. „Mein Vater ist durch einen Motorradunfall ums Leben gekommen!"

„Hah!", höre ich Antons Antwort gedämpft durch die Tür. „Was für ein Schwachsinn! Der blöde Hund hat sich das Leben genommen!" Dann glaube ich einen resignierten Seufzer zu hören und kurz darauf öffnet sich die Tür ein zweites Mal. „Herberts Sohn, was? Na, kommen Sie schon herein!"

„Dann ist sie also tot?"

Wir sitzen in der Küche, einer dunkelbraunen Angelegenheit mit rustikalem Einschlag: wuchtige, geschnitzte Bauernschränke, holzfarbene Arbeitsflächen, ein Esstisch mit Holzplatte, hölzerne Stühle mit Sitzkissen, sogar die Spülmaschine ist mit Holzimitat verkleidet, auf dem Tisch liegt ein blauweiß kariertes Tischtuch. Nicht gerade mein Geschmack. Von den übrigen Mitbewohnern ist niemand zu sehen. Im Hintergrund dudelt ein Radio leise deutsche Volksmusik.

Anton hat etwas schwerfällig mir gegenüber Platz genommen und starrt mich an. Keinen Moment lässt er mich aus den Augen, nach der ersten Aufregung kann er nicht fassen, was gerade geschieht. Ich habe ihn stützen müssen auf dem Weg in die Küche. Doch langsam findet er seine Sprache wieder. „Dann ist sie also tot“, wiederholt er und diesmal klingt seine Frage wie eine Feststellung.

„Wer?“, frage ich.

„Maria. Herberts Frau.“

„Ja. Sie ist vor ein paar Tagen gestorben. Krebs.“

Anton nickt. Er bekundet kein Mitleid, er nickt nur, langsam und bedächtig, als bräuchte er Zeit, das Geschehene zu verarbeiten. „Ich … ich hatte vergessen, dass Herbert einen Sohn hat“, sagt er schließlich. Sein Blick irrt immer noch über die Konturen meines Körpers. „Das habe ich nicht mehr gewusst“, wiederholt er mit brüchiger Stimme.

„Und ich habe nicht gewusst, dass Sie und mein Vater …“ Unsicher suche ich nach den richtigen Worten.

„Uns zugetan waren?“, hilft Anton aus. „Nein, das kann ich mir vorstellen. Maria hätte sich eher die Zunge abgebissen, als das zuzugeben.“ Er sieht traurig aus und seine Augen glänzen feucht. „Sie hat bestimmt Himmel und Hölle in Bewegung gesetzt, um dieses entsetzliche Geheimnis von Ihnen fernzuhalten, junger Mann. Wie haben Sie es herausgefunden, wenn ich fragen darf?“

„Auf dem Dachboden waren Briefe, Tagebücher und Fotos meines Vaters. In einer Truhe. Ich wusste nichts davon.“

„Briefe?“

„Briefe an Sie, die er nie abgeschickt hat, aus dem Jahr 1958. Dadurch bin ich auf Ihren Namen gestoßen.“

„An mich? Aber damals haben wir uns doch häufig gesehen, manchmal fast täglich!“, erwidert Anton erstaunt. „Warum sollte er mir dann auch noch schreiben?“

„Das weiß ich nicht. Um ehrlich zu sein, es ist eine von vielen Fragen, die ich habe. Genauso wie die, warum Sie glauben, dass er sich umgebracht hat. Was er nicht getan hat", füge ich bestimmt hinzu.

Der alte Mann runzelt die Stirn. „Und Sie wollen von mir die Antworten?" Wir tasten uns ab wie zwei Fremde, die das Schicksal zusammengeworfen hat. Noch trauen wir uns nicht über den Weg. „Was steht drin in diesen Briefen?"

Ich zögere. Ich bin mir nicht sicher, ob Anton der Inhalt dieser Schreiben etwas angeht – immerhin hat mein Vater bewusst darauf verzichtet, sie abzuschicken. Vielleicht wollte er nicht, dass Anton sie liest. „Ich habe sie zu Hause liegen lassen", antworte ich ausweichend, aber ich kann nicht verhindern, dass meine Hand über meine Jackentasche streicht.

Anton nickt noch einmal, seine Augen haben meine Handbewegung registriert. „Ich wollte nicht indiskret sein. Es ist nur, weil …" Er räuspert sich, setzt sich gerade hin und wechselt das Thema. Alles an ihm signalisiert mir erneut Abwehr. „Ich muss mich für mein Benehmen vorhin entschuldigen", erklärt er steif. „Ich hoffe, Sie sind nicht allzu schockiert und ich habe Ihr Bild von Ihrem Vater nicht allzu sehr durcheinandergebracht, mein Herr."

Ich verstehe ihn absichtlich falsch. „Sie meinen, dass er einen anderen Mann geliebt hat?" Ich lächele und lege meine Karten offen auf den Tisch. „Ich bin meinem Vater noch nie so nah gewesen – und noch nie so fern. Ich glaube, ich kenne ihn gar nicht. Und Sie brauchen sich keine Gedanken über Vorurteile zu machen, Herr Kortniak. Der Apfel ist in diesem Fall nicht weit vom Stamm gefallen … ich bin auch schwul."

Anton verzieht das Gesicht zu einer Grimasse. „Dieses Wort!", sagt er abwehrend. „Ich kann mich einfach nicht daran gewöhnen."

„Welches Wort?", frage ich überrascht nach. „Schwul?"

„Zu meiner Zeit war es ein Schimpfwort, eine Beleidigung, junger Mann. Es ist von anderen benutzt worden, um Männer mit unserer Veranlagung herabzuwürdigen. Junge Kerle, die für ein paar Mark ihren Körper hergegeben haben, hat man vielleicht so genannt. Aber heutzutage wird sowieso viel zu freizügig über diese Dinge geredet. Dadurch verlieren sie auch viel von ihrem Zauber."

„Welche Dinge?" Ich habe anscheinend den Faden verloren.

„Das, was im Schlafzimmer passiert", erklärt Anton umständlich und mir wird zum ersten Mal bewusst, dass wir aus zwei verschiedenen Generationen stammen. Wir haben einen ganz unterschiedlichen Sprachschatz, zumindest was das Thema Sexualität angeht. „Aber was für eine Ironie, dass auch Sie so geworden sind!", sagt er dann amüsiert und auch erleichtert. „Das muss für Ihre Mutter wie eine Strafe Gottes gewirkt haben. Die Wiederholung der Geschichte!"

„Ich wusste nicht, dass Sie sie kannten."

„Nein, mein Junge, woher auch! Weißt du eigentlich, wie sehr du deinem Vater ähnelst?", fragt er plötzlich seufzend. Anton ist auf einmal zum vertraulichen Du übergegangen und tätschelt zögernd meine Hand. Ich freue mich darüber wie ein kleines Kind „Ich habe gedacht, ich sehe ein Gespenst auf mich zukommen. Genauso sähe Herbert aus, wenn er so alt geworden wäre."

„Ja. Ich war zuerst auch erschrocken, als ich die Bilder gesehen habe."

„Bilder?", fragt Anton. „Es gibt mehrere? Ich habe nur ein einziges behalten aus dieser Zeit. Ich war … zu verletzt. Hast du sie verwahrt?"

„Ja. Zu Hause. Also, im Haus meiner Mutter. Ich kann sie mitbringen … wenn Sie … du mich noch einmal sehen willst, heißt das."

Anton wirkt, als hätte er mich nicht gehört. Er wendet seinen Blick von mir ab und starrt ins Leere. „Herbert …", murmelt er geistesabwesend. „Mein Gott, das ist alles so lange her …“ Ich habe plötzlich ein schlechtes Gewissen, dass ich den alten Mann nicht schonender auf ein Treffen vorbereitet habe.

„Bitte, Anton!“, sage ich leise. „Mein Vater ist gestorben, als ich gerade ein Jahr alt war. Ich habe nie die Möglichkeit gehabt, ihn kennenzulernen. Meine Mutter hat mir nie etwas über ihn erzählt. Und die Briefe sind nur Bruchstücke, sie ergeben kein vollständiges Bild. Sie sind der Einzige, der mir etwas über ihn sagen kann … was er für ein Mensch war. Der die ganze Geschichte kennt! Bitte! Es … es ist wichtig für mich.“

Anton sieht mich endlich wieder an und lächelt schwach. „Felix Meurer. Herberts Sohn“, sagt er und ich nehme das als Zustimmung.

„Wann seid ihr euch zum ersten Mal begegnet?“, frage ich. „Wie? Wo war das? Habt ihr euch geliebt? Warum hat er dich verlassen?“ Meine Stimme überschlägt sich fast, ich will jede Einzelheit wissen, jede Kleinigkeit interessiert mich.

Anton lacht dröhnend. „Die Jugend von heute! So furchtbar ungeduldig!“, sagt er und ich erkenne das verschmitzte Lachen wieder, das ich auf den Fotos meines Vaters schon gesehen habe. Für einen flüchtigen Moment sehe ich den Mann vor mir, den mein Vater im Arm gehabt hat. Aber auch ich muss grinsen. Es ist lange her, dass mich jemand als jung bezeichnet hat.

„Hinter dir im Schrank steht grüner Tee, mein Junge“, sagt Anton weiter. „Setz Wasser auf. Der Arzt hat mir leider wegen meines Blutdrucks Kaffee verboten und lange Geschichten erfordern Aufmerksamkeit. Ich habe festgestellt, dass grüner Tee ein einigermaßen befriedigender Ersatz für Koffein sein kann. Nur den Geschmack von frischen Kaffeebohnen … den vermisse ich wirklich“, fügt er sehnsüchtig hinzu.

Anton vergrub die Hände in den Taschen seines Mantels und stolperte weiter Richtung Rhein, vorbei an zerfledderten Plakaten zur vergangenen Bundestagswahl. „Keine Experimente – CDU", „Keine Wehrpflicht – Darum SPD", wurde ihm in großen Lettern eingetrichtert. Irgendein Witzbold hatte Adenauers Gesicht mit einem riesigen Schnauzbart versehen und Erhardt ein drittes Doppelkinn gemalt. Anton hatte die Sozis gewählt, nicht, dass es etwas genutzt hatte. Der alte Mann mit dem verknitterten Gesicht hatte den größten Triumph seiner Karriere eingefahren und alles würde so weitergehen wie bisher.

Anton war kalt, Mitte Oktober war eine schlechte Jahreszeit, um sich nachts draußen herumzutreiben. Überhaupt war es eine schlechte Idee, sich herumzutreiben um diese Uhrzeit, noch dazu allein. Man tat das besser zu zweit oder zu dritt. Die Trümmergrundstücke am Rhein mit ihren Kriegsruinen, Kellern und Häusergerippen boten zu viel Angriffsfläche. Es wäre nicht das erste Mal, dass eine Gruppe von Halbstarken Jagd machte auf Männer wie ihn. Ein blaues Auge hatte er schon mehrmals kassiert und erst letzte Woche war der Walther krankenhausreif geprügelt worden. Anton hatte davon in der Barberina gehört, es war Gesprächsthema Nummer eins am Tresen gewesen. Zur Polizei zu gehen war sinnlos, dann hatte man ein Strafverfahren am Hals, das unübersichtliche Gelände am Flussufer war den Ordnungsbehörden seit Längerem als Stätte unzüchtigen Treibens bekannt. Selbst in der Zeitung hatte ein kurzer Bericht über den Vorfall gestanden, im Lokalteil. Dem Ton des Artikels nach hatte sich Walther den Überfall selbst zuzuschreiben: Wer dem „homosexuellen Milieu" entstamme und seine widernatürlichen Neigungen in aller Öffentlichkeit auslebe, brauche sich nicht zu wundern, wenn das gesunde Volksempfinden sich zu Wehr setze. Der Jargon klang verdächtig nach Drittem Reich, aber das erstaunte weder Anton noch einen seiner Freunde. Der Journalist war in ihren Kreisen hinlänglich bekannt – angeblich war er selbst ein Verkappter, was die ganze Sache nur noch schlimmer machte.

Nervös sah Anton sich um, dann schlug er den Kragen seines Mantels hoch und zog den Hut tiefer ins Gesicht. Trotzdem hatte man keine Wahl, wenn man wie er veranlagt war. Wo sonst sollte man sich Befriedigung verschaffen? Etwa daheim? Bei dem Gedanken hätte Anton fast laut aufgelacht. Seine Mutter würde auf der Stelle der Schlag treffen, wenn sie ihn mit einem anderen Mann überraschen würde!

Es gab viel zu wenig Wohnraum in der Stadt. Mit seinen sechsundzwanzig Jahren wohnte Anton noch immer zu Hause, in einer kleinen Zweieinhalb-Zimmer-Wohnung. Abgesehen davon, selbst wenn er eine freie Wohnung finden würde, konnte er die Miete dafür nicht aufbringen. Die Kriegswitwenrente seiner Mutter reichte bei Weitem nicht aus, um zu überleben; ein Gutteil seines Lohnes als Bademeister ging dafür drauf, neben seinem eigenen Unterhalt auch den seiner Mutter und seines Bruders Wilfried zu sichern.

In der Barberina und im Caroussel, oder wie die Lokale für Herren wie ihn alle hießen, konnte man zwar jemanden kennenlernen, aber mehr als Händchenhalten war meist nicht möglich, wenn überhaupt. Ein flüchtiger Kuss, wenn die Mamm im Steinernen Kännchen am Perlenpfuhl mal nicht hinsah. Hin und wieder traf man mal einen, der eine eigene Wohnung oder ein eigenes Zimmer zur Untermiete hatte, das war schon der Himmel auf Erden! Aber selbst dann musste man aufpassen, denn es gab ja immer noch die Wirtin oder die Nachbarn, die sich gerne das Maul zerrissen. Da blieben doch nur noch die Klappen und die dunklen Ecken der Trümmergrundstücke.

Normalerweise verabredete man sich zu viert, das funktionierte ganz gut. Zwei standen Schmiere, während die anderen beiden sich in einen der leer stehenden Keller zurückzogen, um ihren Spaß zu haben, und anschließend revanchierte man sich. Aber Anton hatte heute niemanden in den Lokalen gesehen, der ihn interessierte, und bei dem schlechten Wetter hatte auch keiner seiner Bekannten Interesse gezeigt, mit ihm zum Rhein hinunterzulaufen und das Treiben dort zu erkunden.

„Bleib doch hier!", hatte der Groschen von der Barberina zu ihm gesagt. Eigentlich hieß der Mann Hugo, aber alle nannten ihn Groschen, weil sein Nachname tatsächlich Zehnpfennig war. „Wir haben nachher noch 'ne wunderbare Travestieshow. Die Schlangetta tritt wieder auf!"

Das Lokal war direkt an der Hohe Pforte, in dem einzigen Haus, das weit und breit den Bomben getrotzt hatte. Es lag im ersten und zweiten Stockwerk des Gebäudes und wurde von vielen Eingeweihten deshalb auch „Hochschule" genannt und es hatte eine Nachtkonzession, das bedeutete, man konnte dort bis in den frühen Morgen ausharren. Aber obwohl Anton gerne dort sein Bier trank und zu später Stunde das Treiben des bunt gemischten Publikums aus Homosexuellen, Strichern, Nutten, Zuhältern und Künstlern beobachtete, wollte er heute keine Herren im Damenfummel sehen, er wollte einen Mann an sich spüren, das letzte Mal war schon Wochen her. Außerdem hatte er genug Kölsch getankt, um sich den Weg allein zuzutrauen. Ihm würde schon nichts passieren.

Anton lief über die Straße. Aus einer Kneipe drang hinter verschlossenen Jalousien Harry Belafontes *Banana Boat Song* hervor – „Negermusik", wie seine Mutter das nannte und dabei den Kopf schüttelte. Er kreuzte den Heumarkt, zumindest das, was davon bisher wiedererstanden war. Nach dem Krieg war der Platz nicht mehr zu erkennen gewesen, kein Stein hatte auf dem anderen gestanden. Selbst das Reiterdenkmal von König Friedrich Wilhelm war weggebombt gewesen, nur ein bronzenes Pferdebein hatte sich noch makaber in den Himmel gereckt. Zwar waren in den letzten Jahren Häuser aufgebaut worden, aber so wie früher würde der Heumarkt niemals wieder aussehen.

Anton scherte das nicht. Vor dem Krieg war er zu jung gewesen, um sich für Architektur zu interessieren, während des Krieges hatte er andere Sorgen gehabt und jetzt war er froh, wenn die Trümmer verschwanden. Er konnte keine Ruinen mehr sehen, keine Häuser, von denen nur noch die Fassaden standen und durch deren leere Fensteröffnungen man den Himmel auf der anderen Seite sehen konnte; er hatte das Grau in Grau der Nachkriegsjahre satt, den Schutt, den Staub, den Ruß, die klaffenden Löcher im Stadtbild. Je schneller neue Bauten hochgezogen wurden, desto besser. Wen interessierte es da, ob sie schön waren?

Zugegebenermaßen hatte der Wiederaufbau auch seine Nachteile: Je mehr Trümmer verschwanden, desto weniger Ecken gab es, in denen man sich mit Gleichgesinnten treffen konnte. Trotzdem blieben noch genug Stellen, wie zum Beispiel die Ruinen des alten Bürgerhospitals am Neumarkt. Dort war ein Gewölbekeller intakt geblieben, der als Treffpunkt gerne genutzt wurde. Die erste Bundesgartenschau in Köln, die im Frühjahr eröffnet worden war, hatte einem Großteil der Trümmerfelder allerdings den Garaus gemacht. Wäre es hell gewesen, hätte Anton auf der gegenüberliegenden rechten Rheinseite das moderne Dach des neuen Tanzpavillons inmitten des Rheinparks ausmachen können und die Seilbahn, deren Gondeln ein Stück stromabwärts über den Fluss schwebten.

Auch linksrheinisch waren nur noch wenige Schmuddelecken verblieben; die Stadt wollte den Touristen einen Blick über den Rhein auf ein sauberes, neues Köln bieten und hatte mit harter Hand versucht, dem unsittlichen Treiben in der Nähe der Altstadt Einhalt zu gebieten – mit mäßigem Erfolg. Stricher, Nutten und Männer wie Anton ließen sich nicht gerne aus ihren angestammten Jagdgebieten vertreiben. Der beste Platz zum Klüngeln waren immer noch die halb stehengebliebenen Türme der Hohenzollernbrücke ganz in der Nähe, aber dort war es stockdunkel, auch dort ging man besser nicht alleine hin.

Anton stolperte und trat mit einem unterdrückten Fluch einen Stein beiseite, den er im Dunkeln übersehen hatte. Mittlerweile war er fast an seinem Ziel angekommen, einem versteckten Keller unweit des alten Stapelhauses, der noch nicht der Sanierung anheimgefallen war. Hier konnte man halbwegs ungestört und in Ruhe mit einem anderen Mann anbändeln. „Anständige" Leute machten nachts einen Bogen um diese Ecke. Das zum Keller gehörende Haus existierte nicht mehr, ein paar bröckelnde Fassaden waren alles, was die Bomben übrig gelassen hatten, die Treppenstufen nach unten jedoch waren frei zugänglich – in ein Niemandsland der schnellen Lüste. Wenn der Rhein über die Ufer trat, stand hier alles unter Wasser – aber Hochwasser gab es nur im Frühjahr. Im Herbst bewegte sich der Fluss eher träge in seinem nahe gelegenen Bett.

Anton zog einen Kamm aus der Hosentasche und strich damit durch seine dunklen, von Pomade glänzenden Haare, danach zündete er eine Zigarette an, balancierte sie im Mundwinkel wie sein Idol James Dean und setzte sich abwartend auf einen kleinen Mauervorsprung. Es war eine klare, mondhelle Nacht. Wenn er stadteinwärts schaute, konnte er die Umrisse des Doms ausmachen, aber Antons Augen suchten unruhig die Umgebung ab, seine Ohren lauschten den Geräuschen von Schritten.

Schon kurze Zeit später näherte sich eine Silhouette. Ein Mann um die vierzig mit grau gescheitelten Haaren und in einem korrekten, dunklen Anzug bat verhalten um Feuer und versuchte, ein Gespräch anzufangen. Anton antwortete höflich, aber kurz angebunden, der Ehering an der rechten Hand des Mannes ließ sein Interesse im Keim ersticken. Anton hatte keine Lust, als Objekt für die unterdrückten Fantasien eines Familienvaters herzuhalten. Der Mann verstand den Wink mit dem Zaunpfahl, zog sich Entschuldigungen murmelnd zurück und verschwand Richtung Klappe am Tauzieher. Das Pissoir auf dem Platz zwischen Malakoffturm, Drehbrücke und Tauzieher-Denkmal war die ganze Nacht geöffnet und erfreute sich regen Zuspruchs. Aber Anton wollte keine schnelle Nummer, zumindest nicht heute.

Plötzlich glitten zwei Lichtkegel durch das Dunkel und das Knattern eines VW-Motors war zu hören. Eine Streife! Hastig trat Anton die verräterische Glut seiner Zigarette aus und drückte sich mit angehaltenem Atem in den Schatten der Kellerruine. Erneut näherten sich Schritte, jemand rannte auf sein Versteck zu. Anton konnte den Schotter unter den Sohlen des Ankömmlings knirschen hören und fühlte sein Herz schlagen. Jetzt war es so weit! Jetzt war er geliefert! Panisch drehte er den Kopf nach einem Fluchtweg, aber es war zu spät.

Im selben Moment sah er im Licht des Mondes einen Schatten, der sich zwei Meter von seinen Füßen entfernt über den Mauervorsprung warf und im Dreck liegenblieb. Nur Sekunden später tasteten sich die Lichter der Autoscheinwerfer langsam über die Stelle des Kellereingangs hinweg und drehten dann wieder ab. Anton atmete erleichtert auf. Fast hätte er sich vor Angst in die Hose gepinkelt.

„Die Luft ist rein!", flüsterte er aus seinem Versteck dem Schatten zu und spürte, wie der andere Mann vor Schreck erstarrte. Im Dunkel der Kellerruine hatte er Anton nicht bemerkt. „Alles in Ordnung", beruhigte ihn Anton. „Die Polente ist weg." Er trat aus der Dunkelheit und machte ein paar

Schritte auf die noch immer am Boden kauernde Silhouette zu. Anton streckte ihm eine Hand entgegen und der Mann ergriff sie zögernd und zog sich nach oben. Das Gesicht in den Schatten drehend, klopfte er den Schmutz von seiner Hose und wollte sich davonmachen, aber Anton hielt ihn zurück.

„Wie wär's mit einem kleinen Dankeschön?", sagte er.

„Oh ... ja, natürlich ..." Der Mann suchte verlegen seine Taschen ab und erwiderte dann: „Tut ... tut mir leid, ich habe meine Geldbörse verloren." Noch immer war sein Gesicht nicht zu erkennen. Von der Statur her war er etwas größer als Anton. Er trug eine dunkle Stoffhose und unter dem abgewetzten braunen Sakko konnte Anton ein weißes Hemd und eine schwarze Krawatte aufblitzen sehen. Seine Stimme klang jung. Jung und verunsichert, fast ängstlich.

„Ich bin nicht so einer", entgegnete Anton erbost. Noch nie hatte ihn jemand für einen Strichjungen gehalten. „Ich nehme kein Geld!"

„O Gott, Entschuldigung ... ich ... ich wollte Ihnen nicht zu nahe treten! Bitte entschuldigen Sie!" Die Stimme klang jetzt fast flehend und endlich drehte der Mann Anton sein Gesicht zu. Breite Schultern, strohblonde, streng nach hinten gekämmte Haare, ebenmäßige, glatte Gesichtszüge, kaum Bartwuchs und ungefähr im selben Alter wie Anton. Am erstaunlichsten aber waren seine Augen: Sie schimmerten, nein, im Dunkel der Nacht leuchteten sie grün und erinnerten Anton sofort an die Augen einer Katze. In diesem Fall allerdings einer Katze, die sich in die Enge gedrängt fühlte und hektisch nach einem Ausweg suchte, alle Muskeln angespannt, bereit, bei der ersten sich bietenden Gelegenheit die Flucht zu ergreifen.

„Keine Angst", versuchte Anton sein Gegenüber zu beruhigen und schob seine Brille zurecht. „Vor mir brauchst du dich nicht zu fürchten. Ich bin auch nur auf der Suche nach ein bisschen Spaß."

„Ich … ich weiß nicht, was Sie meinen! Ich habe einen Spaziergang gemacht. Etwas frische Luft geschnappt!" Die Stimme des Mannes wurde schrill.

Anton schnaubte belustigt auf. „Natürlich. Wir alle machen hier nur einen kleinen Spaziergang. Nachts um drei durch die Trümmer. Deshalb verstecken wir uns auch vor der Streife." Er legte dem Mann seine Hand auf die Schulter, aber der zuckte unter der Berührung zurück.

„Das ist ein Missverständnis, mein Herr! Ich … ich bin nicht so, wie Sie meinen. Ich bin nicht einer von … denen." Ängstlich schüttelte er Antons Hand ab und dann war er plötzlich in der Nacht verschwunden.

Sprachlos blieb Anton zurück. Was für ein Idiot!

Er rauchte noch eine Zigarette und machte sich dann auf den Heimweg. Die Lust auf ein Abenteuer war ihm für heute vergangen.

Als er die Tür zur Wohnung aufschloss, brannte in der Küche noch Licht. Antons Mutter, die obligatorische Kittelschürze umgebunden, die ergrauten Haare zu einem formlosen Dutt aufgesteckt, saß vor der Nähmaschine und arbeitete den Saum eines Kleides um. Ihre Füße betätigten den Motor der alten, noch aus der Zeit vor dem Krieg stammenden Maschine.

„Mutter, du verdirbst dir die Augen!", sagte Anton und deutete auf die fahle nackte Glühbirne über ihr. „Und außerdem ist es mitten in der Nacht! Geh ins Bett!"

„Das Kleid muss morgen fertig sein. Ich habe es der Frau Doktor versprochen!", nuschelte seine Mutter mit ein paar Stecknadeln zwischen den Lippen. Dann nahm sie die Nadeln aus dem Mund, seufzte und rieb sich über die müden Augen.

„Die Frau Doktor kann auch mal ein oder zwei Tage warten", erklärte Anton verärgert. „Die hat doch Kleider genug im Schrank hängen!"

„Wir können das Geld gut gebrauchen, Junge. Das weißt du doch."

Anton verzog das Gesicht. Es hasste es, dass seine Mutter neben ihrer Putzstelle auch noch Abend für Abend bis tief in die Nacht für andere Leute Kleider schneiderte, reiche Leute, die ihr einen Hungerlohn dafür bezahlten. Es erinnerte ihn jedes Mal daran, wie knapp bei ihnen das Geld war, und so sehr sie sich auch streckten und bemühten, nie kamen sie auf einen grünen Zweig, jeden Pfennig mussten sie zweimal umdrehen. Als sie nach dem Krieg in Köln ankamen, vertrieben von den Polen aus der schlesischen Heimat, hatten sie nichts besessen außer dem, was sie am Leibe trugen.

Sehr viel besser ist es seitdem nicht geworden, dachte Anton verbittert und sah sich in der kärglich bestückten Küche um. Wir werden nie zu den Gewinnern gehören. Wenn Vater noch leben würde …

Aber Erwin Kortniak war aus dem Krieg nicht zurückgekommen, 1944 hatte die Familie die Nachricht erhalten, dass er für das Vaterland in treuer Pflichterfüllung sein Leben gelassen hatte. Irgendwo in Russland, den genauen Ort hatten sie nie erfahren.

„Hm? Was?" Die Stimme seiner Mutter riss ihn aus seinen Gedanken.

„Wo du jetzt erst herkommst, habe ich gefragt. Du hast doch morgen früh Dienst."

„Ich war im Turnverein." Beide wussten, dass es eine Lüge war, aber sein Anderssein war ein Tabuthema zu Hause. Darüber sprach man nicht, das war einfach undenkbar. Und obwohl Anton seiner Mutter nie reinen Wein eingeschenkt hatte, war er sicher, dass sie wusste, woher der Wind wehte. Vor nicht allzu langer Zeit hatte er unter seinem Kopfkissen einen ausgeschnittenen Illustriertenartikel gefunden, in dem die „widernatürliche Verwirrung eines Teils der männlichen Nachkriegsjugend" auf die abhanden gekommenen Vaterfiguren zurückgeführt wurde. Dieser Fingerzeig war wie eine stillschweigende Absolution gewesen. Jetzt bestand die größte Sorge seiner Mutter darin, dass die Nachbarn von der unglücklichen Veranlagung ihres ältesten Sohnes etwas mitbekommen könnten. Diese Schande hätte sie nicht ertragen.

„Frau Müller aus dem ersten Stock hat neulich erst wieder so eine Andeutung gemacht. Wo du dich immer herumtreibst bis spät in die Nacht. Warum du dich denn nie mit Mädchen treffen würdest und ob nicht bald mal eine Heirat anstünde." Seine Mutter sah ihn flehend an und Anton wusste genau, dass sie trotz allem tief in ihrem Innersten noch immer darauf hoffte, dass er wieder „normal" werden, ein nettes Mädchen kennenlernen würde und sie mit ein paar Enkelkindern beglückte.

„Die Müller soll vor ihrer eigenen Haustür kehren!", erwiderte er heftig. „Es geht sie einen feuchten Dreck an, mit wem ich mich treffe! Und ich treibe mich nicht herum!"

„Anton!"

„Schon gut. Tut mir leid. Ich geh jetzt ins Bett!" Anton drückte seiner Mutter einen Kuss auf die Stirn und klappte die Tür zum Kinderzimmer hinter sich zu. Wilfried, sein achtzehnjähriger Bruder, schlief schon tief und fest in seinem Bett auf der anderen Seite des Zimmers. Während er sich auszog, dachte Anton sehnsüchtig darüber nach, wie schön es wäre, eine eigene Wohnung oder wenigstens ein eigenes Zimmer zu haben, etwas, das man als Privatsphäre bezeichnen konnte. Stattdessen mussten Wilfried und er sich mit einem Bücherregal behelfen, das sie als Sichtschutz zwischen ihren Betten längs im Raum aufgebaut hatten.

Dann tauchte plötzlich das verängstigte Gesicht des jungen Kerls mit dem Blondschopf vor ihm auf. Ein Hübscher war das gewesen. Die schmalen Hüften und die breiten

Schultern, dazu diese Augen …. Er würde einen ganzen Monatslohn verwetten, dass er doch vom anderen Ufer war! Antons Hand glitt wie von selbst unter seine Schlafanzugshose und er musste aufpassen, dass das quietschende Bettgestell seinen Bruder nicht aus dem Schlaf riss, während er seiner Erregung Tribut zollte. Erst nachdem er sich mit einem Handtuch abgewischt hatte, konnte er an Schlaf denken. Ganz bestimmt würde er diesem hübschen Jungen noch mal über den Weg laufen. Und dann …

„Und dann?", frage ich gespannt, als Anton eine Pause macht und seine Lippen mit einem Schluck Tee befeuchtet.

Der alte Mann hat mich in sein Zimmer gebeten – sein „Refugium", wie er es nennt, wohin er sich zurückzieht, wenn er von seinen drei Wohnungsgenossen genug hat. Es ist ein geräumiger, heller Raum, die Herbstsonne scheint herein und beleuchtet eine Marienikone über der Zimmertür. Eine Wand ist komplett mit Bücherregalen bestückt: Die gesammelten Werke von Böll und Grass, viel russische Literatur und haufenweise Krimis. Ingrid Noll, Elizabeth George, Henning Mankell, Minette Walters. Wie es aussieht, haben wir eine gemeinsame Vorliebe.

Schon beim Hereinkommen habe ich die Fotografie von ihm und meinem Vater bemerkt. Sie steht allerdings vor einer gebundenen Ausgabe von Tolstois *Krieg und Frieden*. Irgendwie beruhigt es mich, dass Leonies Mutter unrecht hatte und das Bild meines Vaters nicht mit Konsalik-Bänden um Aufmerksamkeit buhlen muss. Die stehen ein Regal tiefer, zusammen mit Reiseführern über Bali, Malaysia und Thailand. Allerdings ist die Fotografie tatsächlich in einen kitschigen, goldenen Rahmen gezwängt.

Der Rest des Zimmers wird von einem Einzelbett mit militärisch straff gezogenen Kissen und Decken sowie einem Couchtisch mit zwei bequemen, grauen Sesseln eingenommen. An der gegenüberliegenden Wand steht ein Fernseher, an den freien Wandflächen hängen einige Drucke von Picasso und ein selbstgemaltes Bild von Leonie, das wohl Anton und sie bei einem Zoobesuch darstellen soll. Sicher bin ich mir allerdings nicht. Genauso gut könnte es sein, dass die beiden gerade von Aliens entführt werden. Selbstgemalte Bilder von fünfjährigen Mädchen besitzen einen hohen Interpretationsbedarf.

Auf dem Couchtisch liegt eine dunkelbraune Pfeife. Anton deutet darauf, anstatt mir zu antworten. „Rauchst du?"

„Nein, hab ich mir abgewöhnt. Zu teuer." Ich setze mich in einen der Sessel.

Anton nickt bedächtig. „Zu meiner Zeit galt Rauchen als männlich, es war ein Symbol für Stärke." Er stopft die Pfeife mit Tabak, dann zündet er sie umständlich mit einem Streichholz an. Den weißen Qualm wedelt er mit einer Hand weg. „Jeder, der etwas auf sich hielt, hat damals geraucht. Nur die Männer natürlich. Frauen, die das taten, waren ein wenig … verrucht."

„So wie die Knef?"

Anton lacht. „So ein Aufstand damals, wegen ein bisschen nacktem Busen. Tagelang haben sich die Zeitungen das Maul zerrissen! Ein richtiger Skandal. Ein liederliches Weibsbild hat meine Mutter sie genannt."

Einen Moment kehrt Stille ein. Anton scheint noch immer mit den Gedanken in der Vergangenheit versunken zu sein.

„Was ist dann passiert?", wiederhole ich schließlich meine Frage.

„Nichts. Das war das erste Mal, dass ich deinen Vater getroffen habe, Junge."

„Aber wann hast du ihn wiedergesehen?"

Anton schmunzelt. „Erst mal gar nicht. Ich kannte weder seinen Namen noch seine Adresse. Ich wusste nichts über ihn. Er ging nicht in die Lokale, hatte keinen Kontakt zu anderen Männern, jedenfalls hatte ich ihn noch nie irgendwo gesehen. Und glaub mir, damals hat man sich untereinander gekannt in Köln! Der Zusammenhalt war viel größer, als er das heutzutage ist, viel herzlicher. Ach ja …" Er verstummt und ich sehe, dass er ins Träumen gerät von einer guten, alten Zeit, der ich so gar nichts Positives abgewinnen kann. Ich sehe nur die Heimlichtuerei, das Versteckspiel, die Angst vor Entdeckung.

„Anton?"

„Hm?" Der alte Mann schreckt hoch und sieht mich einen Augenblick verwirrt an, als könnte er meine Anwesenheit nicht einordnen. Dann lächelt er. „Fast ein halbes Jahr später habe ich deinen Vater erst wiedergesehen, durch Zufall. Das muss so Anfang März 1958 gewesen sein. Auf jeden Fall war es Frühling. Das weiß ich genau, weil schon die Krokusse in den Parks geblüht haben."

„Und wo?"

„Auf der Klappe am Rudolfplatz. Die gibt's heute auch nicht mehr, genauso wenig wie die anderen. Alle weg. Eigentlich schade. Aber damals waren die Klappen ein beliebter Treffpunkt. Sonntags machte man richtige Rundgänge durch die Stadt, von einer Klappe zur anderen, um zu sehen, wo was los war. Nicht besonders romantisch, muss ich zugeben, und es stank meist auch fürchterlich nach Urin, aber …" Anton räuspert sich verlegen und sieht mich an, befürchtet vielleicht, dass ich schockiert bin. Dann spricht er weiter. „Ich bin da abends an einem Sonntag hingegangen. Es war nicht sonderlich viel los, weil es kalt war draußen. Aber er stand da an der Pissrinne. Ich hab ihn gleich erkannt, als ich die Treppe runterkam, und mir hat das Herz bis zum Hals geschlagen, weil so einen Mann wie Herbert hat man nicht so schnell vergessen. Und ich hab gedacht: Den lässt du nicht noch mal entwischen!"

Anton erkannte den Mann sofort. Mit den glatten, blonden Haaren streng nach hinten gekämmt, dem breiten Kreuz, das dieses Mal von einem Mantel verhüllt wurde, stand er allein vor der Rinne, tat so, als müsste er pinkeln. Schnurstracks stellte Anton sich rechts neben ihn, mit einem dicken Kloß im Hals, und zog seinen Reißverschluss nach unten. Als er seinen Schwanz aus der Hose beförderte, war nicht zu übersehen, wie erregt er war. Während er starr nach vorne blickte und die schmierigen Fliesen der Wand betrachtete, spürte er, wie der blonde Kerl an seiner Seite den Atem anhielt, und bemerkte ein leichtes Zittern der Oberschenkel dicht neben seinen, konnte die Furcht und Aufregung des Mannes förmlich spüren. Dann fühlte er, wie die fremden Augen nach unten glitten, nach rechts schauten, ängstlich zurückzuckten und wieder nach unten glitten. Anton nahm seinen Schwanz in die rechte Hand und wichste ihn. Der Blonde leckte sich mit einer nervösen, unbewussten Geste die Lippen. Das Zittern seiner Oberschenkelmuskeln wurde stärker, der Stoff der Hose nahm die fast unmerklichen Bewegungen auf und begann zu vibrieren. Vorsichtig kam Anton näher, bis er den Hosenstall des Fremden berührte. Langsam, wie in Zeitlupe, zog er den Reißverschluss nach unten, irgendetwas sagte ihm, dass er behutsam vorgehen musste. Der Blonde schloss die Augen, als wäre nur das Schwarz hinter seinen Lidern dunkel genug, um sich vor dem zu verbergen, was er fürchtete und wonach er sich sehnte. Als Anton in die Unterhose griff, ließ der Mann zischend die Luft zwischen seinen zusammengepressten Lippen entfahren.

Anton wollte gerade einen Schritt weitergehen, als Fußstapfen die Treppe herunterkamen und einen weiteren Besucher ankündigten. Der blonde Mann ging hastig ein Stück zur Seite und zog seinen Reißverschluss wieder hoch. Fast hätte er sich die Finger eingeklemmt, so eilig hatte er es plötzlich. Aus den Augenwinkeln konnte Anton die Schamesröte erkennen, die dem Mann ins Gesicht stieg, während er seinen Mantel zuknöpfte und Anstalten machte, das Pissoir fluchtartig zu verlassen. Das bisschen Mut, das er zusammengekratzt hatte, um die Klappe zu betreten und Antons erste Annäherungsversuche abzuwarten, war ihm scheinbar schlagartig abhanden gekommen.

Nein, dachte Anton verärgert, dieses Mal entkommst du mir nicht!

So schnell er konnte, packte er ebenfalls wieder ein und folgte dem Mann nach draußen, der so rasch wie möglich den Hohenzollernring entlanglief, um sich unauffällig in der Menge der Spaziergänger zu verlieren.

„He, warte!", rief Anton ihm nach.

Zögernd blieb der andere stehen und drehte sich um, ängstlich die Schaufensterbummler beobachtend. „Was wollen Sie von mir?", stieß er hervor, als Anton ihn keuchend eingeholt hatte. „Lassen Sie mich in Ruhe!"

„Gerade noch wolltest du aber nicht unbedingt in Ruhe gelassen werden!", bemerkte Anton spitz und rückte sein Jackett zurecht.

„Das war ein Missverständnis, ich wollte nicht ..."

„Natürlich wolltest du. Ich habe es gefühlt. Es war nicht zu übersehen! Und hör auf, mich zu siezen, das ist ja lächerlich. Wir sind doch beide ungefähr gleich alt." Die Sätze sprudelten fordernder aus ihm heraus, als er beabsichtigt hatte, und er riss sich zusammen. „Wie heißt du?"

„Herbert", sagte der Mann leise und betrachtete intensiv seine braunen, blankgeputzten Schuhspitzen. „Ich heiße Herbert."

„Mein Name ist Anton. Ich glaube, wir haben uns schon einmal gesehen, vor einigen Monaten unten am Rhein. Du hast dich vor der Polizeikontrolle versteckt."

Herberts Kopf schoss nach oben und jetzt war tatsächlich Furcht in seinen Augen zu erkennen. „Ich ... ich ...", stotterte er und in diesem Moment wurde Anton klar, dass seine Eroberung ein völlig unbeschriebenes Blatt war. Das Kerlchen hatte noch nie in seinem Leben etwas mit einem Mann gehabt, hatte bisher alles nur in seinen Fantasien ausgelebt.

„Du brauchst keine Angst zu haben", sagte er ein wenig sanfter. „Bei mir ist dein Geheimnis gut aufgehoben, keine Sorge." Mit einer Hand auf Herberts Arm steuerte er den Mann Richtung Neumarkt, weg von dem sonnabendlichen Trubel der Ringe. Ein vager Plan nahm in seinem Kopf Gestalt an. „Wie alt bist du?", fragte er.

„Sechsundzwanzig."

„Siehst du? Genau wie ich. Und du hast noch nie mit einem Mann geklüngelt?"

Herbert schüttelte den Kopf und sah zu Boden. „Es ist eine Sünde … und es ist verboten", brachte er heraus.

Anton seufzte. Er sah den einen Kopf größeren Mann an und sagte: „Kleiner, Männer wie uns hat es schon immer gegeben, selbst in der Antike. Bei den Griechen und Römern war das eine Selbstverständlichkeit. Es war fest in ihrer Kultur verankert, ein Teil der Erziehung. Du brauchst dich deshalb nicht zu schämen. Es liegt in deiner Natur! Du kannst nicht dein ganzes Leben dagegen ankämpfen!"

„Ich … ich kann es versuchen", erwiderte Herbert mit wenig Überzeugung.

Anton lachte leise auf. „Klar kannst du das. Und dabei auf eine Menge Spaß verzichten!" Mittlerweile hatten sie den Neumarkt überquert und liefen an den Ruinen des alten Bürgerhospitals vorbei. Nein, dies war nicht der richtige Platz für ein erstes Mal. Entschlossen steuerte Anton seine Eroberung Richtung Agrippabad. Wenn er diesen niedlichen, schüchternen Mann verführen wollte, dann musste es in einer halbwegs wohligen und abgeschiedenen Atmosphäre geschehen, an einem Ort, wo sie vor unliebsamen

Überraschungen sicher waren. „Komm mit“, sagte er, als sie vor dem neu erbauten städtischen Hallenbad angekommen waren. „Ich möchte dir etwas zeigen.“ Er nahm den Schlüssel aus seiner Hosentasche und schloss die Hintertür auf.

„Wieso hast du einen Schlüssel?“, fragte Herbert erstaunt.

„Ich arbeite hier. Ich bin Bademeister.“

„Aber …“

„Keine Sorge. Das Bad ist seit zwei Stunden geschlossen. Wir sind ganz alleine.“

Anton führte Herbert durch die Keller, vorbei an den Heizungs- und Pumpenräumen, und ging mit ihm durch das Treppenhaus, ließ die Umkleiden und Duschen hinter sich liegen, schloss ein paar Glastüren auf, bis sie plötzlich in der Schwimmhalle standen. Wie eine glatte Folie lag das Wasser im Becken und glänzte silbrig in der Dunkelheit.

„O Mann!“, rutschte es Herbert heraus und seine Stimme hallte in der Stille wider.

„Lust auf ein nächtliches Bad?“, fragte Anton grinsend. Er war schon dabei, sich der Schuhe, der Hose und seines Oberhemdes zu entledigen.

„Ich weiß nicht … wenn uns jemand erwischt?“

„Niemand kann uns erwischen. Niemand weiß, dass wir hier sind, und keiner kann uns sehen, solange wir kein Licht anmachen. Komm, Herbert! Sei kein Feigling!“ Anton riss sich die Unterhose vom Leib, legte seine Brille ab und sprang ins Wasser. „Na los“, rief er planschend. „Es ist nicht kalt!“

Herbert knöpfte sein Hemd auf und ließ seine Hose auf den Boden fallen, noch immer unentschlossen und zweifelnd. Dann stand er in Unterwäsche und Strümpfen vor Anton am Beckenrand. „Ich habe keine Badehose mit.“

Anton fing an zu lachen, ein fröhliches, unbekümmertes Lachen, das auch ein Lächeln auf Herberts Gesicht zauberte. Er tauchte zum Beckenrand, stieß sich mit dem Oberkörper nach oben ab und rieb seine nassen Haare an Herberts Waden. „Du brauchst keine Badehose", sagte er leise. Dann zog er an Herberts Hand, bis dieser sich zu ihm hinunterbeugte, und drückte dem unerfahrenen Mann einen Kuss auf die Lippen. Erneut ging ein Zittern durch den Körper des anderen. „Zieh dich aus!", flüsterte Anton. „Bitte."

Zögernd streifte Herbert erst seine Strümpfe ab, unter denen seine Füße bleich und mit dunklen Stofffusseln bedeckt hervorkamen. Dann zog er sein Unterhemd über den Kopf, Anton konnte erkennen, wie unförmig und verwaschen das Leibchen war. Der Oberkörper dagegen, der darunter zum Vorschein kam, war durchtrainiert, drahtig und glatt. Nicht ein einziges Haar wuchs auf Herberts Oberkörper. Anton betrachtete ihn mit angehaltenem Atem und fühlte, wie das Blut in seinen Schwanz rauschte.

Auch Herberts Unterhose hatte schon bessere Tage gesehen, das Gummi im Saum war ausgeleiert und das Rippenmuster an manchen Stellen durchgescheuert. Verschämt ließ Herbert die letzte Hülle fallen und hielt die Hände vor seine Genitalien. Nur die blonde Schambehaarung blitzte zwischen seinen Fingern durch. Noch niemals hatte er sich so von einem anderen Mann beim Ausziehen beobachten lassen, noch nie war er sich, im wahrsten Sinn des Wortes, so nackt vorgekommen. Es war ein merkwürdiges und gleichzeitig erregendes Gefühl.

Als er spürte, wie sein Schwanz zu reagieren begann, nahm er rasch Anlauf und sprang ins Wasser, tauchte unter und stieß zum Boden vor, versuchte, seine Verlegenheit und Unsicherheit mit nach unten zu nehmen. Einen Augenblick lang wusste Anton nicht, was er machen sollte, dann holte er Luft und tauchte ebenfalls unter, bekam gerade noch Herberts Fuß zu fassen, hielt ihn zurück, griff nach seinem Schwanz, rutschte ab. Herbert wich aus und startete einen

Gegenangriff, seine Hände umfassten Antons Oberschenkel, zogen ihn weiter nach unten und bald darauf balgten sich die beiden jungen Männer wie Halbwüchsige, rangen verspielt miteinander, umgeben von Wasserwirbeln und Luftblasen und kühlen Schwimmbadkacheln. Hin und wieder stießen ihre Köpfe nach oben, um lachend oder schreiend Luft zu schnappen, lauschten einen Augenblick dem lauten Hall ihrer Stimmen in dem leeren Bad, nur um dann schnell wieder unterzutauchen und den Körper des anderen mit ruppigen, aber doch vorsichtigen Berührungen zu erkunden, über seine Haut zu streichen, die Kraft und die Wendigkeit des anderen zu testen. Strampelnd und Wasserfontänen spritzend, versuchten sie, dem anderen zu entkommen, nur um gleich darauf doch wieder seine Nähe zu suchen, die Hände über seinen Rücken, seinen Oberkörper, seinen Po streifen zu lassen. Erst als sie beide völlig außer Atem waren, ließen sie voneinander ab und kamen mit ein paar schnellen Schwimmzügen an den Beckenrand. Prustend tauchten sie über der Wasseroberfläche auf und strichen sich die Haare aus dem Gesicht, ließen die Wassertropfen über ihre Gesichter perlen, rangen nach Luft und lauschten ihren hämmernden Herzen.

Antons Hand war die erste, die nach diesem Vorspiel ihren Weg fand. Wortlos strich er über Herberts Wange, fuhr mit seinem Zeigefinger über die Nase und Schläfen des gleichaltrigen Mannes. Fast ehrfürchtig war er in seiner Berührung, als ob er so viel Schönheit noch niemals in seinen Händen gehalten hätte. Erst dann zog er ihn zu sich heran und ihre Lippen suchten sich hungrig. Sein Gegenüber schmeckte nach Tabak, nach Chlor, nach Lust.

„Ich habe das noch niemals getan", flüsterte Herbert und seine Stimme klang zaghaft.

„Ich weiß", erwiderte Anton. Er presste Herberts Brust an den Beckenrand und umschloss ihn von hinten mit seinen

Armen, knabberte zärtlich an seinem Ohr. „Keine Angst. Ich verspreche dir, dass du es nicht bereuen wirst, Kleiner. Entspann dich. Vertrau mir.“

Trotzdem zuckte der Schmerz durch Herberts ganzen Körper, als Anton in ihn eindrang, und überrascht und erschrocken schrie er auf, seine Finger krallten sich in das Überlaufgitter des Schwimmbeckens.

„Nicht!“, sagte er laut. „Das ist pervers und … dreckig!“

Anton lachte leise auf. „Und hier ist ganz viel Wasser, um uns anschließend zu waschen. Vertrau mir einfach!“

Anton war überall um ihn herum, Anton, der ihn hielt mit seinen Armen, seinen Händen, seinen Beinen, Anton, der Küsse wie feinen, warmen Sommerregen auf Herberts Nacken herabfallen ließ. Und dann war der Schmerz plötzlich vorbei, jemand gab stöhnende Laute von sich, keiner von beiden wusste, wer angefangen hatte damit, und Herbert schloss die Augen und passte sich Antons Rhythmus an, mal langsam und bedächtig, mal schnell und ungestüm stemmte er sich den Stößen entgegen. Nie hatte er gedacht, dass es so sein könnte … so … so … unbeschreiblich. Hin und her wand er sich, tauchte immer tiefer ab, fühlte das Plätschern des Wassers um seinen Oberkörper, hörte das Gluckern im Überlaufgitter, und als er merkte, dass Anton immer heftiger stöhnte, sich nicht mehr zurückhalten konnte und sich mit einem letzten Aufbäumen in ihm entlud, da kam auch er, zuckend und zitternd und schreiend und sein rasendes Herz füllte seinen ganzen Kopf aus.

Ich hänge an Antons Lippen wie ein Süchtiger. Ich will mehr erfahren, mehr, am liebsten wäre es mir, der alte Mann würde überhaupt nicht mehr aufhören. Aber es ist spät geworden, Anton wirkt erschöpft. Immerhin verspricht er, dass ich am übernächsten Tag, am Montag, wiederkommen darf, aber erst am Nachmittag. Vorher will seine Wohngemeinschaft zusammen den wöchentlichen Einkauf tätigen.

„Ein bisschen problematisch, diese Aktion“, erklärt er mir augenzwinkernd, als er mich zur Tür bringt. „Normalerweise haben wir auch Hilfe von den Leuten nebenan, einem jungen Pärchen.“ Vage fuchtelt er mit der Pfeife in der Luft herum. „Das ganze Projekt hier wird von der Stadt gefördert, ‚Junge und Alte zusammen im Leben‘, heißt es. Verschiedene Wohneinheiten, aber ein Miteinander im Alltag. Wir haben sogar ein Café nebenan. Aber in der kommenden Woche gibt es terminliche Schwierigkeiten, Birte und Holger haben diesen Schwangerschaftskurs, wo sie gemeinsam atmen lernen oder so. Deshalb besteht unser Sozialarbeiter darauf, uns zu begleiten. Als ob wir nicht in der Lage wären, alleine in den Supermarkt zu gehen.“ Als ich ihn fragend ansehe, fügt er hinzu: „Ihm gefällt das ganze Projekt nicht. Selbstständige Senioren sind für ihn ein Widerspruch in sich. Am liebsten würde er uns alle in ein Altenheim abschieben.“

„Was ist so problematisch daran, im Supermarkt einzukaufen?“

„Wir streiten uns immer über das Toilettenpapier. Anneliese will extra-flauschiges, Willy besteht auf *Hakle feucht* und Martha möchte was mit Blümchen.“

Ich lache. „Und du?“

Anton zuckt mit den Schultern. „Mit ist es egal. Ich hab mir im Krieg mit Zeitungspapier den Hintern abwischen müssen. Da ist Klopapier jeder Art ein Luxus an sich.“ Er lehnt an der Wohnungstür und wieder fällt mir das leichte Zittern seiner Hände auf. „Martha hat Alzheimer“, sagt er. „Man muss immer ein Auge auf sie werfen, sonst verirrt sie sich. Und Willy sitzt im Rollstuhl.“

„Ah!“, sage ich. „Das muss anstrengend sein – mit Martha, meine ich.“

„Es geht uns gut", erwidert Anton. „Wir halten zusammen."

Ich will ihn zum Abschied umarmen, aber er zuckt zurück, eine solche Vertraulichkeit in der Öffentlichkeit des Hausflures scheint ihm unangenehm zu sein. Dabei wollte ich nur meine Dankbarkeit demonstrieren. Wieder einmal wird mir bewusst, dass wir verschiedenen Generationen von Schwulen angehören. Stattdessen geben wir uns die Hände, aber immerhin, er zwinkert mir zu.

„Bis übermorgen, Felix", sagt er.

„Ja, Anton. Bis übermorgen."

Draußen gehe ich mit beschwingten Schritten und einem Lächeln auf den Lippen zum Wagen. Was für ein ereignisreicher Tag! Ich kann noch immer kaum fassen, dass ich tatsächlich den Freund meines Vaters getroffen habe. Es ist so wundervoll, ihn über meinen Vater sprechen zu hören, mit ihm zu teilen, wie sie sich kennengelernt haben. Ein großes Glücksgefühl durchströmt mich. Aber Anton hat mich gewarnt. Nicht alles, was er mir zu erzählen habe, sei schön, hat er gesagt. Auch wenn in der Erinnerung manche Dinge milder aussehen und das Gedächtnis die scharfen Kanten der Bilder mit der Zeit zurechtschleift, so gibt es doch immer noch Dinge, die ihn wütend machen und traurig, wenn er an Herbert zurückdenke. Dinge, die seinem Sohn nicht gefallen werden. Doch im Moment schlage ich die warnenden Worte in den Wind, im Moment bin ich froh, dass ich überhaupt etwas über den Menschen erfahre, der mein Vater war.

Bevor ich den Weg zum Haus meiner Mutter einschlage, fährt der Wagen wie von selbst zu der Reihenhaushälfte zwei Straßen weiter, in der Manfred mit mir wohnt. Ich hatte es wirklich nicht vorgehabt, aber auf einmal finde ich mich schräg gegenüber unserem Vorgarten wieder, das Auto hinter einem Lieferwagen geparkt, damit es nicht so auffällt. Ich habe keine Ahnung, was ich hier tue, wieso ich hier sitze und reglos nach drüben starre. Ein Dieb in der Nacht, der auf eine günstige Gelegenheit wartet. Ein Detektiv, der ein verdächtiges Objekt beschattet. Der Blick auf die Uhr sagt mir, dass Manfred schon längst aus Leipzig zurücksein müsste. Aber die Wohnung liegt im Dunkeln, nirgendwo brennt Licht. Ob er sich wieder auf einem Rastplatz herumtreibt? Immerhin ist heute Samstag, auch wenn er häufig an sechs Tagen in der Woche arbeitet.

Als ich gerade aufgeben will, biegt sein Golf in die Straße ein, ich erkenne das Auto im Rückspiegel. Er parkt direkt vor dem Haus und ich ducke mich instinktiv tiefer in den Fahrersitz. Manfred steigt aus, ohne mein Auto zu bemerken, er trägt seinen schwarzen Aktenkoffer und hat den Knoten der Krawatte schon gelockert, wie immer, wenn er von der Arbeit kommt. Es ist immer das Erste, was er tut, wenn er Feierabend hat: Krawatte und Hemd ausziehen und ein T-Shirt überstreifen. Gleich, wenn er die Haustür öffnet, wird er die Aktentasche in die Ecke werfen, sich in der Küche ein Bier zischen und …

Im Dunkel meines Autos erstarre ich. Die Beifahrertür von Manfreds Wagen öffnet sich und ein Mann steigt aus. Kapuzensweatshirt, Turnschuhe, braune, kurzgeschnittene Haare und ein unbekanntes, glattrasiertes Gesicht. Er trägt Baggies, der Hintern hängt auf seinen Kniekehlen und unter der Jeans trägt er Boxershorts. Der Kerl ist viel jünger als ich oder Manfred, höchstens Anfang dreißig, ach was, Anfang zwanzig. Ob er ein Stricher ist? Welcher Jungspund würde ansonsten freiwillig mit einem so alten Sack wie Manfred – oder mir – ins Bett gehen? Plötzlich bin ich mir meines kleinen Bauches und der grau werdenden Haare bewusst. Makelhaft. Nicht länger vollkommen, nicht länger begehrenswert. Zielstrebig läuft der Typ Manfred hinterher, lacht auf, als Manfred etwas sagt, holt ihn ein. Mein Freund packt ihn und im nächsten Moment liegen sich beide in den Armen und küssen sich. Es ist die reinste Knutschorgie, genau vor meinen Augen. Und dann klappt hinter den beiden die Haustür zu. Ich bin wie vor den Kopf geschlagen.

Ohne nachzudenken, fahre ich den Wagen aus der Parklücke. Es ist so eine Art Übersprungshandlung, ein Reflex. Ich schaue kurz nach rechts und links, aber niemand ist auf der mittlerweile im Dunkeln liegenden Straße zu sehen. Dann gebe ich Gas und schramme im Vorbeifahren an Manfreds rechtem Kotflügel vorbei. Blech trifft auf Blech, sein vorderer rechter Scheinwerfer kriegt auch etwas ab. Hinter mir höre ich die Scherben auf der Straße klirren.

Geschieht ihm recht, denke ich befriedigt, während ich mit quietschenden Reifen Richtung Autobahn fahre. So ein Mistkerl!

Der plötzliche Akt von Vandalismus löst mich aus dem Schockzustand, wirkt irgendwie befreiend. Normalerweise tue ich so etwas nicht. Ich bin Beamter, ich glaube an festgelegte, gesellschaftliche Regeln, aber anscheinend habe ich mich geirrt.

Gleich noch mal!, denke ich, drücke auf die Tube und überschreite die vorgeschriebene Höchstgeschwindigkeit auf dem Autobahnteilstück um dreißig Stundenkilometer. Wahnsinn! Adrenalin rauscht durch mein Blut und ich fühle mich high. Daran ist nur Manfred schuld! Der kann mich mal kreuzweise! Was für ein gefühlloses Arschloch!

Aber der Kick ist nur von kurzer Dauer, er verebbt, als ich das Ortseingangsschild lese, und als der Wagen vor dem Haus meiner Mutter zum Stehen kommt, bin ich wieder ganz der alte. Felix, der Glückliche. Als ich Anton verließ, konnte ich der Namensgebung etwas abgewinnen, aber jetzt, nachdem ich Manfred mit diesem … diesem Kindchen gesehen habe, kommt mir mein Name wie Hohn vor. Ich habe keine Ahnung, wie ich mit dieser neuen Situation umgehen soll. Soll ich ihm eine Szene machen? Oder soll ich den Vorfall ignorieren und so tun, als wüsste ich von nichts?

Der Hund begrüßt mich überschwänglich, als ich die Tür aufschließe, und bringt mich auf andere Gedanken. Den ganzen Tag war er im Haus eingesperrt und jetzt schafft er es gerade noch zu einem Busch in der Nähe, um sein Geschäft zu erledigen. Er pisst und pisst und sieht mich dabei vorwurfsvoll an.

„Ja, ich weiß", murmele ich. „Das nächste Mal kannst du mitfahren." Um meine Nachlässigkeit ihm gegenüber wieder gutzumachen, drehe ich mit dem Hund eine lange Runde um den Block, und als wir zurückkehren, ist mein Kopf auch wieder klar. Manfred und alles, was mit ihm zusammenhängt, kann warten. Meine Prioritäten gelten Anton, gelten meinem Vater. Manfred wird mir nicht weglaufen. Dafür kennen wir uns zu lange.

Am nächsten Vormittag erkundige ich mich bei Beulinger, wie die Beerdigungsvorbereitungen laufen. Bestatter sind zum Glück rund um die Uhr erreichbar, auch am Sonntag.

„Gut", erwidert er, „alles nach Plan. Die Trauerkarten sind verschickt. Haben Sie gestern die Anzeige im Lokalblatt gelesen?"

„Ja. Neben den Sonderangeboten vom Supermarkt."

Beulinger kann mit meinem Sarkasmus nichts anfangen und ich steuere die Unterhaltung auf neutraleres Terrain. „Wie viele Trauergäste erwarten Sie eigentlich? Ich meine … es wird wahrscheinlich eher eine kleine, privatere Sache, oder?" Ich sehe mich plötzlich allein mit Beulinger und dem Priester vor dem Sarg meiner Mutter stehen, eine Vorstellung, die mir nicht sonderlich behagt.

„Ich weiß es nicht", antwortet der Mann. „Das hängt auch vom Wetter ab. Niemand mag Beerdigungen im Regen."

Den Rest des Wochenendes verbringe ich damit, auf ein Lebenszeichen von Manfred zu warten, einen Anruf, eine SMS, irgendetwas. Ein Geständnis und eine Entschuldigung, dass er mit einem anderen Kerl in unserem Bett gefickt hat. Aber es kommt nichts. Er schweigt genauso wie ich. Es ist wie ein unausgesprochenes Kräftemessen, ein Wettbewerb, wer von uns beiden am längsten durchhält. Je länger ich warte, desto ärgerlicher und unruhiger werde ich. Selbst den Hund mache ich mit meinem ziellosen Herumgerenne im Haus nervös.

Acht

Am Montag bin ich schon am Morgen auf dem Weg nach Köln, Stunden zu früh für meine Verabredung mit Anton. Ich habe dunkle Sachen angezogen, die in der Dämmerung mit der Umgebung verschmelzen. Der Hund ist begeistert, als er die Straße erkennt; er denkt, es geht nach Hause. Er wedelt mit dem Schwanz und bellt.

„Halt den Mund", sage ich. „Wir beobachten nur."

Ich parke wieder so, dass ich unser Haus und Manfreds Auto einsehen kann. Seit Samstag hat er es nicht bewegt. Ob er überhaupt nicht mehr aus dem Haus gegangen ist? Aber dann bemerke ich Klebeband über dem kaputten Scheinwerfer, auch das Glas ist von der Straße gefegt worden. Mein kleiner Racheakt ist ihm also aufgefallen. Ein zufriedenes Lächeln schleicht sich auf mein Gesicht. Manfreds Auto ist sein Ein und Alles, sein zweites Zuhause. Die Delle im Kotflügel wird ihm richtig wehgetan haben.

Punkt halb acht Uhr geht das Licht in der Küche an, aber ich bin zu weit weg, um Details erkennen zu können. Ich steige aus und stehle mich über die Straße in unseren Vorgarten. Mein Hosenbein bleibt in den Rosendornen neben dem Küchenfenster hängen. Ich fluche leise und nehme mir vor, die Dinger bei der nächsten Gelegenheit in eine Ecke umzupflanzen, wo sie nicht im Weg stehen.

Von meinem Platz an der Hauswand kann ich durch das gekippte Fenster das Radio hören und das Brodeln der Kaffeemaschine. Auch den größten Teil des Raumes habe ich im Blick. Manfred hat seine übliche Bürokleidung an: weißes Hemd, Anzug, Krawatte. Ein angebissener Toast liegt vor ihm auf dem Tisch neben der Zeitung. Ich atme auf. Alles ist wie immer. Doch dann geht im hinteren Bereich des Hauses die Badezimmertür auf und der Kerl von Samstagabend tritt, nur mit einem Badetuch um die Taille, in die Küche. An seiner Wange klebt ein Rest Rasierschaum. Er schlingt seine Arme von hinten um meinen Freund und sagt: „Morgen, du geiler Hengst! Lust auf einen Quickie?" Und Manfred lacht, steht auf und schiebt dem Eindringling die Zunge in den Hals.

Geschockt lehne ich mich zurück in den Schatten der Hauswand. Das kann nicht sein. Der Kerl hat meinen Platz eingenommen! Er hat das ganze Wochenende mit Manfred verbracht! Es ist, als wäre ich aus einem Fußballmatch geholt und durch einen Auswechselspieler ersetzt worden. Das Spiel geht weiter, aber ich finde mich unversehens auf der Reservebank wieder, von nun an zum Zuschauen verdammt.

Ich bekomme plötzlich keine Luft mehr, die Welt stürzt auf mich ein und ich rutsche an der Hauswand nach unten, fassungslos, entsetzt. Meine Knie zittern und ich muss mich vorsehen, dass ich nicht in die Rosen kippe. Tief Luft holend stehe ich auf und riskiere einen weiteren Blick in die Küche, als wollte ich mich versichern, keinen üblen Traum gehabt zu haben. Aber der fremde Kerl ist noch immer da, hantiert jetzt an der Kaffeemaschine herum. Das Handtuch droht jeden Moment von seinen Hüften zu rutschen und ich sehe, mit welcher Gier mein Freund den Körper dieses anderen Mannes betrachtet, diese perfekte Modelfigur mit Waschbrettbauch und muskulösen Oberarmen. Ich kann mich nicht erinnern, wann Manfred mich zum letzten Mal so angesehen hat. Mit so viel Jugend kann ich nicht konkurrieren.

In diesem Moment geht gegenüber die Haustür auf und Boris, der Nachbarsjunge, tritt nach draußen, seinen neonfarbenen Schulranzen auf dem Rücken. Als er meinen Schatten neben den Rosenbüschen sieht, fängt er an zu schreien, es klingt wie „Einbrecher! Einbrecher!", und rennt aufgeregt zurück ins Haus. Augenblicklich gehen überall die Lichter an. Diese kleine Mistkröte! So schnell ich kann, stolpere ich durch den Vorgarten zurück zu meinem Auto.

Anton ist irritiert, als er mich vor der Tür stehen sieht. Er hat eine beigefarbene Bundfaltenhose an, eine braune Strickweste über seinen Pullunder gezogen und riecht nach Alte-Männer-Rasierwasser. „Du bist zu früh, Felix", sagt er. „Um genau zu sein … sieben Stunden."

„Ich weiß", sage ich, noch immer etwas atemlos und verschwitzt. „Es … es hat sich so ergeben." Ich bin immer noch durcheinander, Anton war die erste Anlaufstelle, die mir durch den Kopf geschossen ist.

„Aber ich habe jetzt keine Zeit für dich!"

„Ihr wolltet einkaufen", erwidere ich schnell. „Ich könnte euch hin- und zurückfahren. Die Sachen in meinem Wagen transportieren."

„Und uns mit dazu?" Anton schüttelt den Kopf. „Außerdem haben wir einen Wagen, den Kleinbus vom Sozialdienst. Der ist behindertengerecht ausgestattet, damit Willys

Rollstuhl hineinpasst. Döring, unser Sozialarbeiter, wird uns fahren."

„Ich könnte mitkommen. Euch beim Tragen helfen", bettele ich.

Anton sieht mich misstrauisch von der Seite an. „Ist alles in Ordnung? Ich meine, stimmt alles mit dir?"

Ich fahre mir nervös durch die Haare. „Alles bestens", lüge ich.

Er zuckt mit den Schultern. „Na schön, von mir aus. Wir wollten gerade aufbrechen. Der Supermarkt öffnet gleich und es ist … einfacher, wenn es noch nicht so voll ist. Komm rein, dann stelle ich dich den anderen vor."

Ich will an ihm vorbei in die Wohnung gehen, als Anton mich zurückhält. Er zeigt auf den Hund, der neugierig neben mir gewartet hat. „Was ist das?"

„Ein Hund", sage ich.

„Ich sehe, dass das keine Kaffeekanne ist!", erwidert er. „Er kommt mir bekannt vor."

„Ich wohne nur zwei Straßen weiter", erinnere ich ihn. „Du wirst ihn schon mal gesehen haben."

Anton kratzt sich am Kinn. „Ist er bissig?"

Ich schüttele den Kopf.

„Gut, dann darf er herein. Martha wird sich sofort auf ihn stürzen. Sie ist verrückt nach Hunden. Hat er auch einen Namen?"

Erneut schüttele ich den Kopf. „Er heißt nur Hund."

„Ah, ja", sagt Anton und seufzt. „Ich merke schon: ganz der Vater."

Doch bevor ich nachfragen kann, was er mit dieser Bemerkung meint, werden wir von Antons Mitbewohnern begrüßt. Wie er vorhergesagt hat, hat Martha nur Augen für den Hund. Sie ist eine untersetzte, kleine Frau mit dünnem grauen Haar und einer piepsigen Stimme wie Tweety. Sie klatscht begeistert in die Hände, als sie den Hund sieht, und geht vor ihm auf die Knie. Mit beiden Armen umschlingt sie ihn, vergräbt ihr Gesicht in seinem schwarzen Fell und flüstert: „Hundi, gutes Hundi! Bist du zu mir zurückgekommen?" Eine Schrecksekunde weicht der Hund zurück und sieht mich hilfesuchend an, dann schlabbert er Martha übers Gesicht. Die alte Frau piepst vor Vergnügen.

Am Küchentisch, mit dem Rücken zur Tür, sitzt ein Mann im Rollstuhl, den ich auf Anfang siebzig schätze. Er trägt eine Jogginghose und Filzpantoffeln und ein gebügeltes, kariertes Hemd. In seinen Fingern glimmt eine Zigarette und am linken Rad seines Rollstuhls hängt ein halbgefüllter Urinbeutel. Der dazugehörige Schlauch verschwindet in seiner Hose. Das muss Willy sein. Er dreht den Kopf zu dem Tumult, den Martha und der Hund verursachen, und ich gebe ihm die Hand, stelle mich vor als ein Bekannter von Anton.

„Weiß schon", winkt er unwirsch ab und hustet einen trockenen Raucherhusten. „Der Junge vom anderen Ufer. Wird hier noch der reinste Homosexuellen-Klub!"

„Nehmen Sie ihn nicht so ernst!", mischt sich eine Frau ein, die neben ihm sitzt. Auch sie hat graue Haare, aber wesentlich gepflegtere als Martha. Doch wo Martha untersetzt ist, ist Anneliese dick. Und das ist noch geschmeichelt. Tatsächlich ist sie unglaublich fett, mindestens drei Doppelkinne haben sich auf ihrem Hals versammelt und ihr Hintern schwabbelt bei jeder Bewegung in mehreren Wellen über das Polster der Sitzecke, von der sie jetzt ächzend aufsteht, um mich zu begrüßen. Es sieht aus, als würde ein Seelöwe von seiner Sandbank ins Meer robben. „Willy ist ein Morgenmuffel. Er taut erst um die Mittagszeit auf. Sie müssen Felix sein! Anton hat uns Samstagabend von Ihnen erzählt. Wie ich sehe, hat er nicht zu viel versprochen!" Ihre Patschhändchen verlieren sich in meiner entgegengestreckten Hand und ihre kleinen Schweinsäuglein funkeln mich belustigt hinter dicken Brillengläsern an, als sie bemerkt, dass ich den Blick kaum von ihrer bedrohlichen Oberweite lösen kann. Kein Büstenhalter der Welt kann so viel schlaffes Fleisch im Zaum halten.

„Ja“, erwidere ich. „Ich bin Felix. Felix Meurer.“

Der Letzte, der mich begrüßt, ist der Sozialarbeiter namens Heiko Döring. Er ist in meinem Alter, hat dunkle, schulterlange Haare, einen laschen Händedruck und ein blasses, teigiges Gesicht – wie ein Pfannkuchen, der nicht lange genug gebacken wurde.

„Sie wollen mitfahren?“, fragt er ratlos, als Anton ihm die Sachlage erklärt hat. „Ach herrje. Aber der Hund bleibt so lange hier!“

Martha protestiert, aber Döring lässt sich nicht erweichen. Ich bringe den Hund in Antons Zimmer, wo er sich dankbar in einer Ecke zusammenrollt. So viel Aufmerksamkeit ist er nicht gewohnt.

Willy und sein Rollstuhl werden von dem Sozialarbeiter mit einer kleinen Hebebühne in den Kleinbus verfrachtet. Er bekommt die Ermahnung, nicht wie beim letzten Mal während der Fahrt die Bremsen des Rollstuhls zu lockern. Sicherheitshalber wird diesmal Anneliese als Pufferzone zwischen ihn und die Tür gesetzt, Anton und ich nehmen die Sitze gegenüber ein. Martha hat den Platz auf dem Beifahrersitz bekommen, Döring muss ihr beim Anschnallen helfen. „Und heute werden Sie die Finger vom Zigarettenanzünder lassen, haben wir uns verstanden? So was wie das hier“, er deutet verärgert auf einen kreisrunden Brandfleck auf der Konsole, „passiert nicht noch mal!“

Martha nickt eingeschüchtert.

„Haben Sie den Einkaufszettel, Anton?“ Der Sozialarbeiter hat Schweißperlen auf der Stirn und sieht aus, als könnte er schon jetzt eine Pause gebrauchen.

Anton klopft gutmütig auf seine Westentasche und zieht einen vollgeschriebenen DIN-A4-Zettel heraus. „Alles parat. Machen Sie sich keine Sorgen.“

Döring murmelt ein paar unverständliche Worte, legt den ersten Gang ein und fährt los.

Die ersten Monate waren wie Flitterwochen. Und dann auch wieder nicht. Anton war verliebt, Hals über Kopf, konnte nicht genug bekommen von diesem unsicheren, scheuen Mann, der so viel Angst vor der eigenen Sexualität hatte und doch alles, was Anton ihm zeigte, begierig aufsog. Alles an Herbert zog ihn magisch an. Das verlegene Erröten, wenn er ihm die Krawatte löste und langsam das Hemd öffnete, die linkischen Bewegungen seiner Hände, das erstaunte Stöhnen, wenn er eine Körperstelle berührte, von der Herbert niemals gedacht hätte, dass man dort Lust empfinden konnte. Aber immer waren es hastige, verbotene Treffen, die sie zusammenbrachten, Verabredungen, die auf Heimlichkeit angelegt waren; die Angst, entdeckt zu werden, hockte jedes Mal neben ihnen.

Anton hatte gedacht, er hätte sich daran gewöhnt, Sex nur im Dunkeln, auf Klappen oder in leerstehenden Kellern haben zu können, aber nun, da er Herbert kannte, wurde die Sehnsucht nach einem Bett immer größer. Einmal, als er Herbert seiner Mutter vorgestellt hatte und Herbert zum Abendessen geblieben war – eine mulmige, anstrengende Angelegenheit, bei der alle darauf bedacht waren, das Tischgespräch bei Allgemeinplätzen zu belassen –, hatten sie es sogar aus lauter Verzweiflung im Kohlenkeller getrieben. Es war völlig ausgeschlossen, Herbert auf sein Zimmer zu bitten, Antons Mutter hätte das niemals gestattet, und außerdem war Wilfried auch noch da. Schwarz wie Neger waren sie aus dem Keller zurückgekommen, der Ruß hatte sich in jeder Pore festgesetzt und er hatte Herbert an der Küche vorbei aus der Wohnung schleusen müssen, damit seine Mutter keinen Verdacht schöpfte.

Natürlich unternahmen sie auch andere Sachen; meist Dinge, die kein Geld oder nur wenig kosteten: auf dem Gelände der Bundesgartenschau spazieren gehen, dort im Rosencafé einen Milchshake trinken, Ausflüge auf Herberts Motorrad in die nähere Umgebung. Aber es war noch kalt in diesem Frühjahr 1958. Wenn Anton sich ausgemalt hatte, eine Decke und ein paar Flaschen Bier mitzunehmen und es sich irgendwo auf einer Wiese gemütlich zu machen, ungestört von anderen Menschen, so wurde er enttäuscht. Die Kälte und die Feuchtigkeit machten ihnen meist einen Strich durch die Rechnung. Trotzdem war es aufregend, hinter Herbert auf dem Motorrad zu sitzen und sich den Wind um die Nase blasen zu lassen. Motorradfahrer nahmen einen hohen Stellenwert in seinen Fantasien ein und nicht selten hatte Anton eine Latte, wenn er sich an Herbert festhielt. Hin und wieder besuchten sie eine Kinovorstellung, wobei die Filme den beiden gleichgültig waren, ob sie nun *Die Brücke am Kwai* oder einen deutschen Heimatfilm sahen. Aber die Theatersäle waren gut geheizt und im Dunkeln in der letzten Reihe war so etwas wie verstohlene Intimität möglich.

Von den Vergnügungen der anderen Jugendlichen, wie den Tanzabenden, auf denen Rock'n'Roll gespielt wurde, hielten sie sich fern. Sie wussten, dass sie dort nicht hingehörten. Auch schwule Kneipen, wie das Caroussel oder die Barberina, in denen Anton sich recht heimisch fühlte, betraten sie nicht. Herbert scheute den Kontakt zu anderen homosexuellen Männern und gerade die Barberina hatte einen verruchten Ruf. Hier traf sich der Bodensatz der bürgerlichen Gesellschaft: 175er, Nutten, Stricher, Transvestiten, gescheiterte Existenzen und Künstler. Bevor sie zu einem populären Film- und Schlagerstar geworden war, hatte Trude Herr dort als Bardame gearbeitet und jeden Abend eine Flasche Steinhäger geleert. Einmal, sie kannten sich gerade ein paar Tage, lief ihnen ein Freund von Anton in der Stadt über den Weg, Hartmut. Während Anton mit ihm plauderte, stellte sich Herbert abseits und starrte angestrengt auf die Schaufensterauslage eines Schreibwarengeschäftes. Alles an ihm signalisierte, dass er Hartmuts Bekanntschaft nicht machen wollte.

Aber auch Herbert ging die Heimlichkeit der Begegnungen mit Anton zunehmend auf die Nerven. Immer öfter beschwerte er sich über den Staub, den er sich von der Kleidung klopfen musste, den Geruch von Pisse, der ihm noch stundenlang in der Nase stand, wenn sie es auf einer Klappe getrieben hatten, den Schmutz, der ihre Freundschaft wie ein Betteltuch umhüllte.

„Dann lass uns zu dir gehen!", sagte Anton.

„Und wenn meine Wirtin dich sieht? Nein, auf gar keinen Fall." Allein die Idee schien Herbert eine Heidenangst einzujagen.

Eines Abends, irgendwann im April, wurden sie im alten Turm der Hohenzollernbrücke von einer Ratte aufgescheucht und Herbert schrie angeekelt auf und brach in Tränen aus.

„Ich … ich kann das nicht mehr", stammelte er, „es geht einfach nicht!" Hastig zog er seine Hose hoch und tastete nach dem Mantel, den er auf einer der feuchten Stufen abgelegt hatte. Und dann ließ er Anton stehen, drehte sich nicht einmal mehr um, als er die Treppe heruntersprang und in der Dunkelheit verschwand. Am übernächsten Abend, als sie erneut verabredet waren, ließ er sich nicht blicken. Anton wartete über zwei Stunden an der Klappe am Gereonsdriesch, legte sich tausend Entschuldigungen zurecht, warum Herbert sich verspätet haben könnte, bevor er begriff, dass sein Freund nicht mehr kommen würde. Als er nach Hause zurückkehrte, in die noch immer nach Rotkohl vom Mittagessen riechende Wohnung seiner Mutter, fühlte er sich hundeelend, wie der einsamste Mann auf Erden.

Mitten in der Nacht wurde er durch kleine Kieselsteine geweckt, die in unregelmäßigen Abständen an die Fensterscheibe geworfen wurden. Auf Zehenspitzen schlich er zum Fenster, einen Blick immer auf das Bett seines Bruders geheftet, der sich unruhig unter seiner Decke hin und her warf. Unten auf der Straße stand Herbert.

„Du weckst meine Mutter und die Nachbarn auf!", zischte Anton ihm zu. „Was willst du?"

Herbert hatte getrunken. Seine sonst so sorgfältig gekämmten Haare waren zerzaust, das weiße Hemd hing aus der Hose, er torkelte ein wenig und seine Sprache klang verwaschen. „Will mich entschuldigen. … mir leid, dass ich nicht gekommen bin heute Abend. Bitte! Anton!" Verzweiflung lag in seiner Stimme, während er sich an einer Straßenlaterne festhielt. „AAAAnton!" Herbert begann seinen Namen zu rufen.

Im Erdgeschoss des Hauses nebenan ging Licht an und auch die Lampe im Schlafzimmer von Frau Müller aus dem ersten Stock wurde angeknipst. Anton fluchte leise. „Warte! Ich komme runter!"

Schnell sprang er in seine Klamotten und stahl sich aus der Wohnung.

Herbert hatte es sich inzwischen auf den Treppenstufen zum Eingang bequem gemacht. Sein Atem roch nach Bier und seine Augen schimmerten glasig. „Es tut mir leid", brabbelte er, während sein Kopf auf seine Brust sank. „Ich bin ein Hornochse, ein Riesenidiot!" Dann schien ihn sein Rausch zu übermannen.

„He, wach auf! Du kannst hier nicht einschlafen!" Anton hatte keine Ahnung, was er mit dem betrunkenen Freund anfangen sollte. „Ich kann dich nicht mit nach oben nehmen, Herbert! Geh nach Hause, wir reden morgen!"

Mit Antons Hilfe rappelte sich Herbert mühsam auf, ließ sich mit seinem gesamten Gewicht in Antons Arme fallen. „Nach Hause!", lallte er. „Ist gut. Aber du …", er zeigte mit einem schwankenden Finger auf Anton, „du kommst mit … in mein Bett!"

„In dein Bett? Ich dachte, das geht nicht?", fragte Anton überrascht.

„Ist mir sch… scheißegal jetzt. Ich geh hier nicht weg, wenn du nicht mitkommst!" Verschmitzt grinste Herbert seinen Freund an.

Anton seufzte. „Na schön. Dann warte hier. Ich muss mein Fahrrad aus dem Hof holen. Zu Fuß kriege ich dich nie nach Hause."

„Ja, nach Hause! Mit dir ins Bett!", drängte Herbert.

„Schon gut! Aber leise!"

Kurz darauf hatte er sein klappriges Fahrrad hervorgeholt und war mit Herbert auf dem Gepäckträger auf dem Weg in die Südstadt. Wie er seinen nächtlichen Ausflug seiner Mutter beibringen sollte, darüber würde er erst morgen nachdenken. Wahrscheinlich würde sie ein Heidenspektakel veranstalten und wieder eine dumme Bemerkung von Frau Müller zitieren. Als sie über den Zülpicher Platz holperten, zauberte Herbert aus seiner Jackentasche eine Flasche Bier und prostete einem nächtlichen Passanten zu. „Wo hast du das Geld her für dein Besäufnis?", fragte Anton.

„Mein Lohn …", bekam er zur Antwort.

„Du hast deinen gesamten Monatslohn ausgegeben?"

Herbert schüttelte wild den Kopf und hätte fast das Fahrrad zum Umstürzen gebracht. Anton war froh, dass es um diese Zeit kaum Verkehr auf den Straßen gab. Noch hatten nur wenige Leute genug Geld, sich ein Auto zu leisten. Erst kürzlich hatte er in der Zeitung gelesen, dass die Anzahl der zugelassenen Wagen in der Stadt bei rund 70.000 lag, was ungefähr zehn Prozent der Bevölkerung entsprach. Und die lagen mit Sicherheit nachts um drei im Bett. „Hab noch zwanzig Mark!“, gab Herbert bekannt.

Das Haus in der Annostraße lag im Dunkeln, als die beiden ankamen. Anton hakte Herbert unter und nahm ihm den Schlüssel ab. „Und jetzt sei mucksmäuschenstill, du dummer Bengel! Sonst kommen wir nie unbemerkt an der Wohnung deiner Wirtin vorbei.“ Diese Ermahnung schien Herbert zu genügen, um sich halbwegs ohne Lärm von Anton die Treppe hinaufzerren zu lassen. Nur einmal erlitt er einen Kicheranfall, als sich seine Hand in Antons Hosengürtel verhakte und sie beide gegen die Wand stolperten. Trotzdem war Anton schweißgebadet, als sie die kleine Kammer unter dem Dach erreicht hatten. Als die Tür hinter ihnen zufiel, stieß er einen Seufzer der Erleichterung aus.

Herberts Zimmer bestand aus nicht mehr als einem kleinem Raum, in dem ein Schreibtisch, ein schmales Bett und ein Schrank aufgestellt waren. Eine kärgliche Einrichtung, die nur unzureichend von einem kleinen Kohleofen beheizt wurde. Die Wände waren mehr schlecht als recht mit einer Blümchentapete beklebt worden, rechts hing ein Plakat von Horst Buchholz aus dem Film *Die Halbstarken*. Vom Fenster aus blickte man auf das eingestürzte Dach des gegenüberliegenden Hauses. Vögel nisteten in den Trümmern, überall auf den Backsteinen lag weißer Taubenkot.

Als er Anton in seinem Zimmer stehen sah, wurde Herbert schlagartig nüchtern. Beschämt senkte er den Blick. „Es tut mir leid“, wiederholte er. „Ich dachte, wenn ich mir ein bisschen Mut antrinke, dann schaffe ich es, meine Angst zu überwinden.“

„Das ist dir ja auch gelungen.“ Anton wusste nicht, ob er wütend sein sollte oder lachen musste. Wie verklemmt dieser Mann doch war! Anton legte sich auf das ungemachte Bett und vergrub seinen Kopf im Kissen. Es roch gut hier. Es roch nach Herbert. „Es ist ein Einzelbett", stellte er grinsend fest. „Es wird eng werden."

„Ja", erwiderte Herbert. „Ich weiß."

Dieses Mal war der Sex langsam und zärtlich, vorsichtig, als würden sie sich neu finden. Lautlos umarmten und küssten sie sich, behäbig, fast wie in Zeitlupe, erkundeten sie ihre Körper. Da war ein Moment, als Anton den Wecker umstieß, die Uhr mit Gepolter zu Boden fiel und Herbert und Anton vor Schreck erstarrten und in die Stille lauschten, und dann erst wieder ein Laut, als Anton mit unterdrücktem Stöhnen kam und Herbert ihm ängstlich den Mund zuhielt.

Erschöpft ließ sich Anton aufs Kissen fallen und wollte sich an seinen Freund kuscheln. Diesen Moment hatten beide so sehr herbeigesehnt und er wollte jede Sekunde davon genießen. Er wollte reden, unsinnige, verliebte Dinge in das Ohr seines Freundes flüstern, aber er war plötzlich hundemüde und die Augen fielen ihm zu, ohne dass er etwas dagegen tun konnte. Draußen wurde es langsam hell und nur im Halbschlaf registrierte er, dass Herbert sich vorsichtig aus seiner Umarmung schälte, zum Schrank lief und sich den Oberkörper abwischte. Ein angewiderter und gleichzeitig verzweifelter Blick huschte über sein Gesicht, als er die Reste von Antons Samen im Handtuch betrachtete.

Mit vier Rentnern in einem Supermarkt einzukaufen, ist eine ganz neue Erfahrung für mich. Normalerweise gehe ich ohne Einkaufszettel los, die paar Dinge, die Manfred und ich benötigen, habe ich im Kopf. Ich nehme mir einen Korb, laufe die Regale entlang und stehe wenige Minuten später an der Kasse. Es ist eine alltägliche Handlung, etwas, das ich tue, ohne darüber großartig nachzudenken. Mit Anton, Martha, Anneliese und Willy ist es ein Abenteuer.

Kaum haben wir den Eingang passiert, reißt sich Martha von Antons Hand los und verschwindet im Gang mit den Frühstückszerealien. Ein vergnügtes Glucksen kommt aus ihrer Richtung, während sie die Regale durchwühlt. Als sie zurückkehrt, hat sie fünf verschiedene Packungen Cornflakes im Arm gestapelt. Anton erklärt mir, dass sie die Überraschungen in den Tüten sammelt, die Fensterbank in ihrem Zimmer ist voll von billigen Plastikfiguren. Die Flakes wirft sie in den Müll, wenn man nicht aufpasst, weil sie morgens lieber Butterbrot isst. Nur mit Mühe kann Döring sie überreden, drei der Packungen wieder wegzustellen. Unterdessen haben sich Anneliese und Willy selbstständig gemacht, wir haben sie komplett aus den Augen verloren. Erst als wir am hinteren Ende des Marktes Geschepper und einen wütenden Aufschrei hören, wissen wir, wo sie sich aufhalten. Anneliese hat Willy in eine Palette Hundefutter gefahren.

„Der Berg stand letzte Woche noch nicht da!", beschuldigt sie den herbeigeeilten Supermarktleiter, der zusammen mit einem Azubi auf den Knien herumrutscht, um die Dosen wieder aufzustapeln.

„Weil wir den Posten erst heute Morgen aufgestellt haben! Es ist ein Sonderangebot, nur diese Woche gültig!", presst der Mann zwischen zusammengebissenen Zähnen hervor. Der Lehrling grinst dämlich.

„Du blöde Kuh!", schimpft Willy auf Anneliese ein. „Du hättest mich umbringen können!"

„Wenn das zwei Schlaganfälle bisher nicht geschafft haben, wird es mir auch nicht so schnell gelingen!", gibt sie schnippisch zurück. „Sollen wir dem Hund ein paar Dosen mitbringen? Nur 2,99 Euro das Stück! Und vielleicht kriegen wir die hier ja noch billiger!" Sie hält zwei Dosen in der Hand, die bei dem Aufprall zerbeult worden sind.

„Nein, danke", sage ich schnell, um die Situation nicht eskalieren zu lassen. „Der Hund hat heute schon gefressen."

Döring entschuldigt sich bei dem Supermarktleiter und ermahnt seine Schützlinge verärgert, sich zusammenzureißen. „Wir sind hier nicht bei den Hottentotten!"

Eine Weile geht danach alles gut und in dem riesigen Einkaufswagen stapeln sich immer mehr Sachen: Frischhaltefolie, Gebissreiniger in vier riesigen Vorratspackungen, Milch, Butter, Eier, Wurst, verschiedene Käsesorten und Obst.

„Ich mag keine Weintrauben", erklärt Willy griesgrämig und zupft an seinem Urinbeutel. „Die Schale bleibt immer an meinem Gebiss kleben. Und die Körnerbrötchen können Sie auch gleich wieder ins Regal zurücklegen", weist er Döring an. „Die isst deshalb auch keiner von uns. Lieber Weißbrot."

Der Sozialarbeiter seufzt und tauscht die Aufbackbrötchen gegen drei Tüten kaufreundliches Weißbrot aus.

Martha summt unterdessen versonnen die Schlager der Hintergrundmusik mit und kommt erst wieder zu sich, als wir an einem Stand mit frischen Häppchen vorbeikommen, wie sie mittlerweile in jedem Supermarkt zu haben sind. Diesmal werden neue Dips zum Kosten angeboten. Anton will die Gruppe schnell in eine andere Richtung lenken, aber da kommt schon die junge Dame hinter dem Stand auf uns zu und hält uns ein paar Kräcker entgegen.

„Möchten Sie mal probieren?"

„Nein", sagt Döring, aber er hat die Rechnung ohne Anneliese gemacht, die der Verkäuferin das Salzgebäck aus der Hand reißt und mit einem Bissen verschlingt.

„Es geht eigentlich um die Dips …", sagt die Verkäuferin zögernd. „Die Firma *Thomy* hat einige neue Produkte auf den Markt gebracht. Wir haben Mexican Salsa, Tomate-Peperoni und einen frischen Kräuterdip mit Joghurt … fettreduziert", fügt sie schwach hinzu, als sie Anneliese näher in Augenschein nimmt.

„Warum sagen Sie das nicht gleich?", erwidert Anneliese. Sie nimmt Martha an die Hand und zusammen schieben beide die Verkäuferin sanft, aber bestimmt zur Seite und machen sich über die vorbereiteten Dips und Kräcker her. „Hier, meine Herren!", sagt Anneliese kauend und stopft mir und Anton einen Tomate-Peperoni-Kräcker in den Mund, bevor wir protestieren können. „Gar nicht schlecht. Der Joghurt-Dip ist allerdings ein bisschen laff."

Noch bevor Döring oder die entsetzte Verkäuferin die Lage vollends begriffen haben, sind die Kräckertüten und die Schälchen mit den Dips leer. Martha nimmt die Schalen in die Hand und schleckt sie aus.

„Martha, benimm dich!", sagt Willy und sprüht ein paar Krümel über seinen Schoß. „Wir sind nicht bei den Hottentotten!"

Der Sozialarbeiter wischt sich mit einem Taschentuch den Schweiß von der Stirn. Er wirkt noch blasser als vorher. „Ich hab es ja gewusst", murmelt er.

Martha zerrt ungeduldig an meiner Hand und wischt sich einen Klecks Dip von den Lippen. „Klopapier!", sagt sie. „Wir brauchen Klopapier!" Zielsicher steuert sie in den Gang mit Hygieneprodukten, sucht die Regale nach ihrem Lieblings-Klopapier ab. Es ist eines mit gelben Blümchen drauf, wie sie mir freudestrahlend erklärt.

„So hübsch! So freundlich!", sagt sie. „Gab es früher nicht!" Aber der Platz, an dem es normalerweise liegt, ist leer. Marthas Toilettenpapier scheint ausverkauft zu sein und in Sekundenschnelle bahnt sich eine Katastrophe an. Der alten, verwirrten Frau treten die Tränen in die Augen und sie sieht mich verzweifelt an. „Wo hast du es hingelegt?", fragt sie mich anklagend.

„Es ist nicht da, Martha!" Willy ist inzwischen mit den anderen zu uns gestoßen. „Und Gott sei Dank, kann ich nur sagen! Ich habe es nämlich satt, mir den Arsch mit Blümchenmuster und nur zweilagigem Papier abzuwischen! Ich will *Hakle feucht*!" Er fährt näher an das Regal heran und greift nach einer Dose feuchtem Toilettenpapier. „Wir nehmen dies hier! Mit Vitamin E und Kamilleextrakten! Das scheuert nicht so an meinen Hämorrhoiden!"

„Ich will Blümchen!" Martha ist kurz davor loszuheulen. „Wir haben immer Blümchen!"

Anton rettet die Situation, indem er Martha auf ein anderes Klopapier aufmerksam macht, auf dem rosafarbene Wölkchen aufgedruckt sind. Es ist zwar nicht das Gleiche, aber es scheint Martha zufriedenzustellen, zumindest für den Augenblick. „Und das *Hakle feucht* nehmen wir zusätzlich!"

Doch jetzt hat Anneliese etwas zu meckern. „Die kleinen Wölkchen sind auch nur zweilagig", wendet sie ein. „Ich habe nicht einen Weltkrieg überlebt und anschließend die Trümmer wieder aufgebaut, um mich jetzt mit so einem billigen, recycelten Zeug zufriedenzugeben! Sehe ich aus wie ein Hartz-IV-Empfänger?"

Döring legt wütend einen Achterpack vierlagiges, extraflauschiges Toilettenpapier zu den anderen Produkten. „Zufrieden? Jetzt hat jeder sein eigenes, persönliches Klopapier! Können wir endlich bezahlen gehen? Bitte?"

Mit diesem Kompromiss können anscheinend alle leben und wir machen uns auf den Weg zur Kasse. Während wir anstehen, nimmt mich der Sozialarbeiter zu Seite und fragt mich, ob ich jetzt verstehe, wieso dieser Einkauf den höchsten Stressfaktor seines ganzen Arbeitsbereiches besitzt. „Die alten Leutchen sind wie ein Flohzirkus und ich bin ihr Dompteur", stöhnt er. „Kaum hat man den einen zur Ordnung gerufen, tanzt der nächste aus der Reihe. Selbstständigkeit im Alter in allen Ehren, aber warum kann man ihnen den Einkauf nicht einfach nach Hause liefern? Das kostet erheblich weniger Zeit und Nerven. Aber Sie scheinen ja die Ruhe wegzuhaben. Wie ein Fels in der Brandung."

Ich will gerade antworten, dass ich das alles gar nicht so turbulent fand, als die Eingangstür aufgeht und Manfred mit seinem Ersatzmann hereinspaziert. Ich erkenne sie sofort. Das Kind trägt wieder Baggies und Adidasschuhe. Instinktiv ducke ich mich und verstecke mich im Gang mit den Süßwaren, hinter dem mannshohen Pappschild eines Kinderüberraschungseis mit Augen, Mund und Händen. Döring sieht mich an, als hätte er soeben den Glauben an die Menschheit verloren, aber darum kann ich mich jetzt nicht kümmern. Wieso ist Manfred nicht zur Arbeit gegangen? Hat er sich freigenommen? Was macht er hier mit dem Kerl?

Anton schlendert zu mir herüber. „Willst du noch Schokolade mitnehmen? Dann mach es aber bitte so, dass Anneliese es nicht sieht."

Manfred und der Ersatzmann sind mittlerweile im Gang nebenan beim Kaffee und den Marmeladen angekommen. Zwischen den *Mars*-Riegeln und der Vollmilchschokolade ist ein Spalt in dem Regal, durch den ich die beiden beobachten kann. Manfred sieht glücklich aus, als ob unser Krach und meine Abwesenheit ihn nicht im Geringsten stören würden. Seine Hände hat er lässig in seinen Hosentaschen verborgen.

„Die Männer da", zische ich Anton zu. „Der linke ist mein Freund und der andere anscheinend sein Liebhaber. Vielleicht aber auch ein Stricher, er ist noch so jung! Ich will nicht, dass sie mich sehen! Ich habe sie vorgestern sozusagen auf frischer Tat ertappt! Und heute Morgen auch!"

„Oh", sagt Anton und nickt. „Verstehe. Aber warum gehst du nicht hin und forderst eine Erklärung?"

„Wir haben eine offene Beziehung", informiere ich ihn. „Aber das da war … nie geplant."

„Was ist eine offene Beziehung?", will Anton wissen.

„Na ja …" Ich muss einen Moment überlegen, bevor ich die Grundelemente des Arrangements zwischen mir und Manfred wieder zusammenkriege. „Jeder darf nebenher so seine Abenteuer haben, nur Gefühle sollten dabei außen vor bleiben. Bisher hatten wir auch nie Probleme. Es war mir eigentlich immer egal, was Manfred nebenher macht … ich meine, nach zehn Jahren …"

Ich komme ein wenig ins Schleudern und Anton schüttelt den Kopf. „Ich wünschte, ich hätte zehn Jahre gehabt mit deinem Vater. Aber er hat sich auf eine viel drastischere Weise aus dem Staub gemacht! Das da …", er deutet auf Manfred und den Ersatzmann, „das sind nur Kleinigkeiten!"

Es ist schon das zweite Mal, dass er die Vergangenheit falsch interpretiert. „Mein Vater hat sich nicht umgebracht!", widerspreche ich. „Ich weiß nicht, wie du darauf kommst!"

Anton will gerade den Mund aufmachen, aber in diesem Moment gehen Manfred und der fremde Kerl Richtung Kühltheke und ich nutze die Gelegenheit, um mich zur Kasse und dann aus dem Supermarkt zu schleichen.

Es dauert nicht lange, bis wir uns alle wieder vor dem Wagen treffen. Auf der Rückfahrt verteilt Anneliese *Ferrero Küsschen*, die sie an der Kasse hat mitgehen lassen, während Willy mit seinem Gemecker über die mangelnde Breite der Kassenschleusen für Rollstuhlfahrer die Kassiererin abgelenkt hat. Sie machen das bei jedem Supermarktbesuch, erklärt Anneliese. Die Masche funktioniert immer. Döring will nichts von der Schokolade abhaben.

Anton trommelte unruhig auf den kleinen Tisch, an den er sich im Café Wahlen gesetzt hatte, und beobachtete den Verkehr auf den Ringen, die Gäste an den Nebentischen. Gedeckte Anzüge, gedeckte Kleider, nur hin und wieder ein vorsichtiger Farbklecks. Ein pinkfarbenes Kopftuch, ein roter Lippenstift, ein gewagter Gelbton im Kostüm, ein Paar weiße Handschuhe. Karos schienen diesen Sommer auch groß in Mode zu sein. Anton wünschte, er wäre dreißig Jahre früher geboren und in den zwanziger Jahren jung gewesen. Was musste das für ein aufregendes Jahrzehnt gewesen sein: Josephine Baker, Houdini, Kabaretts, Nachtklubs. Er hatte Bücher darüber gelesen, die seine Sehnsucht nach Aufregung, Abenteuer und Freiheit geweckt hatten – und stattdessen war er im Jetzt gefangen, in der spießigsten und grauesten aller vorstellbaren Zeiten, vor einem Stück Sachertorte, einem Kännchen Kaffee und einer adrett beschürzten Bedienung, die vor jedem Gast einen Knicks machte und mit scheuen Rehaugen jeden jungen Mann als potenziell heiratsfähigen Kandidaten unter die Lupe nahm. Dabei müsste dem Mädchen doch mittlerweile klar sein, dass er bestimmt nicht in Frage kam, er war schon häufiger mit Herbert hier gewesen.

„Darf es noch etwas sein, der Herr?" Das Serviermädchen hatte eine gewisse Ähnlichkeit mit Sonja Ziemann, etwas an ihrer Frisur erinnerte ihn an die Schauspielerin.

Anton schüttelte den Kopf. Er hatte genug Kaffee getrunken. „Können Sie mir sagen, wie spät es ist, Fräulein?" Er besaß noch immer keine eigene Uhr, die Anschaffung überstieg seine Möglichkeiten.

„Halb fünf, der Herr."

Herbert war schon wieder zu spät, womit bei Anton erneut die Alarmglocken zu läuten begannen. Herbert hatte die deutschen Tugenden bis ins Blut verinnerlicht: Fleiß, Zuverlässigkeit und Pünktlichkeit – er musste preußische Vorfahren haben. Ließ er eine dieser Tugenden schleifen, so war etwas nicht in Ordnung. Und Anton hatte eine vage Ahnung, worum es sich dieses Mal handeln würde. Im Grunde ging es immer um dasselbe: Herberts Furcht, dass jemand herausbekommen könnte, was mit ihm los war.

Anton blickte der vorbeiratternden, gelben Ringbahn hinterher, aber Herbert schien nicht unter den Fahrgästen zu sein. Die Bahn stockte, auf den Gleisen war eine Isetta liegengeblieben. Sofort brach der Verkehr zusammen und staute sich die halbe, viel zu schmale Ringstraße entlang, die Trillerpfeife auf den Lippen des Schutzmannes erwies sich als nutzlos. Die Frau am Steuer kletterte über den Vorderausstieg nach draußen und starrte hilflos auf das qualmende Fahrzeug.

Natürlich hatte man es nicht einfach, wenn man so war wie sie beide, so viel gestand Anton seinem Freund zu. Der Paragraf 175 hing über ihren Köpfen wie ein Damoklesschwert, bereit, jederzeit auf sie niederzustürzen. Verstellen, Versteckspielen, Heimlichkeit, all das gehörte dazu, wenn man lieber mit Männern als mit Frauen klüngelte. Da waren die zwanziger Jahre bestimmt angenehmer gewesen. Aber immerhin wurden Männer wie sie nicht mehr ins KZ gesteckt, das war doch schon ein Fortschritt! Gerade in Köln ließ es sich als Homosexueller recht passabel leben; die Stadt war groß und tolerant genug, um es bei kleineren Schikanierungen zu belassen. Im Grunde konnte man sich ganz gut arrangieren. Aber Herbert vermutete hinter jeder Ecke einen Polizisten, einen Moralapostel, einen Sittenwächter, der ausgerechnet ihn ans Kreuz nageln wollte.

Anton griff nach einer Ausgabe des *Spiegel* vom vorigen Jahr und blätterte zu einem Artikel über die Nitribitt. Noch immer war der Mord an der Edel-Prostituierten nicht aufgeklärt und noch immer schien sich alle Welt mehr darüber zu empören, wie viel Geld sie angehäuft hatte anstatt darüber, wie sie umgebracht worden war. Erst neulich hatte die *Bild*-Zeitung noch einmal ausführlich berichtet, welche Pelze, Luxuswagen und wie viel Schmuck die Nitribitt zusammengerafft hatte, dabei war sie schon ein drei viertel Jahr tot. Oder war das auch eine alte Ausgabe gewesen? Im Café Wahlen blieben Zeitungen und Zeitschriften häufig monatelang liegen.

Ein Schatten fiel über den Artikel und Anton sah auf. Herbert war doch noch gekommen. Ein freudiges Lachen strahlte auf Antons Gesicht, als er aufstand, und strafte das formelle Händeschütteln Lügen, mit dem sie sich begrüßten. „Ich dachte schon, du kommst nicht mehr!"

Aber Herbert war schlecht gelaunt. Auf seiner Stirn machten sich Sorgenfalten breit. „Ich glaube, es gibt Ärger", begann er ohne lange Vorrede.

„Was für Ärger? Willst du einen Kaffee?"

Herbert winkte unwirsch ab. „Warum hast du mir nichts gesagt?"

„Gesagt? Wovon?"

„Dass dir die Terlinden im Treppenhaus über den Weg gelaufen ist."

„Deine Nachbarin?" Anton musste einen Moment überlegen, dann erst fiel ihm die kurze Begegnung vor ein paar Tagen ein. Er war in Eile gewesen, als er Herberts Zimmer verließ, hatte den Wecker überhört. Der Frühdienst im Agrippabad begann für ihn um sechs Uhr. Gut möglich, dass er in der Hast ein wenig zu laut die Stufen hinuntergepoltert war, aber er hatte sich nichts dabei gedacht. Die Begegnung war so flüchtig gewesen, dass er sie schon fast vergessen hatte.

Jetzt war es Herbert, der nervös auf den Tisch trommelte. „Ich bin sicher, dass sie etwas ahnt. Sie hat so komische Bemerkungen fallen lassen … was für ein netter, junger Mann du doch wärst …"

„Na und? Bin ich doch auch!" Anton versuchte, den Vorfall herunterzuspielen.

„… und wie rücksichtsvoll und leise du immer meine Zimmertür hinter dir zuziehen würdest. Immer!", wiederholte er. „Sie spioniert uns also schon eine ganze Weile hinterher."

„Jetzt hab dich nicht so, Herbert. Sie hat doch nichts gesehen! Oder glaubst du, sie linst durch das Schlüsselloch?"

Herbert ließ sich nicht beirren. In seinen Tonfall mischte sich aufkeimende Hysterie. „Ihr Mann war in der Partei, ein ganz Fanatischer! Die kann Leute wie uns nicht ausstehen!" Er senkte die Stimme. „Homosexuelle sind für die der Abschaum der Menschheit, genauso schlimm wie Juden! Wenn die Terlinden mit meiner Wirtin tratscht, dann ..."

„Ich bin ihr nur ein Mal über den Weg gelaufen. Sie hat keine Ahnung, wie oft ich bei dir bin!"

„Trotzdem!" Herbert lehnte sich zurück und holte tief Luft. Seine Unterlippe zitterte. „Ich kann mein Zimmer nicht aufs Spiel setzen. Das Ganze war ein Fehler! Wenn die merkt, dass ich mit 175ern Kontakt habe, dann stehe ich auf der Straße. Wir können uns bei mir nicht mehr treffen, jedenfalls eine Zeitlang nicht."

„Was soll denn das heißen: mit 175ern Kontakt haben?", brauste Anton auf. „Du bist doch selber einer!"

„Nicht so laut! Bist du wahnsinnig?" Herbert sah sich ängstlich um. Sein Blick blieb an Antons leerer Kaffeetasse hängen, als ob er es nicht wagte, seinem Freund in die Augen zu schauen. „Ich bin anders als du ... ich kann so nicht leben. Ich will ein normales Leben haben, ohne diese Heimlichkeiten."

Anton traute seinen Ohren nicht. In den ganzen letzten Monaten war das Thema nicht mehr angesprochen worden, er hatte es mittlerweile für erledigt gehalten. Jetzt riss ihm langsam der Geduldsfaden. „Du bist genauso vom anderen Ufer wie ich! Hör endlich auf, dir etwas vorzumachen! Hast du das immer noch nicht begriffen?"

Herbert schüttelte den Kopf. „Ich will auch mal Frau und Kinder. Ich will ein Heim", sagte er.

„Du hast doch noch nie mit einer Frau gebumst! Du weißt überhaupt nicht, ob dir das gefallen würde!" Anton senkte die Stimme, als sich ein paar schockierte Gesichter zu ihnen drehten.

„Ich kann es ausprobieren. Andere schaffen das auch!", erwiderte Herbert.

Anton sah ihn fassungslos an. „Machst du jetzt gerade mit mir Schluss?" Für einen Moment sah er noch einmal den verzweifelten, liebestrunkenen Ausdruck in Herberts Gesicht, als er ihn mitten in der Nacht vor seiner Tür aufgelesen hatte. Damals, vor wenigen Monaten, war er sicher gewesen, dass Herbert sich entschieden hatte. Kinder und Besoffene sagten die Wahrheit. Dieses Gerede von Heim und Familie war doch nur vorgeschoben, eine billige Ausrede! „Du kannst dich nicht gegen die Natur stellen. Du würdest nur unzufrieden werden."

„Unzufrieden vielleicht, aber nicht unglücklich", widersprach Herbert leise und sah Anton endlich an. „Es gibt Mittel und Wege, die Sache zu heilen! Ich habe erst vor ein paar Tagen einen Artikel …"

„So ein Unsinn!", unterbrach Anton ihn wütend. „So was muss ich mir nicht anhören!" Er warf seine Serviette wie einen Fehdehandschuh auf den Tisch und legte ein paar Geldmünzen daneben. „Wir sind nicht krank! Uns muss man nicht heilen, genauso wenig, wie wir die deutsche Jugend verführen! Das schreiben sie doch auch immer in der Zeitung! Oder glaubst du das etwa auch?"

„Ich …"

„Also, wenn du das glaubst, dann bist du derjenige, der nicht ganz richtig tickt! Uns hat es schon immer gegeben! Bei den Griechen, bei den Römern … und sogar bei den Nazis! Die wollten es bloß nicht wahrhaben! Finde dich endlich damit ab!" Er sprang auf und ließ den verdatterten Herbert einfach sitzen. Er hatte genug gehört. Zornig und mit weit ausholenden Schritten lief er die Hahnenstraße hinunter Richtung Neumarkt, vorbei an den einstöckigen Geschäftsläden, den ersten, die schon Ende der vierziger Jahre auf den Trümmern gebaut worden waren.

Anton war gewiss niemand, der aktiv für die Verbesserung der Situation von Menschen mit seiner Veranlagung eintrat, der Aufwand war ihm zu mühsam, die Aussichten gleich null und eigentlich ließ es sich doch auch so ganz gut leben – aber die Realitätsverweigerung, der sich Herbert hingab, war ihm zuwider. Er hatte nun mal diese besondere Veranlagung und versuchte, das Beste daraus zu machen. Und Herbert würde gut daran tun, es ähnlich zu handhaben. Er sollte mal … Anton hielt mitten in seinem Laufschritt inne und rannte zurück, so schnell er konnte. Als er von weitem Herbert noch immer an dem kleinen Cafétisch sitzen sah, atmete er auf.

„Du kannst tun und lassen, was du willst!“, keuchte er, als er wieder vor Herbert stand. „Aber du schuldest mir noch was! Bevor du dich ins Unglück stürzt und ein ‚anständiger‘ Mensch wirst, musst du dir erst einmal die Welt ansehen, die du so sehr ablehnst! Am Wochenende wirst du mit mir einen Zug durch die Gemeinde machen!“

„Du meinst … in diese Lokale?“ Herbert sah entsetzt zu ihm auf.

„Genau, in diese Lokale! Die Welt von uns 175ern“, er legte beißende Ironie in den Ausdruck, „besteht nämlich nicht nur aus vergammelten Luftschutzbunkern, Pissoirs und dunklen Ecken, in denen verklemmte Familienväter, wie du in wenigen Jahren einer sein möchtest, ihren Trieb auf die Schnelle befriedigen! Ich habe Freunde, mit denen ich mich in diesen Lokalen treffe, Menschen, die ich seit Jahren kenne und die für mich wie eine Familie sind, die zu mir halten … und du wirst sie dir gefälligst als mein Freund ansehen und sie kennenlernen, bevor du das Ufer wechselst!“

„Ist das ein Vorschlag oder eine Drohung?“

„Das ist ein Waffenstillstandsangebot … oder ein Abschiedsgeschenk, das du mir machen kannst. Sieh es, wie du willst.“

Herbert schwieg lange und starrte auf die Straße. Das Bimmeln einer weiteren Straßenbahn schreckte ihn auf.

Die Isetta war inzwischen von einigen Männern einfach zur Seite gehoben worden, der Verkehr begann wieder zu fließen.

„Ach, Kerl …“, seufzte er schließlich.

Diese zwei Worte, dieses resignierte „Ach, Kerl …“, sie treiben mir die Tränen in die Augen und ich verliere beinahe die Fassung. Wie kann es sein, dass wir beide, mein Vater und ich, die gleiche Redewendung benutzen? In den gleichen Situationen? Es ist, als streckte er durch die Jahrzehnte die Hand nach mir aus.

„Also, was genau ist eigentlich los?“ Anton sieht mich mit einem Blick väterlicher Strenge an. „Zwischen dir und deinem Freund … wie heißt er noch?“

Es dauert einen Moment, bis ich mich gefangen habe und antworten kann. „Manfred.“ Wir sitzen in der Küche, zusammen mit den anderen, nur der Sozialarbeiter hat uns nach dem Einkauf erleichtert verlassen. Anton hat Tee aufgesetzt. „Ich möchte nicht darüber reden.“

„Wenn es dich stört, dass wir zuhören, dann musst du es sagen, Junge!“, sagt Anneliese schnaufend. Sie wechselt gerade Willys Urinbeutel und ich ekele mich ein wenig. Wieso erledigen die beiden das nicht im Bad?

„Ich will mir das sowieso nicht anhören!“, erklärt Willy und zündet sich eine seiner stinkenden Zigaretten an. „Das Herzeleid von warmen Brüdern! Pah!“

„Warst du nie unglücklich verliebt?“, fährt ihm Anneliese über den Mund.

„Doch, natürlich!“, brummt Willy. „Aber in eine Frau, wie es sich gehört! Und ich hab mich auch nicht zwischen Supermarktregalen herumgedrückt und ihr nachspioniert! Ich hab es genommen wie ein Mann!“

„Ach, und was heißt das?“ Ich kann mir die Frage nicht verkneifen.

„Ich habe mich ordentlich volllaufen lassen, und am nächsten Tag war es gut!"

„Männer!", sagt Anneliese verächtlich. „Sie sind sogar dann noch blöde Machos, wenn sie im Rollstuhl sitzen und nicht mehr selbstständig pinkeln können!"

„Ich war auch einmal unglücklich verliebt", wirft Martha plötzlich ein. „Das muss 1946 gewesen sein." Sie hat die ganze Zeit selbstvergessen mit einer Plastikfigur aus ihrer Cornflakespackung gespielt, aber jetzt, wo ihr Langzeitgedächtnis anspringt, ist sie plötzlich hellwach und kann sich an alle Einzelheiten erinnern. „Da war ich gerade siebzehn oder achtzehn. Ich bin jeden Samstag mit meinen Freundinnen zum Tanz im Gemeindehaus gegangen und eines Abends war da so ein schmucker amerikanischer Soldat, der mich immer wieder aufgefordert hat." Sie blinzelt uns verschwörerisch zu. „Ein Neger … ein Baum von einem Mann, groß, breite Schultern und diese strahlend weißen Zähne in dem dunklen Schokoladengesicht. Ich hatte ja noch nie zuvor einen Neger gesehen und John – er hieß John – konnte sogar ein paar Brocken Deutsch: ‚Frollein Martha, hubsch sehen Sie aus!' hat er gesagt." Sie kichert verlegen und errötet, aber ich habe keine Ahnung, was ihre Geschichte mit mir zu tun haben könnte. Auch ihre Mitbewohner sehen sich etwas ratlos an, aber sie sind mit Marthas unerwarteten Ausflügen in die Vergangenheit anscheinend bestens vertraut.

„Komm zum Punkt", sagt Willy. „Du warst also ein Besatzerflittchen!"

„War ich nicht!", empört sich Martha. „Meine Mutter hat mir die Hölle heiß gemacht, als sie von John erfahren hat. Ich bekam Stubenarrest und sie hat mir verboten, ihn jemals wiederzusehen. ‚Ein Neger!', hat sie gesagt. ‚Die Nachbarn zerreißen sich das Maul!'"

„Und, hast du ihn wiedergesehen?"

Martha schüttelt traurig den Kopf. „Nein, kurz darauf hat er ein anderes Mädchen kennengelernt, kein Wunder bei dem Männermangel, der damals herrschte. Und ich habe mir die Augen aus dem Kopf geweint.“ Sie krault dem Hund geistesabwesend den Nacken. Sie scheint kurz davor zu sein, den Faden zu verlieren, aber zu einem letzten Kommentar kann sie sich noch aufraffen, bevor ihre Aufmerksamkeit wieder von dem Plastikmonster beansprucht wird. „Was ich damit sagen will, ist, dass man an dem festhalten sollte, was man hat. Sonst ist ganz schnell jemand da, der es einem wegnimmt. Erika hieß sie, ich weiß gar nicht, was John an ihr fand“, fügt sie nachdenklich hinzu. „Gut, sie hatte große Möpse, aber abgesehen davon war sie klein, mit vielen hässlichen Sommersprossen und sie hatte Haar wie Draht, das in alle Richtungen abstand. Ich glaube, sie war Krankenschwester …“ Sie bricht ab und versteckt das Monster zwischen den Äpfeln und Bananen in der Obstschale. „Böser Affe!“, sagt sie. „Die Nachbarn zerreißen sich das Maul!“

Anton seufzt und gießt mir Tee ein. „Nun, Martha hat da einen Punkt …“

„Ich will nicht darüber reden“, wiederhole ich. „Ganz ehrlich? Es geht euch nichts an.“

„Habt ihr Streit gehabt, du und dein Freund?“, fragt Anneliese und tut so, als hätte sie mich nicht gehört. „Ich meine, wenn er sich einen anderen sucht, dann hat das ja meist tiefer liegende Gründe.“

„Ja“, erwidere ich, „es ging um …“ Ich stocke. „Es ging um …“ Aber mir fällt nicht mehr ein, worüber Manfred und ich uns gestritten haben. „Unwichtig“, sage ich mehr zu mir selbst. „Es war unwichtig.“ Ich sehe Anton an. „Ich glaube, dass wir eigentlich nicht mehr wissen, warum wir noch zusammen sind, nach all den Jahren. Besser gesagt, ich scheine es nicht mehr zu wissen. Es ist alles so vorhersehbar, so eintönig geworden.“ Plötzlich erzähle ich den dreien, wie sehr ich mich in den letzten Monaten gelangweilt habe, dass Manfred und ich kaum noch Sex miteinander und uns nur selten etwas zu sagen haben, dass ich seinen Heiratsantrag abgelehnt habe. Wie froh ich war, ihn im Rückspiegel des Autos verschwinden zu sehen, als ich zu meiner Mutter gefahren bin. Bis ich zu der Szene komme, in der ich ihn mit dem Ersatzmann im Haus verschwinden sehe und aus Rache seinen Kotflügel ramme, ist fast eine Stunde vergangen und ich habe eine trockene Kehle.

„Von seinem Freund betrogen zu werden, ihn durchs Küchenfenster auszuspionieren und seinen Wagen schrottreif zu fahren, findest du langweilig?“, fragt Willy nach. „Die Jugend von heute … Was muss denn noch passieren, damit du zufrieden bist?“

„Das ist doch erst eine Entwicklung der letzten Tage! Außerdem geht es darum nicht!“, argumentiere ich. „Es geht doch mehr darum, dass ich mir nicht mehr sicher bin, ob es noch genug Gemeinsamkeiten zwischen uns gibt. Reicht das, was wir haben, aus, um miteinander alt zu werden?“

Die anderen schweigen. Dann sagt Anton plötzlich: „Ich wäre gerne mit deinem Vater alt geworden.“

Neun

Herbert war nervös, als Anton ihn am Samstag abholte. In eine Bar zu gehen, in der nur Männer verkehrten, hatte er sich bisher nicht getraut, auch wenn er genau wusste, wo die Kneipen sich befanden: Rund um den Alter Markt, den Kern der Altstadt, der schon im Mittelalter existiert hatte.

Es waren Etablissements, die einen zweifelhaften Ruf genossen; niemand, der auf einen guten Leumund Wert legte, wollte gesehen werden, wie er das Steinere Kännchen am Perlenpfuhl oder das Caroussel in der Hühnergasse betrat, ganz zu schweigen von der Barberina auf der Hohe Pforte.

Immer wieder war in den Zeitungen von Polizeirazzien in „Homosexuellenlokalen" zu lesen und allein schon diese Tatsache ließ Herberts Fantasie ausschweifen und lasterhafte Exzesse vermuten, auch wenn er keine genaue Vorstellung davon hatte, wie solche Exzesse denn aussehen würden. In seinem Kopf schwirrten Bilder von schmierigen, alten Männern herum, die halbwüchsigen Strichern fünf Mark für eine schnelle Nummer in die Hand drückten und dann mit ihnen auf der Toilette verschwanden. Schon bei dem Gedanken ekelte es ihn.

Als Anton kurz nach acht Uhr an seine Tür klopfte, trug Herbert nur eine Unterhose. Da sein Zimmer nur eine Waschgelegenheit besaß, ging er normalerweise zwei Mal in der Woche ins Agrippabad zum Duschen. Im Winter leistete er sich sogar hin und wieder ein wenig Luxus und mietete dort für ein paar Groschen eine Badewanne; manchmal schmuggelte Anton ihn auch umsonst in die Badeanstalt. Aber heute war die Zeit zu knapp gewesen, er hatte noch bis vor einer halben Stunde in der Kanzlei Überstunden gemacht. Also hatte er mit dem kleinen Waschbecken in der Zimmerecke vorlieb genommen.

„So kannst du nicht ausgehen", sagte Anton. „So kannst du mich höchstens verführen!" Er griff Herbert an den Schwanz, aber seinem Freund war nicht nach Sex zumute.

„Ich weiß nicht, was ich anziehen soll. Was zieht man in einer Homosexuellenbar an?" Allein der Gedanke ließ Herbert in Angstschweiß ausbrechen. Was, wenn ein Nachbar oder Arbeitskollege ihn beim Betreten der Kneipe beobachtete? Einige Kollegen hatten davon gesprochen, nach

Dienstschluss ins Brauhaus Sion zu gehen, das war nicht weit weg von den Lokalen, die Anton ihm zeigen wollte. „Ich glaube, ich kann das nicht!" Mutlos setzte er sich auf sein Bett.

„Du hast es mir versprochen. Danach lasse ich dich in Ruhe normal werden." Anton konnte den Sarkasmus in seiner Stimme nicht unterdrücken.

Herbert schwieg. Er hatte gehofft, dass sich Antons Laune nach dem gestrigen Streit wieder gebessert hätte, aber er hatte sich wohl getäuscht. Er fühlte sich von Antons Entschlossenheit, für klare Verhältnisse zu sorgen, unter Druck gesetzt. Er hatte nie vorgehabt, es so weit kommen zu lassen. Warum konnte nicht alles so weiterlaufen wie bisher, nur dass sie noch ein wenig vorsichtiger waren? Es war doch normal, sich vor einer Entdeckung zu fürchten, das musste Anton doch einsehen! Wenn jemand aus Antons Arbeitsumfeld spitzbekam, dass er ein 175er war, war es um seinen Arbeitsplatz auch geschehen! Niemand ließ einen Homosexuellen in die Nähe von halbnackten, unschuldigen Kindern! Irgendwie konnte Herbert das sogar verstehen. Wenn er Kinder hätte, würde er auch nicht wollen, dass sie mit solchen Menschen in Kontakt kämen. Anton bildete da natürlich eine Ausnahme, der war anders.

Herbert unterbrach seinen verworrenen Gedankengang. Je länger er darüber nachdachte, desto mehr kam er durcheinander. Wenn Anton doch bloß eine Frau wäre, dann wäre alles viel einfacher. Nur, dann könnte ihn Anton auch nicht mehr … Herbert wurde rot und schüttelte unwirsch den Kopf.

„Also, was soll ich jetzt anziehen?"

„Mach dich ein bisschen fein. Dein erster Besuch bei der Mamm muss gebührend gefeiert werden."

„Bei der Mamm?"

„Ein Spitzname der Besitzerin vom Steinernen Kännchen. Bin mal gespannt, ob du sie magst. Sie ist ein bisschen … gewöhnungsbedürftig."

„Inwiefern?"

„Das wirst du schon sehen. Hier – zieh das an: Viel Auswahl hast du ja sowieso nicht." Anton durchwühlte den Kleiderschrank und warf eine dunkle Hose aufs Bett, die Herbert meist im Büro anzog, dazu ein weißes Hemd, die gestreifte Krawatte, die er ihm zu Weihnachten geschenkt hatte, und das hellere der beiden Sakkos, die Herbert besaß. Es war zwar schon etwas dünn an den Ellbogen, aber es würde reichen. Die Mamm achtete auf angemessene, bürgerliche Garderobe. In den neumodischen, enganliegenden Nietenhosen kam niemand durch die Tür. Aber keiner seiner Bekannten wäre auch auf die Idee gekommen, so etwas anzuziehen. Niemand wollte auffallen. Nietenhosen, Lederjacken und Rock'n'Roll waren etwas für Halbstarke, nicht für Männer ihrer Couleur. Man gab sich lieber angepasst, dezent, über jeden Zweifel erhaben.

„Muss ich auch einen Hut aufsetzen?"

Anton begutachtete den abgewetzten, schwarzen Hut, der auf Herberts Schrank lag, drehte ihn in der Hand. „Nein", sagte er. „Lass mal."

Der Weg durch die Südstadt über die Bäche und die Schildergasse war kurz, die Geschäfte hatten schon geschlossen und die Innenstadt war leer. Sie hielten in einer kleinen Seitenstraße vor einem einstöckigen, barackenähnlichen Gebäude, das sich in seiner Schäbigkeit nicht von den vielen anderen unterschied, die kurz nach Kriegsende behelfsmäßig instandgesetzt worden waren und nun langsam, aber sicher Neubauten weichen mussten. Rundherum war die Baracke von Baustellen eingekreist, auf denen neue Häuser hochgezogen wurden, bald würde auch sie verschwinden müssen. Auf der Holzfassade war der Name der Kneipe im kölschen Dialekt zu lesen: „Em steine Kännche". Ein Reklameschild auf dem Dach machte Werbung für die Brauerei, die die Kneipe belieferte. Herbert sah sich mit schlotternden Knien um.

„Dahinten kommt jemand", sagte er und deutete auf einen weit entfernten Fußgänger. „Lass uns später wiederkommen."

Aber Anton hatte schon auf die Klingel gedrückt. Für Herbert verging eine Ewigkeit, bis die Tür geöffnet wurde. „Guten Abend, Paula", sagte Anton und gab einer unscheinbaren, gehbehinderten Frau die Hand. „Ich habe einen neuen Gast mitgebracht. Herbert, das ist die Paula, die Tochter von der Mamm." Die Tür wurde rasch hinter ihnen geschlossen und während Anton Paula ihre Jacken anreichte, sah sich Herbert schüchtern in der neuen Welt um.

Was immer er an Fantasien gehegt hatte, er wurde enttäuscht. Der Gastraum war einfach ausgestattet, fast ärmlich, wie in jeder anderen Eckkneipe auch, mit Holztischen und Stühlen, an denen kleine Gruppen zusammenhockten, allesamt gediegen gekleidet, lachend, Bier trinkend. Der einzige Unterschied bestand darin, dass alle Gäste männlich waren. Herbert wusste nicht recht, ob er diesen Umstand mochte oder nicht. An der rechten Wand vor der großen Fensterfront stand eine Musikbox, die von mehreren jungen Männern unablässig mit Groschen gefüttert wurde und die neuesten Schlager von Caterina Valente und Peter Alexander spielte. Herbert konnte Peter Alexanders weichgespültes Timbre nicht ausstehen. An der hinteren Seite des Raums befand sich ein langer Tisch mit Stühlen und Sesseln, vor einem Kamin, in dem aber kein Feuer brannte. Über dem Stammtisch an der linken Wand schwebte eine dichte Rauchwolke, fast jeder Stuhl war besetzt und auch an der Theke dahinter herrschte rege Betriebsamkeit.

„Die Klappen sind hinter der Theke“, informierte ihn Anton. „Allerdings sind die wirklich nur dazu da, um sein Geschäft zu erledigen, da achtet schon die Toilettenfrau drauf. Aber wenn man sie nett bittet, stellt sie einem ihre Wohnung zur Verfügung, für zehn Mark.“

„Sie kuppelt?“

„Die Mamm weiß das nicht, glaube ich.“

„Ist das die Mamm?“, flüsterte Herbert und deutete auf eine sehr kleine, aber dafür umso dickere alte Frau, die neben der Theke saß, als wäre der Stuhl, auf dem sie Platz genommen hatte, ein Thron und der Schankraum das Reich, in dem sie als Königin regierte. „Raumgreifend“ war das erste Wort, das Herbert zu ihr einfiel. Die Augen der Mamm wanderten unruhig hin und her, schienen alles zu registrieren, was in ihrer Kneipe vor sich ging, auch die Neuankömmlinge hatte sie bereits gesehen. Herbert hatte augenblicklich Respekt vor ihr. Mit der war bestimmt nicht zu spaßen, wenn sie einen nicht mochte.

„Los, komm“, sagte Anton, packte Herbert am Ellbogen und führte ihn quer durch den Schankraum. „Ich muss dich zuerst der Mamm vorstellen, sonst wird sie böse!“ Er grüßte im Vorbeigehen einige der Männer am Stammtisch und Herbert spürte ihre neugierigen Blicke auf sich ruhen. Plötzlich fühlte er sich nackt, wie ein Stück Fleisch in der Auslage einer Metzgerei. Ein Schauer lief ihm über den Rücken.

Die Mamm betrachtete Herbert ebenfalls ungeniert von oben bis unten. „Bist ja ein Hübscher“, sagte sie schließlich und ihre strengen Gesichtszüge entspannten sich ein wenig. „Aber kannst du dich auch benehmen? Ich will hier keinen Ärger!“

„Natürlich“, beeilte sich Herbert zu versichern und kam sich vor wie ein Schuljunge. „Ich werde Ihnen bestimmt keine Unannehmlichkeiten bereiten!“ Er hatte Schwierigkeiten, seine Augen von dem Hund zu reißen, der der Mamm zu Füßen lag. Sein Gesicht sah genauso faltig aus wie das seiner Besitzerin, die Ähnlichkeit war fast unheimlich.

„Ach, Mamm, jetzt sei nicht so streng!", nörgelte Anton. „Der Herbert ist schon ganz verschüchtert."

„Dann macht er wenigstens keine Dummheiten, Liebelein", gab die Mamm schnippisch zurück. Aber Herbert schien seinen Eignungstest bestanden zu haben, denn gleich darauf standen zwei Gläser Kölsch vor ihnen. Hastig suchte er eine Mark aus der Hosentasche, aber Anton hielt ihn zurück. „Die Bedienung macht uns einen Deckel. Wir bezahlen, wenn wir gehen." Er schob Herbert hinüber zu dem Stammtisch, an dem sie schon von sechs Männern verschiedenen Alters erwartet wurden.

„Darf ich vorstellen?", sagte Anton. „Das ist Herbert. Und das sind Ernst, Andreas, Helmut, Klaus, noch ein Ernst und Werner." Herbert gab allen höflich, aber zurückhaltend die Hand. Außer mit Anton hatte er noch nie mit anderen Homosexuellen geredet. Er setzte sich auf einen der freien Stühle neben den ersten Ernst, einen untersetzten Mann mit einem dunklen Schnauzbart und einer Warze neben der Nase. Um seine Nerven zu beruhigen, kippte er das Kölsch in einem Zug hinunter, danach war er ein bisschen weniger aufgeregt.

Ernst bot ihm eine *HB* an, die Herbert dankbar annahm. „Wir haben schon viel über dich gehört!", sagte ein Mann in Herberts Alter und beugte sich vertraulich über den Tisch. Er hatte krauses Haar wie eine griechische Götterstatue und eine römische Nase. Er sah aus wie eines der Fotomodelle aus dem *Weg,* einer der wenigen Zeitschriften, die mit halbnackten Männern in Sportlerposen und unschuldigen Kontaktanzeigen ein homosexuelles Publikum bedienten. Anton hatte ihm ein paar Hefte geliehen. Herbert hatte den Namen des Mannes mit der römischen Nase in der Aufregung schon wieder vergessen. „Du hast dem Anton ganz schön den Kopf verdreht!"

„Ach … äh … ja?", stotterte er und verstummte. Hilflos sah er zu Anton herüber.

Sein Freund klopfte ihm beruhigend auf die Schulter. „Lass ihn in Ruhe, Andi. Es ist Herberts erstes Mal in so einer Kneipe." Aus den Augenwinkeln bemerkte Herbert, dass die Mamm Antons Hand auf seinem Rücken misstrauisch beobachtete. Ihr ganzer Körper schien sich anzuspannen. Gerade als sie den Mund öffnen wollte, zog Anton jedoch seine Hand weg und die Mamm begnügte sich mit einem drohenden Zeigefinger und missmutig gekräuselten Lippen.

„Sie passt auf wie ein Schießhund", bestätigte Ernst Herberts fragenden Blick. „Ein Bützchen und du fliegst raus. So was ist hier nur Karneval erlaubt."

„Man darf sich nicht anfassen?"

„Wo denkst du hin? Natürlich nicht!" Ernst war erstaunt. „Du kannst hier jemanden kennenlernen, mit dem du klüngeln möchtest, aber klüngeln müsst ihr dann woanders."

So genau hatte es Herbert gar nicht wissen wollen. Er hatte auch überhaupt nicht vor, es hier zu treiben, schon gar nicht mit einem der Anwesenden – mit Ausnahme von Anton gefiel ihm keiner –, aber er hatte schon erwartet, dass zumindest ein wenig mehr Körperkontakt erlaubt wäre.

Die Unterhaltung am Tisch schweifte ab, blieb für einen Augenblick an den vielen Baustellen in der Stadt hängen und den ansehnlichen Körpern der Bauarbeiter, die man verstohlen betrachten konnte, kehrte wieder in die unmittelbare Umgebung und zu einem weiteren Neuankömmling an der Theke zurück, der dem zweiten Ernst offensichtlich schöne Augen machte, um dann zum wiederholten Mal den Kardinal der Stadt und seine angebliche Zugehörigkeit zu den Männern vom anderen Ufer zu diskutieren.

„Dieses piepsige Stimmchen!", sagte Klaus, der selber eine näselnde, feminine Stimme hatte und ein glitzerndes Goldkettchen am Handgelenk trug. Herbert sah ihn angewidert an. Er war jünger als Herbert und hatte gerade seine Ausbildung bei einem Versicherungskonzern abgeschlossen – der eigentliche Grund, warum man sich heute versammelt hatte. Klaus' Aussichten waren damit glänzend. Der Arbeitskräftemangel war so groß wie nie zuvor und er hatte fünf Angebote in der Tasche. Noch hatte er sich nicht entschieden, welches er annehmen wollte. „Die Frings'sche ist mit Sicherheit ein 175er!", fügte er hinzu. „Wie die schon den Weihrauch schwenkt, wenn sie durch den Dom schreitet!" Er machte eine tuntige Bewegung mit dem Handgelenk und erntete amüsiertes Lachen, nur Herbert verzog keine Miene.

„Kennt ihr den schon?", fragte Werner plötzlich, ein hochaufgeschossener Mitvierziger mit Geheimratsecken und einem nervösen Zucken im linken Auge. „Da kommt der Frings zusammen mit dem Domprobst zu einer Audienz zum Papst und ..."

„Keine Witze über die Kirche in meinem Haus!" Die Mamm stand plötzlich neben dem Stammtisch und ihre Augen funkelten. „So was gehört sich nicht!"

„Och, Mamm, das ist doch nicht so schlimm!", sagte Anton lachend. „Wir machen doch nur Spaß!"

„Schluss, aus!", herrschte ihn die Mamm an und alle duckten sich erschrocken. Was die Mamm sagte, war Gesetz. Sie duldete keinen Widerspruch.

In diesem Moment klingelte es an der Eingangstür und gleich darauf klopfte es heftig. Paula hinkte zur Tür und öffnete. Zwei junge Männer stürzten atemlos in den Raum. „Es gibt Ärger!", riefen sie. „Eine Bande Halbstarker zieht die Hohe Straße herauf, sie kommen hierher!"

Die Gespräche verstummten für einen Moment und wurden gleich darauf umso lauter. Einige Gäste wollten eilig aufbrechen, aber die Mamm schloss die Eingangstür ab und steckte den Schlüssel ein. „Jetzt Ruhe bewahren“, sagte sie. „Schaltet die Musikbox ab. Ich rufe die Polizei.“ Daraufhin wurde es im Raum noch unruhiger. Ein paar Stimmen protestierten lautstark. Niemand wollte in eine Auseinandersetzung mit einer Gruppe Halbstarker geraten, aber noch weniger wollte jemand mit der Polizei zu tun haben.

„Lassen Sie uns doch gehen!“, rief ein älterer Herr mit schlohweißen Haaren, der zusammen mit zwei Freunden am Kamin gesessen hatte. Panik war deutlich in seinem Gesicht zu erkennen. Vielleicht arbeitete er bei der Stadt oder einer Regierungsbehörde.

„Nichts da!“, erwiderte die Mamm energisch. „Hier sind wir sicherer und außerdem ...“

Ein heftiges Rütteln an der Tür unterbrach sie. „Schwule Säue!“, rief eine betrunkene Stimme. „Jetzt seid ihr dran!“ Zustimmendes Gejohle antwortete ihm. Anscheinend hatte sich vor der Tür eine stattliche Meute versammelt. „Arschficker! Perverse Schweine!“ Ein Stein flog gegen die Fensterscheibe und das Glas splitterte. Draußen wurde gelacht und höhnischer Beifall gespendet. Plötzlich war es mucksmäuschenstill in der Kneipe, kaum jemand wagte zu atmen.

Anton und die anderen sahen sich besorgt an. Es war nicht das erste Mal, dass es Ärger mit randalierenden Halbstarken gab, Schwulenklatschen war eine ihrer Lieblingssportarten. Wenn sie genug Alkohol getankt hatten, zogen sie durch die Stadt, grölend und schwankend. Als Homosexueller war man vor Übergriffen nie sicher, aber in letzter Zeit war die Randale immer aggressiver geworden. Es hatte handgreifliche Auseinandersetzungen gegeben und die Polizei ließ sich viel Zeit, bevor sie aufkreuzte. Meist waren die Jugendlichen dann schon von der Bildfläche verschwunden.

Die alte Tür war der Gewalt von außen nicht gewachsen. Ein paar Schläge mit einem stumpfen Gegenstand, jemand schien sich mit aller Macht dagegen zu werfen und dann gab das Schloss nach. Krachend sprang die Eingangstür auf und machte den Weg frei für ein knappes Dutzend Halbstarker. Die meisten trugen Nietenhosen und Lederjacken, die Haare gekämmt wie Elvis, einige hatten eine Bierflasche in der Hand, zwei oder drei eine Zigarette zwischen die Lippen geschoben. Der Anführer der Bande war ein etwa fünfundzwanzigjähriger Mann mit einem von Aknenarben entstellten Gesicht und einem verächtlichen Zug um die Mundwinkel. In seiner rechten Faust befand sich ein Schlagstock.

„Verlassen Sie augenblicklich mein Lokal!“, brüllte ihn die Mamm tapfer an. „Das ist Hausfriedensbruch! Ich habe schon die Polizei gerufen!“

„Mut hat sie ja!“, murmelte Anton. „Das muss man ihr lassen.“ Er, Herbert und die anderen waren aufgesprungen und hatten sich vor der Theke versammelt. Auch die anderen Gäste hatten sich in vermeintlich sichere Ecken der Kneipe geflüchtet. Wie Schafe vor dem Angriff eines Wolfsrudels schienen sie auf das Unvermeidliche zu warten.

„Halt die Klappe, Muttchen!“, sagte der Anführer. „Du solltest einem ehrlichen Beruf nachgehen, anstatt die Kinderschänder hier zu bedienen. Dem Pack gehört der Schwanz abgeschnitten!“ Zustimmendes Gelächter seiner Kumpanen antwortete ihm und er drehte sich feixend zu ihnen um. „Den schwulen Säuen heizen wir jetzt ein, Leute!“, rief er. Probeweise fegte er mit einer lässigen Handbewegung ein paar Gläser vom nächstgelegenen Tisch. Einige Gäste zuckten verängstigt zusammen, was den vernarbten Halbstarken nur noch mehr anzustacheln schien. Zwei seiner Begleiter postierten sich links und rechts vom Eingang, um jeden Fluchtweg abzuschneiden, die anderen kamen näher. Anscheinend waren sie in Überfällen geübt.

„Lassen Sie uns doch in Ruhe! Wir haben Ihnen doch nichts getan!“, versuchte der Herr mit den weißen Haaren, der sich plötzlich neben Herbert und Anton wiederfand, die aufkommende Schlägerei noch abzuwenden. Seine Stimme klang verängstigt. Herbert erhaschte einen kurzen Blick auf den nackten Unterarm des Mannes, Zahlen waren darauf eintätowiert.

Ein hässliches Lachen des Anführers antwortete ihm. „Uns nichts getan? Du atmest, alte Schwuchtel!“, sagte er. „Das reicht!“ Mit seinem Schlagstock zertrümmerte er die Lehne eines Stuhles, und als ob das das Zeichen zum Angriff gewesen wäre, war auf einmal der Teufel los. Ein Tablett flog in Richtung der Theke und über Herberts Kopf ging plötzlich ein Schauer aus Glassplittern nieder. Ohne Vorwarnung kam einer der Randalierer auf ihn zu und versetzte ihm einen Schlag in die Magengrube, Geschrei ertönte von der anderen Seite des Raums. Stühle und Tische wurden umgestoßen, Herbert ging atemlos in die Knie und übergab sich heftig würgend. Über ihm hieb Anton auf das Gesicht von Herberts Angreifer ein, ohne viel auszurichten.

Jemand schrie verzweifelt: „Wo bleibt denn die Polizei?“ Herbert glaubte, Andreas' Stimme herauszuhören. „Wie ist das denn mög…“ Dann brach der Satz abrupt ab und wurde von Paulas Jammern abgelöst, die sich in ihre Garderobenecke hinter die Mäntel und Jacken gerettet hatte.

An den Rest des Gemenges konnte sich Herbert später nicht mehr genau erinnern, alles ging so schnell. Da war keine Zeit zum Überlegen, zum Nachdenken, um empört zu sein, da waren nur Schläge, die er abwehren musste, Tritte, die schmerzten, und jemand, der Anton mit voller Wucht mit einem Stuhlbein zwischen die Beine schlug. Gerade, als Herbert sich wieder vom Boden aufgerappelt hatte, bemerkte er, wie sich Anton mit schmerzverzerrtem Gesicht zusammenkrümmte.

„Gott!“, stöhnte Anton. „O mein Gott!“ Sein Gesicht war bleich wie eine Wand. Und dann sah Herbert nur noch rot.

Ohne darauf zu achten, was um ihn herum passierte, ging er auf Antons Angreifer los, einen bulligen Kerl, der ein Unterhemd wie Marlon Brando in *Endstation Sehnsucht* trug und unablässig einen Kaugummi kaute, während er Herbert nicht aus den Augen ließ.

„Na, Kleiner, willst du dein Liebchen verteidigen?", fragte er angriffslustig. „Oder bist du derjenige, der die Beine breitmacht? So läuft das doch bei euch Schwulen, oder? Einer macht den Mann und der andere die Frau, stimmt's?"

„Arschloch!", erwiderte Herbert. Noch nie hatte ihn jemand einen Schwulen genannt, das Wort klang nach Schmutz und Abschaum. Herbert fühlte sich besudelt. Plötzlich hatte er keine Furcht mehr, plötzlich kam ihm eine Schlägerei sehr gelegen. Die ganze Zeit hatte er sich in der Gesellschaft von Antons Freunden unwohl gefühlt, war während ihrer Unterhaltung immer stiller geworden. Klaus' weibische Nachahmung des Kölner Kardinals hatte ihn unangenehm berührt; Männer, die einen femininen Anstrich hatten, widerten ihn an. Wenn alle Homosexuellen so waren wie Klaus, dann gehörte er nicht zu ihnen. Sein Gegenüber mochte kräftiger und stärker sein als er, aber Herbert hatte genug Wut im Bauch, um diesen Nachteil auszugleichen: Wut darüber, dass ihn Anton in das Kännchen mitgeschleift hatte, Wut darüber, dass er nicht dazupasste, Wut auf Klaus' Tuckigkeit und Wut auf diese Halbstarken, die seinen Freund vermöbelten.

„Was hast du gesagt, Schwuchtel?", fragte der Stanley-Kowalsky-Verschnitt drohend. Mit einem Hieb zertrümmerte er seine Bierflasche an der Wand und ging mit dem scharfen Flaschenhals auf Herbert zu.

„Arschloch!", wiederholte Herbert ruhig.

„Nicht, Herbert!", warnte Anton keuchend. „Lass dich nicht provozieren!" Er war zwischen ein paar Barhocker gerobbt. Ein wenig Farbe war in sein Gesicht zurückgekehrt, aber er hielt noch immer schützend die Hände vor seine Genitalien.

Aber es war zu spät. Die anderen Halbstarken hatten in freudiger Erwartung eines Zweikampfes schnell einen Kreis um die beiden Gegner gebildet und feuerten ihren Kumpel an. „Los, Freddy, zeig's der schwulen Sau!", „Mach Hackfleisch aus ihm!", „Den schaffst du mit links!" Aufputschendes Klatschen begleitete die Worte. Dies hier war sogar besser, als sie erhofft hatten. Eine aufmüpfige Schwuchtel!

Antons Freunde dagegen trauten sich nicht, Partei zu ergreifen. Verängstigt standen sie noch immer in der Nähe der Theke, wagten nicht, sich in die Augen zu schauen. Auch Anton schien weder willens noch in der Lage zu sein, ihm zu helfen.

Freddys Faust mit der kaputten Bierflasche zuckte nach vorne und Herbert duckte sich nach links weg. Er war noch nie in eine Prügelei verwickelt gewesen, eigentlich verabscheute er Gewalt. Er hatte keine Ahnung, wie die Spielregeln aussahen, wenn es überhaupt welche gab. Aber der Kerl ihm gegenüber schien es ernst zu meinen, schon wieder zuckte seine Faust vorwärts und nur mit knapper Not gelang es Herbert auszuweichen. Die beiden umkreisten sich wie schwerfällige Tänzer und Herbert konnte dieselbe Abscheu und denselben Ekel in Freddys Augen erkennen, den er selbst bei Klaus empfunden hatte. Für einen kurzen Augenblick, einen Moment nur, brachte ihn diese Erkenntnis aus dem Gleichgewicht, ließ seine Konzentration wanken, und Freddy nutzte diesen Augenblick der Schwäche aus. Die Bierflasche schoss erneut nach vorne, während Herbert seine Hände eine Sekunde lang sinken ließ. Herbert spürte einen stechenden Schmerz unterhalb des linken Mundwinkels bis zum Kinn hinunter und schrie auf. Er fühlte, wie das Blut aus der Wunde schoss. Gleichzeitig brüllte einer der Türposten: „Polente!“, und dann hörten alle schon die Martinshörner heranfahren.

„Los, weg hier!“, rief der Anführer der Halbstarkenbande und sprang behände über einige umgeworfene Tische. Zum Abschied warf er einen Stuhl durch die Fensterfront, die daraufhin endgültig zu Bruch ging, und während sich alle noch vor dem Glasregen in Sicherheit zu bringen suchten, verschwanden die Halbstarken genauso schnell, wie sie gekommen waren, als wäre ihre Erscheinung nur ein Spuk gewesen. Der ältere Mann neben Herbert schluchzte leise in sich hinein; der Überfall hatte ihn mehr als die anderen Gäste mitgenommen. Als die Polizei eintraf, war von den Jugendlichen nichts mehr zu sehen.

Aber wenn die Gäste von der staatlichen Ordnungsmacht Hilfe erwartet hatten, dann sahen sie sich getäuscht.

Einer der Beamten begrüßte die Mamm wie eine alte Bekannte. „Na, Mamm, wie oft müssen wir diesen Monat denn noch vorbeikommen?“ Es hörte sich so an, als wäre der Überfall ihre Schuld und als handelte es sich beim Erscheinen der Polizei um einen persönlichen Gefallen, den man der Lokalinhaberin tat.

„Tun Sie endlich etwas gegen diese Randalierer, Wachtmeister Kopischke!“, erwiderte die Mamm empört. „Schauen Sie sich mein Lokal an!“ Mit einer Handbewegung umfasste sie das Trümmerfeld, in das die Halbstarken ihren Gastraum verwandelt hatten. „Wenn das so weitergeht, muss ich dichtmachen!“

„Ich würde Ihnen keine Träne nachweinen“, gab der Polizist barsch zurück. „Wollen Sie Anzeige erstatten?“

„Natürlich will ich Anzeige erstatten!“, fuhr ihn die Mamm wütend an.

Der Beamte seufzte und notierte die Täterbeschreibungen auf einem Notizzettel, dann nahm er mithilfe der Kollegen die Schäden am Inventar auf. „Halbstarke und 175er", murmelte er angewidert. „So was hat es früher alles nicht gegeben."

Anton mischte sich ungeduldig in das Gespräch ein. „Herr Wachtmeister, mein Freund hier ist verletzt! Er ist von einem der Burschen angegriffen worden. Er muss ins Krankenhaus!" Er zeigte das blutige Taschentuch, das er die ganze Zeit auf Herberts Kinn gepresst hatte. Auch auf Herberts Sakko und Hemd war Blut getropft.

„Interessiert mich nicht. Erst, wenn wir alle Personalien aufgenommen haben." Kopischke schaute noch nicht einmal auf.

„Lass gut sein, Anton, ich will keinen Ärger", hielt ihn Herbert zurück. „Ist doch alles halb so schlimm!"

„Halb so schlimm? Der Kerl hätte dich umbringen können!"

„Name?", fragte der Beamte.

„Weiß ich nicht. Er hat sich uns nicht vorgestellt", gab Anton bissig zurück.

„Vorsichtig, Bürschchen, sonst nehmen wir dich und deine Freunde mit aufs Revier! Deinen Namen will ich wissen ... und deinen auch!" Er zeigte mit dem Kinn auf Anton und Herbert.

„Aber ..."

„Na, wird's bald?"

Herbert und Anton nannten widerstrebend ihre Namen und Adressen; die Kollegen des Polizisten nahmen unterdessen die Personalien der anderen Gäste auf, peinlich genau achteten sie darauf, dass sie niemanden übersahen.

„Na, da haben wir ja wieder eine ganze Reihe von Namen zusammen!" Kopischke steckte seine Unterlagen weg und klopfte befriedigt auf seine Jackentasche.

„Was meint er damit?", fragte Herbert leise und sah Anton an.

Sein Freund blickte zu Boden. „Die Polizei sammelt unsere Namen auf einer Art Liste, rosa Liste heißt sie auch. Natürlich nur inoffiziell."

„Heißt das, ich bin jetzt als ein warmer Bruder registriert?" Herbert war entsetzt.

Anton nickte. „Es tut mir leid."

„Und was ist mit den Halbstarken?"

Anton zuckte mit den Schultern. „Ich habe noch nie erlebt, dass irgendjemand von denen Ärger bekommen hat. Immer nur wir. Sie haben auch diesmal keine großen Anstrengungen unternommen."

„Ich verstehe nicht …"

„Dann schauen Sie mal nach draußen, junger Freund", mischte sich plötzlich der ältere Mann neben Herbert verbittert ein. Inzwischen verdeckte der Ärmel seiner Jacke die eintätowierte Häftlingsnummer auf seinem Unterarm. „Die Polizei ist mit einem Streifenwagen gekommen. Sie sind nur zu dritt. Wenn sie wirklich vorgehabt hätten, etwas gegen die Halbstarken zu unternehmen, wären sie mit einem ganzen Einsatzkommando hier aufgekreuzt. Es hat sich nichts geändert."

Herbert sah entgeistert auf den kleinen VW-Käfer der Polizei, der vor dem Laden geparkt war. Damit konnte man beim besten Willen nichts gegen eine Bande Randalierer unternehmen.

„Übrigens haben Sie sehr viel Courage gezeigt, mein Freund. Ich möchte mich dafür bedanken. Das war sehr mutig von Ihnen." Der Mann legte eine Hand auf Herberts Schulter.

Herbert schüttelte den Kopf. „Das war … Ich habe nicht mal nachgedacht."

„Trotzdem." Der Mann zögerte. „Ich möchte mich erkenntlich zeigen, warten Sie …"

Noch während Herbert dachte, er bekäme jetzt Geld in die Finger gedrückt, und zu einer abwehrenden Geste ansetzte, zog der Mann eine Visitenkarte aus seiner Brieftasche. „Darf ich Sie einladen – Sie und Anton – zu einer Feier? In einigen Wochen begehe ich meinen dreizehnten Geburtstag, keine großartige Sache, eher ein kleines Fest mit ein paar guten Freunden und Familienangehörigen. Ich würde mich freuen, Sie ebenfalls begrüßen zu dürfen."

„Dreizehn?", fragte Herbert mit hochgezogenen Augenbrauen. Flüchtig betrachtete er die Karte, auf der der Name „Eberhard Hausmann" und eine Adresse in Köln-Sülz zu lesen war, sogar eine Telefonnummer. Herbert kannte sonst niemanden, der einen Privatanschluss besaß.

Der Mann lächelte. „Es ist der Tag meiner Befreiung aus dem Lager. Mein zweites Leben. Ich weiß, ich bin dieses Jahr ein bisschen spät dran mit dem Feiern, aber im Januar war ich krank."

„Ich ..." Herbert wusste nicht, was er sagen sollte. Er fühlte sich plötzlich nicht gut. Das war alles zu viel.

Der Beamte hatte das leise Gespräch der drei nicht mitbekommen. Jetzt unterbrach er die Unterhaltung und warf einen kurzen Blick auf Herberts Wunde am Kinn. „Muss genäht werden", erklärte er lapidar. „Können Sie laufen oder muss ich auch noch einen Krankenwagen rufen?"

„Danke, ich kann laufen", antwortete Herbert angespannt. Noch mehr Aufmerksamkeit durch die Polizei wollte er nicht auf sich lenken. Es war alles schon schlimm genug, er wollte nur noch weg. Ein Eintrag auf einer rosa Liste! Warum bloß hatte er sich überreden lassen, ins Steinerne Kännchen mitzugehen? Es war Antons Schuld! „Das ist alles ein Missverständnis", versuchte er zu erläutern, „ich gehöre nicht zu denen hier. Ein Bekannter hat mich hier reingeschleppt, wir sind nur durch Zufall ..."

Der Beamte winkte ab und war an Herberts Rechtfertigungsversuchen nicht interessiert.

Kurz darauf war die Polizei verschwunden und die Gäste verließen einer nach dem anderen in gedrückter Stimmung das Lokal.

„Komm, ich bringe dich jetzt ins Krankenhaus. Die Wunde muss ärztlich versorgt werden", sagte Anton. „Wir gehen ins Klösterchen."

Herbert schüttelte den Kopf. „Ich schaff das alleine!"

„Blödsinn! Ich komme mit!", sagte Anton überrascht.

„Nein!" Herberts Reaktion war heftig und kalt. „Ich will nicht, dass du mitkommst! Lass mich alleine." Er drehte sich um und ließ Anton vor der zerborstenen Fensterfront des Lokals stehen.

„Herbert!" Anton lief seinem Freund hinterher und hielt ihn am Ärmel seiner Jacke fest. „Was ist denn los?"

Wütend riss Herbert sich los, mit einer Hand noch immer Antons Taschentuch an die blutende Wunde pressend. „Lass mich in Ruhe!", schrie er aufgebracht und stieß Anton von sich. „Du … du Schwuchtel!"

Als Anton seine Erzählung unterbricht, hat es mir die Sprache verschlagen. Plötzlich ist meine Familiengeschichte um ungeahnte Facetten reicher. Dass ich jetzt weiß, woher mein Vater die Narbe an seinem Kinn hat, ist dabei die geringste Überraschung. Dass mein Großvater gelogen hat, als er behauptete, die Narbe sei nur ein Kratzer auf der Fotografie, wiegt schon etwas schwerer. Aber da ist noch etwas. Etwas, womit ich niemals gerechnet hätte.

„Hausmann?", bringe ich schließlich heraus. „So heißt mein Großvater mit Nachnamen! Und einer seiner Brüder hieß Eberhard! Ich habe ihn nie kennengelernt, ich glaube, er ist in den sechziger Jahren gestorben. Du hast ihn gekannt?"

Es muss sich um ein und dieselbe Person handeln, Großvater hat mir als Kind davon erzählt, dass einer seiner Brüder unter den Nazis ins Lager gekommen ist, eine Häftlingsnummer auf dem Arm eintätowiert hatte, dass er im KZ schlohweiße Haare bekommen hat. Allerdings hat er nicht gesagt, warum er verhaftet wurde. Seine Lippen blieben fest verschlossen, wenn es um Einzelheiten ging, abrupt wechselte er jedes Mal das Thema. Ich hatte den Großonkel nie kennengelernt, er und mein Großvater schienen bis zu seinem plötzlichen Tod keinen Kontakt mehr zu haben. Andeutungsweise hatte ich etwas über ein Zerwürfnis kurz nach meiner Geburt gehört.

„Warum haben sie deinen Bruder verhaftet, Opa? Was hatte er verbrochen?“ Ich war vielleicht dreizehn und draußen in der Nachmittagshitze des Augusttages buk die Sonne den Asphalt weich. Mein Großvater und ich saßen vor dem Ventilator im Schreibwarengeschäft und aßen Lakritzschnecken. Ich trug eine kurze, blaue Hose, ein T-Shirt mit dem Aufdruck *Bärenmarke* und das Leder meiner Sandalen klebte an meinen nackten Füßen. Es war so heiß, dass seit Stunden niemand den Laden betreten hatte.

„Niemand hat gesagt, dass er etwas verbrochen hat!“ Das Gesicht meines Großvaters wurde plötzlich undurchdringlich wie bei einem Kartenspieler in einer der amerikanischen Krimiserien, die ich so gerne sah. „Juden sind auch einfach so verhaftet worden, damals!“

„Aber er war doch kein Jude, oder?“, argumentierte ich.

Mein Großvater schob mir die letzte Lakritzschnecke über den Tresen und aus seiner Hosentasche materialisierten sich fünfzig Pfennige. „Hier“, sagte er, „lauf zum Kiosk und hol ein bisschen Nachschub.“

Die Aussicht auf weitere Süßigkeiten verdrängte die Ungereimtheiten in den Worten meines Großvaters. Als ich zurückkam, hatte er Kundschaft und ich war damit beschäftigt, die Anzahl der Lakritzschnecken in meiner Tüte zu überprüfen. Schon seit geraumer Zeit verdächtigte ich den Kioskbesitzer des Betruges. Das Schicksal meines Großonkels war mir entfallen, es gehörte sowieso einer Vergangenheit an, die für mich als Dreizehnjährigen genauso gut hundert Jahre zurückliegen konnte. Erst jetzt kommt mir in den Sinn, dass mein Großvater genauso ausweichend war wie meine Mutter, wenn es um die Wahrheit ging – nur dass er geschicktere Strategien anwandte.

Dafür interessiert mich die Wahrheit jetzt umso mehr. „Er war auch schwul, der Bruder meines Großvaters?", frage ich Anton.

Der Freund meines Vaters zuckt erneut zusammen, als er das Wort hört. Wir sitzen seit Stunden in der Küche; Martha, Willy und Anneliese haben sich allerdings zurückgezogen. Antons Geschichten langweilen sie, wenn sie nicht selbst darin vorkommen.

„Vielleicht war es deinem Großvater peinlich, vielleicht hat er deshalb den Grund seiner Verhaftung verschwiegen. Einen 175er in der Familie zu haben, war eine große Schande", erwidert er schließlich. „Ich kannte Eberhard schon ein paar Jahre flüchtig, als Herbert und ich ihn an diesem unseligen Abend im Steinernen Kännchen trafen. Er ist im Januar 1945 in Auschwitz befreit worden. Er hat unter den Nazis den rosa Winkel tragen müssen. Einer der wenigen, die überlebt haben. Als Herbert ihn kennenlernte, muss er so um die fünfzig gewesen sein. Er war erheblich älter als dein Großvater, glaube ich." Auch das stimmt. Großvater hat mir erzählt, dass er das Nesthäkchen der Familie gewesen ist, ein unplanmäßiger Nachzügler. Ich kann das alles noch immer nicht glauben.

„Und … seid ihr hingegangen zu der Feier?"

Anton nickt. „O ja", sagt er und seine Stimme klingt fast reumütig. „Ich wünschte, wir hätten es nicht getan."

„Wieso?"

„Weil es der Tag war, an dem Herbert Maria kennengelernt hat."

„Wie bitte?“ Ich komme aus dem Staunen kaum noch heraus.

Anton reibt sich müde über die Augen. „Lass es gut sein für heute, Felix“, sagt er. „Ich bin erschöpft und möchte mich ausruhen. Wir können morgen darüber sprechen.“

„Aber …“ So schnell gebe ich nicht auf. „Du kannst mich doch nicht einfach so hängen lassen!“

„Vielleicht solltest du deinen Großvater fragen“, entgegnet Anton.

„Keine Sorge, das werde ich auch tun“, erwidere ich entschlossen. Wenn ich den alten Mann mit den Dingen konfrontiere, die ich von Anton erfahren habe, wird er sein Schweigen vielleicht endlich brechen. „Trotzdem, wenn du mir nicht wenigstens erzählst, wie Herbert an diesem Tag meine Mutter getroffen hat, kann ich die ganze Nacht nicht schlafen!“

Ich höre mich nicht nur in meinen eigenen Ohren an wie ein trotziges, kleines Kind, auch Anton muss lachen, aber sehr schnell wird er wieder ernst. „Auf dieser Feier von Eberhard im August 1958 waren dein Großvater und einige andere Mitglieder der Familie anwesend. Unter anderem auch Maria, sie war ja Eberhards Nichte.“ Er seufzt und sein Blick ist nach innen gekehrt. „Das war die merkwürdigste Feier, die ich je in meinem Leben mitgemacht habe. Alle haben sich unwohl gefühlt, die Homosexuellen und die Normalen, keiner wollte etwas mit dem anderen zu tun haben – so etwas tat man einfach nicht.“

„Wieso nicht?“, frage ich.

Anton schmunzelt. „Wie naiv du bist, mein Junge! Man merkt, dass du einer ganz anderen Generation angehörst. Ich beneide dich fast ein wenig um deine Unbekümmertheit. Aber damals waren noch die fünfziger Jahre. Es war undenkbar, dass man sich mit Homosexuellen unterhielt, mit ihnen gemeinsam feierte! Nur Eberhard zuliebe waren alle gekommen, einem Auschwitz-Überlebenden schlug man eine solche Bitte einfach nicht ab. Auch wenn die Vergangenheit natürlich mit keinem Wort erwähnt wurde, darüber wurde nur hinter vorgehaltener Hand gesprochen", fügt er nachdenklich hinzu. „Noch so ein Tabuthema damals. Alle wollten nur vergessen und verdrängen. Darin war unsere Generation ganz groß!" Er seufzt und steht auf, ein Zeichen, dass mein Besuch für heute beendet ist. Ich muss zufrieden sein mit den Andeutungen, die Anton preisgegeben hat, aber selbst die bieten Stoff genug, um gedankenversunken nach Hause zu fahren.

Ich komme noch nicht einmal auf die Idee, erneut hinter Manfred und dem Ersatzmann herzuspionieren, so sehr bin ich mit meiner Familiengeschichte beschäftigt. Wieder und wieder gehen mir Antons Worte durch den Kopf, während ich über die Autobahn Richtung Süden zum Haus meiner Mutter fahre. Doch eine Sache kann ich so nicht auf sich beruhen lassen. Noch während der Fahrt greife ich zum Handy und rufe Anton an. Die Telefonummer, die auf Anneliese zugelassen ist, hat er mir vorhin zugesteckt.

„Mein Vater …", sage ich zögernd. „Hat er dich wirklich Schwuchtel genannt?"

„Ja", erwidert Anton knapp und ich meine herauszuhören, wie sehr ihn diese Beleidigung auch noch nach Jahrzehnten trifft. „Ich habe dich gewarnt, Felix", fügt er hinzu. „Nicht alles, was ich dir über Herbert erzählen kann, wird dir gefallen. Er war ein zutiefst unglücklicher Mensch. Jemand, der nie gewusst hat, wo er hingehört."

Und zum ersten Mal in meinem Leben verachte ich meinen Vater.

Zehn

Am nächsten Tag schlägt das Wetter um. Das ganze Wochenende und den Montag über war es regnerisch, kühl und windig, aber heute liegt eine merkwürdig feuchte Wärme in der Luft. Sie drückt auf meinen Schädel und ich habe schon Kopfschmerzen, als ich aufwache. Selbst der Hund scheint die Wetteränderung zu merken: Faul und schlaff liegt er im Weg herum, immer gerade dort, wo ich hinmöchte.

Trotz eines starken Kaffees und ein paar Tabletten werden die Kopfschmerzen nicht besser, im Gegenteil, mehr und mehr beginnen sie sich zu einer handfesten Migräne auszuwachsen. Die ganze rechte Seite meines Kopfes pulsiert. An eine Fahrt nach Köln ist nicht zu denken. Ich rufe bei Anton an, aber erreiche stattdessen Willy, der mir vage verspricht, Anton die Absage auszurichten. Erst will ich mich für den nächsten Tag anmelden, aber dann fällt mir ein, dass Mittwoch die Beerdigung meiner Mutter stattfindet.

„Sonst noch was?" Willy hat schlechte Laune, es ist noch keine zehn Uhr.

„Nein", erwidere ich. „Das war's."

„Gut." Willy atmet schweigend ins Telefon.

„Ist noch was?", frage ich überrascht.

„Der Anton ist ein Prachtkerl, auch wenn er ein 175er ist", bekomme ich zur Antwort. Es klingt wie eine Drohung.

„Ich weiß", sage ich vorsichtig.

„Dann solltest du nicht mehr wiederkommen."

Ich zucke zusammen. „Und warum?"

„Du wühlst die Vergangenheit auf. Manche Dinge bleiben besser begraben." Willy schnauft jetzt wie ein obszöner Anrufer. „Seit Anton von dir weiß, ist er … anders. Er denkt zu häufig an früher. Das ist nicht gut. Du bist nicht gut für ihn, Junge", erklärt er schroff.

Ich bin bestürzt. Mir fällt Antons Wutausbruch ein, als er mich bei unserer ersten Begegnung für meinen Vater gehalten und angebrüllt hat. Vielleicht hat Willy Recht, vielleicht sollte ich Anton nicht mehr besuchen. „Das ... das wollte ich nicht", stottere ich. „Aber er ist der Einzige, der mir etwas über meinen Vater erzählen kann. Was soll ich denn tun?"

Ich erwarte, dass mir Willy noch einmal zu verstehen gibt, mich zu verkrümeln, aber ihm schwebt etwas ganz anderes vor. „Lade ihn zur Beerdigung deiner Mutter ein", sagt er und dieses Mal hört es sich wie ein Befehl an.

„Was?"

„Es wird ihm besser gehen, wenn er sieht, dass die Alte unter der Erde liegt", erklärt Willy in seiner ruppigen Art. „Dann hat die Geschichte ein Ende, auch für Anton."

„Ich verstehe nicht ganz ..."

Willy seufzt ungehalten, als wäre ich schwer von Begriff. „Ich sehe das so: Er und deine Mutter haben eine Art Wettkampf um deinen Vater geführt und er hat verloren. Wenn Anton aber jetzt sieht, dass er sie überlebt hat, dann wird ihm das eine gewisse Befriedigung verschaffen. Eine Art späte Genugtuung." Er spürt meine Skepsis. „Die Menschen sind einfach gestrickt", setzt er hinzu. „Glaub mir, Junge, ein bisschen Schadenfreude wäre Balsam auf Antons verwundete Seele."

„Seine verwundete Seele?", frage ich. „Was meinst du damit?"

„In dieser gottverdammten Wohngemeinschaft leiden alle unter Schlaflosigkeit", fährt er mich an. „Wir hatten also lange genug Zeit, uns unsere Lebensgeschichten zu erzählen. Mir fehlt zwar jedes Verständnis für diese Art von ... Freundschaft, aber so wie ich das sehe, war dein Vater die Liebe seines Lebens."

„Aber das Begräbnis ist schon morgen Vormittag", wende ich schwach ein. „Wie soll er denn hierherkommen?"

„Morgen?“ sagt Willy. „Kein Problem. Wir organisieren das.“ Dann brüllt er plötzlich so laut, dass mir das Ohr wehtut: „Anneliese! Ruf Döring an! Wir brauchen ihn und den Wagen! Wir fahren morgen auf die Beerdigung von Felix' Mutter!“ Ich höre, wie ihm eine aufgebrachte Stimme antwortet, und dann wendet sich Willy wieder an mich. „Die Dicke hat ausnahmsweise Recht. Wie soll sie telefonieren, wenn ich den Apparat in Beschlag nehme? Also, wir sehen uns morgen!“

Ich kann Willy gerade noch Adresse und Uhrzeit durchgeben, bevor er hastig das Gespräch beendet. Benommen vor Kopfschmerzen torkele ich zurück in mein altes Kinderzimmer, ziehe die Jalousien herunter und werfe mich aufs Bett.

Seit dem Tod meiner Mutter sind so viele Dinge geschehen, auf die ich keinen Einfluss habe. Ich hasse es, den Ereignissen ausgeliefert zu sein. Wehmütig denke ich an die vergangenen Jahre mit Manfred, in denen das Leben ein langer, ruhiger Fluss war. Plötzlich kann ich der Langeweile, die ich in dieser Zeit verspürt habe, etwas Positives abgewinnen. Dann endlich falle ich in einen tiefen, traumlosen Schlaf.

Herbert erwachte aus einem tiefen Nachmittagsnickerchen, als er den Regen auf das Dach schlagen hörte. Erst dicke, einzelne Tropfen, die auf die Ziegel über seinem Kopf klatschten, und dann ein beständiger, heftiger Regen, als würden tausende kleiner Käfer über das Dach hasten. Teilnahmslos beobachtete er den langsam größer werdenden Wasserfleck an der Decke, wo sich ein paar morsche Dachziegel befanden. Normalerweise hätte er seine Wirtin auf den Schaden aufmerksam gemacht, aber im Moment konnte er sich nicht dazu überwinden, ihr unter die Augen zu treten. Sie wusste es, er war sich sicher. Sie wusste über ihn Bescheid.

Neulich, als er zur Mülltonne ging, war er ihr und der Terlinden begegnet, hatte beiden freundlich zugenickt, höflich „Guten Morgen!" gesagt, aber sie hatten durch ihn hindurchgesehen und weiter die Köpfe zusammengesteckt. Auf dem Weg zurück hatte er sich im Hausflur an den tratschenden Weibern vorbeigequetscht und in die plötzlich auftretende Stille war ein Wort gefallen, so leise, dass es kaum seine Ohren erreicht hatte. Aber dennoch hatte er es gehört: „Kinderschänder!" Er hatte sich umdrehen und leugnen wollen: „Nein, so ist es nicht! So einer bin ich nicht, es ist alles ganz anders!", aber stattdessen war er wie ein geprügelter Hund auf sein Zimmer geschlichen, gedemütigt, schweißnass, zitternd.

Herbert betastete vorsichtig den linken Mundwinkel und das Kinn. Vor ein paar Tagen waren die Fäden gezogen worden, die Wunde war noch immer empfindlich. Der Arzt hatte gesagt, dass höchstwahrscheinlich eine Narbe zurückbleiben werde, ein feiner, dunkler Strich, der mit den Jahren immer blasser werden würde. Anton hatte vorgeschlagen, er könnte sich in der Zwischenzeit ja einen Bart stehen lassen. Aber Herbert rasierte sich weiterhin, trotzig, demonstrativ – damit Anton nicht vergaß, woher die Narbe kam.

Ihr Verhältnis war kühler geworden in den letzten Wochen, auch wenn sie sich wieder regelmäßig trafen. Danach hatte es allerdings erst nicht ausgesehen. Denn auch Anton hatte an jenem verhängnisvollen Abend im Steinernen Kännchen Verletzungen davongetragen, aber seine Wunden waren innerlich. Tagelang schien er auf eine Entschuldigung zu warten, doch Herbert kam kein Wort über die Lippen. Es war zu viel verlangt. Er wollte nicht einer „von denen" sein, und solange er ohne Reue „Schwuchtel" sagen oder denken konnte, war er in der Lage, sich anders zu fühlen, solange gehörte er nicht dazu. Was immer Anton auch sagen mochte, tief im Inneren wusste Herbert, dass es falsch war, wenn zwei Männer es miteinander taten, es war … wider die Natur. Jeder wusste das. Es gab Untersuchungen, Fachliteratur, er hatte sich schlau gemacht. Und trotzdem, etwas in ihm war stärker als seine tiefste Überzeugung, auch wenn er noch so dagegen ankämpfte. Wenn er die Augen schloss und an etwas dachte, das ihn erregte, sah er keine nackte Frau, sondern Anton.

Eine Woche nach ihrem Besuch bei der Mamm hatte sich Herbert daher erneut auf der Straße unter Antons Zimmer wiedergefunden, schon wieder betrunken, schwankend, schon wieder den Namen seines Freundes rufend, obwohl er sich geschworen hatte, Anton niemals mehr begegnen zu wollen. Und Anton war erneut heruntergekommen, hatte Herbert ins Gesicht gesehen, die Verzweiflung in seinen Augen erkannt und die innere Zerrissenheit, die ihn peinigte, und hatte ihn im dunklen Hof des Hinterhauses seufzend in seine Arme geschlossen, auch ohne dass Herbert sich entschuldigte. Vielleicht war Anton Herberts erleichtertes Schluchzen genug. Das Einzige, was er gesagt hatte, war: „Warum kannst du nicht einfach akzeptieren, dass du so bist, wie du bist?“ Aber seine Frage hatte resigniert und enttäuscht geklungen.

Herbert ließ Antons Besuche nur noch einmal die Woche zu und dann auch nur tief in der Nacht, wenn er sicher sein konnte, dass alle Nachbarn schliefen, und er verlangte, dass Anton vor dem Morgengrauen wieder verschwand. Anton musste die Schuhe ausziehen und auf Strümpfen durch den Hausflur laufen. Keine zufälligen Begegnungen mehr im Treppenhaus. Waren sie vor dem Vorfall in der Kneipe etwas weniger umsichtig gewesen, so bestand Herbert nun auf größtmöglicher Vorsicht. Seine Angst, entdeckt zu werden, bekam langsam paranoide Züge, behauptete Anton verärgert. Und ohne es zu beabsichtigen, gab Herbert damit ihrer Freundschaft eine veränderte Bedeutung. Wo vorher die Heimlichkeit eine Notwendigkeit gewesen war, der sich beide notgedrungen unterwarfen, fühlte sich

Anton jetzt schäbig, wenn er zu Herberts Dachkammer schlich.

Wenn Anton ihn besuchte, dann fiel Herbert über ihn her, als ob er ihm beweisen müsste, wer der Mann in ihrer Beziehung war. Immer wieder sah er den Halbstarken mit der Bierflasche vor sich, hörte seine verächtliche Bemerkung: „Bist du es, der die Beine breitmacht?" Nein, das war er nicht. Er war derjenige, der Anton dazu brachte, die Schenkel zu spreizen, er war derjenige, der in ihn eindrang, und ab jetzt würde es immer so sein. Sobald Anton Anstalten machte, die Positionen zu wechseln, schlug Herbert seine Hand weg. Niemand berührte ihn dort hinten. Während sie es taten, fragte sich Herbert manchmal, wie lange es dauern würde, bis Anton die Verachtung spürte, die hinter seinen Augen lauerte, wenn er auf seinen Freund herabblickte. Aber zu seinem Erstaunen mochte Anton die Veränderung, schien sich in seiner Passivität wohlzufühlen. Mit jedem Stoß wurde sein Blick glasiger und sein Stöhnen heftiger. Wenn er kam, spritzte sein Samen bis über sein Gesicht. Herbert hatte das Gefühl, als hätte Anton nur darauf gewartet, dass sein Freund die aktive Rolle übernahm.

Von dort war es nur ein kleiner Schritt gewesen, bis Herbert ohne Antons Wissen die Klappen erkundete, jeden zweiten oder dritten Abend war er unterwegs. Er war schließlich ein Mann und Anton keine Rechenschaft schuldig. Zuerst war er noch nervös gewesen, so nervös wie einige Monate zuvor, als Anton ihn beim Teehäuschen am Rudolfplatz angesprochen hatte, aber bald verflog die Angst. Die Schwulen waren alle gleich. Sobald sie bemerkten, dass Herbert nur die dominante Rolle zu übernehmen bereit war, konnten sie ihn gar nicht schnell genug in eine dunkle Ecke zerren und die Hosen herunterziehen. Wie Vieh, Bückstücke ... Schwuchteln eben.

Nach solchen schnellen Nummern kehrte Herbert in sein Zimmer zurück und wusch sich von Kopf bis Fuß, konnte das Wasser gar nicht heiß genug über seinem Körper verteilen. Erst wenn der Geruch der schmutzigen Lust durch den frischen Duft von Seife verdrängt worden war, fühlte er sich besser. Hinterher hatte Herbert meist ein schlechtes Gewissen Anton gegenüber. Er war dann besonders nett zu ihm, lud ihn ins Kino ein oder schlug einen Ausflug auf seinem Motorrad vor, etwas, womit er Anton immer ködern konnte. Wenn Anton eine Ahnung von Herberts Fremdgehen hatte, dann ließ er sich nichts anmerken, worüber Herbert sehr froh war. Er hätte nicht gewusst, was er zu seiner Verteidigung hätte sagen sollen. Es war alles so anders geworden zwischen ihnen seit jenem Abend, so kompliziert. Zum ersten Mal in seinem Leben fühlte er sich zerrissen. Ein Teil von ihm machte Anton für alles verantwortlich, was geschehen war, ein Teil von ihm hasste ihn für die Erniedrigung, die er erfahren hatte, und wollte es ihm heimzahlen – egal wie. Aber andererseits brauchte er Anton. Er war der Einzige, zu dem Herbert Vertrauen hatte, in dessen Armen er sich ausruhen konnte.

Der Regen ließ nach und Herbert knipste das Radio an. Zu gerne hätte er einen Fernseher besessen, aber die Geräte waren einfach zu teuer. Fast einen ganzen Monatslohn hätte er dafür investieren müssen. Er suchte einen Sender, bis er leichte Unterhaltungsmusik gefunden hatte, ein Schlager von Freddy Quinn und dann *Heiß oder kalt?*, das Quiz mit Kulenkampff. Herbert stand auf und streckte sich. Es war Zeit, sich anzuziehen, Anton würde nach Dienstschluss an der Straßenecke auf ihn warten.

Heute war der Abend, an dem sie bei Eberhard zu Gast waren. Herbert hatte sich extra eine neue Krawatte gekauft, obwohl er gar nicht hingehen wollte.

„Aber wir können nicht nicht gehen!“, hatte Anton argumentiert. „Er hat uns persönlich eingeladen!“

Und weil er am Abend davor auf der Tauzieherklappe mit einem anderen Kerl geklüngelt hatte, hatte Herbert nachgegeben. Immerhin war Eberhard der Einzige gewesen, der im Steinernen Kännchen ein Wort über Herberts Courage verloren hatte.

Das Gewitter hatte sich genauso schnell wieder verzogen, wie es gekommen war. Wie so häufig im Sommer herrschte in der Stadt eine tropische Luft, warm und klamm, vom Asphalt stieg die Feuchtigkeit dampfend nach oben. Herbert begann schon zu schwitzen, als er nach draußen trat.

„Affenhitze!“, murmelte er, als er Anton zur Begrüßung die Hand gab.

„Auch schön, dich zu sehen“, erwiderte Anton und erinnerte Herbert damit daran, dass er etwas gutzumachen hatte. Aber Anton lachte schon wieder sein verschmitztes Bubenlachen, war mit seinen Gedanken schon woanders. „Schau, was ich hier habe!“ Hinter seinem Rücken zauberte er eine Flasche Rotwein hervor. „Das Geschenk für Eberhard. Ein Bordeaux, hat zehn Mark gekostet!“ Das war eine Menge Geld, Herbert hatte noch nie so teuren Wein gesehen, geschweige denn in der Hand gehabt. Er klopfte Anton schuldbewusst und anerkennend auf den Rücken. Sein Freund sah ihn erwartungsvoll an, aber Herbert machte keine Anstalten, sich an dem Geschenk zu beteiligen. Anton öffnete den Mund, um etwas zu sagen, aber dann zuckte er mit den Schultern, ließ das Thema wieder fallen. Herbert hatte weniger Geld als er zur Verfügung und musste die Miete für seine Bude ganz allein aufbringen. Dafür musste er Verständnis haben. Außerdem war es besser, Herbert nicht schon wieder einen Vorwand für schlechte Laune zu liefern, davon hatte er in letzter Zeit mehr als genug gehabt.

Zusammen machten sie sich auf den Weg durch die Stadt. Sie mussten laufen, Herberts Motorrad war kaputt.

„Wir könnten schwarzfahren mit der Straßenbahn!", schlug Anton vor.

Herbert schüttelte den Kopf. „Ich stehe schon auf einer Liste. Ich kann mir nicht noch etwas zuschulden kommen lassen." Eigentlich gefiel es ihm ganz gut, Anton immer wieder an diesen Abend zu erinnern, es verschaffte ihm so etwas wie Macht.

Anton räusperte sich und wechselte das Thema. Mit Herbert umzugehen, war in den letzten Wochen schwierig geworden. Es war besser, ihn wie ein rohes Ei zu behandeln.

„Ich freue mich schon darauf, Eberhard wiederzusehen", sagte er. „Er hat eine Villa mit einem großen Garten. Vielleicht wird ja sogar gegrillt bei dem schönen Wetter."

„Die Familie hat Geld?"

„Zumindest er. Was mit der Familie ist, weiß ich nicht. Aber wir werden sie ja kennenlernen."

„Was macht er eigentlich beruflich?" Bisher hatte er sich nicht weiter für Eberhard interessiert.

„Irgendwas mit Kunst. Frag ihn am besten selber."

„Wird bestimmt eine merkwürdige Feier werden", brummte Herbert. „Warme Brüder und Normale."

„Ach? Zählst du dich jetzt zu uns oder zu den Normalen?" Anton konnte sich die Bemerkung nicht verkneifen.

„Fang nicht schon wieder an!", knurrte Herbert. „Es kann dir doch völlig egal sein, wozu ich mich zähle, solange ich dich … du weißt schon!"

Anton schwieg. Es war ihm nicht egal, aber dieses Thema sorgte immer wieder für Streit und Auseinandersetzungen. Und er hatte keine Lust, sich erneut einen Abend verderben zu lassen. Das war in letzter Zeit häufig genug passiert – immer dann, wenn Herbert glaubte, Anton wollte ihn „bekehren". Dabei wollte er nur erreichen, dass Herbert eine gesündere Einstellung zu sich selbst bekam. Seit er, Anton, sich nicht mehr belog und zu seinem Anderssein stand, fühlte er sich viel wohler in seiner Haut. Und Herbert tat das nicht. Das spürte er, jedes Mal, wenn er ihn berührte.

Aber Herbert hatte Recht. Die Feier war tatsächlich merkwürdig. So viele unterschiedliche Menschen, die normalerweise nie in einem Raum zusammengekommen wären. So viele Verlegenheitshuster, so viele peinlich berührte Blicke. Den meisten Gästen sah man an, dass sie verunsichert waren, Finger fuhren an zu eng sitzende Krawatten, Hände tupften verstohlen mit Taschentüchern über Schweißperlen auf der Stirn. Der steife, formelle Charakter des Anlasses wurde jedoch durch die Hitze gebrochen. Die Männer hatten ihre Jacketts ausgezogen und trugen kurzärmelige Hemden, die Frauen fächerten sich mit Taschentüchern Luft zu.

Nur die wenigsten Gesichter waren Anton und Herbert bekannt. Es waren die, die auch so waren wie sie, und sie alle starrten nervös und unsicher auf ihre Schuhe oder gaben vor, die Bilder an den Wänden zu betrachten. Eberhard sammelte augenscheinlich amerikanische Maler, etwas, wovon die wenigsten etwas verstanden. Die Namen Thomas Eakins oder Edward Hopper hatte keiner von ihnen je gehört. Dann gab es eine Gruppe von älteren Männern, die auch vom anderen Ufer, aber irgendwie anders waren. Viele von ihnen waren gebrechlich, offensichtlich kränklich, und in ihren Gesichtern waren Geschichten zu lesen, die niemand hören wollte. Geschichten von Angst, Verzweiflung und Tod. Ein unsichtbares Band schien sie miteinander zu verbinden, eine Aura erlittenen Unrechts. Sie sprachen leise, die Köpfe zusammengesteckt, die Augen unruhig hin und her irrend. Einige trugen wie Eberhard eine eintätowierte Nummer auf ihrem Unterarm.

Die dritte Gruppe, eingezwängt zwischen einer riesigen Bodenvase mit mannshohen Binsen und einer Stehlampe in moderner Tütenform, bestand aus Geschäftsfreunden und Familienangehörigen des „Geburtstagskindes", darunter zwei Männer, die dem Anschein nach Eberhards Brüder waren, stattlich gebaute Herren mit kleinen Wohlstandsbäuchen. Einer in Eberhards Alter, der andere erheblich jünger, noch nicht einmal fünfzig. Sie hatten ihre Ehefrauen mitgebracht, Matronen, die sich in Korsetts gezwängt hatten und mit Schmuck behängt waren, als ob sie zu einem Galadinner der englischen Königin eingeladen wären anstatt zu einer Cocktailparty. Sie warfen missbilligende Blicke auf die versammelte Gesellschaft, raunten einander hin und wieder Bemerkungen zu und kräuselten die Lippen.

Außer Antons Freunden waren kaum junge Leute anwesend. Nur ein paar Kinder, die die Matronen mit „Oma" ansprachen, sprangen zwischen den Tischen im zeitgenössischen Nierendesign hin und her und stibitzten Leckereien von den aufgestellten Käseigeln. Sie allein schienen die Spannung, die unsichtbar über den Köpfen der Gäste schwebte, nicht zu bemerken. Und dann gab es noch zwei junge Frauen in Antons und Herberts Alter, die geschäftig zwischen den Gästen hin und hereilten, Sekt und kleine Häppchen anboten.

„Eberhard scheint für seine Feier keine Kosten und Mühen gescheut zu haben, wenn er sogar Personal hat kommen lassen!", flüsterte Herbert.

„Das sind keine Serviermädchen", gab Anton zurück. „Beides sind Nichten von ihm, die Töchter seines jüngsten Bruders. Eberhard hat sie mir letztes Jahr vorgestellt, aber ich kann mich nicht an ihre Namen erinnern. Warte … die mit den blonden, hochtoupierten Haaren heißt Erika. Verheiratet mit einem fürchterlich langweiligen Steuerprüfer. Die zwei Kinder gehören zu ihr. Die andere Tochter mit den braunen Haaren und dem gepunkteten Petticoat heißt Maria. Nicht verheiratet … aber wenn du mich fragst, hier wird sie auch niemanden finden, der zu ihr passen könnte, die Ärmste." Er grinste verschmitzt.

„Nein, wahrscheinlich nicht", stimmte Herbert geistesabwesend zu. Seine Augen blieben an Marias schwingendem Petticoat hängen, was Anton nicht entging.

„Hübsches Mädchen, nicht wahr?" Seine Frage hatte einen lauernden, eifersüchtigen Unterton.

„Hm", erwiderte Herbert vage. Je länger er die roten Punkte betrachtete, desto mehr schienen sie ineinander zu verschwimmen.

Eberhard begrüßte die Neuankömmlinge herzlich, als er sie in der Tür entdeckte, und schien sich ganz besonders über Herberts Anwesenheit zu freuen. Augenblicklich zog er Herbert zu den Männern, die mit ihm zusammen das Lager überlebt hatten, und erzählte von Herberts angeblichen Heldentaten, ohne die hochgezogenen Augenbrauen zu registrieren, die dies bei seiner Verwandtschaft hervorrief.

„Ein Mann mit Courage! Davon gibt es heutzutage nicht viele", sagte er beifällig und Herbert wurde rot. Verstohlen kippte er zwei Gläser Sekt nacheinander hinunter. Er fühlte einen Schweißfilm auf seinem Nacken, der sich langsam, aber sicher bis auf seinen Rücken ausbreitete. Innerlich verfluchte er Anton, ihn mitgeschleppt zu haben.

Angestrengte Unterhaltungsfetzen geisterten durch den Raum: das Wetter, Sport, Politik. Erst als jemand den Plattenspieler in der Musiktruhe anwarf, Swingmelodien die immer wieder entstehenden peinlichen Gesprächspausen überbrückten und Eberhard seinen Gästen erklärte, dass aufgrund des schönen Wetters – ganz wie Anton gehofft hatte – im Garten gegrillt würde, lockerte sich die Stimmung allmählich. Die Aussicht, im Freien flanieren zu können und nicht über mehrere Stunden mit wildfremden Menschen in einen Raum eingepfercht zu sein, trug erheblich dazu bei. Bei Herbert war es jedoch auch sicher der

Sekt. Mittlerweile war er beim fünften Glas angelangt und er hatte kaum etwas gegessen über den Tag.

Anton war nirgendwo zu sehen. Noch eben war er in einen Tratsch mit Klaus vertieft gewesen, sodass Herbert das Weite gesucht hatte. Etwas trittunsicher schlenderte er in den Garten und stellte sich abseits der Menschen neben einen rot blühenden Hibiskus. Der Wind trug den anregenden Duft von gebratenem Fleisch zu ihm herüber und sein Magen begann zu knurren.

„Sie sind zum ersten Mal hier!", stellte plötzlich eine Stimme neben ihm fest. „Ihr Gesicht habe ich hier noch nie gesehen!" Herbert zuckte zusammen. In Gedanken versunken hatte er nicht bemerkt, wie Maria sich zu ihm gesellte.

„Meu … Meurer. Herbert Meurer", stellte er sich stotternd vor und bemerkte verschämt, dass er schon wieder rot wurde. „Ich bin mit einem Bekannten hier … Anton Kortniak … ich weiß nicht, ob Sie ihn kennen, Fräulein …?"

„Maria. Ich bin die Nichte von Onkel Eberhard. Und ja, ich kenne Anton, wenn auch nur flüchtig. Onkel Eberhard hat darauf bestanden, ihn mir im letzten Jahr vorzustellen." Sie sagte es mit einem Tonfall, der Desinteresse und Abneigung andeutete, was ihr im nächsten Moment sehr peinlich zu sein schien. „Verstehen Sie mich nicht falsch", beeilte sie sich zu versichern, „ich habe nichts gegen Menschen, die … die anders sind, und ich bewundere meinen Onkel, der für seine verhängnisvolle Neigung so furchtbar gelitten hat, aber …" Ihre Stimme verstummte und sie sah verschämt auf die Spitzen ihrer weißen Pumps. „Es tut mir leid, ich wollte Ihnen nicht zu nahe treten."

Herbert schluckte. „Das sind Sie nicht, Fräulein Maria." Die Versuchung, den Unterschied zwischen sich und den anderen Gästen hervorzuheben, war zu groß. „Anton ist nur ein Bekannter." Er machte eine wegwerfende Handbewegung. „Seine Vorliebe für … das gleiche Geschlecht teile ich nicht." Es war ein Verrat, eine Lüge, aber die Worte waren ihm so leicht über die Lippen gegangen, dass er es selbst kaum glauben konnte. Als hätten sie nur darauf gewartet, ausgesprochen zu werden. Herbert fühlte eine tonnenschwere Last von sich abfallen. Er hatte noch nicht einmal ein schlechtes Gewissen.

Maria lachte erleichtert auf und ihre Hand flatterte unabsichtlich zu ihrem Dekolleté. „Mir fällt ein Stein vom Herzen, Herr Meurer. Ich dachte schon, ich hätte wieder einen Fauxpas begangen. Mein Vater sagt immer, dass ich schneller rede, als ich denken kann." Sie kicherte amüsiert.

„Herbert. Nennen Sie mich doch bitte Herbert." Der nächste Satz ging ihm noch leichter über die Lippen. „Wissen Sie, Anton ist ein netter Kerl, aber ich werde nie verstehen, wie …" Er suchte nach Worten, ohne zu deutlich werden zu müssen. „Es ist einfach unnatürlich."

Maria nickte zustimmend. Jetzt, wo Herbert sie genauer betrachtete, fiel ihm auf, dass sie um einige Jahre jünger war als er, wahrscheinlich gerade mal Anfang zwanzig. „Es sind bedauernswerte Menschen. Onkel Eberhard tut mir auch immer ein wenig leid, weil er niemals eine Familie oder Kinder haben wird. Das ist doch schrecklich! Er wird einsam und verlassen sterben … auch wenn er natürlich mich und meine Schwester hat", setzte sie schnell hinzu. „Aber das ist wahrscheinlich nicht dasselbe."

„Nein", stimmte Herbert zu. „Das ist nicht dasselbe." Diesen Gedanken hatte er noch nie gehabt und die Erkenntnis fuhr ihm in die Glieder. Einsam und verlassen im Alter, von der Welt verachtet, gemieden oder bestensfalls bemitleidet. Was für eine grässliche Vorstellung. Schnell schüttelte er den Gedanken ab. „Ihr Onkel scheint ein vermögender Mann zu sein", stellte er mit einer Handbewegung fest, die das Haus und den Garten umfasste. „Ein schönes Grundstück, teure Gemälde, die moderne Einrichtung … und er scheint ein kleiner Exzentriker zu sein: ich meine, seinen dreizehnten Geburtstag zu feiern ... wenn ich erlebt hätte, was er durchgemacht hat, würde ich wahrscheinlich lieber vergessen wollen."

Maria quietschte wie ein kleines Mädchen. Ihre Hand lag auf einmal vertraulich auf seinem Arm und Herbert fühlte sich geschmeichelt. „Sie haben ja so recht, Herbert. Onkel Eberhard ist ein Schatz, nein wirklich, aber manchmal ist er schon ein bisschen peinlich! Keiner meiner Freundinnen kann ich sagen, wo ich heute gewesen bin. Schlimm genug, dass er seine Befreiung feiert, ich meine, öffentlich, aber dass er auch noch unumwunden zugibt, warum man ihn damals verhaftet hat! Das geht ein bisschen weit. Aber er will es so und seine Brüder, also mein Vater und mein Onkel Gerhard da drüben", sie zeigte auf die beiden beleibteren Herren in der Begleitung der Matronen, „sie lassen ihn gewähren. Er ist der Älteste." Ihr Gesicht nahm plötzlich einen verschwörerischen Ausdruck an. „Und er hat das ganze Geld, natürlich."

Herbert lachte. Das junge Mädchen war ihm zwar ein wenig zu distanzlos, aber er fand ihre unbekümmerte, naive Art erfrischend. Sie brachte ihn dazu, die düsteren Gedanken, die er mit Anton verband, zu vergessen. Und sie roch gut. Ihre Haut duftete ein wenig nach Veilchen und Lavendel und auch der Körper, den sie unter dem Petticoat und der adretten weißen Bluse zur Schau stellte, war hübsch anzusehen. Eine schmale Taille, ein schöner Busen, ein langer Hals, braune, schulterlange Haare und vertrauensselige dunkle Augen, die ihn anhimmelten. Das war kaum zu übersehen. Ein Körper, der ihn schmücken würde, der von seinen eigenen ... Unzulänglichkeiten ablenken würde.

„Kommen Sie, ich möchte Sie meinen Eltern vorstellen", sagte Maria plötzlich und ehe er etwas erwidern konnte, hatte sie ihn an der Hand gepackt und zog ihn sanft hinter sich her durch den Garten zurück ins Haus. Als sie zusammen die Türschwelle passierten, liefen sie an Anton vorbei, der sie mit einer undurchsichtigen Miene beobachtete.

„Dein Freund amüsiert sich gut", stellte Eberhard fest. Er hatte das Gespräch zwischen Herbert und seiner Nichte ebenfalls aus der Ferne beobachtet.

„Das ist nichts", sagte Anton. „Das hat nichts zu bedeuten." Hastig zündete er eine Zigarette an und atmete tief ein.

„Du kennst Maria nicht", erwiderte Eberhard. „Sie ist eines dieser Wirtschaftswunderkinder. Abgehärtet durch den Krieg, verwöhnt durch den jetzigen Wohlstand. Sie bekommt alles, was sie will. Selbst mich kann sie mit ihrer Art um den Finger wickeln", sagte er nüchtern.

„Warum sollte sie ausgerechnet an Herbert interessiert sein?"

„Er sieht gut aus, er hat eine aussichtsreiche Position in der Kanzlei …"

„Sie wird Herbert nicht bekommen. Er ist einer von uns."

Eberhard sah Anton prüfend an. „Er weiß nicht, was er will. Neulich bei der Mamm, da hat er sich nicht für uns geprügelt, nicht für mich und auch nicht für dich."

„Sondern?"

Eberhard zuckte mit den Schultern. „Weil er sich seine Männlichkeit beweisen wollte. Er wollte beweisen, dass er im Gegensatz zu uns ein ganzer Mann ist."

„Woher willst du das wissen?", fragte Anton. Plötzlich schmeckte ihm der Sekt nicht mehr. „Du kennst ihn doch gar nicht. Er ist nur … verwirrt. Er nimmt die Sache mit seinen Neigungen noch zu schwer."

„Eben", sagte Eberhard. „Er wird eine leichte Beute sein für Maria."

Zum ersten Mal in meinem Leben bin ich wütend auf meinen Großvater. Nein, wütend ist nicht der richtige Ausdruck. Ich bin außer mir, im wahrsten Sinn des Wortes. Während ich ihn anbrülle, stehe ich merkwürdig unbeeindruckt neben mir und sehe zu, wie ich den zitternden, hilflosen Greis zur Schnecke mache.

„All die Jahre hast du es gewusst!", schreie ich und es ist mir egal, dass er über neunzig und nicht sehr gesund ist. „Du warst dabei, als meine Eltern sich kennenlernten! Du hast gewusst, dass mein Vater schwul war! Und kein Wort ist über deine Lippen gekommen! Mein ganzes Leben lang habe ich gefragt und gebettelt, habe versucht, wenigstens ein paar Puzzleteile, ein paar Bruchstücke Wissen über ihn zu ergattern, aber du hast den Mund gehalten! Mit einem einzigen, lächerlichen Bild hast du mich abgespeist, während du die ganze Zeit wie eine fette Glucke eifersüchtig auf der Wahrheit gesessen und sie warm gehalten hast!"

Es ist Dienstagabend und mein Großvater sitzt zusammengesunken in seinem Sessel, den obligatorischen Rosenkranz zwischen den Fingern. Er wagt nicht, mich anzuschauen. Auch diese Beichte war er erst bereit abzulegen, nachdem ich ihm erzählt habe, was ich in der Truhe auf dem Speicher gefunden und dass ich Anton aufgetrieben habe. Als er den Namen gehört hat, ist er blass geworden, als hätte ich von einem Gespenst berichtet. Dabei war ich eigentlich nur vorbeigekommen, um ihm mitzuteilen, wann ich ihn zur Beerdigung meiner Mutter abholen will. Großvater und Enkel sollten gemeinsam zu der Trauerfeier erscheinen – was für ein fürsorglicher Idiot ich gewesen bin!

Über meine Spurensuche wollte ich kein Wort verlieren, nach meiner Migräneattacke hatte ich beschlossen, für den Rest des Tages die Vergangenheit ruhen zu lassen, aber dann hat mein Zorn doch die Oberhand gewonnen. Wie ein Streichholz ist der alte Mann eingeknickt, als ich ihn mit der Wahrheit konfrontiert habe, als wäre er froh, endlich sein selbstauferlegtes Schweigen brechen zu können, fast erleichtert hat er ausgesehen. Doch anstatt mir Befriedigung zu verschaffen, hat mich die Erzählung meines Großvaters über Eberhards „Geburtstagsfeier“ noch mehr in Rage gebracht.

„Weißt du eigentlich, wie blöde und bescheuert ich mir vorkomme?“ Ich renne in dem kleinen Zimmer hin und her wie ein aufgescheuchter Hase, von außen betrachtet hat es fast etwas Komisches. Nur dass mir nicht zum Lachen zumute ist.

„Ich hatte es deiner Mutter versprochen!“, wagt mein Großvater schüchtern einzuwerfen. „Maria wollte nicht, dass du etwas davon erfährst!“

„So ein Scheiß!“, fahre ich ihn an. „Was ist so schlimm daran, einen schwulen Vater zu haben? Ich bin selbst schwul, es hätte mir nicht das Herz gebrochen!“

„Deiner Mutter hat es das Herz gebrochen“, erwidert er leise und meine Wut löst sich auf einmal in nichts auf.

„Deshalb war sie so verbittert? Mein Vater konnte doch nichts dafür! Niemand kann etwas für seine Veranlagung!“

Mein Großvater schüttelt den Kopf. Seine Augen sind trübe und wässrig, er sieht hilfesuchend zum Christuskreuz über dem Türrahmen. „Herbert hätte sie nicht heiraten dürfen. Er hat sie beide unglücklich gemacht. Wir alle haben geahnt, was mit deinem Vater los war … deine Großmutter, ich, deine Mutter … aber damals konnte nicht sein, was nicht sein durfte. Und es schien ja auch alles gut zu gehen, lange Zeit war nichts passiert, wir … wir haben gedacht, Herbert hat seinen Weg gefunden. Vor der Hochzeit hat Eberhard mich noch gewarnt, doch es war zu spät. Du warst schon unterwegs.“

„Und was ist mit Anton? Hat niemand von euch an ihn gedacht?“, frage ich verbittert. „Mein Vater war die Liebe seines

Lebens!“ Unwillkürlich wiederhole ich Willys Formulierung, sie klingt wie die Wahrheit.

Plötzlich rinnen meinem Großvater Tränen über die Wangen. „Ja“, sagt er mit rauer Stimme. „Ich weiß. Es war nicht richtig, was wir ihm angetan haben.“

Verwirrt bleibe ich stehen. „Angetan? Was soll das heißen? Davon hat Anton nichts gesagt.“

Mein Großvater atmet tief durch und sieht mich an, als müsste er mich um Verzeihung bitten. „Dann ist er sehr großmütig“, erklärt er. „Du weißt noch nicht alles, Felix.“

„Dann sag es mir! Anton kommt morgen zur Beerdigung!“

„Du hast ihn eingeladen ... diesen ... diesen 175er?“ Die Bemerkung rutscht ihm heraus, ist ausgesprochen und schwebt im Raum, bevor er sie zurücknehmen kann.

„Vorsicht, Großvater!“, erwidere ich scharf. „Sei vorsichtig, was du sagst! Dein Enkel ist auch einer von denen!“

„Entschuldige“, murmelt mein Großvater. „Großer Gott.“ Gedankenverloren starrt er auf die Altersflecken seiner zitternden Hände. „So viel Schmutz, so viele Lügen. So viel Schuld.“ Er stützt sich am Tisch ab und steht mühsam auf, wandert mit seinen kleinen Tippelschritten zum Fenster und schaut hinaus, auf die Stelle, wo seinen Zimmernachbarn der Schlag getroffen hat. Jemand hat die Begonien wieder gerichtet, von dem Zwischenfall ist nichts mehr zu erkennen. „Aber du musst das verstehen. Niemand hat das alles kommen sehen. Es ließ sich doch alles ganz harmlos an.“

„Wovon redest du?“

„Von Herbert und Anton und Maria. Wenn ich damals gewusst hätte, was mir erst später klar geworden ist, dann hätte ich deiner Mutter gesagt, dass es keinen Sinn hat.“

„Du meinst, sie hatten ein Dreiecksverhältnis?“ Ich kann nicht glauben, was ich da höre.

„Nicht ganz. Dein Vater hatte eines und Anton hat es ertragen, eine Zeit lang jedenfalls. Deine Mutter … Maria war in deinen Vater verschossen. Sie hat Scheuklappen getragen, wollte nicht sehen, was offensichtlich war. Herbert hat sich allerdings auch Mühe gegeben, seine Neigungen zu verbergen. Mehr als einmal habe ich sie gefragt, was es mit diesem Anton auf sich hat, aber sie hat immer nur davon geredet, dass er Herberts bester Freund sei. Ein Kumpel."

„Sie muss es doch gewusst haben!", erwidere ich ungläubig.

„Ich glaube, sie wollte es nicht wissen", wiederholt mein Großvater. „Was zwischen deinem Vater und Maria auf Eberhards Fest begann, habe ich selbst anfangs nur für einen unbedeutenden Flirt gehalten. Erst viel später habe ich verstanden, dass Herbert Maria als Möglichkeit begriffen hat, ein normales Leben zu führen."

Elf

Maria ließ sich den Fahrtwind durch den Nicki wehen, den sie über ihre weiße Bluse gestreift hatte. Um die Haare hatte sie wohlweislich ein Kopftuch gebunden, flache Schuhe trug sie sowieso. So aufregend es auch war, als Sozius auf dem Motorrad zu sitzen, es war ein Desaster für ihre Frisur. Viel lieber hätte sie auf der Rückbank des VWs gesessen, den ihr Schwager über die Landstraße lenkte, aber diesen Platz hatte Herberts bester Freund eingenommen, Anton. Auch gut, sollte er sich neben Erikas Kinder quetschen. Die waren sowieso die reinsten Nervensägen. Sie hätte es nie öffentlich zugegeben, aber im Grunde ihres Herzens mochte

Maria Kinder nicht besonders. Kleine Rotzlöffel, die ständig um Aufmerksamkeit buhlten. Man schenkte ihnen die besten Jahre des eigenen Lebens und erntete nur Undank. Seit ihre Schwester Kinder in die Welt gesetzt hatte, war sie um Jahre gealtert, und sie hatte nur noch ein Gesprächsthema: den Nachwuchs. Sie selbst wollte erst über Kinder nachdenken, wenn sie sich ein Kindermädchen leisten konnte. Wenn Herbert genug Geld verdiente.

Marias Gedanken kehrten zu dem Problem Anton zurück. Sie verstand nicht, wieso Anton eine so große Rolle in Herberts Leben spielte, warum er an allem teilnahm, was sie und Herbert zusammen mit anderen unternahmen. Sie hatte ihn bestimmt nicht dazu ermuntert, sie konnte ihn noch nicht einmal leiden, und sie war sich auch nicht sicher, ob Herbert ihn jedes Mal einlud. Aber er tauchte immer wieder auf, schlecht gelaunt, unhöflich, und warf ihr böse Blicke zu, wenn sie Herbert neckte oder ihm einen Kuss gab. Als wäre er eifersüchtig.

Heute war er auch plötzlich dagewesen, und niemand hatte so recht gewusst, ob man ihn wegschicken konnte oder nicht. Herbert tat so, als wäre es normal, dass Anton mit ihm zusammen auftauchte, und hatte kein Wort darüber verloren. Ob Anton heimlich in Herbert verliebt war? Maria kicherte leise. Er würde schon merken, dass er bei Herbert keine Chancen hatte. Trotzdem war es verwunderlich, dass Herbert ihn nicht zurechtwies. Sie hatte doch bemerkt, wie unangenehm ihm Antons Anwesenheit manchmal war. Aber andererseits waren ihr auch andere Dinge aufgefallen, Dinge, die sie sich nicht erklären konnte – insbesondere dann nicht, wenn sie sich Herberts Aussage während Onkel Eberhards Feier über Homo… über diese Menschen ins Gedächtnis rief: ein vertraulicher Arm um Herberts Schultern, wenn beide dachten, sie wären unbeobachtet, ein schnelles Streicheln über den Kopf.

Maria rutschte unruhig auf dem Soziussitz hin und her. Es war nicht gut für Herbert, sich mit solchen Menschen zu umgeben … Männern vom anderen Ufer. Sie übten einen schlechten Einfluss aus, sie verdarben die Jugend. Erschrocken über ihre Gedanken bekam Maria ein schlechtes Gewissen. Onkel Eberhard war auch einer von denen und er war kein übler Mensch. Er hatte ihr schließlich die Lehrstelle in Köln besorgt und sie konnte umsonst bei ihm wohnen.

Trotzdem, es war besser, Herbert vom Einfluss dieses Anton zu befreien. Sie hatte nur noch keine Idee, wie. Aber sie war sich sicher, dass ihr etwas einfallen würde. Ihr war bisher immer etwas eingefallen, sie verstand sich darauf zu bekommen, was sie wollte. Und sie wollte Herbert. Vom ersten Augenblick an, als sie ihm auf der Feier ihres Onkels im Garten begegnet war. Er war höflich, ein bisschen schüchtern und linkisch im Umgang mit Frauen, als hätte er nicht viel Erfahrung, und er war einer, mit dem sie beeindrucken konnte. Diese erstaunlichen, meergrünen Augen, diese strohblonden Haare, breite Schultern, ein hübsches Lächeln – auch wenn er sich selten dazu hinreißen ließ. Aber Maria mochte ernsthafte Männer, sie war der Ansicht, dass Ernsthaftigkeit ein Ausdruck von Zielstrebigkeit war. Wer es zu etwas bringen wollte, musste hart arbeiten heutzutage und Herbert war immerhin Rechtsanwaltsgehilfe. Mit der Zeit würde er sich hocharbeiten in der Kanzlei und Karriere machen.

Maria hatte keine Verwendung für junge Männer, die ihre Zeit mit Rock'n'Roll, Tanzveranstaltungen und Halbstarkengehabe verschwendeten. Sie wollte etwas erreichen in ihrem Leben. Und das würde sie – durch Herbert. Er hatte Potenzial, er würde sich formen lassen, er fraß ihr schon jetzt aus der Hand. Rote Rosen hatte er ihr vor ein paar Tagen geschenkt, davor eine Schachtel Pralinen, teure Pralinen aus Belgien. Mit einem treuen, nein, fast verzweifelten Hundeblick hatte er sie angeschaut dabei, als könnte nur sie seinem Leben einen Sinn geben. Seine Aufmerksamkeit und seine Geschenke schmeichelten ihr. Es war romantisch gewesen, wie in einem Heimatfilm oder einem der Groschenhefte, die sie heimlich las. Nur diesen Anton, den musste sie noch loswerden.

Maria schmiegte sich fester an Herbert, als sie in eine Kurve bogen, und er rief etwas zu ihr nach hinten, aber der Fahrtwind wehte seine Worte an ihr vorbei.

Sie hielten in der Nähe eines kleinen Wäldchens. Herbert stellte sein Motorrad ab, half Maria vom Sitz und reckte sich. Die angrenzenden Wiesen waren blau gesprenkelt mit Herbstastern und Disteln, wie ein Gemälde von van Gogh, und Maria rannte entzückt durch das Gras, das bis zu ihren nackten Knöcheln reichte. Sie spürte Herberts Blicke auf sich ruhen und drehte sich kokett lachend zu ihm.

„Ein perfekter Platz für ein Picknick, oder? Was denkst du?"

Aber Herberts Aufmerksamkeit war schon wieder abgelenkt worden durch die Ankunft von Erika, Marias Schwager Bert … und Anton. Maria beobachtete Herbert, wie er Anton beim Klettern von der Rückbank zusah. Für einen Moment glaubte sie so etwas wie verzweifelte Sehnsucht in seiner Miene zu erkennen, aber nein, es war nur ein Schatten des Sonnenlichts in seinem Gesicht. Tatsächlich hatte er die Stirn in Falten gezogen, als er bemerkte, wie gut Anton mit Erikas Kindern zurechtkam.

„Bist du wirklich Bademeister?" Andreas, der Jüngste, war ganz aufgeregt und hüpfte wie ein Springball um Anton herum. „Du könntest uns umsonst ins Schwimmbad lassen! Wir sagen einfach, dass du ein entfernter Verwandter bist!"

Anton lachte und schüttelte den Kopf, erwiderte etwas Unverständliches. Maria überlegte, wie sie ihrer Schwester und Bert sagen sollte, dass Herberts Bekannter kein guter Umgang für ihre Kinder war. Erika war ein wenig naiv in solchen Dingen. Sie hatte noch nicht einmal bemerkt, welche Menschen auf Onkel Eberhards Feier zugegen gewesen waren. Eine Landpomeranze eben, so wie sie selbst früher eine gewesen war. In Erikas Universum existierten solche Leute nicht.

Bademeister! So ein Beruf bot Anton Möglichkeiten, sich unschuldigen Kindern zu nähern! Man hörte und las so viele schreckliche Dinge. Einen solchen Beruf dürfte er eigentlich gar nicht ergreifen, es müsste verboten sein. Jetzt fuhr er dem kleinen Andreas sogar mit einer väterlichen Geste durchs Haar! Maria hielt sich unwillkürlich die Hand vor den Mund und machte einen Schritt nach vorn.

„Anton!“ Herberts Stimme war scharf und schneidend und Maria sah, wie Anton zusammenzuckte. Seine Hand ließ von Andreas ab, als wäre sie verbrannt worden. Er schickte den Jungen zu seiner Mutter, die mit dem Ausladen der Picknickkörbe beschäftigt war, und lief dann auf Herbert zu. Maria war sicher, dass sie Wut und Trauer in seinem Gesicht lesen konnte.

„Wie kannst du glauben, dass ich … niemals im Traum auch nur daran gedacht …“ Der Wind trug nur Bruchstücke des Streits zu ihr herüber, aber die heftige Gestikulation von Anton sagte genug.

„Ach, Kerl … nicht so gemeint …“, hörte sie Herbert erwidern, „… aber jeden Anschein vermeiden …“

„Blödsinn! Du … ganz anders als früher, seit dem Steinernen … und nicht zu deinem Vorteil!“ Antons Stimme klang vorwurfsvoll, enttäuscht und traurig. „Und jetzt auch noch diese Schnepfe … was das soll …“

Vorsichtig ging Maria ein paar Schritte auf die Streitenden zu, aber Herbert hob den Kopf und wechselte schnell das Thema.

„Maria, komm her!", lächelte er nervös. „Anton und ich diskutieren darüber, ob wir hierbleiben oder noch ein Stück weiterfahren sollen. Er glaubt, das Gras ist zu feucht."

„Die Wiese ist nicht nass", widersprach Maria. „Schau, ich habe ganz trockene Schuhe!"

Anton wandte sich wortlos ab und vermied es für den Rest des Nachmittags, auch nur ein Wort mit ihr zu wechseln. Tatsächlich beschränkte er seine Konversation auf Unterhaltungen mit den Kindern, ignorierte auch Bert und Erika so gut es ging und anstatt von dem mitgebrachten kalten Huhn und dem selbstgemachten Kartoffelsalat zu essen, saß er abseits auf dem Rand der ausgebreiteten Decke und kaute auf einem Grashalm herum. So sehr sich alle bemühten, Antons dumpfes Brüten verdarb ihnen die Laune und insbesondere Herbert war es zunehmend peinlich, dass Anton sich so abweisend verhielt.

„Jetzt sei nicht so ein Miesepeter!", sagte er mehr als einmal. „Das Wetter ist wunderbar, wir haben gut zu essen und sogar Bier. Du wolltest doch auf eine Landpartie! Hier – nimm ein paar Kirschen!"

Maria fühlte sich plötzlich mutig. Sie zog ihren Nicki aus und legte ihren Kopf demonstrativ auf Herberts Schoß. Herbert zuckte erst überrascht zusammen, aber dann ließ er sie gewähren, setzte sich bequemer hin. Aus den Augenwinkeln glaubte Maria einen verstohlenen Blick hin zu Anton zu bemerken, etwas, das wie eine wortlose Entschuldigung aussah, aber dann stand Anton auf und sagte: „Nein, danke, mir ist der Appetit vergangen!" Das war der Moment, als bei Maria keine Zweifel mehr bestanden, dass Anton in Herbert verliebt war. Sie würde testen müssen, was Herbert mit diesem Menschen verband. Natürlich hatte er bei Onkel Eberhard gesagt, dass er nicht so war wie Anton, aber seine Worte waren nicht mehr genug, und sie wollte kein Risiko eingehen.

Kurz darauf beendete das Wetter ihr Picknick. Der eben noch so strahlend blaue Spätsommerhimmel zog sich plötzlich zu, heftiger Wind kam auf, innerhalb von Minuten schoben sich Wolken aus allen Richtungen zusammen. Sie hatten noch nicht einmal Zeit, das Geschirr, das Essen und die Decken zusammenzuraffen, so schnell kam das Gewitter näher und dann fielen auch schon die ersten Tropfen. Ein Platzregen, der das Gras umknickte und die Erde im Handumdrehen in Morast verwandelte. Hektisch flüchteten sie zum Auto und zum Motorrad.

„Das ist sinnlos!", fluchte Herbert. Der Regen hatte sein Hemd durchnässt und er hielt schützend seine Jacke über Marias Kopf. „Wenn wir jetzt auf die Maschine steigen, holen wir uns eine Lungenentzündung!" Er wandte sich an Bert. „Fahrt ihr mit dem Auto zurück, Maria und ich warten dort hinten im Wald das Gewitter ab und kommen dann nach! Schnell!" Während er sprach, begann es zu donnern und zu blitzen.

Die anderen stürzten in den Wagen, froh, dem jetzt noch wilder herunterprasselnden Regen zu entkommen, nur Anton protestierte. „Ich … Herbert … ich kann doch mit dir …!" Aber da wurde er schon von Bert auf die Rückbank zu den Kindern verfrachtet. Maria würde ihrem Schwager ewig dankbar sein für diese kleine Hilfestellung. Für einen Moment sah sie Antons Gesicht in der Rückscheibe auftauchen und sie konnte sich ein kleines, triumphierendes Lächeln nicht verkneifen. Ein paar Sekunden später verschwanden die Rücklichter des VWs in einer dichten Regenwand.

Zu dem kleinen Wäldchen waren es nur wenige Meter, aber trotzdem waren sie pitschnass, als sie unter den schützenden Bäumen ankamen. Die dichten Blätter hielten den Regen fern, unter ihren Füßen knirschte trockenes Laub. Maria hockte sich auf ein weiches Mooskissen neben den

Wurzeln eines Ahornbaumes. Plötzlich war ihr furchtbar kalt, sie zitterte am ganzen Leib und Herberts wärmender Körper, in dessen Umarmung sie sich drängte, tat gut.

„Wir sind beide ganz durchnässt", stellte er unnötigerweise fest. Dann wurde er rot und sah betreten zu Seite.

„Was ist?", fragte Maria.

„Dein BH ...", stotterte er. „Ich kann ihn sehen ... durch die Bluse."

Maria wurde ebenfalls verlegen und verschränkte schützend die Arme vor ihrer Brust. Wasser rann ihr aus den Haaren ins Gesicht. „O Gott", murmelte sie, „meine Frisur ... ich muss furchtbar aussehen!"

Herbert schüttelte den Kopf. „Nein", flüsterte er. „Du siehst wunderschön aus." Dann nahm er zögernd ihr Gesicht in beide Hände und küsste sie.

Maria wollte niemals so weit gehen, nicht hier, nicht jetzt, aber da war der dichte Regen, der sie vor der Welt verbarg, da waren Herberts drängende Küsse, die ihr einen Schauer über den Rücken jagten, da war ihre nasse Bluse, in der sie sich immer unwohler fühlte, und da war im Hinterkopf auch noch der Gedanke, dass sie Herbert testen musste, dass sie sichergehen musste ... ob er ein richtiger Mann war. Ein Gedanke, für den sie sich mehr und mehr schämte, je weiter sie Herbert gewähren ließ, denn er machte alles richtig, wenn auch ein wenig unbeholfen, und es schien auch alles richtig an ihm zu ... funktionieren, soweit sie das beurteilen konnte. Immerhin hatte sie keine Ahnung, was eigentlich genau passieren würde, ob es wohl wehtat oder nicht, und irgendwann sagte sie ihm, dass sie sich fürchte, weil es ihr erstes Mal wäre, und er lachte leise und verlegen und sagte, dass es auch sein erstes Mal war, und sie wusste, dass er nicht log.

Es dauerte auch nicht lange, aber natürlich war es schmerzhaft und sie blutete ein bisschen, aber weniger, als sie befürchtet hatte. Herbert fing schon nach kurzer Zeit heftig an zu stöhnen und ehe sie es sich versah, rollte er seufzend und schwer atmend von ihr herunter und Maria war irgendwie enttäuscht. Das erste Mal hatte sie sich anders vorgestellt, aber zumindest Herbert schien zufrieden zu sein, denn er zog sie in seine Arme, starrte in den dichten Blätterwald und murmelte selbstvergessen: „Du hast mich gerettet. Ich danke dir."

„Gerettet?", fragte sie erstaunt. „Wovor?"

Erst da schien er wieder zu sich zu kommen, sah sie unsicher an. „Was? Habe ich was gesagt?"

Maria schüttelte sanft den Kopf. „Schon gut, mein Schatz. Vielleicht muss das bei Männern so sein. Ich weiß nicht."

„Es ist wie ein kleiner Tod", erwiderte Herbert. „Jedes Mal."

„Die Tagebücher, die Herbert geschrieben hat. Hast du sie schon gelesen?" Mein Großvater wirkt müde. Das lange Erzählen hat ihn angestrengt und er bittet mich um ein Glas Wasser, das er mit beiden Händen trinkt.

„Nur den Eintrag am Tag meiner Geburt." Fast habe ich Mitleid mit dem alten Mann und meine Wut verfliegt. Er hat es nicht verdient, für die Fehler meiner Eltern zu büßen. „Zu dem Rest bin ich bisher nicht gekommen."

„Dann solltest du dir die Zeit vielleicht nehmen."

„Du weißt, was drin steht?"

Mein Großvater schweigt. Dann sagt er ausweichend: „Ich wusste nicht einmal, dass er überhaupt etwas Schriftliches hinterlassen hat."

„Das ist keine Antwort auf meine Frage."

„Können wir damit nicht bis nach der Beerdigung warten?" Mein Großvater sieht mich fast flehend an. „Können wir nicht erst deine Mutter zur Ruhe betten? Damit ihre Seele Frieden findet?"

„Wenn du Anton so unter die Augen treten kannst …" Ich habe keine Ahnung, was eigentlich los ist. Wozu dieses groteske Kartell der Stille? Was haben meine Mutter und mein Großvater mit Anton zu tun? Was für Dreck ist da unter den Teppich gekehrt worden?

Die Augen meines Großvaters suchen erneut das Christuskreuz über der Tür. Seine Lippen bewegen sich lautlos, als hielte er ein Zwiegespräch mit dem Mann am Kreuz. „Nein, das kann ich nicht", seufzt er schließlich. „Du hast Recht. Aber es ist eine lange Geschichte und ich weiß nicht, ob ich sie alleine erzählen kann."

„Du meinst, du brauchst Antons Hilfe?"

„Vor allem brauche ich seine Vergebung, genauso wie Maria sie gebraucht hätte … und Herbert."

Verständnislos starre ich ihn an. Ich habe genug von diesen Andeutungen. Ich will endlich wissen, was damals passiert ist. Jede einzelne Kleinigkeit will ich erfahren, jeden noch so unbedeutenden Schnipsel erzählt bekommen. Ich will, dass es endlich vorbei ist.

„Es ist eine lange Geschichte?" Eigentlich mehr eine rhetorische Frage. Ereignisse, die mehr als vierzig Jahre zurückliegen, lassen sich nicht im Schnelldurchlauf wiedergeben.

Der alte Mann nickt.

„Na schön", erwidere ich grimmig, aber entschlossen. Jetzt ist es sowieso egal. Alles ist durcheinander, ein bisschen mehr Chaos in meinem Leben wird kaum noch in die Waagschale fallen. „Ich weiß nicht, ob du Antons Vergebung so ohne Weiteres erhalten wirst, aber ich kann zumindest versuchen, uns Zeit einzuräumen. Vor der Beerdigung. Wirst du es schaffen, morgen zum Haus deiner Tochter zu kommen, ich meine, ohne meine Hilfe?"

„Ich … ich lasse mir ein Taxi bestellen. Wenn mir einer der Zivildienstleistenden beim Einsteigen zur Hand geht, dann klappt es bestimmt", antwortet mein Großvater. Er sieht zögerlich aus, aber das ist ein Problem, mit dem er alleine fertig werden muss. Ich habe jetzt ganz andere Sorgen. „Dann sei morgen um halb elf bei mir. Anton wird dann ebenfalls da sein."

„Aber was ist mit Marias Beerdigung?" Mein Großvater ist erneut blass geworden. Für einen Moment bin ich versucht, ihn in dem Glauben zu lassen, dass er nicht auf die Trauerfeier seiner Tochter gehen kann, weil er mir eine Geschichte schuldet. Aber so rachsüchtig bin ich nicht, jedenfalls noch nicht.

„Keine Sorge, ich regele das", sage ich knapp. Und mit dieser Auskunft muss sich mein Großvater zufriedengeben. Ich schlage die Tür hinter mir zu, ohne mich weiter um ihn zu kümmern.

Draußen vor dem Altenstift bleibe ich stehen und hole tief Luft. Meine Migräne meldet sich zurück, ein dumpfer Schmerz hinter meinen Augen. Ich setze die Sonnenbrille auf, um mich gegen das Licht der untergehenden Sonne zu schützen. Dann hole ich mein Handy aus der Tasche und rufe den Gemeindepastor an.

„Das kommt gar nicht in Frage!", entgegnet Kaplan Neuenfels auf meine Bitte. Er klingt außerordentlich empört. „Verschieben? Eine Beerdigung? Darf ich fragen, was in Sie gefahren ist, Herr Meurer?"

„Es gibt Probleme. Familienstreitigkeiten, wenn Sie so wollen."

„Und die konnten Sie in den letzten Tagen nicht lösen?"

„Ich habe eben erst erfahren, dass sie überhaupt existieren!"

„Das ist ganz und gar unerhört. Hören Sie, junger Mann, die Kirche ist keine …"

„Ja, ja, ich weiß", unterbreche ich verärgert, „keine Zahnarztpraxis. Wir drehen uns im Kreis, Herr Kaplan. Ich verlange doch nur ein paar Stunden. Bitte! Es wäre bestimmt auch im Sinne der Verstorbenen." Das ist zwar eine aus der Luft gegriffene Behauptung, ich habe keine Ahnung, ob es meiner Mutter recht wäre, aber ich weiß plötzlich, dass ich sie nicht beerdigen kann, bevor die Vergangenheit nicht aufgeklärt ist. Ich kann die ungesagten Dinge nicht einfach mit ihr unter die Erde schaufeln. Das Loch wäre wohl nicht tief genug, um all das aufzunehmen, was damals geschehen ist.

Ich höre Papierrascheln im Hintergrund und dann einen nachgebenden Seufzer. „Na schön. Ich verlege die Trauerfeier und die Beerdigung Ihrer Mutter auf den Nachmittag. Da habe ich keine weiteren Termine, ich hatte mir die Zeit freigehalten, um an der Predigt für nächsten Sonntag zu arbeiten. Um 15:30 Uhr. Das gibt Ihnen einige zusätzliche Stunden, um Ihre Familienstreitigkeiten aus der Welt zu schaffen. Mehr kann ich Ihnen nicht anbieten."

„Danke", sage ich aufrichtig. „Ich stehe in Ihrer Schuld."

„Das tun Sie, Herr Meurer. Das tun Sie."

„Ich hätte noch eine weitere Bitte", sage ich dann kleinlaut. „Würden Sie den Bestatter, Herrn Beulinger, über die Terminänderung informieren? Ich könnte es zwar auch tun, aber …"

„Aber was?"

Ich zucke etwas hilflos mit den Schultern, dann antworte ich wahrheitsgemäß: „Um ehrlich zu sein, ich habe das Gefühl, dass mir der Schädel platzt. Ich brauche Zeit, um einen klaren Kopf zu bekommen. Ich muss nachdenken."

Kaplan Neuenfels fängt leise an zu lachen. „Das erscheint mir eine ausgezeichnete Begründung zu sein, Herr Meurer. Ich werde Herrn Beulinger gerne für Sie anrufen. Bis morgen."

Zwölf

Ich habe Kerzen angezündet im Wohnzimmer meiner Mutter; das Licht wirft flackernde Schatten an die Wände. Die trügerische Wärme des Tages ist weggeweht worden, zum ersten Mal in diesem Herbst ist es am Abend so frisch, dass ich die Heizung aufdrehen musste.

Ich habe noch einmal in ihrem Plattenschrank gestöbert, dabei ist mir eine LP von Bruckner in die Hand gefallen. Es ist die 7. Symphonie, genau die gleiche, die ich mir vor einigen Tagen auf CD zugelegt habe, nur die Aufnahme ist eine andere: Ich besitze die mit den Münchner Philharmonikern von 1994, dirigiert von Celibidache. Es ist eine seiner letzten Aufnahmen. Meine Mutter hat die Karajan-Version von 1989 mit den Wiener Philharmonikern.

Zum ersten Mal in meinem Leben halte ich etwas in den Händen, was mich mit meiner Mutter verbindet. Ob ihr wohl an Bruckner dieselben Dinge gefallen haben wie mir? Die Themenvielfalt seiner Kompositionen, die Leichtigkeit, die er in die Noten gezaubert hat? Wenn ich Bruckner höre, sehe ich unberührte Natur vor meinen Augen: tiefe Wälder, helle, klare Gebirgsbäche, Hügellandschaften mit sanftem Grün überzogen, karstige, hoch aufragende Berge. Es ist Musik, die mich vergessen lässt, dass ich keine Flügel besitze. Es ist Musik, bei der ich zur Ruhe komme.

Der Hund hat sich in eine Ecke verkrümelt und döst. Sein Kopf liegt auf seinen Vorderpfoten und er beobachtet mit schläfrigen Augen jede meiner Bewegungen.

„Geht's dir gut, Alter?", frage ich und er schnaubt kurz auf, beginnt, seine Pfoten zu lecken. Momentan hat die Vorstellung, ein Hund zu sein, etwas Verführerisches. Fressen, Duftmarken setzen, Kaninchenlöcher ausgraben, schlafen. Wer deine Eltern waren und welche Verletzungen sie sich gegenseitig zugefügt haben, geht dir am Arsch vorbei.

Die Truhe mit den Unterlagen meines Vaters steht mitten im Raum und ich hocke wieder im Schneidersitz davor. Aber es ist nicht länger eine Schatzkiste. Antons Erzählung und die Andeutungen meines Großvaters lassen mich eher befürchten, dass sie sich letztendlich als die Büchse der Pandora entpuppt. Wer weiß, welche Dinge ich freilasse, wenn ich die Tagebücher meines Vaters lese? Ich hätte mir Antons Warnung zu Herzen nehmen sollen: Die Dinge, die ich über meinen Vater erfahre, gefallen mir nicht. Wenn ich jetzt die Wahl hätte, würde ich es bei meinem kindlichen Wissensstand belassen: Er hatte einen Motorradunfall. Punkt. Wäre es nicht besser, so zu tun, als hätte ich nie etwas herausgefunden? Was nutzt es, den Staub von den Skeletten zu fegen und sie im Tageslicht zu betrachten? Aber es ist zu spät, die Truhe einfach wieder auf den Speicher zu schaffen und so zu tun, als hätte ich sie nie gefunden. Ich habe sie schon geöffnet, die Vergangenheit ist längst wiederauferstanden.

Zögernd nehme ich die erste der drei schwarzen Kladden in die Hand. Die Blätter sind vergilbt und staubig, sie knistern zwischen meinen Fingern wie Pergament. Die elegante Handschrift, die ich aus den Briefen an Anton kenne, ist verschwunden. Die Schrift meines Vaters ist krakeliger geworden, unbeholfener. Nervös stolpern die Buchstaben ineinander, als wären sie aus der Feder aufs Papier gezwungen worden. Erst jetzt, nachdem ich die Briefe meines Vaters an Anton gelesen habe, fällt mir der Unterschied auf. Tintenkleckse und durchgestrichene Worte stören seinen Schreibfluss, immer wieder scheint er innegehalten zu haben, unzufrieden mit dem Niedergeschriebenen. Ganze Sätze sind hastig durchkreuzt, umformuliert, neu angefangen worden. Ich kann die Unruhe meines Vaters spüren, seine Zerrissenheit, noch bevor ich das erste Wort gelesen habe.

13. Januar 1959

Heute habe ich mich noch einmal mit Anton getroffen, heimlich natürlich, Maria denkt weiterhin, daß ich den Kontakt zu ihm abgebrochen habe, so, wie sie es wollte. Ich bin kurz vor seinem Dienstschluß ins Agrippabad gegangen, habe gewartet, bis alle Badegäste fort waren, die kreischenden Kinder, die alten Damen mit ihren Badehauben im Blümchenmuster. Es war der einzige neutrale Ort, der mir eingefallen ist, ein Ort, wo ich nicht fürchten muß, rückfällig zu werden.

Ich habe Anton gesagt, daß wir uns verloben werden, es sei alles besprochen, sogar ihre Eltern wüßten Bescheid und seien hocherfreut. Ich habe versucht, kühl und unverbindlich zu bleiben, aber es ist schwierig, eine sachliche Diskussion zu führen, wenn man nur eine Badehose anhat und das Gegenüber weiße Dienstkleidung trägt. Er roch gut, frisch und sauber, nach Chlor und … nach Anton. Wir haben am Beckenrand gesessen, ich habe meine Beine ins Wasser baumeln lassen, genau an derselben Stelle, wo wir zum ersten Mal … im Nachhinein war es doch keine so gute Idee, ins Schwimmbad zu gehen.

Ich hatte gehofft, er würde endlich einsehen, daß wir keine Zukunft haben, daß es mit uns nicht klappt und niemals funktionieren wird, aber Anton hat gelacht, so ein hohes, hysterisches Kichern. Ich glaube, er war zutiefst schockiert, als ob er sich noch immer Hoffnungen gemacht hätte. Er hat behauptet, daß ich sie nicht liebe, daß ich sie nur benutze. Ich habe ihm gesagt, daß er sich irrt, daß ich Maria brauche. Er hat gesagt, daß ein Unterschied zwischen Lieben und Brauchen besteht. Ich bin wütend geworden, habe gesagt, daß er davon nichts versteht, wie sollte er auch, er hat ja noch nie mit einer Frau … er kann das gar nicht begreifen.

Anton hat mich ganz komisch angesehen, und dann hat er behauptet, daß ich gesehen worden sei, und ich habe gefragt, was er denn meine, und er hat gesagt, ich solle nicht so scheinheilig tun und mich endlich den Tatsachen stellen. Ich sei auf der Klappe am Kaiser-Wilhelm-Ring beobachtet worden und auf der am Tauzieher auch, noch letzte Woche, und ich habe ihn angebrüllt, daß das gelogen sei, wer denn so einen Mist verbreite. Ich war völlig außer mir, aber er hat nur eine wegwerfende Handbewegung gemacht – und dann habe ich ihn geschlagen. Mitten ins Gesicht, ich habe den Abdruck meiner Hand auf seiner Wange erkennen können, so heftig habe ich zugeschlagen. Ich war so wütend! Anton war völlig überrascht, genauso wie ich, und es hat mir auch leidgetan, aber niemand soll so etwas über mich erzählen. Er hat sich die Wange gehalten und mich entgeistert angesehen und dann hat er angefangen zu flennen. Ich bin aufgestanden, weil ich so sauer war, und wollte gehen, aber dann bin ich an der Tür zu den Duschen umgekehrt, weil Anton wie ein Häufchen Elend neben dem Becken saß, die Knie ans Gesicht gezogen. Ich wollte mich nur entschuldigen, aber er hat die Situation irgendwie ausgenutzt, und dann haben wir uns plötzlich geküßt und dann …

Hinterher bin ich aufgesprungen und habe ihm erklärt, daß es das letzte Mal war, daß er mich in Zukunft in Ruhe lassen soll, aber er hat nur wieder gegrinst und gesagt, daß es bestimmt nicht das letzte Mal war, ich würde immer wieder zurückkehren, er werde mich nicht aufgeben, er werde gewinnen. Am liebsten hätte ich noch einmal zugeschlagen, aber stattdessen habe ich meine Klamotten aus dem Spind gerissen und bin gerannt, so schnell ich konnte, wie ein Hasenfuß. Ich habe erst angehalten, als ich in meinem Dachkämmerchen war. Und dann weiß ich nicht mehr genau, was passiert ist. Ich kann mich einfach nicht erinnern, es ist, als ob mir ein Stück Zeit fehlt. Als ich wieder zu mir gekommen bin, habe ich vor dem Waschbecken in der Ecke gestanden, das Wasser lief, das Seifenstück war ganz aufgebraucht und ich hatte einen nassen Waschlappen in der Hand. Die Glocke von St. Severin hat auf einmal zehn Uhr abends geschlagen, und meine Haut war rot und wund.

Was kann ich nur tun, um diese Neigung loszuwerden? Was soll ich bloß tun?

24. Februar 1959

Gestern im Treppenhaus ist mir meine Nachbarin über den Weg gelaufen, gerade als mich Maria zu einem Spaziergang abholte. In der Innenstadt hat ein neues Kaufhaus aufgemacht, und sie wollte für Eberhards Haushalt einen vollautomatischen Mixer besorgen, der neueste Schlager aus Amerika. Bisher habe ich es vermieden, Eberhard wiederzusehen, ich liefere Maria immer vor seiner Haustür ab, wenn wir eine Verabredung haben. Ich bin sicher, daß er mir mißtraut. Wahrscheinlich hat er auch noch Kontakt zu Anton.

Die Terlinden war überfreundlich. Im mausgrauen Kittel und mit Lockenwicklern ist sie durch das Haus geschlurft, eine Ladung Wäsche im Arm, lauter riesige Korsetts, Hüfthalter und überdimenionale Mieder. Maria mußte ein Lachen zurückhalten, als ich sie vorgestellt habe. Aber eine spitze Bemerkung konnte sich die Terlinden dann doch nicht verkneifen: Was denn aus meinem Vetter geworden sei, man höre und sehe ja nichts mehr von dem jungen Mann. Aber sie sei ja so froh, daß ich jetzt so ein nettes Mädchen kennengelernt hätte, zuvor hätte sie sich immer Sorgen gemacht, weil so ein warmer Wind von oben durch den Flur geweht wäre. Ein warmer Wind! Am liebsten hätte ich die Alte gewürgt.

Maria ist nicht dumm, sie hat die Anspielung verstanden. Hinterher hat sie mich gefragt, warum ich Anton für meinen Vetter ausgegeben habe. Ich habe ihr gesagt, daß seine Besuche bei mir sonst Aufsehen erregt hätten. Das war ja noch nicht einmal gelogen. Natürlich habe ich seine Übernachtungen verschwiegen. Warum ich mich denn überhaupt mit ihm abgegeben hätte? Ich habe ihr gesagt, daß er eigentlich ein ganz netter Kerl sei, und was sie denn habe, sie lebe ja schließlich bei einem Onkel, der auch so wäre. Aber Maria meint, das wäre etwas anderes, weil Eberhard zur Familie gehöre, er sei eben das schwarze Schaf. Ich glaube, ich bin laut geworden, ich war verärgert. Immer wieder fragt sie mich über Anton aus, sie hört einfach nicht auf mit dem Thema – auch wenn ich ihr schon hundertmal gesagt habe, daß ich ihn nicht mehr sehe, und ihr schon zigmal bewiesen habe, daß ich ein ganzer Mann bin. Am Ende waren wir beide verstimmt. Erst als ich sie in die Eisdiele eingeladen habe, hat sie wieder mit mir geredet. Es war unser erster richtiger Streit.

Und es stimmt ja auch. Ich habe schon länger nicht mehr an Anton gedacht, versuche, die Gedanken an ihn zu verdrängen, und es klappt auch meistens recht gut, es ist gar nicht so schwer … nein, das ist gelogen.

Ich hatte gehofft, daß Sport hilft. Ich habe mit Laufen angefangen und Kraftsport. Ich trainiere, bis ich vor Erschöpfung halbtot ins Bett falle, nur damit ich nicht an ihn oder andere Männer denke. Aber die Gedanken kommen trotzdem hin und wieder – wenn ich im Büro sitze und Akten sortiere, Briefe schreibe … ich kann einfach nichts dagegen tun, selbst wenn ich mich dann zwinge, an Maria zu denken. Und dann, abends, finde ich mich doch vor einem Teehäuschen wieder, zitternd vor Angst, daß mich jemand erkennen könnte, aber ich kann auch nicht wegbleiben. Es ist wie ein Sog, der mich erfaßt. Wenn ich könnte, würde ich diese Gefühle in mir mit der bloßen Hand herausreißen, so wie früher die Inkas ihren Opfern das schlagende Herz aus der Brust gerissen haben. Aber ich kann mich nicht dagegen wehren.

Ich spreche mit niemandem, wenn ich auf einer Klappe bin. Wenn sich jemand für mich interessiert, schließe ich mich in einer Kabine mit ihm ein und warte, bis er auf die Knie geht. Dann mache ich die Augen zu und warte, bis es vorbei ist. Meist dauert es nicht lange, ich bin häufig so nervös und aufgeregt, daß es nur eine Sache von ein paar Minuten ist. Danach fühle ich mich immer schmutzig, ich kann nicht aufhören, mich zu waschen. Maria hat schon zweimal gefragt, warum meine Haut blutig gescheuerte Stellen hat.

8. März 1959

Gestern vor einem Jahr haben wir uns kennengelernt, Anton und ich. Es kommt mir wie eine kleine Ewigkeit vor, und manchmal, als wäre es erst vor ein paar Tagen gewesen.

Maria ist über das Wochenende zu ihren Eltern aufs Land gefahren, ich mußte am Samstag arbeiten. Ich wünschte, sie wäre hier geblieben, dann wäre vielleicht nichts passiert. Schon beim Aufstehen war unser Jahrestag präsent – als hätte ich mir den Tag rot im Kalender eingetragen. Um zwölf durfte ich Feierabend machen, Dr. Konrad hat mir mit einem Augenzwinkern sogar ein schönes Wochenende gewünscht; ob ich mein „Strohwitwerdasein“ nicht ausnutzen wolle? Was glaubt mein Chef von mir? Daß ich in einen Puff gehe, sobald Maria mir den Rücken zudreht? Was für ein widerlicher Mensch!

Anton und ich sind uns zufällig über den Weg gelaufen. Man sollte meinen, in einer Stadt mit knapp einer drei viertel Million Einwohner könne man sich aus dem Weg gehen, aber dem scheint nicht so zu sein. Anton hat am Alter Markt gesessen, am Jan-von-Werth-Brunnen, als ich in die Apotheke gegenüber wollte, um mir etwas Salbe gegen meine wunden Stellen zu holen. Er sah nicht besonders gut aus, irgendwie traurig und verhärmt. Ich konnte nicht einfach so an ihm vorbeigehen und so tun, als hätte ich ihn nicht gesehen. Er hat mich erst registriert, als mein Schatten auf ihn fiel, hatte nur ein müdes Lächeln für mich übrig – und sofort hatte ich Angst, daß ich ihm egal geworden bin. Aber seine schlechte Stimmung hatte gar nichts mit mir zu tun. Seine Mutter war vor zwei Wochen gestorben, Krebs, die Beerdigung war ein paar Tage zuvor. Ich habe gesagt, wie leid es mir tut. Ich wußte nichts davon, sonst wäre ich auch zur Beisetzung gekommen, bestimmt wäre ich gegangen. Ich habe versucht, ihm Mut zuzusprechen, habe ihn nach seinem Bruder gefragt. Anton hat erzählt, Wilfried sei ins Ruhrgebiet gegangen, als Bergmann, da könne man gutes Geld verdienen und habe nach ein paar Jahren Anspruch auf eine Fabrikswohnung.

Ich habe sofort daran gedacht, daß Anton also jetzt allein in der Wohnung in der Roonstraße wohnt. Bestimmt bin ich rot geworden, weil ich mich für den Gedanken geschämt habe, aber Anton hat wohl dasselbe gedacht, denn er hat mich auf einen Kaffee bei sich zu Hause eingeladen, und ich habe angenommen. Ich hätte doch nicht Nein sagen können, wo er gerade seine Mutter verloren hat!

Es war merkwürdig, wieder bei Anton zu Hause zu sein. Ich habe mich anfangs sehr unwohl gefühlt, jeden Moment kommt sein Bruder oder seine Mutter in die Küche, habe ich gedacht. Anton hat Wasser aufgesetzt und geschwiegen, und dann haben wir schweigend unseren Kaffee getrunken. Ich wußte plötzlich nicht mehr, was ich sagen sollte, ich habe in meine Tasse gestarrt, und es war ganz still im Raum, nur das Surren einer Fliege an der Fensterscheibe war zu hören. Dann habe ich die Stille nicht mehr ausgehalten und Anton gefragt, ob er wisse, was heute für ein Tag sei, und er hat genickt, natürlich wisse er das. Dann hat er mich mit so einem verzerrten Gesichtsausdruck gefragt, was denn meine Verlobte mache, und ich habe geantwortet, daß sie über das Wochenende zu ihren Eltern verreist sei.

Wir sind beide gleichzeitig aufgesprungen. Mein Stuhl ist nach hinten gekippt und polternd auf den Boden gefallen, aber wir haben nicht darauf geachtet. Wir haben uns gegenseitig die Klamotten vom Leib gerissen, wir waren wie im Rausch, es konnte gar nicht schnell genug gehen. Einmal haben wir es direkt auf dem Dielenboden getan und danach noch einmal in seinem Zimmer. Er hat Wilfrieds und sein Bett zusammengeschoben, wir hatten so viel Platz. Diesmal waren wir ruhiger, zärtlicher und haben uns Zeit gelassen, dabei haben wir uns in die Augen gesehen, andauernd. Anton sind auf einmal die Tränen übers Gesicht gelaufen, und er hat angefangen zu schluchzen, und ich habe gedacht, daß ich ihm wehtue oder er wegen seiner Mutter weint, und ich wollte aufhören, aber er hat den Kopf geschüttelt und gesagt, ich solle weitermachen, also habe ich weitergemacht, ganz langsam und ganz vorsichtig, und es tat so gut. Es war überhaupt nicht schmutzig, nicht so wie auf den Klappen, und dann habe ich auch angefangen zu heulen, aber ich habe nicht aufgehört, und meine Tränen sind auf sein Gesicht gefallen und haben sich mit seinen vermischt, und ich war auf einmal so unendlich traurig. Weil es nie wieder so sein wird. Weil es mit Maria nie so ist. Weil es das letzte Mal war.

Danach haben wir uns aneinander festgeklammert wie zwei Menschen, die in einem brennenden Haus sitzen und keinen Ausweg mehr finden, und ich habe ihm gesagt, daß ich Maria nicht verlassen werde, und Anton hat gefragt: „Niemals?“, und ich habe geantwortet: „Niemals. Ich bin nicht wie du. Ich kann nicht gegen den Wind rennen mein ganzes Leben lang“, und dann hat er sich plötzlich in sich selber zurückgezogen wie eine Muschel, die ihr Innerstes vor einem Feind schützen will und ihre Schale schließt, und er hat gesagt: „Ich verstehe dich nicht.“ Ganz merkwürdig angesehen hat er mich, fremd war er auf einmal, da war etwas Hartes, Stählernes in seinen Augen. „Du willst den Rest deines Lebens mit einer Frau verbringen, die du nicht lieben kannst? Du willst den Rest deines Lebens auf schmutzigen Klappen herumschleichen und mit schnellen, anonymen Nummern vorliebnehmen? Ich weiß, wie dir das zuwider ist.“ Es klang, als wäre es sein letzter Versuch, meine Meinung zu ändern, seine Stimme war blechern, wie eine Maschine.

„Schau dir doch dein Leben an“, habe ich geantwortet. „Du mußt dich und deine Veranlagung immer vor der Öffentlichkeit verstecken! Wehe, wenn es die Nachbarn herausbekommen, wehe, wenn es dein Chef erfährt. Es kann dich deine Wohnung und deine Arbeit kosten, es kann dein Leben zerstören! Die Lokale, die du besuchst, werden von der Polizei überwacht, Razzien sind an der Tagesordnung, du wirst auf Listen geführt, du bist ein Aussätziger, der die Jugend verführt. Wenn dich jemand in der Öffentlichkeit verhöhnt oder schlägt, kannst du keine Hilfe erwarten. Wenn dich jemand erwischt, wie du mit einem anderen Mann klüngelst, kannst du in den Knast wandern. Für den Rest deines Lebens wirst du für normale Menschen der Abschaum der Gesellschaft sein, ein Krimineller, ein triebhaftes Subjekt, das die sittliche Ordnung stört. Ist das denn so viel besser?“ Ich habe mich in Rage geredet, und wahrscheinlich war ich auch ein bißchen verzweifelt, denn was er zu mir gesagt hatte, tat weh.

„Aber du liebst mich doch“, hat Anton erwidert. „Zählt das denn gar nicht?“

Die Antwort darauf bin ich ihm schuldig geblieben. Ich wollte ihn nicht noch bestärken. „Ich kann dir nicht geben, was du von mir verlangst“, habe ich stattdessen gesagt. „Ich bin nicht stark genug.“

„Aber irgendwann wird es Maria merken! Du kannst es nicht ewig vor ihr verbergen. Sie wird dir auf die Schliche kommen, und du wirst sie auch unglücklich machen!"

„Maria wird es niemals merken. Dafür werde ich Sorge tragen." Mir fiel nichts anderes ein. Es klang irgendwie schwach als Entgegnung, aber ich werde mich wirklich nach Kräften bemühen, sie glücklich zu machen.

„Feigling", hat Anton erklärt, und aus seinen Worten habe ich die Verachtung herausgehört.

Und dann gab es plötzlich nichts mehr zu sagen. Ich habe mich angezogen und bin gegangen. In einer Kneipe in der Südstadt habe ich mich vollaufen lassen, ein Herrengedeck nach dem anderen, ein Bier und einen Kurzen, bis ich nicht mehr gerade laufen konnte.

Ich werde Anton niemals wiedersehen, da bin ich sicher.

Es gibt einen kleinen Klick und der Tonarm des Plattenspielers schwebt auf seine Warteposition zurück. Das Finale von Bruckners 7. Symphonie ist eben verhallt. Ich lasse die Kladde mit den Tagebucheintragungen sinken. Meine Stimmung vom frühen Abend, meine Entschlossenheit, mit der Vergangenheit in einem letzten Kraftakt aufzuräumen, ist dahin. Ich will nicht weiterlesen, nicht heute. Die Ernüchterung über meinen Vater wird immer größer. Ich stehe ächzend auf, strecke meine müde gewordenen Beine.

Viele Schwule haben in den fünfziger Jahren so gelebt wie er. Viele haben sich in eine Scheinehe geflüchtet oder versucht, sich etwas vorzumachen. Er war keine Ausnahme. Er war wie viele andere auch einfach nur nicht stark genug, dem Druck von außen standzuhalten, den Verleumdungen, den Übergriffen, dem ständigen Versteckspiel. Ich habe mir das immer wieder gesagt, während ich seine Eintragungen gelesen habe, habe Entschuldigungen für seine Mutlosigkeit gesucht. Trotzdem bin ich enttäuscht – als würde er sich selbst mit seinen schriftlichen Hinterlassenschaften posthum von einem Podest stoßen.

Du kannst nicht beurteilen, wie es damals war: Ein weiterer Gedanke, den ich in den letzten Stunden immer wieder hatte. Du hast damals nicht gelebt, du bist in der Zeit der Studentenrevolte aufgewachsen, du hast von den Früchten der 68er-Bewegung profitiert. Den Muff und die Spießigkeit der Adenauer-Ära hast du nie kennengelernt. Du hast nicht unter den Folgen des Paragrafen 175 leiden müssen. Und es stimmt: Die Vorstellung, wegen eines homosexuellen Aktes angeklagt oder gar zu einer Haftstrafe verurteilt zu werden, erscheint mir nahezu lächerlich. Aber unter dieser Furcht musste mein Vater, musste Anton leben.

Mir ist auch klar, dass ich die ganze Ohnmacht und die Hilflosigkeit der damaligen schwulen Generation nur dann wirklich beurteilen kann, wenn ich ihre Erlebnisse unter den Nazis berücksichtige, die Verfolgung, die Inhaftierung und Ermordung in den Konzentrationslagern. Wem „tausend Jahre" der Tod gedroht hat, der ist erschöpft, der kann nicht mehr kämpfen. Der versteckt sich. Der passt sich an und ist zufrieden, wenn man ihm eine Nische im Schatten der Gesellschaft anbietet. Und trotzdem …

Ich schaue aus dem Fenster in die Dunkelheit. Die Straße vor dem Haus meiner Mutter wird nur notdürftig von einer Laterne erhellt. Der Hund erhebt sich schnaufend und trottet zu mir herüber. Geistesabwesend tätschele ich ihm den Kopf. Gerade muss ich an den Mann aus dem Internetcafé denken und meine Passivität, als er mich beleidigt und angerempelt hat, mein stilles Duckmäusertum. Vielleicht bin ich nicht viel besser als mein Vater. Vielleicht braucht es nur eine Kleinigkeit, um die Zeitläufte wieder rückwärts zu drehen.

„Komm", sage ich müde zu dem Hund, „wir laufen noch einmal ums Haus. Ich brauche frische Luft."

Dreizehn

Der Tag, an dem ich meine Mutter beerdigen will, beginnt genauso, wie der Vortag aufgehört hat: mit einem Spaziergang mit dem Hund. Wir haben nicht viel Zeit, es ist schon halb zehn, als wir aus der Tür treten und unsere Schritte Richtung Bahngleise lenken. Die Sonne scheint fahl durch einen nebeligen Himmel, das Licht erinnert an dünnen, milchigen Tee.

Auf dem Nachbargrundstück sitzt eine fette Katze auf der Mauer, im Schatten eines Kirschbaums, dessen Zweige bis auf den Bürgersteig hängen. Der Garten ist übersät mit verfaulten Früchten, das Gras gesprenkelt mit roten Tupfen. Niemand scheint sich die Mühe gemacht zu haben, die Kirschen zu ernten. Bienen summen zu Dutzenden über dem Fallobst, der süßliche Geruch von Verwesung weht herüber. Der Hund stellt die Ohren auf und bellt die Katze feindselig an, aber sie kann sich kaum dazu herablassen, die Augen zu öffnen. Wahrscheinlich ist ihr bewusst, dass ihr der Hund in punkto Schnelligkeit weit unterlegen ist.

Auf den brachliegenden Feldern hinter der Bahn ziert sich der Hund. Kein Busch, kein Büschel Gras scheint ihm recht zu sein. Hilfesuchend sieht er mich an.

„Was ist los mit dir?“, knurre ich ungeduldig und schaue auf die Uhr. „Brauchst du auch noch Klopapier?“

Endlich ist es geschafft, der Hund verscharrt seine Hinterlassenschaft notdürftig und wir eilen mit schnellen Schritten zurück. Als wir um die Ecke biegen, kann ich schon von weitem den Transporter erkennen, in dem ich mit Anton, seinen Mitbewohnern und Döring einkaufen gefahren bin. Sie sind also schon da. Pünktlich auf die Minute. Aber vor ihnen parkt noch ein Wagen auf dem Seitenstreifen, noch ein Auto, das ich kenne. Der Kotflügel vorne rechts ist demoliert und der Scheinwerfer ist kaputt. Manfred. Meine schon zum Gruß gehobene Hand sinkt zurück und ich weiß nicht, wie ich mich verhalten soll. Wieso ist er hier? Wer hat ihn eingeladen? Hat er etwa den Ersatzmann mitgenommen? Ich weiß noch nicht einmal seinen Namen.

Der Hund nimmt mir die Entscheidung ab. Auch er hat Manfreds Wagen erkannt und die Gestalt, die hinter dem Steuer ausharrt. Freudig kläffend stürzt er auf meinen Freund zu, springt an der Fahrerseite des Wagens hoch, scharrt an der Tür. Manfred sieht gut aus, erholt und frisch. Meine Abwesenheit scheint ihm zu bekommen. Er hat irgendetwas mit seinen Haaren gemacht. Ein neuer Schnitt? Ich kann mich nicht erinnern, wie der alte aussah, ich habe Manfred schon lange nicht mehr genauer betrachtet. Dann fällt es mir endlich auf: Er lässt sich einen Bart wachsen, die Stoppeln geben seinem Gesicht etwas Markantes, Verwegenes, etwas, das mir gefällt.

„Du?“, frage ich schließlich unwillig. „Was machst du hier?“

Manfred will gerade den Mund aufmachen, als Anton hinter dem Lieferwagen auftaucht, wo er Döring geholfen hat, Willys Rollstuhl abzuladen. Jetzt schiebt er sich zwischen uns, als wollte er einen Streit verhindern. Er trägt einen dunklen Anzug und eine schwarze Krawatte, dem Anlass entsprechend. „Ich habe ihn eingeladen … sozusagen“, sagt er zögernd.

„Ich verstehe kein Wort“, erwidere ich verwirrt. „Wieso … woher kennt ihr euch?“

Anneliese gesellt sich zu uns. Auch sie hat sich herausgeputzt. Um ihre massige Körperfülle zu kaschieren, hat sie etwas übergeworfen, was auf den ersten Blick wie eine graue Zeltplane aussieht. Darüber trägt sie eine lange goldene Halskette, an deren Ende ein schwerer, eingefasster Kristall glitzert. Sogar etwas dezentes Make-up hat sie aufgelegt.

„Nur keinen Streit, Jungs – und natürlich kennen wir deinen Freund!", sagt sie und legt beruhigend ihre fleischige Hand auf meinen Arm. An ihrem Handgelenk klimpert ein halbes Dutzend Armreifen und ihre dunkelroten Fingernägel sehen aus, als hätte sie sie gerade in Blut getaucht. Als sie meinen erstaunten Blick sieht, sagt sie entschuldigend: „Heutzutage bekomme ich nur noch zu Beerdigungen die Gelegenheit, mich aufzudonnern! Also lass mir den Spaß!"

„Aber woher kennt ihr Manfred?", wiederhole ich meine Frage.

„Anton kam das Gesicht gleich bekannt vor, neulich im Supermarkt. Aber im Alter dauert es manchmal etwas länger, bis das Gedächtnis anspringt – eigentlich haben wir es Martha zu verdanken, dass Anton sich erinnert hat."

„Martha?" Die Frau weiß nicht einmal mehr, was sie heute morgen gefrühstückt hat!

„Der Hund, sie hat sich an den Hund erinnert. Dein Freund hat uns einmal mit dem Hund besucht, als er sich um unsere Versicherungen gekümmert hat."

„Du hast ihnen Versicherungen angedreht?", frage ich Manfred.

„Ich drehe niemandem Versicherungen an", erwidert er verärgert. Er kann es nicht leiden, wenn ich ihn zu einem Außendienstmitarbeiter degradiere. „Ich leite die Abteilung Kundenbetreuung bei der *Aachener und Münchener*, das weißt du ganz genau!"

Wir stehen uns sprachlos gegenüber, zwei Freunde, die sich aus den Augen verloren haben, deren Wege sich getrennt haben und die nun nicht wissen, ob sie noch dieselbe Sprache sprechen.

Anton greift erneut in das Gespräch ein. „Als wir vor zwei Jahren die Wohngemeinschaft eingerichtet haben, hat Döring uns an Manfred vermittelt", erläutert er. „Es war nötig, unsere Versicherungspolicen auf den neuesten Stand zu bringen.

Dein Freund hat sich netterweise bereit erklärt, uns dabei zur Hand zu gehen. Er war einige Male bei uns, um uns zu beraten und beim Ausfüllen der Formulare zu helfen. Einmal eben auch mit dem Hund, euer Haus ist ja nur zwei Straßen entfernt – und daran hat sich Martha gestern erinnert."

„Ach, und deshalb hast du ihn direkt zur Beerdigung meiner Mutter eingeladen?", fahre ich Anton an. „Hast du da nicht vielleicht eine Kleinigkeit vergessen? Zum Beispiel, mich zu fragen?"

„Du hättest nein gesagt!", protestiert Anton.

„Aus gutem Grund! Er hat hinter meinem Rücken mit einem anderen Kerl gefickt!" Bei dem F-Wort halten alle einen Moment lang den Atem an und ich rolle mit den Augen. Sie sollen sich nicht so haben. Wir leben nicht mehr in den Fünfzigern.

„Eifersüchtig?" Manfred hat ein fieses Grinsen auf den Lippen.

„Eifersüchtig? Nein, natürlich nicht", sage ich mit einer wegwerfenden Handbewegung. Diese Blöße werde ich mir nicht geben. „Aber dass du ihn mit nach Hause geschleppt und das ganze Wochenende mit ihm verbracht hast, während ich hier … Familienangelegenheiten bereinigen muss, das bringt mich auf die Palme!"

Inzwischen ist auch Willy auf seinem Rollstuhl zu uns gestoßen. Er hat wie immer eine Zigarette im Mundwinkel und hat schon wieder Asche verteilt auf seiner braunen Weste. Die übliche Jogginghose hat er zur Feier des Tages gegen eine dunkle Stoffhose eingetauscht. „Felix ist sogar in den Rosenbüschen vor eurem Haus herumgestolpert und hat euch durch das Küchenfenster nachspioniert!", ruft er dazwischen. „Und dann hat er mit seinem Wagen eine Beule in den Kotflügel Ihres Wagens gefahren." Sein gehässiges Lachen geht in einen heftigen Hustenanfall über. Soll er doch daran ersticken!

„Du warst das?“, braust Manfred auf. „Hast du einen Knall, Felix? Weißt du, was die Reparatur kostet?“

„Eifersüchtig!“, konstatiert plötzlich Martha aus dem Hintergrund. Sie ist als Letzte bei uns eingetroffen, begleitet von Döring. Im Gegensatz zu allen anderen ist sie auffallend gekleidet. Statt eines dezenten Rocks und einer dunklen Bluse trägt sie ein bunt gesprenkeltes, luftiges Sommerkleid, über das sie eine wollene Strickjacke gezogen hat. Sie sieht aus, als wäre sie zu einer Gartenparty eingeladen und nicht zu einer Beerdigung. „Doch eifersüchtig“, wiederholt sie.

Wir alle drehen uns erstaunt um und starren sie an. Aber Martha hat ihre Aufmerksamkeit schon längst dem Hund zugewandt, den sie mit einer innigen Umarmung begrüßt.

Gerade noch rechtzeitig werde ich einer Antwort auf Manfreds peinliche Fragen enthoben, denn in diesem Augenblick rollt ein Taxi um die Ecke und hält auf der anderen Straßenseite. Aber unsere Auseinandersetzung ist nur aufgeschoben. Die Prioritäten wechseln momentan im Sekundentakt.

Anton hat die Ankunft des Taxis mit zusammengekniffenen Augen beobachtet. Als er erkennt, wer auf der Rückbank sitzt, geht ein Ruck durch seinen Körper und die Farbe weicht aus seinem Gesicht. „Ist das … ist das dein Großvater?“, stammelt er.

„Das ist mein Großvater“, bestätige ich mit hochgezogenen Augenbrauen.

„Hast du nicht gesagt, er sei alt und klapprig?“

„Er ist alt und klapprig“, erwidere ich. „Aber ich habe niemals gesagt, dass er bettlägerig ist! Es ist die Beerdigung seiner Tochter. Glaubst du, ich hätte ihn daran hindern können zu kommen? Anton – was ist denn?“

„Aber … o je … ich war nicht darauf vorbereitet, ihn hier zu sehen.“ Anton greift unwillkürlich nach einem Zipfel von Annelieses Zeltkleid, als bräuchte er Unterstützung.

Mein Großvater muss sich von dem Taxifahrer aus dem Wagen helfen lassen. Wie ein verrosteter Blechsoldat zieht er sich mühevoll an der offen stehenden Autotür empor, dann kommt er mit Tippelschritten und auf seinen Stock gestützt auf uns zu. Ich habe das Gefühl, dass er noch langsamer geht als sonst, als scheute er das Zusammentreffen mit den Menschen um mich herum, insbesondere mit Anton. Zu spät begreife ich, dass es ein Fehler war, das Lesen der restlichen Tagebucheintragungen zu verschieben. Was immer auch damals geschehen ist, was immer sich in der Vergangenheit zugetragen hat, es ist zwischen diesen Seiten versteckt. Ich hätte vorbereitet sein sollen.

Ich gehe meinem Großvater entgegen, helfe ihm das letzte Stück über die Straße und stelle ihm die Anwesenden vor. Nacheinander beäugt er Martha, Döring, Anneliese, Willy und Manfred durch seine dicken Brillengläser, nacheinander schüttelt er ihnen die Hand. Als Anton an der Reihe ist, streckt mein Großvater seinen Arm nur zögernd aus, wie in Zeitlupe, als wäre er nicht sicher, dass sein Handschlag erwidert werden würde. Und tatsächlich – Anton verweigert die Begrüßung, seine Hände bleiben reglos an seinem Körper liegen. Stattdessen mustert er den alten Mann kühl, nickt nur knapp und sagt: „Mein Beileid, Herr Hausmann."

Mein Großvater lässt seinen ausgestreckten Arm sinken und seufzt. „Bitte, Anton … es tut mir so unendlich leid", sagt er schließlich mit brüchiger Stimme. „Aber sie war doch meine Tochter, unser Nesthäkchen. Können Sie das nicht verstehen? Können Sie uns nicht verzeihen … nach so langer Zeit?"

Anton starrt ihn lange an und schüttelt dann den Kopf. „Zwei Jahre", bringt er schließlich zwischen zusammengepressten Lippen hervor. „Sie haben mir zwei Jahre meines Lebens gestohlen! Wie kann ich Ihnen das verzeihen, Herr Hausmann?"

„Wie bitte?“ Mein Blick springt zwischen Anton und meinem Großvater hin und her. „Ich verstehe kein Wort!“ Auch die anderen machen große Augen, nicht einmal Willy hat einen bissigen Kommentar parat.

„Ich habe zwei Jahre im Gefängnis gesessen“, erklärt Anton und in seiner Stimme schwingt jahrelang aufgestauter Zorn mit. „Wegen Vergehens gegen den Paragrafen 175. Das war Ende 1959 bis Ende 1961. Und er“, Anton zeigt auf meinen Großvater, „er war verantwortlich dafür. Er und Herbert und Maria.“

„Das glaube ich nicht! Das ist nicht wahr!“ Es ist das Erste, was mir einfällt, und ich sehe hilfesuchend meinen Großvater an, als würde es sich um ein Missverständnis handeln, das er bestimmt aufklären kann. Aber mein Großvater senkt den Blick und nestelt betreten am Saum seiner Jacke.

„Mein Vater … Herbert hat dich doch geliebt. Du hast es selber gesagt!“, protestiere ich weiter. „Das hätte er dir bestimmt nicht angetan!“

„Ich habe auch gesagt, dass es einige Dinge über Herbert zu erzählen gibt, die dir nicht gefallen werden“, erwidert Anton. „Ich habe dich gewarnt.“

„Aber doch nicht so etw…“

„Felix, er sagt die Wahrheit“, unterbricht mich mein Großvater. Erst jetzt bemerke ich, wie sehr das Wiedersehen mit Anton den alten Mann mitgenommen hat. Seine Knie zittern, als ob er jeden Moment in sich zusammensacken würde. „Ich muss mich setzen, Junge!“, flüstert er.

Zusammen gehen wir ins Haus, wie eine kleine Prozession, als würden wir eine Generalprobe der Beisetzung aufführen. Vorneweg Anneliese, die Willys Rollstuhl schiebt, neben ihr Martha, dahinter Manfred. Ihnen allen steht der Schock noch ins Gesicht geschrieben, keiner hat bisher ein Wort gesagt. Den Schluss bilden Anton und ich und mein

Großvater, der sich bei mir untergehakt hat. Noch vor ein paar Tagen war ich darüber erschrocken, wie abgemagert er ausgesehen hat; jetzt bin ich erstaunt darüber, wie schwer er ist, als er sich auf mich stützt. Er kann kaum noch laufen; die Anstrengung, einen Fuß vor den anderen zu setzen, treibt ihm den Schweiß ins Gesicht.

Im Haus meiner Mutter lässt er sich erleichtert auf den nächstbesten Stuhl fallen, alle anderen stehen unschlüssig umher, bis ich sie nervös ins Wohnzimmer bitte. Nur Anton sieht sich interessiert um. Jetzt, wo er die Vergangenheit endgültig lebendig gemacht hat, scheint er fast gelöst zu sein. Er inspiziert ungefragt die Küche, das leere Schlafzimmer, die Einrichtung des Wohnzimmers, betrachtet die Nippesfiguren in der Vitrine. „Komisch", murmelt er. „Irgendwie hatte ich gedacht, es wäre mehr von ihm hier, aber es gibt nichts, das an ihn erinnert. Nicht einmal ein Foto."

„Meine Mutter war gründlich", sage ich bitter. „Nach Herberts Tod hat sie ein neues Leben angefangen. Und nach meinem Rauswurf noch einmal." Aber sie ist der Erinnerung an uns nicht entkommen, begreife ich plötzlich. Die Entfernung von allem, was sie an meinen Vater und mich erinnerte, war nur der verzweifelte Versuch, ihr eigenes Versagen zu verdrängen. Warum bloß hat sie meinen Vater geheiratet? Warum hat sie sich auf die Ehe mit einem offensichtlich schwulen Mann eingelassen? Ganz egal, was mein Vater auch versucht hat, ihr vorzumachen, sie muss es zumindest geahnt haben.

Ich muss laut geredet haben, denn Anton sagt plötzlich: „Maria hat es gewusst. Ich habe es ihr gesagt. Aber sie hatte keine andere Wahl." Er lenkt meinen Blick auf meinen Großvater, der nun zusammengesunken auf dem Sofa sitzt und geistesabwesend seinen abgenutzten Rosenkranz durch die Finger gleiten lässt. Das Ding ist so alt, dass es fast zu einem Teil von ihm geworden ist. Das Silber des kleines Kreuzes ist im Laufe der Jahre ganz schwarz geworden. Er starrt aus dem Fenster und seine Lippen bewegen sich tonlos zu einem unablässigen Gebet. Und dann kenne auch ich auf einmal den Grund und ich sage traurig: „O Großvater, warum hast du das getan?"

Er dreht langsam den Kopf zu mir und in seinen trüben Augen schimmern ungeweinte Tränen. „Es tut mir leid, Felix. Es tut mir so leid."

„Du und Anton, ihr seid mir den Rest der Geschichte schuldig", erwidere ich. „Und jetzt will ich sie hören. Die Beerdigung findet erst um halb vier statt. Wir haben also viel Zeit."

„Die Beisetzung wurde verschoben?", fragt Döring. „Aber so lange kann ich nicht warten. Ich habe Termine!"

„Und wenn Sie am Nachmittag noch einmal wiederkommen?" sage ich.

Döring verzieht das Gesicht und seufzt. „Es wird mir wohl nichts anderes übrig bleiben", murmelt er. Anschließend verabschiedet er sich hastig, anscheinend ist er froh, dem Familiendrama entrinnen zu können.

Unruhig rutschte Anton auf dem kleinen Mauervorsprung hin und her und beobachtete die heruntergelassenen Rollos im Erdgeschoss von Eberhards Villa auf der anderen Straßenseite. Er schwitzte. Die Septembersonne brannte von einem hellen, gläsernen Himmel herunter, lange schon hatte er sein Sakko ausgezogen und neben sich gelegt. Auf seinem Hemd zeichneten sich dunkle Schweißflecken unter den Achselhöhlen ab. Um seine Nerven zu beruhigen, zündete er eine weitere Zigarette an, die sechste innerhalb der letzten Stunde. Er knüllte die leere Packung zusammen und warf sie achtlos auf den Bürgersteig. Ein hastiger Blick auf die Uhr sagte ihm, dass es schon nach zwei war. Er schaute die Straße hinunter, in die Richtung, aus der sie kommen würde, und seine Lippen wiederholten die Worte, die er ihr sagen wollte. Irgendwann musste sie doch von der Arbeit kommen! In diesem Moment bog eine Frau um die Ecke, ihr Rocksaum schwang um ihre Beine, die Pfennigabsätze klackten auf dem Stein. Anton reckte sich, um sie besser erkennen zu können, und sank dann wieder zusammen. Fehlalarm. Hinter der Frau trottete ein kleines Kind und schob einen Holzroller neben sich her. Außerdem war Maria nicht blond.

Anton wusste nun, was es bedeutete, die Hölle auf Erden zu erleben. Es bedeutete, jemanden zu verlieren und nicht loslassen zu können. Es bedeutete, ohnmächtig dabei zusehen zu müssen, wie jemand die Liebe, die er in sich trug, verriet, jeden Tag aufs Neue mit Füßen trat, und trotzdem nicht aufzuhören, ihn zu begehren. Die Hölle auf Erden bedeutete, Herbert zu lieben.

Es war sinnlos, darauf zu warten, dass Herbert sich zwischen ihm und Maria entschied. Er würde es nicht tun, er war zu schwach, zu ängstlich, zu feige. Herbert würde auf ewig zwischen zwei Welten pendeln, immer hin- und hergerissen zwischen der Sicherheit, Anerkennung und Normalität, die ihm seine Beziehung zu Maria vorgaukelte, und seinen Gefühlen von Liebe, Sehnsucht und Lust, die nur durch seine Freundschaft zu ihm, Anton, erfüllt werden konnten. Das Beste, was Anton erwarten konnte, waren heimliche Treffen unter dem Siegel der Verschwiegenheit, zwei oder drei Stunden, in denen sie hilflos übereinander herfielen, der Macht ihrer gegenseitigen Anziehung ausgeliefert, ein kurzer Rausch, und dann würde Herbert wieder zu Maria zurückgehen, mit einem schlechten Gewissen und dem Vorsatz, Anton nie wieder zu treffen. Bis zum nächsten Mal. Und dem Mal danach und danach und danach.

So war es seit Monaten und so würde es immer weitergehen. Anton sah eine endlose Kette von Danachs auf sich zukommen und er wusste, dass er damit nicht fertig werden würde. Nicht mit dem leeren Bett, dessen Bezüge er nicht wechselte, weil sie nach Herbert rochen, nicht mit der Kaffeetasse, die er nicht spülte, weil Herbert daraus getrunken hatte, nicht mit der Einsamkeit, die Herbert bei ihm zurückließ, als wäre die Luft, die er atmete, damit getränkt worden. Von sich aus würde Herbert nie dazu in der Lage sein, zu sich zu stehen. Er brauchte Hilfe. Antons Hilfe.

Anton hatte diese erstaunliche Erkenntnis gewonnen, nachdem er zwei Abende zuvor mit Eberhard in der Oper gewesen war, diesem neumodischen, sehr modernen Bau, den sie vor zwei Jahren am Offenbachplatz neben der Glockengasse hochgezogen hatten. Eberhard, der Kunstliebhaber, hatte Freikarten gehabt, natürlich, sonst hätte sich Anton den Opernbesuch nicht leisten können. Jetzt, wo seine Mutter tot und Wilfried ausgezogen war, brachte er kaum die Miete mit seinem Gehalt als Bademeister auf. Es wäre logischer gewesen, sich eine kleinere Wohnung zu suchen; ein Einzimmerapartment mit einer Kochnische und einem Bad hätte seinen Ansprüchen vollkommen genügt, aber noch immer wurden Familien mit Kindern bei der Wohnungssuche bevorzugt und Einzimmerapartments kaum gebaut.

Einige Male war er so knapp bei Kasse gewesen, dass er hungern musste – so wie jetzt. Während sie der Inszenierung von Mozarts Zauberflöte gelauscht hatten, hatte sein Magen so laut geknurrt, dass Anton befürchtet hatte, man könnte ihn überall im Theatersaal hören. Ganz flau vor Hunger war ihm gewesen, die letzte richtige Mahlzeit war schon mehr als zwei Tage her. Seitdem lebte er von Butterbroten, Tee und Zigaretten. Eberhard hatte ihm unauffällig ein Bonbon zugesteckt und Anton hätte beinahe aufgelacht. Als ob ein Hustenbonbon seine Probleme lösen könnte!

Trotzdem hatte er es gelutscht, und sein Magen hatte nicht mehr revoltiert, das Hungergefühl aber war geblieben.

Während die Königin der Nacht ihre Arie schmetterte, war er in eine Art Traumwelt hinübergeglitten. Er hatte nicht geschlafen, aber er war auch nicht ganz bei sich gewesen, es war fast eine Vision. Vielleicht hatte auch der Sekt, zu dem Eberhard ihn vor der Vorstellung eingeladen hatte, eine Rolle gespielt. Jedenfalls hatte er zwei Männer gesehen, ältere Männer, mit einem kleinen Bierbauch und grauem, dünner werdendem Haar, die Hand in Hand über die Severinsbrücke spazierten. Merkwürdig, die Brücke befand sich noch im Bau und sollte erst Ende des Jahres eröffnet werden. Eine Frau, die der Königin der Nacht verblüffend ähnlich sah, war vor ihnen hergelaufen und hatte Blumen gestreut: weiße Margeriten und einen Beutel voller gelber Rosenblätter. Anton mochte Rosen, insbesondere gelbe, duftende. Plötzlich hatte er die Szene aus einer anderen Perspektive gesehen, von vorne. Die beiden Männer waren Schritt für Schritt auf ihn zugekommen, lächelnd und noch immer Hand in Hand, und als sie nahe genug herangekommen waren, hatte er erkannt, dass es Herbert und er selbst waren, so, wie sie vielleicht in dreißig Jahren aussehen mochten. Dann hatte der Applaus der Zuschauer ihn aus seinem Wachtraum gerissen. Die Leute waren aufgestanden, hatten „Bravo“ gerufen und er war benommen aus seinem Sitz getorkelt und hatte Eberhard zugeflüstert, dass er sich nicht wohlfühle und ins Bett müsse. Zu Hause hatte er ein weiteres trockenes Stück Brot gegessen, ein wenig Leitungswasser getrunken, damit er schlafen konnte, und hatte sich hingelegt.

Wie ein Toter hatte er geschlafen, sich fast nicht gerührt während der Nacht, und das Einzige, was von dem Wachtraum am Morgen übrig geblieben war, war die Gewissheit, dass er selbst etwas unternehmen musste, wenn er eine

Chance haben wollte, den Traum, seine Vision, jemals verwirklicht zu sehen. Deshalb hatte er sich heute auf den Weg gemacht.

Eberhard hatte erwähnt, dass er übers Wochenende zu einer Versteigerung von Gemälden nach Frankfurt fahren müsse. Anton hatte gesehen, wie er vor einer halben Stunde die Jalousien herunterließ und aus dem Haus kam. Ein Taxi hatte ihn und seinen Koffer abgeholt und vermutlich zum Bahnhof gebracht. Anton fühlte sich nicht wohl, dass er Eberhard hinterging, aber es war seine einzige Chance, Maria allein zu Hause anzutreffen. Er wollte Eberhard nicht mit hineinziehen. Samstagvormittags musste Herbert normalerweise in der Kanzlei arbeiten und Anton hatte herausgefunden, dass Maria immer gegen Mittag nach Hause kam. Das Geschäft für Damenbekleidung, in dem sie ihre Verkäuferinnenlehre absolvierte, hatte von dreizehn bis fünfzehn Uhr Mittagsruhe, samstags schloss es um eins.

Anton sprang von dem Mäuerchen, um sich die Beine zu vertreten. Sie hätte schon längst hier sein müssen! Es war natürlich auch möglich, dass sie noch Einkäufe erledigte oder sich mit Freundinnen verabredet hatte, vermutlich hatte sie Freundinnen, auch wenn Anton es sich nicht vorstellen konnte. Wer wollte schon mit einer so dummen Pute befreundet sein? Oder ihre Schwester war mal wieder in die Stadt gekommen. Vielleicht saßen die beiden in einer italienischen Eisdiele und schwatzten und kicherten vor einem Bananensplit und einer Tasse Kaffee oder einer Coca. Dann würde er hier warten müssen, bis er Wurzeln geschlagen hatte. Anton hielt inne. Was, wenn Maria auf die Idee kam, ihre Schwester mit nach Hause zu bringen? Dann würde er niemals den Mut aufbringen, sie anzusprechen. Oder wenn sie doch in Begleitung von Herbert auftauchte? Herbert konnte sich freigenommen haben, ohne dass Anton davon wusste. Im Gegensatz zu früher wusste Anton kaum noch darüber Bescheid, was Herbert in seiner Freizeit tat. Er redete nicht darüber, versuchte, Anton von seinem „normalen“ Leben so weit wie möglich fernzuhalten. Ihn auszuschließen, als wäre er nicht gesellschaftsfähig. Anton kam sich vor wie ein Stricher, nur dass er kein Geld erhielt für seine Dienste. Aber Stricher und ihre Kunden waren auch nicht ineinander verliebt, oder?

Anton hörte den Motor eines schweren Fahrzeugs hinter sich. Als er sich umdrehte, sah er einen Bus an der Haltestelle hundert Meter weit weg halten. Natürlich! Maria würde den Bus nehmen! Sie würde froh sein, den Heimweg nicht zu Fuß laufen zu müssen, wenn sie den ganzen Vormittag auf den Beinen gewesen war. Nervös wartete er, bis der Bus den Blinker gesetzt hatte und endlich abfuhr, die Sicht auf die ausgestiegenen Fahrgäste freigab. Ein altes Ehepaar kam ihm entgegen, untereinandergehakt schlichen sie langsam den Bürgersteig auf der anderen Straßenseite entlang. Der Mann hatte den Hut abgenommen, die Frau trug ein Bündel Lauch in einem Einkaufskorb. Ein Mann in einem leichten, hellen Sommeranzug drängte sich an ihnen vorbei, die Aktentasche unter den Arm geklemmt, ihm folgte ein junger Kerl in Nietenhose, die Haare zu einer Elvistolle frisiert. Und dann eine junge Frau in einem adretten Faltenrock, einer weißen Rüschenbluse, Pfennigabsätzen, so, wie sie jetzt Mode waren – Maria! Unwillkürlich entfuhr Anton ein Seufzer der Erleichterung.

Er erkannte sie sofort, auch wenn er sie seit dieser unglückseligen Landpartie im letzten September nicht mehr gesehen hatte, und die lag immerhin fast genau ein Jahr zurück. Was hatte er diesen Tag verflucht, den Regenguss, der ihn und Herbert getrennt hatte! Herbert hatte es zwar nie zugegeben, aber Anton war sicher, dass an diesem Nachmittag die Beziehung zwischen ihm und Maria begonnen hatte. Die Anzeichen waren untrüglich gewesen. Herberts wachsende Distanz, sein Unwillen, seine Ausflüchte, seine nicht eingehaltenen Verabredungen, bis er dann eines Tages im Januar die Bombe hatte platzen lassen: Er würde sich mit Maria verloben, alles sei besprochen. Er würde Anton nicht mehr wiedersehen. Danach war er einfach gegangen, hatte Anton heulend und bettelnd zurückgelassen, im Schwimmbad, nachdem sie es ein letztes Mal getan hatten. So schäbig, so billig, so erniedrigend.

Irgendwie war Anton froh gewesen, als seine Mutter kurz darauf krank geworden war. Es hatte ihn abgelenkt von seinem Schmerz, seiner Einsamkeit. Er hatte kaum Zeit gehabt, an Herbert zu denken, während er seine Mutter in ihren letzten Wochen gepflegt hatte. Gehört hatte er allerdings von ihm, von Klaus, von Andreas und anderen, die Herbert begegnet sein wollten, die ihn gesehen haben wollten, abends oder nachts, wie er verschämt um die Teehäuschen herumschlich, auf der Suche nach einer schnellen Nummer. Schon da hatte Anton sich bestätigt gefühlt in seiner Gewissheit, dass Herbert sich etwas vormachte, dass es nicht gutgehen würde mit Maria. Und dann hatte er Herbert wiedergetroffen, kurz nach dem Tod seiner Mutter, genau wie er es sich vorher ausgemalt hatte, während er an ihrem Sterbebett gewacht und mit halbem Ohr ihren wirren Morphiumfantasien gelauscht hatte.

Und Herbert war zu ihm zurückgekommen, jedenfalls war es das, was Anton sich sagte, denn irgendwie stimmte es doch. Auch wenn er nur stundenweise kam und schnell wieder verschwand. Aber er kam nicht nur wegen Sex, Anton konnte das nicht glauben, er wollte daran nicht glauben. Maria würde Herbert niemals geben können, was er brauchte, nur er, Anton, konnte das, und tief in seinem Herzen wusste Herbert es, auch wenn er es nicht zugeben wollte.

Und genau das würde er, Anton, Maria jetzt sagen. Es war seine letzte Chance. Jetzt, wo Herbert Maria heiraten wollte.

Maria trat von der letzten Stufe des Busses herunter und ging langsam nach Hause. Ihre Frisur hatte sich gelockert, eine dunkelbraune Strähne fiel ihr ins Gesicht, eine andere war dem Knoten entflohen, zu dem sie ihr Haar am Morgen zusammengebunden hatte. Sie hasste es, wie diese strenge Frisur ihrem Gesicht etwas Altjüngferliches gab, aber ihre Chefin bestand darauf. „Wir sind ein Modegeschäft für die reifere Dame. Kleiden und frisieren Sie sich entsprechend, Fräulein Hausmann! In dieser Halbstarkenmontur brauchen Sie hier gar nicht erst zu erscheinen!" Als ob ein Nicki und eine schicke, eng sitzende Capri-Hose etwas mit den Leder- oder Nietenhosen der Halbstarken zu tun gehabt hätten!

Aber jetzt waren ihr die ewigen Auseinandersetzungen mit ihrer Chefin egal; jetzt würde sie ihre Stelle sowieso verlieren. Es war nur eine Frage der Zeit. Maria wusste ebenfalls, was es bedeutete, die Hölle auf Erden zu erleben. Zumindest hatte sie in den letzten vierundzwanzig Stunden eine ungefähre Vorstellung davon bekommen.

Die Ungewissheit hatte vor einer Woche begonnen, als sie einen Blick auf den Kalender geworfen hatte. Dabei hatte die Woche so wunderbar begonnen, als Herbert ihr endlich den lang ersehnten Antrag gemacht hatte. Zusammen waren sie bei ihren Eltern gewesen auf dem Land, wo ihr Vater ein kleines Schreibwarengeschäft führte, Onkel Eberhard hatte sie hingefahren. Am Sonntag, nach dem Kaffeetrinken, hatte Herbert offiziell ihren Vater um ihre Hand gebeten und natürlich hatte Paps eingewilligt, die ganze Familie war erfreut, schließlich war es ein offenes Geheimnis gewesen, dass sie heiraten würden.

Nur Onkel Eberhard war nicht froh gewesen. Misstrauisch hatte er Herbert angesehen und den Kopf geschüttelt. Später hatten er und Paps sich ins Arbeitszimmer zurückgezogen und sie hatte laute Stimmen hinter der Tür gehört und kurz darauf war ihr Vater aus dem Zimmer gestürmt und hatte verärgert gerufen: „Ich will nichts mehr davon hören, Eberhard! Das Thema ist beendet!" Maria wusste, dass ihr Onkel nichts von ihrer Beziehung zu Herbert hielt, aber sie hätte nicht gedacht, dass er versuchen würde, ihren Vater gegen die Verbindung aufzubringen. Wenn sie die Möglichkeit gehabt hätte, wäre sie auf der Stelle losgezogen, um sich in Köln eine andere Bleibe zu suchen, aber Lehrmädchen wurden schlecht bezahlt, die Miete für ein kleines Zimmer würde sie niemals aufbringen können.

Maria fuhr sich nervös durch die Haare. Ihr war ein wenig schwindelig, die Hitze setzte ihrem Kreislauf zu. Den ganzen Vormittag hatte sie in dem stickigen Verkaufsraum gestanden, unförmigen und alternden Matronen Kostüme und Abendkleider gezeigt, bei den Anproben geholfen, immer „Ja, gnädige Frau, sehr hübsch, gnädige Frau" gemurmelt. Auch wenn die Weiber aussahen wie Presswürste in ihren zu eng geschnürten Korsagen, rotgesichtig vor dem Spiegel standen und naserümpfend die Preisetiketten lasen. Als ob Maria dafür verantwortlich wäre, dass die Abendgarderobe nicht mehr den Preisen von 1935 entsprach, als diese Weiber jung gewesen waren. Als ob sie etwas dafür könnte, dass sie nicht mehr in Größe 36 passten und es nicht wahrhaben wollten.

Gegen Mittag hatte sie Migräne bekommen und flau war ihr auch noch geworden, der Gedanke an Essen war geradezu unerträglich gewesen. Sie wollte nur noch nach Hause und auf ihr Zimmer gehen, sich in ihrem Bett zusammenrollen und schlafen. Die Villa hatte sie Gott sei Dank für sich allein, Onkel Eberhard war abgereist nach Frankfurt. Und heute Abend würde Herbert kommen. Sie wollten eigentlich tanzen gehen, aber im Moment … eine Welle von Übelkeit überraschte Maria. Sie schien aus dem Nichts zu kommen und Maria begann zu rennen, die Hand vor den Mund gepresst, aber es war zu spät, die Absätze behinderten sie und sie schaffte es noch nicht einmal bis zum Hauseingang. Würgend stützte sie sich an einem Laternenpfahl ab und erbrach das bisschen Frühstück, das sie am Morgen herunterbekommen hatte.

Aus den Augenwinkeln sah sie einen jungen Mann auf der anderen Straßenseite auf einem Mäuerchen sitzen, das zu dem Grundstück gegenüber gehörte. Scheinbar teilnahmslos beobachtete er sie und einerseits war sie dankbar dafür, dass er kein Aufhebens um ihre peinliche Lage machte, und auf der anderen Seite wäre sie froh gewesen, wenn er ihr zu Hilfe geeilt wäre. Fast war sie ein bisschen empört über seine schlechten Manieren. Sie fühlte sich schwach und zitterte, es kostete sie ihre ganze Kraft, nicht auf die Knie zu sinken. Aber immerhin schien nicht noch mehr zu kommen, die Übelkeit war so schnell verflogen, wie sie von ihr überrascht worden war. Tatsächlich fühlte Maria sich plötzlich viel besser, von Augenblick zu Augenblick.

Erleichtert richtete sie sich auf und kramte in ihrer Handtasche nach einem Taschentuch. In ihrem Mund schmeckte sie die Reste von Erbrochenem. Widerlich. Wie gut, dass sie es nur wenige Schritte bis nach Hause hatte. Sie tupfte ihre Mundwinkel ab und bemerkte erst jetzt, dass sie trotz ihrer Erleichterung angefangen hatte zu schluchzen. Was sollte sie nur tun? Sie musste es Herbert sagen, heute noch, heute Abend. Sie würden die Hochzeit vorverlegen müssen, der geplante Termin um Weihnachten war viel zu spät, jeder würde es bis dahin sehen können! Und was sollte sie ihren Eltern sagen, ihrem strengen Vater, für den eine Welt zusammenbrechen würde? Wie sollte sie ihnen beibringen, dass eine schnelle Hochzeit ein Muss war, damit man ihre Dummheit noch kaschieren konnte? Sie konnte ihre Eltern vor sich sehen: ihre Mutter, die unablässig das Kreuz über ihrer Brust schlagen und leise jammern würde, und das fassungslose Gesicht ihres Vaters, die rechte Hand fest um seinen Rosenkranz geklammert, hastig und unablässig die Perlen hin und her schiebend.

Sie hatte einfach nicht darauf geachtet, hatte die Daten durcheinandergebracht. Sie war unsicher gewesen, ob sie sich vielleicht doch nur verrechnet hatte, aber das konnte eigentlich nicht sein. Sie war letzte Woche fällig gewesen. Bei manchen passierte es ja unregelmäßig, Erika zum Beispiel setzte hin und wieder komplett aus, ohne dass es etwas bedeutete, aber bei ihr passierte es wie bei einem Uhrwerk, immer, es war eigentlich kein Vertun möglich. Deshalb war sie dann doch zum Frauenarzt gegangen, ängstlich, widerstrebend, denn was immer der Gynäkologe auch tat da unten, es war peinlich und entwürdigend. Aber sie hatte die Prozedur mit geschlossenen Augen ertragen, hatte sich untersuchen lassen und ihre Befürchtung war bestätigt worden. Zweiter Monat. Der Arzt hatte ihr gratuliert und sie war schockiert in Tränen ausgebrochen. Im Dezember würde sie im fünften Monat sein – oder war es dann schon der sechste? Niemand würde glauben, dass es eine Hochzeit aus Liebe war. Jeder würde ihren Bauchumfang sehen, alle würden sich wissende Blicke zuwerfen und ihre Eltern würden vor Scham im Boden versinken – und sie auch.

Inzwischen war sie an der rettenden Haustür angelangt und durchsuchte erneut ihre Handtasche, diesmal, um den Schlüssel herauszukramen. Nur noch ein paar Augenblicke, dann hatte sie es geschafft. Angeekelt bemerkte sie, dass sich ein Spritzer Erbrochenes auf ihrer neuen Bluse befand.

Ob sie den Fleck wieder herauswaschen konnte? Am besten wäre es wohl, die Bluse direkt in heißem Wasser einzuweichen, dabei wollte sie doch endlich schlafen!

Was Herbert wohl sagen würde? Maria hatte keine Ahnung, ob er Kinder mochte. Sie hatten bisher noch nie über das Thema gesprochen. Er war immer ausgewichen und sie selber hatte es auch nicht eilig damit gehabt. Und wenn er gar keine Kinder wollte? Wenn er sie nur unter der Bedingung heiraten wollte, dass sie keine Kinder bekommen würden? Maria schrak zusammen. Diese Möglichkeit hatte sie nicht in Betracht gezogen. Was, wenn er sie nun einfach fallen ließ? Sie würde eine ledige Mutter sein, alleinerziehend, im Stich gelassen, allein mit der Schande, ein uneheliches Kind auf die Welt gebracht zu haben. Es war undenkbar. Herbert würde sie heiraten, er würde sie heiraten müssen. Er war der Vater des Kindes, er hatte Verpflichtungen, und wenn er davor zurückschreckte, so würde Paps Mittel und Wege finden, Herbert klarzumachen, dass er sich nicht drücken konnte.

Endlich, der Schlüssel steckte in der Haustür! Maria entfuhr ein Seufzer der Erleichterung, als sie das Klicken des Schlosses hörte – und gleich darauf schrie sie erschrocken auf, denn da war plötzlich eine Hand auf ihrer Schulter. Jemand drehte sie mit sanfter Gewalt um.

„Was …?“, stammelte sie. Für einen Moment war sie geblendet, der Blick in die grelle Sonne raubte ihr die Sicht.

„Sie kennen mich nicht mehr?“

Zumindest erkannte sie die Stimme. Den mürrischen, unhöflichen Unterton. Die Erinnerung an ein Picknick, das von einem heftigen Regenguss beendet worden war, und dann … Nein, sie hatte nicht vergessen, wer dieser Mann war, natürlich nicht. Er war ein Schatten aus der Vergangenheit, den sie erfolgreich aus Herberts Leben gedrängt hatte. Jetzt endlich erkannte sie in Anton den jungen Mann, der auf dem Mäuerchen gegenüber gesessen hatte. Die Hornbrille, die dunklen, glatten und nach hinten gekämmten Haare, das undurchdringliche, herablassende Lächeln. Maria blinzelte verstört. So wie nur wenige Minuten zuvor eine Welle der Übelkeit über ihr zusammengeschlagen war, so war es nun eine Woge tiefer Abneigung, die über sie hereinbrach. Wie sie diesen … diesen Schwulen hasste! Wieso war er wieder aufgetaucht? Unter welchem Stein war er hervorgekrochen?

„Herr Kortniak! Doch, ich erinnere mich an Sie. Flüchtig." Ihr Ton war kühl und distanziert. Sie wollte verdammt sein, wenn sie den Menschen beim Vornamen ansprach! „Was kann ich für Sie tun?"

„Mir Ihr Ohr leihen, Fräulein Hausmann, für ein paar Minuten." Anton betonte das Wort „Fräulein" sarkastisch, als wollte er sie auf ihren Status als Backfisch hinweisen. Oder bildete sie sich das nur ein?

„Ich wüsste nicht, was wir miteinander zu besprechen hätten", erklärte sie abweisend.

Anton lächelte und wieder glaubte Maria, eine Spur Überheblichkeit, sogar Arroganz in seinem Grinsen zu erkennen. „Ja", erklärte er, „das glaube ich gerne."

Plötzlich hatte sie eine Gänsehaut, als ob ihr Körper eine instinktive Vorahnung verspürte. „Ich … bitte?"

„Es geht um Herbert, um wen sonst!"

Marias Hände fingerten unsicher an ihrer Handtasche, klappten den Verschluss ruhelos auf und zu. „Herbert und ich werden heiraten", sagte sie. „Schon bald."

„Ich weiß. Deshalb bin ich hier."

„Sie wissen …? Oh, natürlich, Onkel Eberhard." Sie lachte kurz auf, es klang ein wenig schrill.

Anton schüttelte den Kopf; jetzt sah er fast mitleidig aus. „Nein, Fräulein Hausmann. Nicht Ihr Onkel. Ich weiß es von Herbert."

Maria ging unwillkürlich einen Schritt nach hinten, spürte dankbar die Haustür in ihrem Rücken, die ihr Halt bot. Der Türgriff bohrte sich in ihre Wirbelsäule. „Von Herbert? Aber Herbert … er hat keinen Kontakt mehr zu Ihnen … ich bin sicher." Er hatte es ihr versprochen, er hatte es ihr hoch und heilig geschworen! Sie hatte ihm gesagt, dass Menschen wie dieser Anton kein Umgang für ihn waren, die Leute würden reden. Es war peinlich genug, jemanden wie Onkel Eberhard in der Familie zu haben, der keinen Hehl aus seiner verhängnisvollen Neigung machte … aber ihr Onkel war unabhängig, in der Kunstszene waren solche Menschen weit verbreitet. Er besaß eine Art Narrenfreiheit, die Leute schmückten sich mit ihm, wenn es nötig war, ihre Toleranz zu demonstrieren. Jemand wie Anton schadete jedoch Herberts Ruf. Ein Habenichts, der Herberts Karriere im Weg stand, so hatte sie es formuliert damals, kein Umgang für einen aufstrebenden Kanzleimitarbeiter. Und ihr Verlobter hatte ihr versichert, wieder und wieder, dass er solche Leute eigentlich nicht ausstehen könne, ihre Neigung unnatürlich finde, und er hatte den Kontakt zu Anton abgebrochen. Ohne zu zögern, ohne zu murren, nachdem sie deutlich gemacht hatte, dass sie Antons Anwesenheit nicht ertragen konnte. Fast ein Jahr lang war sein Name nicht mehr über Herberts Lippen gekommen. Sie war sicher gewesen, dass er diesen „Freund" hinter sich gelassen hatte.

Marias Lippen kräuselten sich vor Abscheu. „Wir werden heiraten", wiederholte sie störrisch.

„Tatsächlich? Ich kann mir nicht vorstellen, dass Sie jemanden mit Herberts Neigungen heiraten wollen … einen Homosexuellen? Einen 175er? Einen vom anderen Ufer? Er wird Sie niemals glücklich machen können!" Antons Stimme klang süßlich und gleichzeitig bitter. Seine Worte waren wie mit Gift versetzter Honig.

„Was erlauben Sie sich! Er ist nicht ..." Maria konnte das Wort nicht aussprechen. „Ich hätte es gemerkt. Eine Frau spürt so etwas." Natürlich hätte sie es gemerkt! Es war alles in Ordnung mit Herbert! Anton log, er wollte Herbert für sich. Er war eifersüchtig, weil sie ihn aus Herberts Leben gedrängt hatte. Er wollte sich rächen! Was für üble Menschen diese ... Homosexuellen doch waren. Sie schreckten vor nichts zurück, waren bereit, das Leben anderer zu zerstören, wenn sie nicht das bekamen, was sie wollten!

Anton lachte auf. Er schien wirklich amüsiert zu sein, und einen winzigen Augenblick lang erinnerte sich Maria an ihr ungutes Gefühl, als sie Herberts Hand durch Antons Haare hatte streichen sehen, damals, als die beiden sich bei Onkel Eberhards Feier unbeobachtet glaubten; sie erinnerte sich an ihren Vorsatz während des Picknicks, Herbert zu testen. Sie hatte lange nicht daran gedacht. Mit Antons Verschwinden von der Bildfläche hatte sich auch das Gefühl verflüchtigt und sie hatte seitdem nie wieder einen Grund gehabt, an Herbert zu zweifeln. Im Nachhinein glaubte sie sogar, es sich vielleicht nur eingebildet oder das Ganze nur missdeutet zu haben. Was wusste sie schon von Männern und Männerfreundschaften?

„Wie bitte?", fragte sie und mit einem Ruck war sie wieder im Jetzt, bemerkte, dass Anton auf sie einredete und dass sie überhaupt nicht zugehört hatte. Wie in einem Stummfilm hatte sie beobachtet, wie sich sein Mund bewegte, winzige Tropfen Spucke sich von seinen spröden Lippen lösten und auf den Boden fielen. Nicht ein Wort hatte sie gehört.

„... Sie sich nie gefragt, warum er abends so lange arbeitet, jeden Dienstag und Donnerstag?", wiederholte Anton.

„Herbert will vorwärtskommen", erwiderte sie schwach. „Er will Karriere machen. Es sind Überstunden."

„Überstunden? So nennt er das also?" Anton fing an zu lachen, ein hässliches, verletztes Lachen. Dann ließ er die

Katze aus dem Sack. „Er ist bei mir!" Am liebsten hätte Maria diesem Menschen das starre Grinsen aus dem Gesicht geschlagen. „Jeden Dienstag und jeden Donnerstag. Er kommt um sechs Uhr und er geht zwischen acht und halb neun."

„Das ist gelogen! Sie sagen nicht die Wahrheit!"

„O ja, das tue ich!" widersprach Anton. „Hören Sie auf, den Kopf in den Sand zu stecken, Fräulein Hausmann!" Er kniff seine Augen zusammen, als suchte er ein Ziel, in das er seine nächsten Worte bohren konnte. „Wir gehen miteinander ins Bett. Ich blase ihm den Schwanz, er bumst mich und ..." Plötzlich griffen Antons Hände nach ihren Unterarmen und er zwang sie zuzuhören, obwohl sie sich die Ohren zuhalten wollte. Seine Finger gruben sich in ihr Fleisch, während er immer lauter und lauter sprach. „... ich kann Ihnen vormachen, wie er stöhnt, wenn er seinen Höhepunkt hat, ich kann Ihnen vormachen, wie er dabei meinen Namen ruft, vielleicht glauben Sie mir dann, aber das ist noch nicht alles, was Sie wissen müssen, denn er besucht auch noch öffentliche Toiletten, abends, wenn er Ihnen weismacht, er ginge noch ein Bier trinken oder frische Luft schnappen. Er schleicht auf den öffentlichen Klappen herum und treibt es dort in den Kabinen mit anderen Männern. Er ist dort gesehen worden, immer und immer wieder, und eines Tages wird er von einer Polizeirazzia verhaftet werden, es ist nur eine Frage der Zeit. Er kann nicht gegen seinen Trieb angehen, niemand, der so veranlagt ist, kann das, und was werden Sie dann machen? Wollen Sie ewig so tun, als würden Sie die Wahrheit nicht kennen ..."

Seine Stimme ratterte unbarmherzig weiter, sie klang wie ein Maschinengewehr, das mit einer Salve nach der anderen feindliches Territorium unter Beschuss nimmt, bis der Widerstand gebrochen ist, und alles, was Maria tun konnte, um diese Stimme zum Verstummen zu bringen, war, den

Schrei, der ihr die Kehle zugeschnürt hatte, endlich loszulassen.

Plötzlich war alles ganz still. Nur der keuchende Atem der zwei ungleichen Kontrahenten war zu hören. Beide hielten inne, holten Luft wie zwei Boxer nach der ersten Runde im Ring. Anton hatte sich als Erster gefangen. „Es tut mir leid, Maria", flüsterte er. „Herbert gehört zu mir. Auch wenn er es noch nicht wahrhaben will. Sie verlieren."

Maria rieb ihre schmerzenden Unterarme. Sie konnte Antons Fingerabdrücke auf ihrer Haut sehen. „Nein", erwiderte sie dumpf. „Wir alle verlieren. Sie und Herbert und ich. Ich bin schwanger."

Sie sah zu, wie aus Antons Gesicht die Farbe wich und er nach hinten stolperte, als wäre er geschlagen worden, aber das Gefühl des Triumphs, das sie empfand, war hohl und schmeckte schal auf ihrer Zunge. Mit einer letzten Kraftanstrengung öffnete sie endlich die Haustür und flüchtete in die abgedunkelte, kühle Sicherheit der Villa.

Es dauerte eine ganze Weile, bis sie in der Lage war, die Wählscheibe des Telefons zu bedienen. Anscheinend gab es nur einen Weg, Herbert von Antons Einfluss fernzuhalten.

Vierzehn

„Ich verstehe nicht", sage ich verwirrt, als Anton abrupt schweigt. „Was hat sie denn getan? Ich meine, was ist so schlimm daran zu telefonieren?"

Mein Großvater hat Antons Erzählung mit geschlossenen Augen zugehört, auf dem Sofa sitzend, die Hände auf seinen

Stock gestützt. Die Pose des alternden Patriarchen. Es sah aus, als würde er friedlich schlafen. Nur daran, dass er hin und wieder das Gewicht von einer Pobacke auf die andere verlagerte, konnte man erkennen, dass er nicht wirklich schlief.

Jetzt öffnet er die Augen und sagt: „An dem Nachmittag hat Maria mich angerufen. Sie war völlig außer sich, sie hat geweint. Zuerst war kein vernünftiges Wort aus ihr herauszubringen. So hatte ich meine Tochter noch nie erlebt. Ich dachte erst, es wäre etwas passiert, ein Unfall oder so etwas, oder Eberhard wäre etwas zugestoßen. Ich bin losgefahren und habe sie nach Hause geholt, hierhin." Er seufzt und schüttelt den Kopf. „Ein junges Mädchen allein in einer Großstadt. Ich hätte wissen müssen, dass das nicht gutgehen kann. Es ist meine Schuld … alles ist meine Schuld." Er sieht mich an. „Wir haben versagt, deine Großmutter und ich. Maria war unser Nesthäkchen, wir haben sie verhätschelt und verwöhnt. Mit ihrer Art konnte sie mich um den Finger wickeln, alles, was sie wollte, hat sie von mir bekommen. Ich konnte einfach nicht nein sagen. Und wenn sie sich etwas in den Kopf gesetzt hatte … sie konnte sehr stur sein." Er seufzt erneut und fällt zurück in sein Schweigen, als ob damit alles Notwendige gesagt wäre.

Es ist Zeit für eine Pause. Alle sehen etwas mitgenommen aus, auch wenn ich am liebsten alles auf einmal hören würde. Unwillig erinnere ich mich an meine Gastgeberpflichten. „Möchte jemand Kaffee? Tee?"

Anneliese springt auf und ruft erleichtert: „Ich dachte schon, du würdest nie fragen, Schätzchen!"

„Kaffee. Stark und nur mit Zucker", erklärt Willy. Während Anton gesprochen hat, hat er eine Kippe nach der anderen geraucht. Die Stummel hat er wie selbstverständlich in der Azalee auf der Fensterbank ausgedrückt.

„Du hättest einen Aschenbecher nehmen können", sage ich angewidert und sammele die Kippen aus dem Blumentopf.

„Wenn hier einer gestanden hätte, hätte ich ihn auch benutzt."

Über so viel Frechheit und miserable Manieren würde ich mich normalerweise aufregen, aber diesmal murmele ich eine Entschuldigung und suche aus der Glasvitrine meiner Mutter zwischen den Nippesgegenständen einen Aschenbecher heraus, so ein kitschiges, kunstvoll verziertes Glasding in der Form eines Schwans, auf dem bestimmt noch nie eine Zigarette ausgedrückt worden ist. Soweit ich weiß, hat meine Mutter nie geraucht, und ich kann mich auch nicht erinnern, dass in ihrem Haus Rauchen gestattet war. Doch jetzt ist es mein Haus.

Ich gehe in die Küche und mache mir an der Kaffeemaschine zu schaffen, schaufele Pulver in den Filter, schütte Wasser ein. Hinter mir wird die Küchentür aufgestoßen und dann leise wieder geschlossen. Ich weiß, wer es ist, ich erkenne es an den Schritten. Ich würde sie im Schlaf zuordnen können.

„Was ist hier eigentlich los?", fragt Manfred. Unschlüssig bleibt er in der Mitte des Raums stehen. Ich kann spüren, dass er mich gerne anfassen würde, aber er traut sich nicht. „Dein Vater war wirklich schwul?"

„Ich habe es dir am Telefon gesagt. Hast du mir nicht zugehört? Nein, natürlich nicht." Ich drehe ihm weiterhin den Rücken zu, zähle die Kaffeelöffel ab.

„Doch, schon, aber ..."

„O richtig!", falle ich ihm ins Wort. Ich kann nichts dagegen tun, meine Stimme klingt sarkastisch, verletzt. „Du warst ja beschäftigt mit diesem ... Ersatzmann!"

„Wenn du auf Kevin anspielst, den habe ich erst einen Tag später kennengelernt", erwidert Manfred scharf. „Als wir telefoniert haben, war ich noch in Leipzig."

Kevin! Jetzt hat also der andere endlich einen Namen. Ganz gegen meinen Willen muss ich plötzlich lachen. „Heißt er wirklich so? Kevin? Wie alt ist das Kind denn? Geht er noch zur Schule?"

Manfred nuschelt eine Antwort. „Wie bitte?" Ich drehe mich um und sehe ihn herausfordernd an. „Du musst schon deutlich reden."

„Er ist Mitte zwanzig, wenn du es genau wissen willst!" Manfred ist rot geworden und kann meinem Blick nicht standhalten.

„Kinderficker!", sage ich verächtlich. „In der Hose sieht er aus, als würde er Windeln tragen."

Manfred runzelt verärgert die Stirn. „Baggies sind eben Mode heutzutage. Mit Mitte zwanzig hast du einen Schnäuzer getragen und wärst am liebsten mit deiner Lederjacke ins Bett gegangen."

„Aber ich habe mich nicht an zwanzig Jahre ältere Männer rangeschmissen und versucht, sie auszunehmen!"

„Ach, daher weht der Wind!", sagt Manfred. „Du kannst dir nicht vorstellen, dass sich jemand in dem Alter für mich interessiert! Du bist neidisch!"

„Neidisch? Hast du noch alle Tassen im Schrank?", erwidere ich wütend. „Es ist mir eher peinlich, weil du dich lächerlich machst! Hast du keinerlei Würde?"

„Kevin hat kein Interesse daran, mich auszunehmen. Er ist kein Stricher. Sein Vater ist Rechtsanwalt und er selbst studiert Jura. Er hat nur einen leichten Daddy-Komplex." Manfred ist erstaunlich ruhig, immer dann, wenn ich mich in Rage rede, wird er ruhig. Es ist, als liefe man gegen eine Gummiwand.

„Und was findest du an ihm?"

„Ich …", beginnt Manfred, aber in diesem Moment wird die Küchentür aufgerissen und Anneliese stürmt herein. Ihre breiten Hüften passen gerade noch durch den Türrahmen.

„Kann ich euch irgendwie helfen? Ist der Kaffee endlich fertig?" Ihre vielen Armbänder klimpern und klingeln wie

Glöckchen an einem Weihnachtsbaum. Anscheinend will sie nicht bemerken, dass sie gerade stört. Manfred nutzt ihr Erscheinen, um sich zu verdrücken, und ich suche in den Schränken nach Tassen und Untertassen, Milch und Zucker und einem Tablett.

„Martha möchte Kekse“, sagt Anneliese. „Hast du Kekse im Haus, Felix?“

Ohne auf meine Antwort zu warten, kramt sie in den Schränken meiner Mutter herum und findet tatsächlich ein Paket Butterkekse, dessen Haltbarkeitsdatum noch nicht abgelaufen ist. „Na ja“, sagt sie enttäuscht und reißt die Packung auf, „besser als nichts.“ Dann schiebt sie sich drei Kekse auf einmal in den Mund.

„Lass Martha noch ein paar übrig“, sage ich verstimmt, während ich den Kaffee in eine Thermoskanne umschütte. Mit meinen Gedanken bin ich noch bei Manfred und Kevin. Ich habe noch immer nichts Genaues über die Art ihrer Beziehung erfahren und was das für uns bedeutet, für Manfred und mich.

Anneliese sieht mich schuldbewusst an und zusammen tragen wir die Sachen ins Wohnzimmer. „Schätzchen“, sagt sie kauend, während wir aus der Küche gehen, „mach dir keine Sorgen. Alles wird gut. Denk an deinen Namen. Felix: der Glückliche.“

Manchmal glaube ich, mein Name ist ein Fluch. Ein Seelenzustand, dem ich mein Leben lang vergebens hinterherrenne und den ich nie erreichen werde.

Anton schaltete das Radio aus. Er wollte nicht noch eine weitere Reportage über den Amerika-Besuch Chruschtschows hören. Die Nachrichten der letzten Tage waren voll von Meldungen, die über eine Ost-West-Annäherung berichteten, die Gespräche zwischen Eisenhower und dem sowjetischen Regierungschef analysierten. Sogar die Speisekarten der diversen Gala-Dinners waren unter die Lupe genommen worden. Die Welt draußen wurde immer größer, aber Antons Welt schrumpfte immer weiter zusammen.

Es hatte eine Zeit gegeben, vor Herbert, da hatte er teilhaben wollen an dieser Welt, Reisepläne geschmiedet, hatte fremde Kulturen kennenlernen, sich andere Länder ansehen wollen. Holland, Italien, vielleicht sogar eines Tages Amerika. Seine Mutter hatte immer von einer Tante gesprochen, die 1946 einen GI geheiratet und dann nach Oklahoma ausgewandert war. Er hatte zwar erst auf der Landkarte suchen müssen, wo Oklahoma war – in der Mitte, oberhalb von Texas –, aber er hätte sie besuchen und sich für die Pakete bedanken können, die seine Familie nach dem Krieg bekommen hatte. Sie schickte noch immer welche, bestückt mit so exotischen Sachen wie Maple Syrup, Chocolate Chip Cookies, Corned Beef und Hershie Bars. Vielleicht hatte sich das deutsche Wirtschaftswunder noch nicht bis Oklahoma herumgesprochen. Er hatte auch noch nicht den Mut aufgebracht, ihr zu schreiben, dass seine Mutter tot war.

Dann, vor gut einem Jahr, war Herbert in sein Leben getreten, und sein Horizont war enger geworden, aber nicht weniger mit großen Träumen ausgefüllt. Anstatt die Welt draußen erkunden zu wollen, hatte er eine innere Welt kennengelernt, von der er nicht gewusst hatte, dass sie existierte. Sein Leben war zum Bersten voll mit verwirrenden Gefühlen wie Liebe, Eifersucht, Verzweiflung, Hoffnung und wieder Liebe. Jeder Tag mit Herbert war wie ein kleines Wunder gewesen, das er in sein Gedächtnis brannte, ein Schatz, den er festhalten wollte, auch wenn es manchmal noch so schwierig gewesen war mit Herbert. Aber dieses Auf und Ab hatte ihm merkwürdigerweise auch Kraft und Energie gegeben, weil er ein Ziel vor Augen hatte: Herbert.

Aber jetzt war von all diesen Träumen und Weiten nichts mehr übrig geblieben. Seit Herbert gegangen war, seit Anton wusste, dass er den Wettstreit um Herbert endgültig verloren hatte, war seine Welt leer wie ein verlassener Käfig. Die Wände, die die Räume seiner Wohnung begrenzten, waren zu seinem selbstgewählten Gefängnis geworden, aus dem er sich kaum noch heraustraute. Sogar zur Arbeit war er nicht mehr gegangen, hatte sich krank gemeldet. Es erschien sinnlos, wozu sich die Mühe machen, wozu brauchte er Geld? Er aß und trank kaum noch etwas, litt keinen Hunger, empfand keinen Durst. Die meiste Zeit lag er im Bett, starrte an die Decke, rauchte und lauschte in die Stille oder dem leisen Trippeln der Mäuse hinter den Wänden. Manchmal war es fast zu anstrengend, aufzustehen und zur Toilette zu gehen. Erschöpft lag er hinterher auf der Matratze und schlief ein, vergaß die Zeit, kümmerte sich nicht mehr um Tag oder Nacht. Er hatte vergessen, wann er sich das letzte Mal gewaschen oder rasiert hatte.

Doch jetzt war auch die Wohnung kein sicherer Ort mehr, jemand wollte ihm auch dieses letzte Refugium streitig machen. Jetzt bestanden seine Welt und seine Zukunft nur noch aus diesem amtlichen Brief, der vor ihm auf dem Küchentisch lag. Seine Nachbarin, die Müller aus dem ersten Stock, hatte ihn gebracht, hatte plötzlich vor ihm gestanden mit dem Zweitschlüssel in der Hand, den ihr seine Mutter vor Jahren für Notfälle gegeben hatte.

„Ein Brief vom Amt“, hatte sie gesagt. „Ich habe ihn entgegengenommen, Herr Kortniak. Sie gehen ja nicht an die Tür. Ich musste den Empfang quittieren.“ Sie hatte noch nie „Herr Kortniak“ zu ihm gesagt, ihn noch nie gesiezt. Seit mehr als fünfzehn Jahren lebte sie im selben Haus, hatte ihn aufwachsen sehen, er hatte oft Erledigungen für sie gemacht, weil sie nicht mehr gut zu Fuß war. Und doch war sie plötzlich distanziert, verächtlich, und sie hatte den Brief auf sein Bett fallen lassen, als ob er etwas Schmutziges, Ekelerregendes beinhaltete. „Sie sollten sich schämen! Pfui!“

Erst beim Öffnen des Briefes hatte er ihre Reaktion verstanden. Der Klebestreifen des Umschlags war zu leicht aufzureißen gewesen, als ob ihn jemand unter Wasserdampf schon einmal geöffnet und gelesen hätte, diese Vorladung vor Gericht, zu der er als Angeklagter zu erscheinen hatte. Beschuldigt der Unzucht mit einem anderen Mann im Sinne eines Vergehens gegen den Paragrafen 175, Absatz 1.

Es war zu viel. Stumm und apathisch hatte er die Zeilen angestarrt, bis die Buchstaben vor seinen Augen begonnen hatten zu tanzen, einen wilden Reigen, bei dem ihm ganz schwindelig geworden war. Nicht einmal richtig verstanden hatte er, was man von ihm wollte. Es schien so absurd zu sein, wegen seiner Liebe zu Herbert angeklagt zu werden. Konnte man wirklich? Aber wozu? Wozu? Er hatte den Brief achtlos zur Seite gelegt und sich zurück ins Bett geschleppt. Vielleicht würde ja alles von selber weggehen. Irgendwie. Aber es war auch nicht mehr wichtig. Nur noch die Trauer um Herbert war wichtig. Nur Herbert. Herbert.

Doch dann war Eberhard aufgetaucht. Eberhard hatte auf einmal in seiner Wohnung gestanden, Anton war schleierhaft, wie er hereingekommen war. Wie der Dschinn aus der Flasche hatte er sich neben seinem Bett materialisiert und er hatte Antons Situation erfasst, nachdem er einen kurzen Blick auf den Berg von Schmutzwäsche, das dreckige Geschirr in der Spüle, den überquellenden Mülleimer geworfen hatte, den Schmutz auf dem Boden, das Chaos, in dem die Wohnung versank. Er hatte den Brief gelesen, der noch immer auf dem Küchentisch lag, und er hatte sich Anton geschnappt, ihn kurzerhand zu sich nach Hause mitgenommen, in seine Villa.

Er hatte sich gekümmert, hatte Anton unter die Dusche gestellt, ihn rasiert, ihn wie ein Kind abfrottiert und ihm frische Kleidung angezogen. Er hatte ihm zu essen gegeben und ihm Tee eingeflößt, hatte ohne zu zögern einen

Rechtsbeistand für ihn organisiert. Er war unglaublich wütend geworden, als er von der Anzeige und dem Verfahren gegen Anton erfuhr, so wie ihn Anton noch nie gesehen hatte. Nichts war mehr zu bemerken gewesen von dem eingeschüchterten älteren Mann, der sich nicht gegen ein paar Halbstarke zu verteidigen wusste. Erbost hatte er zum Telefon gegriffen und seinen Bruder, Marias Vater, angebrüllt. Erst im Verlaufe dieses Telefonats, durch die Satzfetzen, die zu ihm herüberdrangen, war Anton klar geworden, was diese Anklageschrift für ihn bedeutete und wer gegen ihn geklagt hatte: Marias Vater.

„Bitte“, sagte Anton am nächsten Tag, „ich möchte nicht, dass du dich wegen mir mit deiner Familie entzweist. Es ist nicht mehr wichtig. Herbert ist weg, nichts spielt mehr eine Rolle. Ich will dich da nicht mit hineinziehen, Eberhard.“

„Zu so einer Familie möchte ich nicht länger gehören“, erwiderte Eberhard. Seine Mundwinkel zitterten vor Empörung. „Das sind Methoden, die ich nur allzu gut von früher kenne. Rufmord, Denunziation, jeder, der sich nicht stromlinienförmig verhält, wird aus dem Wege geräumt. Was aus einem wird, ist denen egal, Hauptsache, er stört ihre schöne, heile Welt nicht mehr. Widerwärtig. Ich dachte immer, mein Bruder wäre durch meine Erfahrung unter den Nazis klüger geworden, aber ich habe mich wohl getäuscht.“ Er zögerte einen Moment, als hätte er eine weitere schlechte Nachricht, die er Anton lieber vorenthalten wollte. „Ich war heute Morgen noch mal in deiner Wohnung, um frische Kleidung zu besorgen. Das hier war bei dir im Briefkasten.“

Anton öffnete den Brief, der den Absender des städtischen Bäderamtes trug. Er überflog die Zeilen und ließ den Brief dann sinken. „Meine Kündigung“, sagte er dann tonlos. „Weil ich seit mehreren Tagen unentschuldigt der Arbeit ferngeblieben bin.“

Eberhard seufzte. „Ich habe es mir gedacht. Das Jugendamt hat Wind bekommen von deiner Anklage und sich mit dem Bäderamt der Stadt in Verbindung gesetzt. Wir sind in Köln, hier wird Hand in Hand gearbeitet. Dass du nicht zur Arbeit erschienen bist, ist nur der offizielle Grund. Inoffiziell bist du als 175er eine Gefahr für die Jugend. Du bist nicht mehr tragbar als Bademeister, heißt es. Vielleicht hat mein Bruder dem Amt auch einen Tipp gegeben."

„Woher weißt du das?"

„Ich habe meine Quellen, Anton. Es tut mir so leid."

„Es ist egal", flüsterte Anton. „Alles ist egal."

„Nein", widersprach Eberhard vehement. „Das ist es nicht. Du darfst dir deine Zukunft nicht kaputt machen lassen! Nicht von meinem Bruder, nicht von Maria und auch nicht von Herbert." Anton schüttelte fast unmerklich den Kopf.

Sie saßen vor zwei Tassen Tee, im Garten von Eberhards Villa. Das Dienstmädchen hatte das gute Geschirr mit dem Zwiebelmuster aufgetragen. „Wird das gnädige Fräulein später dazukommen?", fragte sie. „Soll ich ein weiteres Gedeck auflegen?"

„Nein, Magda, Maria wird nicht dazukommen." Eberhards Stimme klang bitter. „Ich habe meine Nichte gestern gebeten, sich eine andere Unterkunft zu besorgen. Sie ist in meinem Haus nicht länger willkommen."

Anton sah ihn mit großen Augen an. „Du hast Maria rausgeworfen?"

Eberhard seufzte und tätschelte ihm die Hand. „Mein lieber junger Freund, ich werde so tun, als wäre deine Jugend eine Entschuldigung für deine Naivität. Du hast anscheinend noch immer nicht begriffen, welche Tragweite diese Anklage für dich hat."

Anton winkte apathisch ab, versuchte, die Wahrheit herunterzuspielen. „Ein neuer Eintrag in irgendwelche Listen, denke ich." Zögernd setzte er hinzu: „Oder?"

Doch Eberhard führte ihm die Realität unbarmherzig vor Augen, ließ nicht locker, schnitt ihm den Rückzug in sein Schneckenhaus ab. „Du bist wegen Vergehens gegen den Paragrafen 175 angeklagt, das heißt, du kannst mit einigen Jahren Zuchthaus bestraft werden."

Anton wurde blass, ganz gegen seinen Willen. „Aber Herbert und ich haben niemandem etwas getan, wir sind beide über einundzwanzig ..."

„Es spielt keine Rolle, ob ihr beide damit einverstanden wart oder dass ihr volljährig seid. Homosexualität ist strafbar. Wach auf, Anton! Wenn vor Gericht nachgewiesen werden kann, dass ihr beide einen solchen Akt begangen habt, dann kannst du ins Gefängnis kommen."

Anton schluckte. Natürlich hatte er davon gehört, dass Männer wegen gleichgeschlechtlicher Handlungen im Knast landeten, Gerüchte und Halbwahrheiten, die in der Szene den Umlauf machten, immer weiter aufgebauscht und etwas mehr verfälscht von jedem, der diese Geschichten weitertratschte. Immer wieder verschwanden einige Gesichter für mehrere Monate oder auch Jahre aus Antons Umkreis, tauchten dann still und gezeichnet wieder auf, aber niemand sprach mit ihnen, niemand wollte ihre Erzählungen hören. Es waren Ausgestoßene, die in der Barberina oder im Caroussel einsam an der Theke vor einem Kölsch saßen und nicht mehr dazugehörten. Sie waren tabu und sie suchten auch keinen Anschluss mehr. Gebrochene Gestalten. Anton hatte immer gedacht, sie hätten vielleicht mit Minderjährigen verkehrt oder jemanden mit Gewalt gezwungen ...

„Aber dann muss Herbert auch ins Gefängnis!", wandte er ein.

„Herbert wird Maria heiraten. Sie erwarten ein Kind. Mein Bruder hat alles organisiert. Er legt alles darauf an, die Angelegenheit zu vertuschen. Nur keinen Skandal in der Familie!"

„Ich verstehe nicht …"

„Hatte Herbert etwas mit Männern, bevor er dich kannte?" Eberhard sah Anton scharf an.

„N… nein", stammelte Anton. „Ich war der Erste, mit dem er …"

„Dann wird es vor Gericht so dargestellt werden, dass du ihn verführt hast. Eine Gefahr für die Ehe, die Familie und die Jugend. Jemand, der das sittliche Empfinden der Gesellschaft verletzt hat. Dir werden sie die Schuld geben, du wirst der Böse sein und Herbert das Opfer. Herbert wird bei Prozessbeginn eine schwangere Ehefrau vorzuweisen haben. Mein Bruder hat die Hochzeit auf den 30. Oktober vorverlegt. Alles wird für Herbert sprechen, er wird mit der Milde des Gerichtes rechnen können. Du nicht."

„Das … das würde mir Herbert niemals antun! Wir haben uns geliebt! Er liebt mich immer noch … glaube ich." Die letzten Worte kamen nur noch zögernd über seine Lippen. Plötzlich war er sich nicht mehr sicher.

„Anton, was immer auch Herbert für dich empfindet – und ich glaube dir, keine Sorge –, er wird trotzdem nie in der Lage sein, dazu zu stehen. Er ist nicht so stark wie du, er hält dem Druck nicht stand. Er wird immer zwei Seelen in seiner Brust wohnen haben, eine, die weiß, dass er anders ist, und eine, die genau das schmutzig und verdammenswert, pervers findet. Warum, glaubst du, hat er sich mit meiner Nichte eingelassen?"

Anton wusste darauf keine Antwort. In den letzten Tagen und Wochen hatte er sich diese Frage selber oft genug gestellt.

Eberhard nippte nachdenklich an seinem Tee und zündete sich eine Zigarette an. Der Rauch verfing sich in seinen schlohweißen Haaren und für einen Moment sah es aus, als hätte sein Haarschopf tatsächlich Feuer gefangen. „Ich nehme ihm das nicht einmal übel. Es ist schwierig, in dieser

Zeit zu seiner Homosexualität zu stehen, man muss Mut haben, sein ganzes Leben gegen den Strom zu schwimmen. Und Herbert ist alles andere als mutig."

„Aber er hat sich damals für uns geprügelt!", protestierte Anton. „Zählt das nicht?"

„Glaubst du das immer noch? Nimmst du ihn immer noch in Schutz?" Eberhard lachte humorlos auf. „Das war kein Mut. Er hat es getan, um sich seine Männlichkeit zu beweisen. Um sich selbst und diesem halbstarken Rowdie zu zeigen, dass er anders ist als die verschüchterten Tunten, die wehrlos in der Ecke standen … so wie ich."

„Du bist keine verschüchterte Tunte", wagte Anton einzuwerfen.

Eberhard sah ihn traurig an und widersprach. Sehr leise waren seine Worte, wie das Eingeständnis einer Niederlage. „Doch, Anton, das bin ich. Die Jahre im … KZ haben mich gekrümmt, einen Duckmäuser aus mir gemacht, einen kranken Mann, der kein Rückgrat mehr hat. Ich bin froh, dass ich dieser Hölle entronnen bin, aber ich kann nicht mehr kämpfen. Ich bin alt und müde. Dieses Zeichen hier …" er deutete auf die eintätowierte Nummer auf seinem Unterarm, „es hat sich in meine Seele eingebrannt."

„Aber du hilfst mir jetzt, indem du mir einen Rechtsbeistand verschafft hast", wandte Anton ein.

„Das ist etwas anderes", widersprach Eberhard. „Hier geht es um die Familie, um meinen bigotten Bruder, dem seine Religion und der Ruf seiner Familie und Tochter wichtiger sind als das Glück seiner Mitmenschen. Es ist verdammenswert. Es ist nicht richtig. Und meine Hilfe ist nicht genug."

„Warum tut dein Bruder das? Warum diese Anklage, warum der Tipp an das Amt? Ich verstehe das nicht!"

„Mein Bruder …" Eberhard stockte und setzte neu an. „Er ist ein sehr religiöser Mensch, ein sturer Hund. Homosexualität ist für ihn eine Todsünde."

„Aber er redet doch auch mit dir."

„Ich bin Familie, auch wenn ich das schwarze Schaf bin. Die Familie ist das Einzige, was in seiner Vorstellung noch einen höheren Wert einnimmt als die Religion."

„Aber ich gehöre nicht zur Familie! Warum also meine Existenz vernichten wollen?"

„Ich fürchte, dass du in seinen Augen die Familie bedrohst. Erst wenn du aus dem Weg geräumt bist, glaubt er, sicher zu sein, dass Herbert nicht rückfällig wird. Es geht ihm um das Glück seiner Tochter."

Ein frischer Wind kam auf an diesem Nachmittag im September und fegte die letzten Blütenblätter des Hibiskus von den Zweigen. Anton sah hinüber zu der Stelle, wo Maria und Herbert sich das erste Mal begegnet waren, vor etwas mehr als einem Jahr. Er fröstelte. Wie anders die Welt damals ausgesehen hatte!

„Was wird mit mir geschehen?", fragte er. „Was wird aus mir werden?"

Eberhard schwieg.

Anton war noch nie in einem Gerichtssaal gewesen. Die Einrichtung flößte ihm Angst ein: die dunklen, holzgetäfelten Wände, hohe Decken, fast wie in einer Kirche, die Bestuhlung des Zuschauerraums, auf der immer mehr Menschen Platz nahmen und sich verhielten wie Schaulustige, denen eine besonders verheißungsvolle Zirkusattraktion versprochen worden war, während Anton mit seinem Anwalt auf der Anklagebank saß. Er spürte ihre Blicke im Rücken, die Sensationsgier, die sie hierher getrieben hatte. Als ob sie darauf warteten, dass er ihnen zum Fraß vorgeworfen würde. Nervös drehte er sich um, seine Augen suchten die weiße Mähne Eberhards, der in der ersten Reihe einen Sitz gefunden hatte. Eberhards Blick versuchte, ihm Mut zuzusprechen.

Am anderen Ende der Reihe, ganz außen, neben den hohen Fenstern des Saales, entdeckte er Maria und Herbert. Sie saßen in einem schmalen Streifen der fahlen Novembersonne dieses Vormittags; Anton kam es vor, als blickte er auf das religiöse Motiv eines Renaissancemalers. Maria, in einem Umstandskleid, die ersten Anzeichen der Schwangerschaft unverkennbar, hatte Herberts Hand fest in ihrem Griff – als befürchtete sie, dass ihr Ehemann jeden Moment die Flucht ergreifen könnte. Sie starrte bewegungslos und stur geradeaus, den Mund zu einer schmalen Linie zusammengekniffen.

Herbert dagegen sah zu Boden, sein Blick schien auf seine Schuhspitzen gerichtet zu sein, als fühlte er sich unwohl, als wünschte er sich weit weg von diesem Ort. Er hatte eine neue Frisur, die Haare etwas länger als früher, und er ließ sich breite Koteletten wachsen. Er sah älter aus. Anton hatte von seinem Anwalt erfahren, dass es eventuell dazu kommen würde, dass beide, Maria und Herbert, gegen ihn als Zeugen aussagen würden. Obwohl er von Eberhard im Laufe der letzten Wochen über die Vorbereitungen und dann über die hastige, im Stillen vollzogene Hochzeit unterrichtet worden war, war es ein Schock für ihn, die Ringe an ihren Fingern zu sehen. Anton hatte auch gehört, dass Herbert für eine Beförderung im Gespräch war – aber nur, wenn ihn dieser Prozess blütenrein waschen würde.

Die anderen Menschen hatte Anton noch nie gesehen, herausgeputzt in ihren besten Sachen, als gäbe es einen Grund zum Feiern. Die Männer trugen dunkle Anzüge und Krawatten, die Frauen gedeckte Kostüme und Hüte. Die rechtschaffenen Bürger im Sonntagsstaat. Eberhard hatte ihn gewarnt, er dürfe nicht mit der moralischen Unterstützung seiner Freunde rechnen. Die Angst war zu groß, man könnte mit ihm in Verbindung gebracht werden, dem lasterhaften Homosexuellen, der versucht hatte, eine Ehe zu ruinieren, noch bevor sie geschlossen worden war. Und Eberhard hatte Recht behalten. So sehr sich Anton auch bemühte, ein ihm wohlgesinntes, bekanntes Gesicht unter der Meute auszumachen, weder Klaus noch Andreas noch einer der beiden Ernsts hatten sich unter die Zuschauer gewagt. Doch dann, ganz hinten in der letzten Reihe, fast verdeckt von einem großgewachsenen Mann, meinte er eine kleine, grauhaarige, ziemlich korpulente alte Frau auszumachen. Er war sicher, dass es die Mamm war, und für einen kleinen, flüchtigen Moment trafen sich ihre Blicke und auch die Mamm schien ihm Mut zusprechen zu wollen. Eberhard hatte Anton erzählt, dass das Steinerne Kännchen geschlossen worden war. Es war ein merkwürdiges Gefühl, die Wirtin außerhalb ihres Lokals zu sehen.

Neben dem Tisch, an dem Anton und sein Verteidiger Platz genommen hatten, stand in einigen Metern Entfernung ein weiterer Tisch. Marias Vater trug einen grauen Anzug und eine dunkle Krawatte. Steif wie ein Brett saß er neben seinem Anwalt, die Hände auf den Tisch gelegt, und ließ unablässig einen Rosenkranz durch seine Finger gleiten. Er würdigte Anton keines Blickes. Hin und wieder beugte sich der Anwalt zu Marias Vater herüber und raunte ihm einige Worte ins Ohr, dann nickte er wortlos und starrte angestrengt auf die leere Tischplatte.

Hinterher kam Anton die Gerichtsverhandlung wie ein Albtraum vor, ein Albtraum, bei dem man Kissen und Laken durchschwitzt, die Decke von sich wirft, wild um sich schlägt, Wortfetzen murmelt und doch nicht aufwachen kann. Woran er sich noch deutlich erinnern konnte, später, war, wie der Richter und seine Beisitzer aus einer Seitentür den Gerichtssaal betraten und wenige Sekunden später, wie Krähen in schwarze Roben gehüllt, etwas erhöht vor dem Publikum saßen, während kurz vorher der Staatsanwalt seitlich zum Gericht Platz genommen hatte. Eberhards Gesicht nahm einen besorgten Ausdruck an, als er sah, welcher Richter den Vorsitz führte.

Anton erinnerte sich, dass er schüchtern Angaben zu seiner Person gemacht hatte und ungehalten aufgefordert wurde, lauter und deutlicher zu sprechen, dass die Namen und Anwesenheit der Zeugen festgestellt worden waren und dass der Richter ihm die Anklageschrift verlesen hatte: Beschuldigt wegen schwerer Vergehen der Unzucht nach Paragraf 175. Anschließend hatte der Staatsanwalt den Ausschluss der Öffentlichkeit beantragt, wegen Gefährdung der Sittlichkeit, und dem Antrag war stattgegeben worden. Verärgert und murrend hatten die Zuschauer dem Beschluss Folge geleistet, der Saal war geräumt worden. Nur zwei Reporter, bewaffnet mit Kameras und Notizblöcken, hatten lautstark protestiert, das Recht der Öffentlichkeit auf Information gefordert. Sie mussten von zwei resoluten Wachtmeistern aus dem Saal gedrängt werden.

Und dann war er allein gewesen, nur mit dem Anwalt an seiner Seite. Einem Anwalt, der ihm geraten hatte, „alles zu gestehen", um auf mildernde Umstände hoffen zu können. Es gab keinen anderen Weg. Selbst wenn Anton nicht wusste, was denn „alles" war.

Der Staatsanwalt nahm während seiner Befragung kein Blatt vor den Mund, er schien Anton besser zu kennen als dieser sich selbst. Er wusste von Antons Besuchen bei der Mamm, in der Barberina und anderen Lokalen, „in denen homosexuelle Männer ihr Unwesen trieben". Er beschrieb detailliert und angewidert eine Polizeirazzia der Klappe am Gereonsdriesch, um dem Richter „die Verwerflichkeit und Unsittlichkeit der aufgegriffenen homosexuellen Elemente" zu verdeutlichen, obwohl Anton bei dieser Razzia gar nicht anwesend gewesen war. Auch wenn sein Verteidiger Einspruch einzulegen versuchte, es nutzte nichts. Statistiken wurden genannt, die die Gefährdung der Jugend und der „anständigen Bürger dieser Stadt im Allgemeinen“ belegen sollten, Beobachtungen des Jugendamtes über „Treffpunkte und Eigenarten der homosexuell Abartigen“, wissenschaftliche Beobachtungen, die das Fehlen einer Vaterfigur als Ursache für Antons Perversion belegen sollten. Dann, plötzlich, wurde Anton gefragt, ob es zutreffe, dass er aus Schlesien stamme und nach 1945 dort entwurzelt und vertrieben worden sei, aus ärmlichen Verhältnissen stamme. Es klang, als hätte das einen Zusammenhang mit seinen Neigungen. Seine Kündigung wurde als Beispiel benannt, dass er untragbar im öffentlichen Dienst wäre, es hörte sich an, als hätte er als Bademeister im Agrippabad homosexuellen Handlungen in den Duschen und Kabinen Vorschub geleistet oder leisten können, als hätte er sich jederzeit an Kindern vergehen können.

Anton fühlte sich wie eine Zwiebel, der allmählich eine Haut nach der anderen abgezogen wurde. Immer weitere Details seines Privatlebens wurden vor Gericht ausgebreitet, der Öffentlichkeit des Staates preisgegeben, in den Schmutz gezogen. Er war „abartig“, „pervers“, „ein gefährliches Subjekt, das aus der Öffentlichkeit entfernt werden musste“, „ein Krimineller, der die moralischen Werte der Gesellschaft wie den heiligen Stand der Ehe und Familie mit Füßen tritt“ und „jemand, der die sittlichen Werte des deutschen Volkes gefährdet“. Es war, als würde er öffentlich geteert und gefedert.

Als endlich eine kurze Pause anberaumt wurde, war Anton schweißgebadet, sein Hemd klebte ihm am Körper und sein Anwalt raunte ihm kopfschüttelnd zu: „Es sieht nicht gut aus. Da will jemand ein Exempel statuieren.“

„Wie meinen Sie das?“

„Der Richter – er hat seine Karriere unter Hitler begonnen.“

Nach der Pause wurden Zeugen in den Zeugenstand gebeten, vereidigt. Die alte Terlinden und Herberts Vermieterin saßen dort, ergötzten sich in ihrer Rolle als Denunzianten und erzählten von ihren Vermutungen, ihren Beobachtungen, von nächtlichen Besuchen, von merkwürdigen Geräuschen aus Herberts Dachkammer, von dem mysteriösen Zusammenbruch des Bettes, von unmoralischen Zuständen, es war, als hätten sie mit dem Ohr an Herberts Tür gestanden. Marias Vater nahm Platz, er berichtete stockend von dem Zusammenbruch seiner Tochter, die sich „eingeschüchtert gefühlt" habe von Anton, von „Gewalt", mit der Anton der schwangeren Frau gedroht habe, von Blutergüssen auf ihren Armen, von der Drohung, dass Herbert zu ihm gehöre. Anschließend kam Maria, die von ihren ersten Ahnungen sprach, die Anton der Homosexualität verdächtigten, von heimlichen Berührungen zwischen ihm und Herbert während der Monate, als sie ihren Ehemann näher kennengelernt hatte, von der „schmutzigen Affäre", in die Anton ihren Mann gezogen habe. Sie berichtete von Herberts Versuchen, Anton aus seinem Leben auszuschließen, und von Antons „Hartnäckigkeit", der nie aufgehört habe, ihren Mann zu sexuellen Akten zu verführen, der sich ihr gegenüber damit gebrüstet habe, für Herbert jeden Dienstag und Donnerstag für zwei bis drei Stunden wie ein Strichjunge zur Verfügung zu stehen – nur dass er wohl kein Geld genommen habe.

Und dann war da Herbert selbst, der Anton nicht ansehen konnte, der auf die Fragen des Staatsanwaltes nur „ja" und „nein" murmelte, aber dann doch sagte, dass er vor Anton noch nie mit einem Mann etwas gehabt hätte und dass es ohne Anton bestimmt auch nie dazu gekommen wäre. Er erzählte von ihrem ersten Mal im Agrippabad und als Anton hörte, wie Herbert darüber sprach, so abfällig, als wäre er von ihm genötigt worden, da traten ihm Tränen in die

Augen. Ständig habe er, Herbert, gegen die fatale Neigung angekämpft, aber immer wieder habe Anton versucht, ihn davon zu überzeugen, dass er diese „Sache“ ausleben müsse, habe ihn in homosexuelle Kreise und Lokale eingeführt, obwohl er sich dagegen gesträubt habe. Aber jetzt sei er geheilt, er habe eine Ehefrau, die er liebe, und sie erwarteten ein Kind, sein Leben sei dank dieser Ereignisse wieder in die richtige Bahn gelenkt worden – aber Anton versuche weiterhin, ihr Glück zu zerstören, er müsse ferngehalten werden von ihnen, er sei jemand, der nicht aufgeben werde, seine Ehe zu untergraben.

Jedes Wort war für Anton wie ein Schlag in die Magengrube, jede Verdrehung der Tatsachen bereitete ihm körperliche Schmerzen. Es war zu viel, es tat zu weh, er schloss die Augen und versuchte, Herberts Stimme aus seinem Bewusstsein zu verdrängen. Es war so viel leichter, als zuzuhören, wie Herbert alles, was zwischen ihnen gewesen war, niedermachte. Nur einmal noch drang Herberts Stimme zu ihm durch, als er vom Staatsanwalt eine einfache Frage gestellt bekam: „Haben Sie den Angeklagten geliebt?“

Es entstand eine Pause, mehrmals setzte Herbert zum Sprechen an und verstummte wieder, bis der Richter erklärte: „Der Zeuge muss die Frage beantworten.“

Trotzdem war Herberts Antwort kaum zu verstehen und er musste sie wiederholen, damit sie ins Protokoll aufgenommen werden konnte. „Nein, das habe ich nicht.“ Endlich wagte er dabei, Anton anzusehen, und seine Augen blickten seinen Freund so flehentlich an, dass Anton verstand, dass es eine Lüge war. Herberts Blick war eine stumme Bitte um Verzeihung, eine Bitte, ihn endlich loszulassen, ihn gehen zu lassen, für immer.

Für einen Moment gab es nur sie beide in diesem großen, mit Anwälten, Richtern, Polizisten, Protokollanten und Zeugen bevölkerten Saal. Für einen Augenblick gab es nur sie beide, Herbert und Anton. Für einige Sekunden trafen sich ihre Blicke, hielten einander fest, so zärtlich, wie sie sich beim ersten Mal festgehalten hatten – bis Anton fast unmerklich nickte. Dann stand er auf und bat um das Wort.

Fünfzehn

„Du hast nicht widersprochen?"

Anton schüttelt den Kopf.

„Und dein Anwalt? Hat er nicht wenigstens versucht, dich zur Vernunft zu bringen? Deine Unschuld zu beweisen?"

„Gegen diesen Richter hatte er keine Chance. Und ich wollte nicht, dass er Herbert in den Dreck zieht."

Ich starre den Freund meines Vaters entgeistert an. „Aber wieso? Es war doch alles eine Lüge!"

„Bis auf eine Kleinigkeit: Ich habe mit deinem Vater eine Beziehung gehabt", erwidert Anton ironisch. „Wie hätte ich das abstreiten können?"

„Und dafür bist du zu zwei Jahren Gefängnis verurteilt worden?"

Anton nickt.

„Das war …" Mir fehlen die Worte. „Töricht. Töricht und mutig. Ich weiß nicht, ob ich ebenso gehandelt hätte." Ich bin kein Held, kein mutiger Mann, niemand, der Zivilcourage zeigt. Ich vermute, dass ich ebenso feige wie mein Vater gehandelt hätte.

„Es war die Wahrheit. Ich hätte mich für den Rest meines Lebens vor mir selbst geschämt, wenn ich sie geleugnet hätte.

Später, nach 1969, bin ich rehabilitiert worden. Das Urteil wurde aufgehoben."

„Wie war es dort – im Gefängnis? Sind Sie gut behandelt worden?" Alle Blicke schnellen zu meinem Großvater, der mit brüchiger Stimme diese Frage gestellt hat.

Antons Gesichtsmuskeln arbeiten, als müsste er nicht nur um die richtigen Worte, sondern auch um seine Fassung ringen. „In jeder Männergesellschaft gibt es eine Hackordnung, Herr Hausmann", sagt er schließlich bitter. „Auch im Knast. Und die 175er standen ganz unten. Wir waren der Bodensatz, der Abschaum." Mehr ist zu diesem Thema nicht aus ihm herauszuholen.

Willy unterbricht die darauffolgende, erschöpfte Stille mit einem Fluch und einem Hustenanfall, der uns alle unsanft in die Gegenwart katapultiert. Der alte Mann hat seine brennende Zigarette fallen lassen, Qualm steigt vom Boden auf, und obwohl Manfred schnell mit einem Lappen aus der Küche zur Stelle ist und auf dem Fleck herumtupft, hinterlässt die Kippe ein unschönes Brandloch auf dem grau gemusterten Teppich.

„Lass doch", sage ich. „Es macht nichts. Der Teppich kommt sowieso weg." Nach wie vor habe ich mich nicht um die Wohnungsauflösung gekümmert; organisatorische Probleme übersteigen im Moment meine Kräfte.

Manfred wirft den Lappen verärgert in die Ecke. „Ich wollte nur helfen", murmelt er.

Ich höre ihn gar nicht, der ausgediente Bodenbelag ist mir völlig egal. Ich starre die ganze Zeit nur meinen Großvater an, diesen bigotten, reaktionären Greis, dieses Ungeheuer, das das Leben eines unschuldigen Mannes zerstört hat, um so etwas Abstraktes wie den Ruf seiner Familie zu retten, seiner Tochter die Schande eines unehelichen Kindes zu ersparen.

„Wie konntest du nur!", bringe ich schließlich heraus. „Wir konntet ihr Anton das nur antun!"

Mein Großvater senkt den Kopf. Nicht einmal jetzt weiß er etwas zu seiner Verteidigung hervorzubringen.

Zu meiner unendlichen Überraschung springt ihm jedoch Anton zur Seite. „Es war eine andere Welt damals. Du kannst das nicht verstehen, Felix. Eine ledige Mutter – so etwas war völlig undenkbar. So etwas gab es einfach nicht", erwidert er sanft. „In gewisser Weise haben sie es für dich getan."

„Für mich?", brause ich auf. „Ich schäme mich für das, was meine Eltern und mein Großvater getan haben!" Ich will damit nichts zu tun haben, die Wahl zwischen meiner Familie und einer Solidarisierung mit Anton fällt mir nicht schwer. Er repräsentiert ein Stück schwuler, und damit auch meiner Geschichte, er ist das Opfer, meine Familie die Täter. Dadurch bin auch ich auf eine merkwürdige Art und Weise zu ihrem Opfer geworden.

Anton scheint meinen Gewissenskonflikt zu erraten, denn er erwidert: „Du gehörst zu beiden, Felix. Zu den Homosexuellen und zu deiner Familie, genau wie Herbert. Aber dein Vater ist an diesem Dilemma zerbrochen, mach du nicht den gleichen Fehler."

„Aber du hast doch gesagt, er sei schwul gewesen!", protestiere ich. „Du hast gesagt, er hat dich geliebt! Wie kann er da zu Maria gehört haben? Wie kann er sich für sie entschieden haben?"

Anton sieht mich erstaunt an. „Wegen dir natürlich. Du bist ihr gemeinsamer Sohn."

„Es hätte einen anderen Weg gegeben. Einen, bei dem niemand leidet."

„Du verkennst die Umstände." Anton schüttelt den Kopf. „Patchwork-Familien sind ein Ergebnis der Generationen nach 1968. Heutzutage mag das möglich sein, aber damals – nein."

„Du verteidigst ihn auch noch?" Mein Kinn deutet in Richtung meines Großvaters.

„Nein, ich verteidige ihn nicht. Aber das Leben hat ihn und Maria genug bezahlen lassen – nicht wahr, Herr Hausmann?“ Diesmal ist keine Spur mehr von Bitterkeit in seiner Stimme, stattdessen höre ich so etwas wie Mitleid heraus. Anton geht plötzlich auf meinen Großvater zu und setzt sich neben ihn auf die Couch. Die beiden sehen sich an, und auch wenn es keine Geste der Vergebung ist, so erscheint es mir wie ein stummes Einvernehmen.

„Herbert war ein guter Junge“, sagt Anton.

„Er war schwach, er war nicht so mutig wie Sie“, erwidert mein Großvater.

„Aber er war ein guter Junge.“

„Ja, das war er.“

„Und er wäre ein guter Vater gewesen.“

Mein Großvater wendet sich zu mir. „Er war ein guter Vater, Felix. Wenn auch nur für kurze Zeit.“

Herbert wartete, bis der Kleine ruhig schlief und auch von Marias Bettseite tiefe, regelmäßige Atemzüge zu hören waren. Dann schlug er die Decke zurück und setzte die Füße auf den kalten Boden. Seine Kleidung für die Kanzlei hatte seine Frau ihm schon zurechtgelegt und säuberlich auf einem Stuhl in der Küche gefaltet. Maria traf die Entscheidung, welches Hemd, welche Krawatte und welchen Anzug er anzog. Sie hatte auch die Mietwohnung ausgesucht, in der sie seit ihrer Heirat wohnten – und an die sich Herbert noch immer nicht gewöhnt hatte.

Obwohl sie nun schon über ein Jahr in der Nähe des Chlodwigplatzes wohnten, direkt neben dem Severinstor und nur wenige Straßen von seinem alten Zimmer entfernt, passierte es Herbert immer noch, dass er morgens desorientiert aufwachte und sich in seiner kleinen Dachkammer wähnte.

Maria traf auch die Entscheidung, welche Anschaffungen am nötigsten waren, welche Einladungen es wert waren, angenommen zu werden, welche Bücher er las, welche Filme sie sich anschauten. Einen Fernseher, diese Stehlampe, einen Telefonanschluss, jenes Haushaltsgerät. Das Abendessen bei Schneiders, den neuen Roman von Böll, der neue Film mit Heinz Erhard. Herbert nahm in all diesen Dingen Rücksicht auf Maria. Er verstand, dass es wichtig war, nach außen eine perfekte Fassade zu zeigen. Es war notwendig für seinen Ruf, seine Karriere, seine Familie. Seine Frau hatte es ihm oft genug gesagt, damals, in den Wochen und Monaten nach der Gerichtsverhandlung, als er nur wegen Maria und des Babys, das sie erwartete, ohne eine Strafe davongekommen war. Weil er alle Schuld auf Anton geladen hatte. Weil Anton alle Schuld auf sich genommen hatte.

Herbert schlich hinüber zur Wiege seines Sohnes und betrachtete mit angehaltenem Atem das winzige Gesicht, die kleinen Fäuste, die im Traum ziellos hin und her ruderten. Schon jetzt konnte er Ähnlichkeiten zwischen sich und seinem Sohn erkennen – auch wenn Felix gerade mal ein Jahr, einen Monat und fast eine Woche alt war. Unter dem Babyspeck warteten Herberts hohe Wangenknochen; die Augen seines Sohnes, bei der Geburt noch wässrig-blau, hatten sich inzwischen grün gefärbt wie seine eigenen und die wenigen Haare auf dem Kopf waren strohblond. In ein paar Jahren würde er wie sein Vater aussehen, eine Miniatur seines Vaters. Herbert lächelte. Sie würden viel Spaß zusammen haben, er und sein Sohn.

Auf Zehenspitzen schlich Herbert sich aus dem Schlafzimmer und schloss die Tür hinter sich. Der Dielenboden knarrte bei jedem seiner Schritte. In der Küche zog er sich rasch an, im Licht der Straßenbeleuchtung, das die Küche erhellte. Das Spülbecken blitzte, die Geschirrtücher hingen akkurat und frisch gestärkt auf ihren Haken, der Frühstückstisch war schon eingedeckt, vor Felix' Kindersitz stand eine Tasse mit zwei Henkeln. Maria nahm ihre Pflichten als Hausfrau sehr genau. Sogar die Krümel neben der Brotschneidemaschine hatte sie entfernt. Mehr als einmal hatte er versucht, ihr zu sagen, dass sie es nicht immer so genau zu nehmen bräuchte, dass das Baby wichtiger war als die penible Sauberkeit der Wohnung. Maria hatte ihn nur verständnislos angestarrt.

„Was ist, wenn du mal einen deiner Vorgesetzten spontan mit nach Hause bringst? Auf einen Kaffee oder ein Bier nach der Arbeit? Wir müssen doch einen guten Eindruck machen!"

Er hatte nicht den Mut besessen, ihr den Glauben daran zu nehmen. Dr. Konrad und seine Kompagnons in dieser Dreizimmerwohnung? In was für einer Welt Maria manchmal lebte.

Herbert band sich die Schuhe zu und steckte den Schlüssel in die Hosentasche. Jetzt, da er fertig war, zögerte er. Was, wenn Felix oder Maria aufwachten? Aber wenn er sich beeilte, wäre er in einer Stunde wieder zurück, bis zu den Klappen am Waidmarkt war es nicht weit, nur die Severinsstraße entlang und immer geradeaus. Felix schlief seit geraumer Zeit die Nächte durch und Maria hatte einen tiefen Schlaf. Sie würde nichts von seiner Abwesenheit bemerken, so wie sie in den letzten Monaten nicht bemerkt hatte, dass er sich ein- oder zweimal die Woche nachts aus der Wohnung stahl.

Er hatte versucht, seine abartigen Gedanken zu unterdrücken. Niemand konnte ermessen, wie viel Willenskraft es ihn gekostet hatte, gegen die Versuchung anzukämpfen. In den ersten Wochen nach Antons Verurteilung war es nicht einmal schwer gewesen. Die Gerichtsverhandlung, die Art und Weise, wie unbarmherzig Antons Leben demontiert wurde, hatte ihm einen heilsamen Schock versetzt. Der Ekel vor sich selbst, welche Rolle er dabei gespielt hatte, trug ein Übriges dazu bei. Er hatte das nicht gewollt, er hatte das nicht vorhergesehen. Am liebsten wäre er schreiend aus dem Gerichtssaal gerannt. Noch immer hatte er Albträume davon. Es gab Momente, wenn er in Gedanken versunken über die Straße lief, in denen er glaubte, Anton in der Menge der Einkaufsbummler auf der Schildergasse sehen oder hören zu können, ein Haarschopf, der Antons glich, ein Lachen, das Antons ähnelte. Aber wenn er sich umdrehte, dem Mann mit derselben Frisur wie Anton hinterherrannte oder das Lachen verfolgte, dann waren es wildfremde Menschen, die ihn verwundert anstarrten und seine gemurmelten Entschuldigungen befremdet zur Kenntnis nahmen. Mehr als einmal hatte er einen Narren aus sich gemacht.

Im Gericht hatten ihn Marias Hände festgehalten, hatten ihn zurück auf seinen Sitz gezogen, hatten ihn gezwungen, das makabre Schauspiel durchzustehen. Ihre eisernen Hände und ihre Fingernägel, die sich in seine Haut eingruben, hatten ihn spüren lassen, was er ihr schuldig war, ihr und dem ungeborenen Kind. Also hatte er seine Rolle gespielt und die Verantwortung auf Anton abgewälzt, die Schuld bei seinem Freund gesucht und sich von ihm losgesagt, öffentlich und unter Zeugen. Danach hatte Herbert monatelang keine Lust empfunden. Es war eine Qual gewesen, Maria keinen Verdacht schöpfen zu lassen.

Die Geburt seines Sohnes hatte ihn ebenfalls abgelenkt, das Staunen über dieses neue Leben, an dessen Entstehung er beteiligt war, hatte alle anderen Gedanken in den Hintergrund gedrängt. Sein Kopf war voll gewesen von Dingen, die er Felix eines Tages zeigen und beibringen wollte. Stundenlang konnte er mit seinem schlafenden Sohn auf dem Arm in einer Ecke sitzen, ohne dass er genug von diesem überwältigenden Anblick bekam. Selbst Maria hatte niemals bezweifeln können, wie sehr er seinen Sohn liebte. Manchmal hatte er das Gefühl, wenn man ihn nur seinen Sohn halten ließe, dann wäre er glücklich bis an sein Lebensende.

Seine Freizeit war sowieso knapp bemessen, die Zeit, die er mit Felix verbringen konnte. Seine Karriere nahm ihn voll in Anspruch. Im Büro gab es so viel zu tun, jetzt, da die Kanzlei neue Partner aufgenommen hatte, war er aufgestiegen, zum persönlichen Assistenten des neuen Teilhabers ernannt worden, in dringenden Fällen musste er rund um die Uhr erreichbar sein. Er war zu dem geworden, was Maria von ihm erwartete, was er selber sich gewünscht hatte: ein guter Familienvater, ein angesehener Mitarbeiter der Kanzlei, auch wenn er immer wieder das unbestimmte Gefühl hatte, dieses Leben nur auf Probe zu führen. Als ob er sich nach dem Gerichtsprozess in einer Bewährungszeit befände, unauffällig beobachtet und kontrolliert von Maria, seinem Schwiegervater, seinem Chef. Als könnten ihm die Privilegien jederzeit entzogen werden, als wäre ein Rest des Skandals an ihm hängengeblieben.

Trotzdem hastete er jetzt durch die leer gefegten Straßen der Stadt in dieser Aprilnacht, während das Thermometer gerade mal acht Grad zeigte und ihm der Angstschweiß den Rücken herunterlief. Ein frischer Wind ließ die Temperatur noch kühler erscheinen. Es war auch nicht das erste Mal seit seiner Hochzeit, dass er sich aus dem Haus stahl, in den letzten Monaten war das Bedürfnis wieder stärker geworden, er hatte nicht mehr dagegen ankämpfen können.

Begonnen hatte es im letzten Sommer, neun Monate nach Antons Verurteilung, als er in der Schallplattenabteilung eines Kaufhauses einen Mann gesehen hatte, der ihn an Anton erinnerte. Etwas an seinem Gang, an seinem Lächeln … Sie hatten verstohlene Blicke gewechselt und Herbert hatte weiche Knie bekommen, war dem Mann nach draußen gefolgt, hatte überhaupt nicht gedacht, hatte es geschehen lassen. Wie ein Traumwandler war er ihm auf die Klappe am Kaiser-Wilhelm-Ring nachgelaufen. Anschließend war er von schweren Gewissensbissen geplagt worden, von Verzweiflung, von Selbsthass, und hatte sich geschworen, dass es bei diesem einmaligen Ausrutscher bleiben würde. Drei Eide hatte er im Stillen abgelegt, auf sich, auf Maria und seinen Sohn, wie konnte er nur so dumm sein und alles aufs Spiel setzen – aber eine Woche später war es wieder passiert. Er war wirklich nur zum Pinkeln auf die Klappe am Ebertplatz gegangen. Und danach wieder und wieder und wieder. Es ergaben sich immer Gelegenheiten, er legte sich immer neue Ausreden zurecht. Es würde niemals aufhören. Wenn nur Maria nichts davon erfuhr.

Die Toiletten am Waidmarkt, schräg gegenüber der Barberina und in unmittelbarer Nachbarschaft zum Polizeipräsidium, lagen im Dunkeln. Zuerst glaubte Herbert, dass sie verschlossen waren, und war fast erleichtert. Aber dann sah er Schatten, die in der Nähe umherhuschten, die Anlage betraten und wieder verließen. Das Licht war entweder defekt oder ausgeschaltet worden. Herbert blieb in einiger Entfernung im Schutze eines Baumes stehen und rauchte nervös eine Zigarette, hin- und hergerissen zwischen seiner Lust und seiner Angst. Anscheinend herrschte ein reges Treiben auf der Klappe, es verging kaum eine Minute, an der nicht jemand Neues hinzukam oder ein Besucher hinauseilte, sich verstohlen umsah, ob die Luft rein war, und dann in der Nacht verschwand.

Herbert nahm seinen Mut zusammen. Er würde nur einen kurzen Blick hineinwerfen, nur mal eben reinschauen und dann wieder gehen. Ganz bestimmt. Er musste ja früh aufstehen am Morgen; er brauchte seinen Schlaf. Da war diese Sitzung um acht und dann eine Besprechung um elf … es war wirklich sehr dunkel auf der Klappe, Herbert konnte kaum die Umrisse der Urinale und des Waschbeckens ausmachen, als er die Treppen nach unten stieg. Nur das magere Licht des abnehmenden Mondes warf ein wenig Helligkeit in den Raum, gerade genug, um zu erkennen, dass sich sechs oder sieben Männer dort aufhielten. Herbert konnte nicht einmal ihr Alter oder ihr Gesicht erkennen, nur ineinander verschmelzende Gestalten, die kurz verschreckt innegehalten hatten bei seiner Ankunft, um sich dann wieder dem Sex zu widmen. Der scharfe Geruch von Pisse und Klosteinen fuhr ihm in die Nase. Er erinnerte sich daran, wie er sich davor geekelt hatte, als er Anton gerade kennengelernt hatte. Wie merkwürdig, dass sich sein Empfinden geändert hatte! Der Geruch war zwar immer noch unangenehm penetrant, aber inzwischen verband er auch Anspannung und Lust mit diesem Gestank. Der Duft des Verbotenen, er erregte ihn geradezu.

Herbert stellte sich etwas abseits des menschlichen Knäuels und lauschte den Geräuschen, die aus dem Pulk der Männer zu ihm drangen. Stöhnen, Schmatzen, Saugen. Langsam gewöhnten sich seine Augen an die Dunkelheit. Es waren drei Männer in ungefähr seinem Alter, zwei um die vierzig und zwei alte Fummler, die am Rand standen und sich ihre Schwänze wichsten. Einer der jüngeren beugte sich nach vorne, hielt sich am Waschbecken fest, ließ sich von einem der anderen rannehmen. Herbert trat unwillkürlich ein paar Schritte auf die Gruppe zu. Jemand machte sich an seinem Reißverschluss und seinem Gürtel zu schaffen, Herberts Hose und seine Unterhose rutschten auf seine Fußknöchel, sein Schwanz sprang befreit heraus und dann fühlte Herbert die warmen, saugenden Lippen um seine Eichel und stöhnte leise auf. Endlich, endlich! Der Himmel auf Erden!

Der Junge am Waschbecken hatte noch nicht genug. Wimmernd hielt er seinen Arsch hin und Herbert riss sich los von dem Kerl, der vor ihm kniete, da war irgendwo eine Pfütze auf dem Boden, er trat in etwas Nasses, aber er registrierte es kaum. Er stolperte ein paar Schritte nach vorne, Richtung Waschbecken, der Mann, der vor ihm dran war, zog gerade seinen Schwanz heraus, keuchte schwer und

Herbert hörte: „Mehr, mehr, bitte, gib's mir!", und wenn er die Augen schloss, dann konnte er etwas von Anton in der flehenden Stimme hören. Jemand beugte sich an sein Ohr, flüsterte ihm zu: „Besorg's dem Kleinen ordentlich!", klopfte ihm auf die Schulter und Herbert setzte an und drang ein, ohne zu denken. Er vermisste Anton so sehr, Anton hatte auch darum gebettelt, sein Anton, sein Anton, sein Anton, die Gedanken an seinen Freund kamen im selben Rhythmus, wie er sein Becken bewegte, und dann war er schon fast so weit, er fühlte es kommen – und dann, aber … Irgendetwas stimmte nicht, irgendetwas war falsch.

Herbert öffnete die Augen und schloss sie sofort wieder, hielt die Hände schützend vor das Gesicht. Er wurde geblendet durch gleißende Helligkeit, die aus dem Nichts zu kommen schien. Scheinwerfer oder Taschenlampen blitzten plötzlich über die Treppe nach unten, erleuchteten die Klappe taghell, tauchten den Schmutz auf dem Boden, die Pisse im Rinnstein, die schmierigen Fliesen der Wände in ein kaltes, unbarmherziges Licht. Die eben noch ihrem Trieb verfallenen Männer wurden zurückverwandelt in verängstigte Gestalten, denen die Hosenschlitze offenstanden, die Hosen auf den Knien hingen, deren Mäntel und Jacken im Dreck lagen, deren Nacktheit sie der Lächerlichkeit preisgab. Das Getrampel schwerer Stiefel kam von draußen auf Herbert und die anderen zu, Stimmen und Rufe, die er nicht verstand. Verzweifelt versuchte er, seine Hosen hochzuziehen, Panik und Hektik brachen aus, alle wussten, was die Störung zu bedeuten hatte, aber es war zu spät, zu spät, um im Dunkeln zu entkommen, den Fängen der Häscher zu entfliehen, sie saßen in der Falle. In diesem Moment ging das Licht an und drei uniformierte Polizisten standen vor Herbert und den anderen. Mit einem verächtlichen Grinsen auf den Lippen betrachteten sie die halb ausgezogenen Männer.

„Mitkommen“, sagte einer knapp. „Alle auf die Wache. Widerliches Pack.“ Dann spuckte er vor ihnen aus.

Maria wurde durch das Läuten des Telefons im Flur aus dem Tiefschlaf gerissen. Ein verwirrter Blick auf den Wecker sagte ihr, dass es kurz vor drei war. Wer um alles in der Welt …? Erst dann registrierte sie, dass Herberts Seite des Bettes leer war. Die Decke war zurückgeschlagen, der Platz neben ihr kalt.

„Herbert?“ Sie setzte sich auf und stolperte aus dem Schlafzimmer, während das Baby zu brabbeln begann. In der Stille der Nacht klang das Klingeln des Telefons unnatürlich grell. Herbert war nirgendwo zu finden. Als sie durch die Küche in den Flur rannte, bemerkte sie aus den Augenwinkeln, dass die Kleider, die sie ihrem Mann über den Stuhl gehängt hatte, weg waren. Das Telefon schrillte weiter. Maria bekam Angst. Wo war Herbert? Wieso war er nicht zu Hause? Wenn ihm etwas zugestoßen war!

Zitternd nahm sie den Hörer von der Gabel, nur damit das Klingeln endlich aufhörte.

„Meurer? Hallo?“ Sie hatte einen Kloß im Hals, musste sich räuspern.

Herberts Stimme am anderen Ende der Leitung klang eingeschüchtert, ängstlich. „Maria? Ich bin’s. Ich … du musst mich abholen. Mit meinem Personalausweis.“

„Deinem Perso… wo bist du? Wieso bist du nicht zu Hause?“ Maria strich sich verwirrt eine Haarsträhne hinter das Ohr.

„Bitte, du musst mir glauben, es ist ein Versehen, ein Missverständnis. Aber sie glauben mir nicht, dass ich verheiratet bin und ein Kind habe. Du musst kommen und es richtig stellen, es tut mir leid …“ Herbert redete wie ein Wasserfall auf sie ein, hektisch, ohne Punkt und Komma.

„Herbert? Wohin muss ich kommen? Wo bist du? Wer ist ‚sie'?"

„Ich bin auf der Wache des Polizeipräsidiums", erklärte Herbert bedrückt. „Am Waidmarkt."

„Aber wieso?"

„Sie haben ... mich aufgegriffen. Auf den Toiletten."

„Ich verstehe nicht ..."

„Es ist alles ein Missverständnis. Ich konnte nicht schlafen, und weil ich dich und den Kleinen nicht wecken wollte, bin ich noch einmal um den Block gelaufen, um frische Luft zu schnappen, und dann musste ich dringend mal ... austreten und ..."

Plötzlich begriff Maria. Ihr wurde schwarz vor Augen, für einen Moment wurde die Welt um sie herum in ein undurchdringliches Dunkel gehüllt. „Eine Razzia", brachte sie schließlich heraus, „du bist bei einer Polizeirazzia mitten in der Nacht auf einer öffentlichen Toilettenanlage aufgegriffen worden. Du hast wieder angefangen mit ... mit diesen Dingen." Anton hatte es vorhergesagt. Wie durch einen Nebel hörte sie seine Stimme auf sie einreden, damals, vor der Haustür von Onkel Eberhard.

„Bitte, Maria, du musst meinen Personalausweis mitbringen, sonst muss ich die ganze Nacht hier auf der Wache verbringen!" Herberts Stimme klang verzweifelt, aber die Tatsache, dass er ihre Worte nicht bestritt, sagten ihr mehr als genug.

„Wo ist dein Ausweis?", fragte sie kalt.

„In der obersten Schublade des Nachttischs, in meiner Brieftasche. Geht's dem Jungen gut? Schläft er?"

Maria ignorierte seine Frage. „Ich bin gleich da", erwiderte sie und legte grußlos auf. Als sie die Schublade nach dem Ausweis ihres Mannes durchwühlte, waren ihre Finger eisig.

Im Polizeipräsidium wurden sie und ihr Baby von einem Wachtmeister empfangen, der sie in ein Büro geleitete und einige Minuten warten ließ. Maria war sicher, dass er hinter ihrem Rücken grinste. Diese Demütigung! Sie fühlte sich schmutzig und die Minuten dehnten sich ins Endlose, Minuten, in denen sie sich an die Hoffnung klammerte, dass diese ganze Situation doch nur ein Missverständnis war, dass Herbert doch nur versehentlich da hineingeraten war – bis ein weiterer Polizist die Tür öffnete und sich an den Schreibtisch setzte.

„Sie sind Frau Meurer?"

„Maria Meurer, geborene Hausmann. Ich … ich habe hier den Ausweis meines Mannes. Was ist passiert? Wo ist er?"

Der Beamte sah sie ironisch lächelnd an, aber es war auch Mitgefühl in seinem Blick. Er war noch jung, vielleicht gerade mal zehn Jahre älter als sie. „Ihm wird Erregung öffentlichen Ärgernisses zur Last gelegt, dazu Verstoß gegen den Paragrafen 175. Wir haben ihn und ein paar seiner Freunde auf frischer Tat ertappt, sozusagen mit heruntergelassenen Hosen." Der Mann nahm kein Blatt vor den Mund. „Ihr Mann wurde um zwei Uhr fünfundzwanzig auf der öffentlichen Toilettenanlage auf dem Waidmarkt bei einer unsittlichen Handlung gestellt. Er konnte sich nicht ausweisen, deshalb haben die Kollegen ihn und die anderen Herren mit aufs Präsidium genommen, um die Personalien zu überprüfen."

Maria war bleich geworden. „Die … anderen Herren?"

„Sie waren zu siebt insgesamt. Einer ist uns durch die Lappen gegangen."

Maria schluckte. „Was … was wird jetzt passieren? Ich meine …"

Der Beamte sah sie bedauernd an. „Wir können das nicht auf sich beruhen lassen, meine Dame. So leid es mir tut. Der Vorfall wird von Amts wegen zur Anzeige gebracht."

„Aber … o Gott, Herberts Arbeit, sein Ruf, er hat doch Familie …"

Der Polizist bot ihr einen Kaffee an, den sie verwirrt ablehnte. „Frau Meurer, es ist nicht das erste Mal, dass Ihr Mann mit dem Paragrafen 175 in Konflikt kommt, oder?" Er lehnte sich in seinem Stuhl zurück, wählte seine Worte bedächtig aus und betrachtete das schlafende Baby im Kinderwagen neben ihr.

Maria presste ihre Lippen zu einem dünnen Strich zusammen, setzte sich gerade hin. „Ich weiß nicht, was Sie meinen!"

„Aus den Akten geht hervor, dass Ihr Mann schon früher Etablissements und Lokale von zweifelhaftem Ruf frequentiert hat, dort auch schon mal in eine Schlägerei verwickelt war und vor anderthalb Jahren war er Zeuge in einem Prozess gegen einen gewissen Anton Kortniak, der wegen Vergehens gegen den Paragrafen 175 zu zwei Jahren Haft verurteilt worden ist. Ein Prozess, den ein Friedrich Hausmann angestrengt hat. Ich nehme an, Ihr Herr Vater?"

„Herbert war nur Zeuge, er ist von diesem Menschen gegen seinen Willen verführt worden", erklärte Maria eisig. „Das wurde amtlich festgestellt."

„Aber er hat diese Kontakte gehabt." Der Polizist räusperte sich. „Frau Meurer, ich meine es nur gut mit Ihnen. Ihr Ehemann ist ein Homosexueller und nach dem heutigen Vorfall wird die Staatsanwaltschaft alles daransetzen, ihn wegen Verstoßes gegen den Paragrafen 175 anzuklagen. Die Sachlage ist eindeutig. Er hat eine strafbare Handlung begangen, die im schlimmsten Fall mit bis zu zehn Jahren Gefängnis geahndet werden kann."

„Zehn Jahre?", flüsterte Maria entsetzt. „Aber was wird dann aus mir, aus unserem Sohn? Aus unserem Leben?"

Der Beamte hatte keine Antwort auf ihre Frage.

„Kann … kann ich meinen Mann mit nach Hause nehmen?"

„Das können Sie, Frau Meurer." Der Polizist stand auf und verabschiedete sich von ihr. „Ein Kollege wird Sie zu ihm bringen."

Herbert saß regungslos auf dem Küchenstuhl. Eigentlich war es Zeit, ins Büro gehen, es war kurz vor acht. Aber seine Arme und Beine gehorchten ihm nicht. Noch immer trug er die verschmutzten Sachen der letzten Nacht, mit denen man ihn auf die Wache gebracht hatte wie einen gewöhnlichen Kriminellen. Er hatte nicht geschlafen und er hatte sich nicht rasiert, die ersten Stoppeln am Kinn fühlten sich rau an, wenn er mit der Hand darüberstrich.

Es war still in der Wohnung, das einzige Geräusch war das Ticken der Küchenuhr über der Tür. Es würde nie wieder lauter werden, diese Stille würde ihn für den Rest seines Lebens umgeben.

Maria hatte kein einziges Wort gesagt, als sie ihn vom Präsidium abgeholt hatte. Sie hatte ihn keines Blickes gewürdigt. Ihr zorniges Schweigen war beredt genug gewesen und sie hatte zwei Schritte Abstand zwischen ihnen gelassen auf dem Weg zurück, als könne sie seine Nähe nicht ertragen. Er hatte stotternd versucht, klarzustellen, was passiert war, hatte versucht, sich herauszureden, aber sie hatte ihn mit einer einzigen, abwehrenden Handbewegung zum Schweigen gebracht. Zu Hause hatte sie sein Kopfkissen und seine Decke genommen und vor die Schlafzimmertür auf den Boden geworfen, dann hatte sie sich und den Kleinen eingeschlossen.

Er hatte sich vor die Tür gekniet und seine Frau durchs Schlüsselloch angefleht: „Bitte, Maria, ich kann es dir erklären, es war alles nur ein Irrtum, es ist nicht so, wie du denkst." Er hatte keine Antwort bekommen, nur ein Rumpeln war zu hören gewesen, als ob etwas Schweres vom Schrank gehievt werden würde, ein Auf- und Zuklappen der Schranktüren und dann hatte der Kleine angefangen zu schreien. Herbert hatte an die Tür geklopft und um Einlass gebettelt; das Weinen seines Sohnes hatte ihm fast das Herz gebrochen. Doch Maria war unerbittlich geblieben. Felix' Jammern hatte nach einer Weile aufgehört und auch das Rumpeln und Klappern verstummten, aber Herbert hatte sich nicht von der Tür wegbewegt, den ganzen Rest der Nacht hatte er dort auf dem Boden kampiert, den Kopf an die Schlafzimmertür gelehnt.

Er musste trotzdem eingeschlafen sein, denn als Maria um sechs Uhr unerwartet die Tür aufriss, war er aus einem wirren Traum aufgeschreckt und sein Rücken und sein linker Arm hatten geschmerzt. Mühsam hatte er sich aufgerappelt, hatte wider alle Vernunft gehofft, dass Maria ein Einsehen hatte, aber dann hatte er den gepackten Koffer in ihrer Hand bemerkt.

„Wo … wo willst du hin?", hatte er gestammelt.

Maria sah an ihm vorbei zur Tür. „Wir fahren zu meinen Eltern. Wir nehmen den ersten Zug."

„Wir?" Es hörte sich so an, als ob das „wir" ihn nicht mit einschlösse. Nicht mehr.

„Ich und das Kind natürlich. Oder hast du gedacht, ich überlasse Felix deinem … widernatürlichen Einfluss?"

„Aber Felix ist doch auch mein Sohn, das kannst du nicht machen!" Er hatte Marias Schulter berührt, hatte versucht, sie umzustimmen. Sie hatte auf seine Hand gestarrt, als ob er Lepra hätte, hatte sie abgeschüttelt und gesagt: „Fass mich nicht an, Herbert. Fass mich nie wieder an."

Dann war seine Frau zum Telefon gegangen, hatte ein Taxi bestellt und hatte mit dem Koffer in der Hand und seinem Sohn im Arm die Wohnung verlassen. Nicht einmal verabschieden durfte er sich von Felix. Er hatte nicht geschluchzt, er hatte nicht herumgebrüllt, er hatte nicht randaliert, er hatte keine Kraft mehr. Stumm hatte er Maria gehen lassen.

Seitdem saß er am Küchentisch, vor den Scherben seines Lebens. Es gab nichts zu tun, nichts, was er rückgängig oder ungeschehen machen konnte. Es war vorbei. Aus dem Küchenschrank hatte er eine Flasche Schnaps geholt und ein passendes Glas. Stetig hatte er es gefüllt und anschließend geleert, zielstrebig und schnell, den Kopf nach hinten geworfen, damit das scharfe Zeug in einem Rutsch über seine Kehle rann. Er hatte gehofft, dass der Alkohol den Schmerz betäuben würde, aber er hatte sich getäuscht. Nur seine Bewegungen waren fahriger geworden und die mittlerweile fast leere Flasche und das Glas vor ihm auf dem Tisch ließen sich nicht mehr so gut fassen. Das letzte Glas hatte er umgestoßen und den Schnaps von der Tischplatte geschlürft, wie ein durstiges Tier an der Tränke. Aber der Schmerz hatte ihn nicht verlassen.

Herbert schwankte, als er aufstand, musste sich an der Tischkante festhalten. Es gab doch noch etwas zu tun; etwas hatte sich in seinen benebelten Gedanken festgesetzt. Er lief ins Wohnzimmer, dessen Sofagarnitur Maria und er erst vor drei Monaten gekauft hatten, dieses scheußliche graubraune Ensemble mit passendem braunen Nierentisch, das ihm sowieso nicht gefallen hatte und das er noch ein Jahr lang abbezahlen musste, und wühlte im Regal neben dem Fernseher, bis er den Schlüssel für sein Schuhschränkchen fand. Sie besaßen getrennte Schuhschränke, die im Flur nebeneinander standen, Maria legte nie Hand an seinen. Er hatte von Anfang an darauf bestanden, seine Schuhe selber zu putzen. Mit dem Schlüssel in der Hand lief er in den Flur und schloss das Schränkchen auf. Dort hatte er die Kiste mit seinen Briefen an Anton, den Fotos und seinen Tagebüchern versteckt.

Bedächtig öffnete er die Truhe und fuhr mit den Fingern über die schwarzen Kladden. Er hatte lange nichts eingetragen, nach der Geburt von Felix war kaum noch Zeit gewesen. Er hatte es als Zeichen angesehen, dass sein Leben wieder in normalen Bahnen verlief. Wie sehr er sich geirrt hatte. Die Fotos aus der Zeit mit Anton ließ er unberührt; sie noch einmal anzuschauen, wäre zu schmerzhaft gewesen, aber er stapelte die Briefe ordentlich und band sie mit einer Kordel aus der Küchenschublade zusammen. Es war gar nicht einfach, der Alkohol in seinem Körper beeinträchtigte sein Koordinationsvermögen. Es dauerte ein paar Minuten und mehrere Anläufe, bis seine Finger einen Doppelknoten hinbekamen.

Zufrieden betrachtete er danach sein Werk. Alles sauber und ordentlich. Wenigstens etwas, das er anständig zu Ende brachte. Er strich noch einmal über die hübschen Jugendstilverzierungen, das dunkle Kirschholz, dann schloss er das schmiedeeiserne Schloss ab, ließ aber den Schlüssel stecken. Mit einem Lappen reinigte er das Holz vom Staub, bis die Kiste wie neu glänzte. Dann setzte er sie auf den Wohnzimmertisch, unübersehbar.

In der Küche fand er einen Schmierzettel und einen Stift. Anfangs versuchte er, sich bei Maria zu entschuldigen, versuchte, Worte für sein Versagen zu finden, aber irgendwann gab er seine holprigen Bemühungen auf. Sie würde es nicht verstehen. Er konnte sein Verhalten ja nicht einmal vor sich selber entschuldigen. Stattdessen begnügte er sich mit zwei dürftigen Sätzen.

Eines Tages wird er wissen wollen, wer sein Vater war. Dann gib ihm diese Truhe.

Der Morgen versprach, wunderschön zu werden. Als Herbert aus der Stadt herausfuhr, begann sich der Nebel aufzulösen, und die Dämmerung machte einem wolkenlosen, eisblauen Himmel Platz, auch wenn die Sonne noch etwas zögerte. Der Lärm des Berufsverkehrs blieb hinter ihm zurück, das Hupen der Autos, das Klingeln der Fahrräder und Straßenbahnen. Er tätschelte sein geliebtes Motorrad, das ihn über all die Jahre begleitet hatte, und bog auf eine unbefahrene Landstraße ab. Am Straßenrand streckten die ersten Maiglöckchen ihre Köpfe hervor und weiter hinten auf einer Wiese konnte er ein paar schwarzgefleckte Kühe grasen sehen. Krähen staksten zwischen ihren Beinen herum, pikten nach Würmern und Käfern. Er erinnerte sich, wie gerne Anton immer hinter ihm gesessen hatte bei solchen Landpartien, er hatte sich ganz eng an ihn gedrückt, die Arme um ihn geschlungen. Wie wohl sie beide sich gefühlt hatten. Maria dagegen hatte seine Leidenschaft fürs Motorradfahren nie geteilt. Zu unbequem, zu zugig, zu kalt, zu gefährlich. Sie hatte ihn gedrängt, das Motorrad abzuschaffen und stattdessen einen Kleinwagen zu kaufen, schon wegen des Kindes. Sie war es leid, die Einkäufe zu Fuß und mit dem Kinderwagen nach Hause zu schleppen. Noch ein paar Wochen und er hätte nachgegeben, auch wenn es ihm noch so schwergefallen wäre. Felix zuliebe hätte er alles getan, alles, wozu er imstande gewesen wäre. Nur diese eine Sache, die war stärker als er. Er konnte sie nicht unterdrücken, das hatte er nun begriffen.

Vor ihm, in einer scharfen Kurve, tauchte eine riesige, alte Eberesche auf, mit weit ausladenden Ästen und dichten, grünen Blättern. Überall um ihn herum roch es nach Frühling. Herbert drehte die Maschine auf und gab Gas.

Anton hat also doch Recht gehabt.

Es ist der erste Gedanke, den ich habe, nachdem mein Großvater seine Erzählung beendet hat. Ich war im Unrecht. Mein Vater hat sich tatsächlich umgebracht.

Erst dann kommt der Zorn, natürlich auch auf meinen Großvater, schon wieder, und auf meine Mutter, natürlich auch auf sie, weil sie meinen Vater verlassen hat, weil sie ihn in die Enge getrieben hat, aber unter diese mittlerweile altbekannte Wut mischt sich eine kleine, gehässige Stimme, die sich darüber beklagt, dass mein Vater nicht mehr Mumm in den Knochen hatte, dass er diese Krise nicht um meinetwillen durchgestanden hat – dass er mich allein gelassen hat. Es ist eine instinktive Reaktion, die weinerliche Frage eines hilflosen Kindes. Ich hätte meinen Vater gebraucht! Woher hat er sich das Recht genommen, sich aus der Verantwortung zu stehlen?

Ich bin so aufgebracht, dass ich gar nicht bemerke, dass mein Großvater noch nicht fertig ist. „... haben es uns zusammengereimt, später, als wir etwas Abstand hatten", höre ich ihn schließlich sagen. Seine Stimme ist müde und er muss sich immer wieder räuspern, um sie nicht ganz zu verlieren. Der Hund wedelt mit dem Schwanz, trottet zu meinem Großvater hinüber und leckt ihm die Hand, die seinen Spazierstock umklammert – als wollte er ihm Mut zusprechen. Wir sitzen noch immer alle im Wohnzimmer meiner Mutter, gefangen von den Erinnerungen an die Vergangenheit.

„Die Polizei hat den Unfall natürlich auf den alkoholisierten Zustand deines Vaters zurückgeführt und keine weiteren Nachforschungen angestellt. Für sie war der Fall klar: Ein übermütiger Halbstarker auf einem Motorrad, der betrunken die Kontrolle über sein Fahrzeug verloren hat. Aber als wir die Wohnung in Köln aufgelöst haben, ungefähr nach drei Wochen, hat uns ein Bauer aus der Umgebung kontaktiert, der die kurze Notiz des Unfallhergangs in der Zeitung gelesen hatte. Er hat den Namen deiner Mutter herausgefunden und ist extra in die Stadt gefahren, um ihr sein Beileid auszusprechen – ein kleiner Mann mit schmutzigen Fingernägeln und einem verlegenen Gesichtsausdruck. Andauernd drehte er seinen Hut in der Hand. An dem Tag, als es passiert ist, war er gerade mit dem Traktor draußen, um die Felder zu pflügen, und er hat alles gesehen. Es war kein Unfall. Das Motorrad ist nicht geschlingert und dein Vater hat auch keine Anstalten gemacht, dem Baum auszuweichen, im Gegenteil. Der Bauer hat uns erzählt, dass Herbert sein Motorrad auf der Landstraße fast zum Stehen gebracht hat, als ob er sein Ziel anvisieren müsste. Dann hat er die Maschine aufgedreht und ist geradewegs auf die Esche zugerast. Der Tank muss voll gewesen sein, es hat eine riesige Explosion gegeben. Maria und ich mussten den Bauern trösten, er hat sich die ganze Zeit Vorwürfe gemacht, dass er zu weit weg war, um helfen zu können."

Mein Großvater sieht mich fast flehend an. „Jahrelang habe ich mir gewünscht, dass Herbert doch wegen des Alkohols gestorben ist, dass es sein Fehler war, dass mich keine Schuld an seinem Tod trifft ... dass ich nicht eines Tages meinem Enkel sagen muss, dass ich zum Tod seines Vaters beigetragen habe." Den letzten Teil des Satzes flüstert er fast. Als ich nicht reagiere, fährt er resigniert fort. „Aber der Bericht des Bauern und der Zettel auf der kleinen Truhe, die wir auf dem Wohnzimmertisch fanden, haben unsere letzten Zweifel beseitigt, dass es nur eine Verkettung unglücklicher Umstände gewesen ist ... und mit diesem Wissen um unsere Schuld haben wir leben müssen. All die Jahre."

„Hat ... hat meine Mutter jemals einen Blick in die Truhe geworfen?", frage ich stockend. Endlich kann ich wieder sprechen, aber mein Mund ist ganz trocken, als hätte ich Staub gegessen. „Hat sie sich jemals dafür interessiert, was für ein Mensch mein Vater wirklich gewesen ist?"

„Ich weiß es nicht", erwidert mein Großvater. „Sie hat mir jedenfalls nie etwas darüber gesagt. Aber immerhin hat sie die Sachen aufgehoben. Beweist das nicht, dass sie letztendlich Herberts Wunsch nachgekommen ist?"

„Ich habe so oft nach meinem Vater gefragt, nie hat sie ein Wort darüber verloren! Stattdessen hat sie ihr Wissen lieber mit ins Grab genommen!"

„Aber sie hat die Briefe und die Fotos und die Tagebücher aufgehoben. Sie hat sie nicht weggeworfen. Vielleicht wusste sie, dass du sie eines Tages finden wirst."

„O ja, sehr clever, mit der Wahrheit bis zu ihrem Ableben zu warten", sage ich wütend. „Nach ihrem Tod kann ich ihr ja keine Vorwürfe mehr machen!"

„Sei nicht zu hart gegen deine Mutter", wirft plötzlich Anton ein. Er hat dem Bericht meines Großvaters aufmerksam zugehört, sich hin und wieder die Augenwinkel gewischt. „Das Schicksal hat sie genug bestraft."

„Was meinst du?", frage ich erstaunt.

Anton sieht mich an, als wäre die Antwort darauf offensichtlich und nur ein Dummkopf nicht in der Lage, sie sofort zu erkennen. „Sie hat dich aufwachsen sehen. Tag für Tag bist du deinem Vater ähnlicher geworden, Tag für Tag ist sie mit ihrem Anteil an der Schuld konfrontiert worden. Jedes Mal, wenn sie dir ins Gesicht gesehen hat, muss sie auch Herbert gesehen haben. Kein Wunder, dass sie zu der verbitterten Frau geworden ist, die du beschrieben hast."

„Was hätte Maria denn tun sollen?", fragt mein Großvater leise. „Hätte sie bei deinem Vater bleiben sollen? Die ganze Ehe war eine Farce, sie wären beide unglücklich gewesen, ihr Leben lang. Sie hat ihn verlassen, um sich selbst zu retten. Sich und dich."

„Sie muss mich wirklich gehasst haben", murmele ich. „Ich habe es immer gespürt. Diese Blicke, die sie mir zuwarf, wenn sie sich unbeobachtet glaubte … sie muss mich für ihren persönlichen Folterknecht gehalten haben. Jemand, der sie zwingt, niemals zu vergessen, allein durch sein Dasein, seine Existenz. Kein Wunder, dass sie mich rausgeworfen hat, als ich ihr gesagt habe, dass ich schwul bin. Das muss das Fass zum Überlaufen gebracht haben."

„Das darfst du nicht denken!", widerspricht mein Großvater heftig. „Deine Mutter hat dich geliebt. Sie war nur nicht imstande, es dir zu zeigen. Wenn es etwas Positives gibt, das Herbert und Maria zustande gebracht haben, dann bist du das."

„Sie hätten niemals heiraten dürfen. Es war ein Fehler." Ich wiederhole mich, aber ich bin sicher, dass es die Wahrheit ist. Die Geschichte von Anton, Maria und Herbert hat alle Beteiligten unglücklich gemacht. Sie hätte niemals passieren dürfen. „Anton ist zwischen die Mühlräder einer engstirnigen, reaktionären Justiz geraten, die ihn für etwas verurteilt hat, wofür er nichts konnte; Maria musste sich als alleinerziehende Mutter durchs Leben schlagen und mit ansehen, wie ihr Sohn zu all dem wird, was sie ablehnte und verabscheute; mein Vater hat keinen anderen Ausweg gesehen, als sich das Leben zu nehmen. Und du …" Ich drehe mich mit einem anklagenden Zeigefinger zu meinem Großvater und will ihm die Schuld, die ihm zusteht, zuweisen, aber bevor ich den Satz über die Lippen bringe, werde ich von Manfred unterbrochen. Manfred, der den ganzen Tag kaum ein Wort gesagt hat. Der schweigend und mit hochgezogenen Augenbrauen zugehört hat, wie sich die Vergangenheit Stück für Stück zusammensetzt, wie aus dem Wirrwarr eines sich drehenden Kaleidoskops ein neues Bild entsteht.

„Es ist genug, Felix", sagt er scharf. „Es ist genug."

„Aber …"

„Es steht dir nicht zu, deinen Großvater zu verurteilen. Dieses Recht hat nur Anton. Und nicht mal er tut es, wenn ich das richtig sehe. Also spiel dich nicht so auf!" Seine Augen funkeln, so verärgert, so engagiert habe ich ihn schon lange nicht mehr erlebt.

„Du hast es gerade nötig!", fahre ich meinen Freund an. „Wer hat denn hinter meinem Rücken mit einem anderen ..." Aber dann verstumme ich.

Manfred hat Recht. So falsch ich es auch finden mag, was mein Großvater Anton angetan hat, mit dem Tod meines Vaters hat es nichts zu tun. Dabei würde ich so gerne irgendjemandem die Schuld an dieser ganzen Tragödie geben, mit dem Finger auf ihn zeigen und sagen: „Du bist schuld! Jetzt büße!"

Und was Manfred mit dem Ersatzmann getan hat, diesem ... Kevin, ist eine völlig andere Sache.

Ich sehe auf die Uhr und stelle erschrocken fest, wie schnell die Zeit vergangen ist. Wir müssen uns beeilen, meine Mutter wartet.

Sechzehn

Das Wetter ist erneut umgeschlagen. Die Sonne hat sich nicht durchsetzen können, der Himmel ist grau wie ein Putzlappen. Es hat angefangen zu nieseln, ein feiner, beständiger Regen, der sich wie ein dünner Film auf die Kleidung legt und Hände und Füße frieren lässt. Passendes Wetter für einen solchen Anlass. In den Groschenromanen meiner Mutter regnet es bei Beerdigungen wahrscheinlich auch immer.

Es ist ein seltsames Gefühl, vor dem Grab der eigenen Mutter zu stehen, in dieses dunkle Nichts hinabzustarren. Man beerdigt nicht nur die Frau, die einen zur Welt gebracht hat, sondern auch ein Stück der eigenen Kindheit, seiner selbst. Man trägt Erinnerungen zu Grabe, gute und schlechte gleichermaßen. Man fühlt sich allein und verlassen, einsam. Es ist ein Gefühl, das mir vertraut ist, seit ich achtzehn bin. Es kommt mir vor, als hätte mich meine Mutter mein ganzes Leben auf diesen Moment vorbereitet.

Aber entgegen meinen ursprünglichen Befürchtungen bin ich nicht allein. Der Zuspruch ist größer, als ich erwartet hatte. Ich muss es nicht allein durchstehen. Eine ganze Anzahl Menschen hat sich trotz des Regens eingefunden, um meine Mutter zusammen mit mir zu beerdigen; einige, die ich noch vor ein paar Tagen überhaupt nicht kannte, einige, deren Gesichter ich heute zum ersten Mal sehe.

Anton steht links von mir in der ersten Reihe; trotz des Triumphes, den er doch eigentlich empfinden müsste, ist sein Gesicht ernst und traurig. Rechts neben mir steht mein Großvater, zittrig wie das Herbstlaub an den Bäumen. Hinter ihm haben sich Martha und Anneliese eingereiht, dann Willy, der noch nicht einmal jetzt ohne seine Zigaretten auskommt. Die hinterste Reihe bilden Manfred und der Hund, einträchtig und geduldig stehen sie nebeneinander. Der Hund schüttelt sich hin und wieder, dann spritzen kleine Wassertropfen in alle Richtungen.

Doch es sind noch mehr Menschen anwesend, Leute, die ich nicht kenne. Uns gegenüber hat sich eine Gruppe älterer Herrschaften versammelt, schwarz gekleidet, drei Frauen und vier Männer, von denen einer mir und meinem Großvater vor Beginn der Trauerfeier die Hand gedrückt und sein Beileid ausgesprochen hat. Die anderen haben während der kurzen Ansprache und Mozarts *Kleiner Nachtmusik* auf den hinteren Stühlen in der kleinen Trauerkapelle Platz genommen. Beulinger hat mir zugeraunt, dass sie zu dem Kegelklub gehören.

Und dann ist da noch ein Mann um die sechzig, der sich ein wenig versteckt hält hinter den anderen, ein paar Schritte abseits steht. Während der Trauerfeier hat er neben der Tür gestanden, als bräuchte er die Sicherheit eines schnellen Fluchtwegs. Ein unscheinbarer Mann mit einem unauffälligen, austauschbaren Gesicht. Niemand scheint ihn zu kennen, auch der Bestatter hat ihn noch nie gesehen. Während Kaplan Neuenfels die Trauergemeinde um das Grab versammelt, kann ich spüren, wie die Augen des Fremden immer wieder verstohlen auf mir ruhen. Dann wird der Sarg in die Erde gelassen und ich registriere erstaunt, wie der Mann lautlos in Tränen ausbricht, verlegen nach einem Taschentuch in seiner Hosentasche sucht und sich die Nase schnäuzt. Jetzt erst bemerke ich auch die kleine Sonnenblume in seiner Hand, eine Miniaturausgabe der Blumen, mit denen der Sarg meiner Mutter geschmückt ist und die mit ihrer leuchtend gelben Farbe den Regen und den wolkenverhangenen Himmel überstrahlen, als wollten sie einen Kontrapunkt setzen. Wenn er die Lieblingsblumen meiner Mutter kennt, muss er sehr vertraut mit ihr gewesen sein. Vielleicht war ihr Bett über all die Jahre nach meinem Auszug doch nicht so leer, wie ich vermutet habe. Vielleicht hat meine Mutter neben ihrer Verbitterung doch noch für so etwas wie Liebe Platz in ihrem Leben gefunden. Etwas unsicher lächele ich dem Mann zu und zögernd nickt er zurück.

Ich trage meinen dunklen Anzug, Manfred hat ihn aus Köln mitgebracht. Er hat sogar an ein weißes Hemd und eine Krawatte gedacht. Widerwillig muss ich eingestehen, dass ich ihm dankbar bin, ansonsten hätte ich keine dem Anlass entsprechende Kleidung gehabt. Wir hatten noch immer keine Zeit, miteinander zu reden, vielleicht wollen wir es auch gar nicht. Unsere Probleme erscheinen mir ein wenig … klein, wenn ich sie mit dem vergleiche, was ich heute über Anton, meinen Vater und meine Mutter erfahren habe. Nicht, dass ich nicht noch immer sauer wäre, aber nach all dem, was ich in den letzten Tagen über die Schwierigkeiten der schwulen Generation vor uns gelernt habe, relativiert sich unser Streit zu einem nebensächlichen Geplänkel. Ist die Langeweile, die ich zu empfinden geglaubt habe, nicht eher Vertrautheit und habe ich die Gleichgültigkeit, die ich in unserer Beziehung noch vor ein paar Tagen verspürt habe, vielleicht mit Alltag verwechselt? Anton würde diese Sichtweise wahrscheinlich bejahen. Das, was ich mit Manfred teile, hat er sich immer gewünscht, aber mit meinem Vater nie erreicht – und allein die Tatsache, dass er meinen Freund hierhergebracht hat, zeigt mir, dass er unsere Probleme für bedeutungslos hält.

Meine Eifersucht auf Kevin hat mir außerdem bewiesen, dass ich noch immer etwas für Manfred empfinde. Wenn er mir gleichgültig wäre, hätte ich ihm nicht nachspioniert, seinen Wagen demoliert und mich allgemein wie ein Idiot aufgeführt. Plötzlich erscheint mir Manfred liebenswert wie schon lange nicht mehr.

Kaplan Neuenfels reißt mich aus meinen Gedanken, als er mir eine kleine Schaufel in die Hand drückt. Sie erinnert mich an eines dieser Plastikdinger, mit denen ich als Kind im Sandkasten gespielt habe. Verwirrt sehe ich den Pastor an, bis er auf einen kleinen Erdhügel neben dem Grab deutet. Dann verstehe ich. Zögernd treten mein Großvater und ich gemeinsam an den Rand der Grube und werfen ein wenig Erde auf den Sarg meiner Mutter. Auch jetzt kommen mir keine Tränen, dazu waren meine Mutter und ich uns einfach zu fremd, und ich empfinde keine wirkliche Trauer. Doch als ich nach unten starre auf den Holzkasten, der die sterblichen Überreste meiner Mutter enthält, stelle ich überrascht fest, dass auch mein Zorn und meine Wut auf sie verflogen sind. Was immer sie auch falsch gemacht hat, es gehört der Vergangenheit an; ihre Geschichte ist nicht meine Geschichte, ihre Verletzungen sind nicht meine und ihr Hass gehört ebenfalls nicht zu mir.

Für meinen Großvater ist der Abschied erheblich schwerer. Er schluchzt auf und ich fühle, wie er sich immer stärker auf mich stützt. Er hat gesehen, wie sie geboren wurde, er hat sie großgezogen, er hat mit angesehen, wie sie einen großen Fehler begangen hat. Er ist ihr durch die Jahre immer zur Seite gestanden und er hat sie sterben sehen. Jetzt hat er nur noch einen Enkel, der zu Recht wütend auf ihn ist. Oder es zumindest war.

„Großvater, komm", sage ich sanft und biete ihm meinen Ellbogen an. Aber er ist noch nicht ganz fertig. Mit seinen zitternden, arthritischen Fingern kramt er in seiner Jackentasche.

„Sie soll ihn mitnehmen, vielleicht bringt er ihr Glück", sagt er.

„Dann wirf ihn auf den Sarg", sage ich. Die Perlen des Rosenkranzes machen ein schepperndes Geräusch, als sie auf dem Holz aufschlagen.

Wir gehen zur Seite und Anton tritt an unsere Stelle. Auch er wirft eine Schaufel Erde auf den Sarg meiner Mutter, verharrt einen Moment schweigend vor dem Grab. Dann bückt er sich etwas schwerfällig und flüstert so leise, dass nur ich es hören kann: „Du hattest Recht, Maria. Wir alle haben verloren. Du und Herbert und ich. Was für ein Jammer." Dann steht er auf und lässt den nächsten Trauergast nach vorne.

Nach der Beerdigung stehen wir alle etwas unschlüssig herum, jemand macht den Vorschlag, etwas essen zu gehen, aber die Idee kann sich nicht durchsetzen. Alle sind müde und erschöpft von den Anstrengungen dieses Tages. Nach und nach erscheint die Vorstellung von Ruhe und Abstand verlockender als ein weiteres Beisammensein. Am Friedhofstor sehe ich mich um, ich hätte gerne noch ein paar Worte mit dem Mann mit der Sonnenblume in der Hand gewechselt, aber er ist verschwunden. Wahrscheinlich werde ich nie erfahren, wie er hieß und wie eng sein Verhältnis zu meiner Mutter wirklich war. Der Kegelklub ist ebenfalls schon gegangen, genauso wie Pastor Neuenfels und der Bestatter.

Döring erscheint pünktlich und beginnt, seine Schützlinge in den Kleinbus zu laden, Martha verabschiedet sich inniglich von dem feuchten, regendurchtränkten Hund und Anneliese und Willy geben mir auf den Weg, sie möglichst bald zu besuchen.

Manfred ist mit meinem Großvater schon vorgegangen zu seinem Wagen, er hat versprochen, den alten Mann ins Seniorenstift zu fahren. Anton und ich sind plötzlich allein. Zuerst geben wir uns nur die Hand, aber dann, plötzlich, umarmt er mich und sagt bewegt: „Du magst eine Mutter verloren haben, mein Junge, aber du hast eine neue Familie gefunden. Das weißt du doch, oder?"

Ich nicke gerührt. Er klopft mir auf die Schulter und will zu den anderen in den Bus steigen, als ich ihn zurückhalte. „Warte", sage ich, „es dauert nur einen Moment!" Ich laufe schnell zu meinem Auto und krame etwas vom Rücksitz hervor. Ich hatte es bei unserer Abfahrt vom Haus meiner Mutter in einem unbeobachteten Moment aus dem Wohnzimmer geholt und dort verstaut. Noch immer überrascht mich, wie schwer die Truhe ist. „Hier", sage ich schnaufend, als ich zurückkomme. „Die Briefe, Tagebücher und Fotos meines Vaters. Für dich."

Anton starrt mich an. „Das kann ich nicht annehmen", sagt er stockend. „Herbert hat sie dir hinterlassen."

„Und ich gebe sie an dich weiter. Bitte, nimm die Kiste. Sie enthält eure Geschichte. Die Geschichte von Herbert und Anton."

Anton sagt kein Wort, aber schließlich hält er zögernd die Hände auf und ich lege die Truhe in seine Arme. Dann steigt er zu den anderen in den Bus und Döring startet den Motor.

Kurz darauf bin ich zurück im Haus meiner Mutter, mache den Abwasch, räume Kleinigkeiten beiseite. Im Radio läuft der Wetterbericht und die Verkehrsnachrichten. In ein paar Minuten werde ich meine Tasche packen, das Haus abschließen und nie wieder zurückkehren.

Als ich mir die Hände am Geschirrtuch abtrockne, klingelt mein Handy. Ich schaue auf die Nummer und lächele. Es ist Manfred. Seine Stimme klingt blechern und hohl, er spricht über die Freisprechanlage in seinem Wagen.

„Wo bist du?“, frage ich.

„Auf dem Weg nach Hause“, sagt er. „Die Autobahn ist frei.“

„Wie geht es meinem Großvater?“

„Er ist traurig und müde. Er hat Angst, dass du ihn nicht mehr besuchst.“

„Hast du ihn beruhigt?“

„Natürlich. Er ist ein zäher alter Knochen.“ Ich höre Bewunderung in Manfreds Stimme. „Solche Männer werden heute nicht mehr gemacht.“

Ich lache. „Ja“, sage ich. „Das stimmt.“

„Wann kommst du nach?“

„Was ist mit Kevin?“, entgegne ich.

Manfred seufzt. „Ach, Kerl“, sagt er. „Hast du das immer noch nicht begriffen?“

„Was begriffen?“

„Hast du wirklich gedacht, ich übersehe dein Auto in der Straße? Erst wollte ich aussteigen und mich entschuldigen, aber dann habe ich mir gedacht: warum nicht? Ich habe nur die Gelegenheit beim Schopfe gepackt, um dich ein bisschen eifersüchtig zu machen, dir in Erinnerung zu rufen, was du an mir hast. Ich habe dir nie geglaubt, dass du nichts mehr für mich empfindest."

„Du hast gewusst, dass ich dich beobachte?", frage ich überrascht. „Die Knutschorgie vor der Haustür war ein abgekartetes Spiel?"

„Natürlich. Du bist ein miserabler verdeckter Ermittler." Ich kann das verschmitzte Grinsen auf seinem Gesicht förmlich vor mir sehen.

„Dann hast du gar nichts mit diesem Kevin gehabt?"

Manfred zögert. „Doch, natürlich. Da war schon was. Ich habe ihn auf dem Rastplatz kennengelernt und zuerst habe ich ihn mitgenommen, weil du am Telefon so unausstehlich warst. Ich wollte mich rächen."

„Während ich mich um die Beerdigung kümmern musste?"

„Ich hatte auch anfangs ein schlechtes Gewissen, glaub mir. Und dann habe ich dich gesehen, am Straßenrand, und ich dachte …"

„Was?"

„Ich wollte dir klarmachen, was zwischen uns beiden noch ist. Dich mit der Nase darauf stoßen. Es war ein spontaner Einfall. Und Kevin hat mitgespielt."

„Dafür ist er von dir ja auch gut durchgevögelt worden", erwidere ich. „Ein ganzes Wochenende."

„Ja", gibt Manfred zu. „Da bin ich wohl ein wenig übers Ziel hinausgeschossen. Ich war geschmeichelt, dass sich ein so junger Kerl für mich interessiert. Ich konnte nicht widerstehen. Es tut mir leid. Aber dein Platz war niemals in Gefahr."

Ich atme auf, unsicher, ob ich erleichtert sein kann oder nicht.

„Also, wann kommst du?", wiederholt Manfred seine Frage.

„Gleich“, antworte ich. „Ich geh nur noch mal kurz ein Stück mit dem Hund.“

Nachdem das Telefonat beendet ist, pfeife ich, und zusammen laufen der Hund und ich noch einmal den Feldweg hinter den Böschungen und über die Eisenbahnlinie hinweg. Herbstlaub weht uns um die Ohren. Während der Hund ein paar Spatzen aufscheucht, bleibe ich stehen, atme tief ein und lasse mich vom Wind durchpusten.

Ich bin Felix, der Glückliche. Und ich trage meinen Namen zu Recht.

Danksagung

Mein Dank gilt wie immer jenen, die bei der Entstehung dieses Romans geholfen haben:

Das Centrum für schwule Geschichte in Köln und das Schwule Museum, Berlin, bei denen ich Sekundärliteratur und Quellen, insbesondere Zeitzeugenberichte, zu den fünfziger Jahren einsehen durfte.

Susanne Bach, Norbert Friederichs, Nina Stressenreuter, Elmar Kraushaar, Ilona Bubeck und Axel Schock sowie Rainer Hörmann und Regina Nössler, die Teile oder das gesamte Manuskript gelesen und mit wertvollen Tipps und konstruktiver Kritik nicht gespart haben.

Dieter Haberhauffe, der mir die Kölner Szene der fünfziger Jahre näher gebracht hat.

Jörg Michaelis, der meine Homepage betreut.

Jim Baker, der hervorragende Lektoratsarbeit geleistet hat, und alle Mitarbeiter des Querverlags, die mich seit Jahren bei meinen Projekten unterstützen.

Mein größter Dank aber gilt wie immer meinem Freund Norbert Friederichs, ohne den alles nichts wäre.

Mehr Informationen zum Autor: www.stressenreuter.de.

Der Paragraf 175 StGB, 175a StGB
Fassung vom 1. September 1935

§ 175
(1) Ein Mann, der mit einem anderen Mann Unzucht treibt oder sich von ihm zur Unzucht mißbrauchen läßt, wird mit Gefängnis bestraft.

(2) Bei einem Beteiligten, der zur Zeit der Tat noch nicht einundzwanzig Jahre alt war, kann das Gericht in besonders leichten Fällen von Strafe absehen.

§ 175a
Mit Zuchthaus bis zu zehn Jahren, bei mildernden Umständen mit Gefängnis nicht unter drei Monaten wird bestraft:

1. ein Mann, der einen anderen Mann mit Gewalt oder durch Drohung mit gegenwärtiger Gefahr für Leib oder Leben nötigt, mit ihm Unzucht zu treiben, oder sich von ihm zur Unzucht mißbrauchen zu lassen;
2. ein Mann, der einen anderen Mann unter Mißbrauch einer durch ein Dienst-, Arbeits- oder Unterordnungsverhältnis begründeten Abhängigkeit bestimmt, mit ihm Unzucht zu treiben oder sich von ihm zur Unzucht mißbrauchen zu lassen;
3. ein Mann über einundzwanzig Jahre, der eine männliche Person unter einundzwanzig Jahren verführt, mit ihm Unzucht zu treiben oder sich von ihm zur Unzucht mißbrauchen zu lassen;
4. ein Mann, der gewerbsmäßig mit Männern Unzucht treibt oder von Männern sich zur Unzucht mißbrauchen läßt oder sich dazu anbietet.

Vergehen nach Paragraf 175 StGB 1950 bis 1965

Jahr	Rechtskräftige Abgeurteilte	Rechtskräftige Verurteilte
1950	2246	1920
1951	2635	2167
1952	2964	2476
1953	2869	2388
1954	3230	2564
1955	3075	2612
1956	6247	3124
1957	3630	3182
1958	3679	3530
1959	4141	3230
1960	3694	3143
1961	3496	3005
1962	3686	3098
1963	3439	2803
1964	3498	3907
1965	3104	2538
	52633	44231

Quelle: H.-G. Stümke, *Homosexuelle in Deutschland* (München 1989), S. 147.

„Wir kennen unsere eigene Geschichte nicht."

Jan Stressenreuter im Gespräch mit Rainer Hörmann über den Roman *Mit deinen Augen*

Mit deinem neuen Roman machst du einen Zeitsprung in die fünfziger Jahre. Wie kam es zu der Idee, dich einem bestimmten Jahrzehnt deutscher Geschichte zu widmen?

Je länger ich „schwule" Romane schreibe, desto mehr bin ich der Auffassung, dass die „schwule" Literatur im deutschsprachigen Raum zurzeit auf der Stelle tritt. Wir schreiben immer über dieselben Beziehungskisten, Coming-out-Probleme, die Suche nach dem Mr. Right. Nicht, dass diese Romane keine Daseinsberechtigung hätten – immerhin habe ich ja selbst welche geschrieben –, aber ich begann mich mit diesem eingeschränkten Themenspektrum ein wenig zu langweilen. Ich bin der Ansicht, dass „schwule" Literatur nur dann überleben kann, wenn sie sich über die Nabelschau spezifisch schwuler Befindlichkeiten hinaus entwickelt, wenn sie in der Lage ist, die schwule Sicht der Welt in Zusammenhang zu setzen mit den Dingen, die heutzutage ebenfalls gesellschaftlich und politisch relevant sind: Umweltschutz, Integration, Bildung, Arbeitslosigkeit, Altersarmut, um nur einige Beispiele zu nennen. Damit kann sie für den schwulen Leser interessant bleiben.

Allerdings kann man nur dann kompetent zu solchen Fragen Stellung nehmen, wenn man seine eigene Geschichte kennt – und das tun die meisten Schwulen nicht. Im Gespräch mit anderen Autoren und Literaturkennern erfuhr ich, dass es so gut wie keinen Roman über die Situation der Schwulen in den fünfziger Jahren gibt, was mich ziemlich erstaunte. Aber ich hatte mein Thema gefunden. Abgesehen davon habe ich Ähnliches schon einmal ausprobiert, wenn auch in einem ganz anderen Zusammenhang: Mein Erstling *Love to love you, Baby* spielt vor dem Hintergrund der siebziger Jahre. Die Beschäftigung mit einer ganzen Zeitepoche scheint mir also irgendwie zu liegen.

Deine Recherche führte dich auch in die beiden wichtigsten Archive, die es in Deutschland zur schwulen Geschichte gibt: Ins Schwule Museum Berlin und ins Centrum für schwule Geschichte in Köln. Was konntest du dort über die fünfziger Jahre herausfinden?

Beide Archive sind außerordentlich reichhaltig und beinhalten eine Flut von Information und Wissen, so dass man schon genau wissen muss, wonach man sucht, wenn man sich dorthin begibt. Aber jedes Archiv hat natürlich auch fachkundige Mitarbeiter, die sich wirklich überschlagen mit Hilfsangeboten. Ich erinnere mich, dass das Centrum für schwule Geschichte in Köln mitten im Umzug war, als ich ihnen von meinen Plänen, bei ihnen zu recherchieren, erzählte. Normalerweise hätte ich damit gerechnet, in einer solchen Situation auf später vertröstet zu werden, aber stattdessen wurde mir ein Raum zur Verfügung gestellt, in dem ich seelenruhig meine Dokumente und Unterlagen einsehen konnte, nachdem ein Mitarbeiter sie aus diversen noch verpackten Kartons herausgesucht hatte.

Zunächst habe ich vor allem die wenigen wissenschaftlichen und populärwissenschaftlichen Werke zu Rate gezogen, die es zu diesem Thema gibt, etwa Georg Stümkes *Homosexuelle in Deutschland. Eine politische Geschichte* oder, ebenfalls sehr hilfreich, der Band *Himmel und Hölle Das Leben der Kölner Homosexuellen 1945-69* (herausgegeben von Balser/Kramp/Müller/Gotzmann). Dazu habe ich dann meterweise schwule Zeitschriften der damaligen Zeit durchgesehen, wie etwa *Der Weg, Der Kreis* oder *Pan*. Schon an den Namen kann man erkennen, wie verschämt man damals mit dem Begriff Homosexualität umging.

Jenseits dieser Hintergrundinformationen waren aber die Zeitzeugenberichte, die im Centrum für schwule Geschichte vorliegen, für mich am wichtigsten. Die Schwulen, die die damalige Zeit erlebt haben, sind nun in hohem Alter. Wenn sie sterben, nehmen sie auch ihre Erinnerungen mit sich. Diese wären unwiederbringlich verloren. Um dem zuvorzukommen, haben sich Mitglieder des Arbeitskreises schwule Geschichte in Köln Mitte der neunziger Jahre darangemacht, Schwule zu interviewen, die die fünfziger Jahre noch aus eigenem Erleben kennen. Diese auf Tonband aufgezeichneten Interviews liegen mittlerweile als Abschriften vor. Sie waren für mich von unschätzbarem Wert, sowohl was die Beschreibungen der damaligen Kölner Szene angeht, als auch um ein Gefühl dafür zu bekommen, unter welchen Bedingungen man damals als Schwuler gelebt hat: welche Ängste man gehabt hat oder wie man sich amüsiert hat.

Im Roman versucht die Hauptperson Felix übers Internet Informationen über homosexuelles Leben in den fünfziger Jahren zu finden. Welche Rolle spielte für dich das Internet bei der Recherche?

Ohne Internet könnte ich bis zu einem gewissen Grad keine Romane schreiben. Es ist unglaublich hilfreich und zeitsparend, wenn ich bestimmte Dinge mal eben googeln kann, um mir Informationen zu besorgen. Allerdings muss man aufpassen, welche Quellen man zu Rate zieht: Im Internet kursiert auch viel Halb- und Desinformation. Für größere Zusammenhänge und gründliche Recherche nutze ich noch immer die gute, alte Institution Buch.

Hattest du das Gefühl, dass wir genug Material und Wissen über unsere schwule Geschichte besitzen oder gibt es große Lücken?

Prinzipiell glaube ich, dass man nie genug wissen kann. Ein größeres Problem als die Lückenhaftigkeit von erforschter schwuler Geschichte scheint mir allerdings das Desinteresse der Schwulen zu sein, sich über ihre eigene Geschichte zu informieren. Die Zeiten der schwulenbewegten siebziger und achtziger Jahre sind vorbei, heute bestimmen Konsum und Schnelllebigkeit die schwule Wahrnehmung. Ich will nicht lamentieren, aber ich halte das für eine bedenkliche Entwicklung.

Inwieweit ist historisches Material in den Roman eingeflossen? Du beschreibst im Roman ja Fotos aus den fünfziger Jahren, schilderst einen Überfall auf eine Schwulenkneipe …

Diese Dinge sind erfunden, denn der Roman ist ja Fiktion und keine Dokumentation eines bestimmten Ereignisses. Allerdings hat es damals durchaus Überfälle auf Schwulenkneipen in schöner Regelmäßigkeit gegeben, das ist historisch verbürgt, genauso wie es Rosa Listen gab, Repressalien durch Staat und Polizei sowie die Ächtung durch die bürgerliche Gesellschaft. Der Hintergrund der Geschichte ist historisch, die Geschichte selbst aber ist Fiktion.

Gibt es Vorbilder für die Figur Antons oder Herberts, also den beiden Männern, deren Lebensgeschichte erzählt wird?

Nein. Beide Charaktere sind frei erfunden, allerdings stehen sie symptomatisch für die Situation der Schwulen in den fünfziger Jahren. Ich glaube, es gab kaum einen Schwulen in der damaligen Zeit, der sich nicht vor Repressalien gefürchtet hat oder sich nicht in irgendeiner Weise verbogen hat, damit seine Homosexualität nicht öffentlich wird.

Du verwendest in der Beschreibung der Szene der fünfziger Jahre Namen wie Hugo Zehnpfennig oder die Mamm …

Beide hat es tatsächlich gegeben. Hugo Zehnpfennig alias Groschen war in einer Kneipe namens Barberina beschäftigt. Die Mamm war Besitzerin des Steinernen Kännchens und, wie ich immer wieder gelesen habe, eine sehr resolute Person. Überhaupt hat es alle Kölner Kneipen und Orte, die im Roman eine Rolle spielen, wirklich gegeben.

Du lebst in Köln – wie ist es für dich, durch die heutige Szene zu gehen? Erinnert etwas an diese Orte? Gibt es sie noch?

Die Klappen existieren natürlich alle längst nicht mehr, was ich sowohl architektonisch – manche stammten noch aus der Kaiserzeit – als auch für die schwule Szene als Verlust empfinde. Von den damaligen Kneipen gibt es noch einige wenige, auch wenn sie heute mehr ein Stricherpublikum bedienen. Prinzipiell trauere ich der damals existierenden Subkultur aber nicht hinterher – zumal ich sie selbst ja gar nicht kennengelernt habe. Ich glaube, jede Zeit hat ihr eigenes Ambiente, die heutige Clubszene spiegelt die Bedürfnisse der Schwulen der Jahrtausendwende eben besser wider.

Was sich allerdings über all die Jahre in Köln erhalten hat, hat weniger etwas mit bestimmten Orten als mit einer bestimmten Atmosphäre zu tun. In Köln geht es allgemein etwas „kuscheliger" zu als in anderen Großstadtszenen, der Zusammenhalt der Leute ist enger, es „menschelt" ein wenig mehr als beispielsweise in Berlin, Paris oder London. Und das finde ich gut.

Kann man dein Buch also auch als Versuch sehen, Erinnerung zu bewahren, damit sie einem breiteren Publikum zugänglich bleibt?

Ich bin sicher nicht der Hüter eines Grals. Meine Absicht war es, mit diesem Roman ein kleines Mosaiksteinchen Wissen zurückzuholen, nicht mehr, aber auch nicht weniger. Ich bin auch eigentlich keiner, der in seinen Büchern eine „message" propagiert – so etwas fände ich anmaßend. Wie gesagt, es ist meiner Meinung nach wichtig, die eigene Geschichte zu kennen. Das hilft bei der Identitätsfindung enorm.

An wen wendet sich dann dein Buch?

Ach ja, die leidige Frage nach der Zielgruppe eines schwulen Autors! Natürlich wird der Roman hauptsächlich von schwulen Männern gelesen werden. Allein schon deshalb, weil er in einem schwul-lesbischen Verlag veröffentlicht wurde, dessen Bücher hauptsächlich über schwule und alternative Buchläden vertrieben werden. Aber ich wüsste nicht, warum nicht auch ein Heterosexueller diesen Roman lesen sollte. Letztendlich kommt es bei einem Buch doch nur darauf an, ob die Geschichte spannend, gut und unterhaltsam erzählt wird. Schwule Männer lesen ja auch nicht ausschließlich „schwule" Literatur.

Detlev Meyer hat mal sinngemäß gesagt, dass er erst bereit ist, von „schwuler" Literatur zu reden, wenn in der *FAZ* die Besprechung eines heterosexuellen Romans angekündigt wird. Fand ich ziemlich klasse.

Siehst du neben allen Unterschieden, wie etwa die Kriminalisierung von Homosexualität, auch Parallelen und Ähnlichkeiten zwischen den fünfziger Jahren und heute?

Seit den fünfziger Jahren ist zum Glück ein halbes Jahrhundert vergangen und die Lockerung der Gesellschaft durch die 68er-Generation sowie die Bewältigung der Aidskrise haben schwulen Männern doch erhebliche Freiräume und Solidarität gebracht.

Das erste Nachkriegsjahrzehnt war eine verlogene, sehr spießbürgerliche Zeit, in der gerne alles Problematische unter den Teppich gekehrt wurde. Das empfinde ich heute nicht so. Einige Parallelen aber finde ich sehr auffällig: Zum Beispiel haben heute wie damals Konsum und Spaßhaben eine hohe Priorität und heute wie damals scheint eine große Zahl von Schwulen und Lesben sehr erpicht darauf zu sein, mit dem Mainstream der Gesellschaft zu verschmelzen. In den fünfziger Jahren entsprang dieser Wunsch der Notwendigkeit, möglichst nicht aufzufallen, aber wozu brauchen Schwule und Lesben heutzutage eine Homo-Ehe? Gleichberechtigung lässt sich meiner Meinung nach nicht dadurch erreichen, heterosexuellen Institutionen hinterherzuhecheln.

Hat dein Schreiben, deine Beschäftigung mit diesem Thema, deine Sicht auf unser heutiges schwules Leben verändert?

Zum einen ist mir noch einmal bewusst geworden, wie gerne ich heute lebe und nicht in einer Zeit, in der ich jederzeit aufgrund meiner Veranlagung ins Gefängnis gesteckt werden konnte – auch wenn ich gestehen muss, dass zwischendurch ein gewisser Neid aufgekommen ist, als ich begann, mich mit einer Zeit zu beschäftigen, in der es noch kein Aids gab.

Zum anderen ist mir klar geworden, dass das Bestreben nach Gleichberechtigung, der Kampf um Akzeptanz, noch lange nicht vorbei ist, auch wenn es hin und wieder so aussieht. Das, was auf diesem Weg erreicht worden ist, ist ein kostbares Gut, aber es braucht nur einen kleinen Umschwung im liberalen Zeitgeist und Schwule und Lesben stehen wieder da, wo sie vor fünfzig Jahren gestanden haben.

Wie schon dein Roman Ihn halten, wenn er fällt *liefert auch dein neuer Roman kein weichgespültes Bild schwulen Lebens. Mit scheint, es geht wieder um eine nicht immer einfache Suche nach der eigenen Position.*

Sehr grundlegend formuliert, geht es in meinen Romanen immer wieder um die Frage von Schuld und Moral. Alle meine Figuren tragen eine Last mit sich herum, haben etwas auf dem Kerbholz, das sie darin hindert, mit sich selbst ins Reine zu kommen. Zuerst habe ich es nicht wahrhaben wollen, aber je länger ich schreibe, desto mehr komme ich zu der Ansicht, dass ich ein sehr moralischer Mensch bin – auch wenn ich meinen Ansprüchen nicht immer genüge. Vielleicht ist das Schreiben in dieser Hinsicht ein Mittel, meine eigenen Defizite abzubauen. Letztendlich ist doch jeder Autor sein eigener Therapeut.